De muil van de leeuw

Anne Holt en
Berit Reiss-Andersen

De muil van de leeuw

Uit het Noors vertaald door Annemarie Smit

UITGEVERIJ DE GEUS

Deze uitgave is mede tot stand gekomen dankzij een bijdrage van NORLA (Oslo)

Oorspronkelijke titel *Løvens gap*, verschenen bij J.W. Cappelens Forlag A/s
Oorspronkelijke tekst © J.W. Cappelens Forlag A/s, Oslo 1997
Nederlandse vertaling © Annemarie Smit en Uitgeverij De Geus bv, Breda 2001
Omslagontwerp Uitgeverij De Geus bv
Omslagillustratie © Image Store
Foto auteur © Jo Michael
Lithografie TwinType, Breda
Drukkerij Haasbeek bv, Alphen a/d Rijn

ISBN 90 445 0014 7
NUGI 331, 301

Verspreiding in België via Libridis nv, Industriepark-Noord 5a,
9100 Sint-Niklaas

Voor onze vrienden
Dr. Geluk, de Schapenfokker, en
Arnold, Ridder van de Bazelronde

'In de muil van de leeuw heb je er niet veel aan om zoöloog te zijn.'

– Gunnar Reiss-Andersen

Vrijdag 4 april 1997

18.47 uur, kabinet van de minister-president
De vrouw die in het voorvertrek van het kantoor van de minister-president zat, staarde afwisselend naar de dubbele deur en naar de telefoon, terwijl ze steeds onrustiger werd. Ze droeg een blauw mantelpakje, een keurig, klassiek jasje met bijpassende rok en een iets te bont shawltje. Ofschoon ze al een lange werkdag achter de rug had, zat haar kapsel nog steeds keurig in model, een elegante, maar enigszins ouderwetse coupe. Dat kapsel maakte haar ouder dan ze in werkelijkheid was. Misschien deed ze dat wel met opzet, misschien moest de haarmode die men in het begin van de jaren tachtig achter zich had gelaten – opgeknipt aan de zijkant, vol bovenop – haar het aanzien geven dat haar leeftijd van ruim veertig jaar haar niet kon bezorgen.

Ze had genoeg te doen, maar in tegenstelling tot andere dagen kwam er niets uit haar handen. Ze zat daar maar. Het enige wat misschien haar toenemende vrees dat er iets niet in orde was verraadde, waren haar lange, goedverzorgde vingers met de donkerrode nagels en twee gouden ringen aan iedere hand. Die voelden steeds weer aan haar slaap, alsof ze een paar onzichtbare, uit de band springende haren wilden rechtstrijken, en tikten vervolgens met een dof geluid tegen de bureauonderlegger, als een reeks met een geluiddemper afgevuurde schoten. De vrouw stond plotseling op en liep naar het raam.

9

Buiten begon het al te schemeren. Het zag ernaar uit dat april weer net zo grillig zou worden als het spreekwoord belooft. Vijftien verdiepingen onder haar zag ze hoe de mensen rillend door de Akersgate snelden, sommigen liepen geïrriteerd in een rondje, terwijl ze op een bus wachtten die misschien nooit zou komen. In het kantoor van de minister van Cultuur zag ze nog licht branden. Ondanks de afstand kon de vrouw in het blauwe pakje zien hoe de secretaresse haar eigen bureau verliet om haar baas een stapel papieren te brengen. De jonge minister lachte tegen de oudere vrouw en wierp haar blonde haar naar achteren. Ze was te jong om minister van Cultuur te zijn. En ze was ook niet lang genoeg. Een vrouw van nauwelijks een meter zestig in een avondjurk was geen gezicht. Tot overmaat van ramp stak de jonge vrouw ook nog een sigaret op en zette ze een asbak op de stapel papieren.

Ze zou daar niet moeten roken, dacht de vrouw in het blauw. Er hangen per slot van rekening allemaal cultuurschatten. Het kan niet goed zijn voor de schilderijen. Het kan gewoonweg niet goed zijn.

Dankbaar klampte ze zich vast aan dit gevoel van irritatie. Daardoor werd de onrust, die ondertussen dreigde om te slaan in een onbekende, bezorgde angst, heel even verdrongen.

Twee uur geleden had minister-president Birgitte Volter zeer beslist en bijna onvriendelijk gezegd dat ze door niets of niemand gestoord wilde worden, wat er ook was. Dat had ze gezegd: 'Wat er ook is.'

Gro Harlem Brundtland zou dat nooit gezegd hebben. Zij zou gezegd hebben: 'Ongeacht waar het over gaat', of ze zou misschien alleen maar gezegd hebben dat ze niet gestoord wilde worden. Al hadden alle zestien verdiepingen van het regeringsgebouw in lichterlaaie gestaan, dan nog zou Gro Harlem Brundtland met rust gelaten zijn, als ze daar om had gevraagd. Maar Gro was op 25 oktober het jaar ervoor afgetreden en er waren nieuwe tijden aangebroken, met nieuwe gewoontes en een nieuwe taal, en Wenche Andersen hield haar gevoelens voor zich. Zij deed net als anders haar werk, doelmatig en discreet.

Een dik uur geleden had Benjamin Grinde, rechter bij het hooggerechtshof, de kamer van de minister-president verlaten. Hij was gekleed geweest in een antracietgrijs Italiaans kostuum, had nog even geknikt en had vervolgens de dubbele deur achter zich dichtgedaan. Minzaam glimlachend had hij zich veroorloofd haar een complimentje met haar nieuwe pakje te maken en was toen met de bordeauxrode, leren aktetas onder zijn arm geklemd de trap afgelopen naar de lift op de veertiende verdieping. Wenche Andersen was automatisch opgestaan om Birgitte Volter een kopje koffie te brengen, maar gelukkig was haar op het allerlaatste moment het resolute bevel te binnen geschoten haar baas niet te storen.

Maar nu begon het echt laat te worden.

De staatssecretarissen en de raadsadviseurs waren al weg, net als de rest van het kantoorpersoneel. Wenche Andersen zat op een vrijdagavond helemaal alleen op de vijftiende verdieping van een flatgebouw in het Regeringskwartier en wist niet wat ze moest doen. In het kantoor van de minister-president heerste doodse stilte. Maar dat was eigenlijk geen wonder, het waren tenslotte dubbele deuren.

19.02 uur, Odinsgate 3

Er was absoluut iets mis met de inhoud van het eenvoudige, tulpvormige kristallen glas dat hij omhooghield om te zien hoe het licht door de rode vloeistof werd gebroken. Hij probeerde zich tijd te gunnen, luisterde naar de wijn, probeerde te ontspannen en van de wijn te genieten op een manier die een zware bordeaux nu eenmaal verdiende. Wijn uit 1983 moest vriendelijk en uitnodigend zijn. Deze was bij de eerste slok veel te wrang en hij trok zijn mond verbaasd van afgrijzen samen toen hij proefde dat ook de afdronk in geen verhouding stond tot de prijs die hij voor de fles had betaald. Bruusk zette hij het glas neer en greep naar de afstandsbediening van de televisie. Het journaal was al begonnen. De uitzending interesseerde hem niet en de beelden flitsten aan hem voorbij zonder dat hij er iets van zag, behalve dat de nieuwslezer een uitermate smakeloos pak droeg. Wie droeg er nou een geel colbert!

Hij had het moeten doen. Er waren geen alternatieven geweest. Nu het allemaal voorbij was, voelde hij niets. Hij had een gevoel van bevrijding verwacht, de mogelijkheid om na al die jaren weer gewoon adem te halen.

Hij zou zich zo graag opgelucht voelen. In plaats daarvan werd hij overvallen door een ongewone eenzaamheid. De meubels om hem heen kwamen hem ineens onbekend voor. De oude, zware eiken buffetkast waar hij als kind vaak op was geklommen en die nu in al zijn pracht in zijn woonkamer troonde, met druivenreliëfs en met de exclusieve verzameling Japanse Netsuke-miniaturen achter de deurtjes van geslepen glas, maakte nu nog slechts een sombere en dreigende indruk op hem.

Op het tafeltje dat tussen hem en het televisietoestel in stond, lag een voorwerp. Hij begreep niet waarom het daar lag. Het was hem volkomen onduidelijk waarom hij het had meegenomen.

Hij rilde en liet de nieuwslezer met een druk op de knop verdwijnen. Morgen was hij jarig. Hij werd vijftig. Toen hij stram uit de chesterfieldbank opstond om naar de keuken te gaan, voelde hij zich veel ouder. De paté kon hij vanavond alvast maken. Die móést vanavond zelfs al gemaakt worden. Die kwam het best tot zijn recht na vierentwintig uur in de koelkast te hebben gestaan.

Heel even overwoog hij nóg een fles dure bordeaux open te maken. Hij liet het idee echter varen en stelde zich tevreden met cognac, waarvan hij zich in een schoon glas een flinke bel inschonk. Keukencognac.

Maar ook de keuken bood hem geen afleiding.

19.35 uur, kabinet van de minister-president

Haar kapsel zat nu niet meer zo perfect. Een weerbarstige, gebleekte lok viel voor haar ogen en ze voelde zweetdruppeltjes op haar bovenlip. Nerveus greep ze haar handtas, knipte die open en haalde er een pas gestreken zakdoek uit, die ze eerst tegen haar mond en daarna tegen haar voorhoofd hield.

Nu zou ze naar binnen gaan. Misschien was er iets gebeurd. Omdat Birgitte Volter de telefoon had uitgeschakeld, moest ze aankloppen. Misschien was de minister-president ziek. Ze had de afgelopen dagen nogal gestrest geleken. Hoewel Wenche Andersen veel op Birgitte Volters enigszins lompe en nogal ongewone stijl tegen had, moest ze toegeven dat de minister-president heel vriendelijk was. De laatste week was Birgitte Volter echter een beetje afwijzend geweest, humeurig en snel geïrriteerd. Zou ze ziek zijn? Nu ging ze naar binnen. Nu.

In plaats van de minister-president te storen, ging ze nog eens naar het toilet. Ze bleef geruime tijd voor de spiegel staan, maar kon onmogelijk iets vinden om te corrigeren. Ze waste uitgebreid haar handen en pakte toen een tubetje handcrème uit het kastje onder de wastafel. Die had ze niet echt nodig en ze kreeg er klamme handen van, maar het rekte de tijd. Ze masseerde haar vingers grondig en voelde hoe de crème in haar huid trok. Onbewust keek ze weer op haar horloge en ademde zwaar. Er was pas vier en een halve minuut verstreken. De kleine gouden wijzertjes leken bijna stil te staan. Angstig en gelaten liep ze terug naar haar bureau; zelfs het geluid van de toiletdeur die achter haar dichtviel boezemde haar angst in.

Nu móést ze naar binnen gaan. Wenche Andersen kwam half overeind, aarzelde, en ging toen weer zitten. De boodschap was volkomen duidelijk geweest. Birgitte Volter wilde niet gestoord worden. 'Onverschillig wat'. Maar ze had ook niet gezegd dat Wenche Andersen naar huis kon gaan en het zou ongehoord zijn om zonder toestemming het kantoor te verlaten. Nu ging ze naar binnen. Ze moest naar binnen gaan.

Ze legde een hand op de deurkruk en drukte haar oor tegen de deur. Geen geluid. Voorzichtig tikte ze met haar middelvinger tegen het hout. Nog steeds geen geluid. Ze opende de buitenste deur en tikte tegen de volgende. Dat haalde ook niets uit; niemand die 'kom binnen' zei, niemand die 'ik wil niet gestoord worden' zei. Er werd helemaal niets gezegd en Wenche Andersen transpireerde nu niet meer alleen op haar bovenlip. Voorzichtig en aarzelend, zodat ze hem bliksemsnel weer dicht kon doen als de minister-president in iets belangrijks verdiept was, maakte ze deur op een kier open. Maar van waar ze nu stond, met slechts een kier van tien centimeter, kon ze alleen een stukje van de zitgroep met het ronde tafeltje zien.

Plotseling werd Wenche Andersen gegrepen door een besluitvaardigheid die haar vele uren vreemd was geweest. Ze duwde de deur wijd open.

'Het spijt me', zei ze hardop. 'Het spijt me dat ik moet storen, maar...'

Meer hoefde ze niet te zeggen.

Minister-president Birgitte Volter zat in haar stoel, haar bovenlichaam lag over het bureaublad. Ze deed denken aan een student die laat op de avond in een luxueuze leeszaal voor een tentamen zat te blokken; iemand die even was ingedommeld, die even een dutje deed. Wenche Andersen stond zes en een halve meter van haar vandaan in de deuropening, maar kon het toch zien. Het bloed, dat een grote, stilstaande plas op het conceptvoorstel voor de samenwerking met de Schengenlanden had gevormd, was moeilijk over het hoofd te zien. Het was zo opvallend dat Wenche Andersen niet eens naging of ze

14

haar baas nog kon helpen, of ze misschien een glas water voor haar kon halen of haar een zakdoekje kon geven om de smurrie weg te vegen.

Ze deed voorzichtig maar zeer beslist de deuren van het kantoor dicht, liep naar haar eigen bureau en pakte de hoorn van de telefoon die in directe verbinding stond met de meldkamer van de politie van Oslo. Al na één keer overgaan antwoordde een mannenstem aan de andere kant van de lijn.

'Jullie moeten onmiddellijk komen', zei Wenche Andersen, haar stem trilde nauwelijks. 'De minister-president is dood. Doodgeschoten. Birgitte Volter is vermoord. Jullie moeten meteen komen.'

Ze legde de hoorn neer, pakte een andere telefoon op en kreeg de beveiligingsdienst aan de lijn.

'Met het kantoor van de minister-president', zei ze, rustiger nu. 'Grendel het gebouw af. Er mag niemand naar binnen of naar buiten. Alleen de politie. En vergeet de garage niet.'

Zonder op antwoord te wachten legde ze neer en toetste een ander, viercijferig nummer in.

'Veertiende etage', antwoordde de man die een verdieping lager in een kooi van kogelvrij glas zat, bij de sluis naar boven, naar het allerheiligste, het kantoor van de regeringsleider van het Koninkrijk Noorwegen.

'Met het kantoor van de minister-president', zei ze nogmaals. 'De minister-president is dood. Stel het crisisplan in werking.'

Zo deed Wenche Andersen haar plicht zoals ze haar werk altijd uitvoerde: systematisch en feilloos. Het enige dat erop wees dat dit allerminst een gewone vrijdagavond was, waren twee roze vlekken op haar wangen, die steeds groter werden en inmiddels bijna haar hele gezicht bedekten.

15

Toen de ouders van Liten Lettvik hun blonde dochtertje destijds Lise Anette doopten, ofschoon er een één jaar ouder zusje was dat die naam onvermijdelijk tot 'Liten', oftewel Kleintje zou samentrekken, konden ze nauwelijks vermoeden dat Lise Anette vierenvijftig jaar later tweeënnegentig kilo zou wegen, noch dat ze twintig cigarillo's per dag rookte en iedere dag whisky dronk, precies tot de grens van wat een uitgeputte lever aankon. Haar hele verschijning, met het grijze, weerbarstige haar en een gezicht dat duidelijk sporen droeg van dertig jaar in de Oslose krantenstraat Akersgate, met daarbij het feit dat ze nog steeds koppig vasthield aan het in de jaren zeventig bevochten recht om geen bh te hoeven dragen, nodigde uit tot hoon. Maar niemand dreef de spot met Liten Lettvik. Althans niet waar zij bij was.

'Wat moet een rechter van het hooggerechtshof verdomme vrijdagmiddag laat nog bij de premier?' mompelde ze voor zich uit, terwijl ze haar borsten, die opzij hingen en op haar vetrollen steunden, herschikte.

'Wat zei je?'

De jongen tegenover haar was haar hondje. Hij was broodmager, een meter zesennegentig lang en had nog steeds puistjes. Liten Lettvik verachtte jongens als Knut Fagerborg. Snotjongens die zes maanden als uitzendkracht bij *De Avondkrant* werkten. De gevaarlijkste journalisten ter wereld. Liten Lettvik wist het, zij had het zelf ook ooit gedaan en hoewel dat lang geleden was en de situatie bij de Noorse pers destijds heel anders was geweest, herkende ze zichzelf in hem. Maar Knut kwam haar nu van pas. Net als alle anderen bewonderde hij haar mateloos. Hij dacht dat zij voor een verlenging van zijn tijdelijke aanstelling zou zorgen. Daarin vergiste hij zich danig, maar voorlopig kon ze hem gebruiken.

'Grappig', mompelde ze weer, eigenlijk meer tegen zichzelf dan tegen Knut Fagerborg. 'Vanmiddag heb ik Grinde geprobeerd te bellen bij het hooggerechtshof. Het is behoorlijk lastig om uit te vinden wat die commissie van hem eigenlijk uitvoert. Een jong trutje in de receptie kwetterde dat hij naar de premier was. Wat zou hij daar in godsnaam moeten?'

Ze hief haar armen boven haar hoofd en rekte zich uit. Knut herkende de geur van Poison. Nog niet zo lang geleden had hij zich bij de dienstdoende arts met een antihistaminicum moeten laten behandelen na een one-night stand met een dame die dezelfde smaak had als Liten Lettvik.

'Is er wat?' zei ze plotseling, alsof ze hem nu pas opmerkte.

'Er schijnt wat gebeurd te zijn. De politieradio ging net nog enorm tekeer en nu zwijgt hij in alle talen. Dit heb ik nog nooit meegemaakt.'

Nu had de twintigjarige Knut Fagerborg nog niet zo heel veel meegemaakt, maar Liten was het met hem eens: het was vreemd.

'Nog iets van de straat gehoord?' vroeg ze.

'Nee, maar...'

''n Avond!' Een man van een jaar of veertig, in een grijs tweedjasje, kwam de redactie binnengesloft.

'Er is iets aan de hand in het regeringsgebouw. Allemaal auto's en mensen, de hele straat wordt afgezet. Verwacht de premier soms een of andere hoge piet uit het buitenland?'

''s Avonds? Op een vrijdagavond?'

Liten Lettvik had pijn in haar linkerknie.

Twee uur voordat het boorplatform Alexander Kielland kapseisde, had ze pijn in haar linkerknie gehad. Vlak voor de moord op Olof Palme had ze helse pijnen gevoeld. Om nog maar te zwijgen over hoe ze de avond nadat de Golfoorlog was uitgebroken naar de dokter was gestrompeld, zich erover verbazend dat de pijn zo laat was gekomen. Die nacht hoorde ze dat koning Olav was overleden.

'Ga jij d'r eens heen om het uit te zoeken.'

Knut vertrok.

'Kennen jullie trouwens iemand die in '65 een kind heeft gekregen?'

Liten Lettvik wreef over haar knie, wat niet zo makkelijk was, ze pufte en haar buik knelde tegen de tafelrand.

'Ik ben in '65 geboren', riep een elegante vrouw in een seringkleurig pakje, die met twee archiefmappen binnenkwam.

'Daar heb ik niks aan', zei Liten Lettvik. 'Jij leeft nog.'

20.15 uur, kabinet van de minister-president

Billy T. voelde iets wat hij als verlangen interpreteerde. Het klopte ergens in zijn middenrif en hij moest verscheidene malen diep ademhalen om een helder hoofd te krijgen.

Het kantoor van de Noorse minister-president zou werkelijk smaakvol zijn geweest, als ze niet zelf morsdood met haar hoofd op de papieren voor haar had gelegen; het was letterlijk een 'bloedige belediging' aan het adres van de binnenhuisarchitect, die zorgvuldig een groot bureau met gekromde rand had uitgezocht. De zwierige, golvende vormen kwamen op verscheidene plaatsen in de kamer terug, onder andere in een boekenkast die weliswaar zeer decoratief was, maar die bij gebrek aan rechte lijnen totaal onbruikbaar leek. Er stonden dan ook niet veel boeken in. De kamer was rechthoekig, met een zithoek aan de ene kant en aan de andere kant het bureau met twee gastenstoelen ervoor. Niets in de kamer was echt luxueus te noemen. Het schilderij aan de wand achter het bureau was groot, maar niet erg mooi, en Billy T. kon niet meteen herkennen wie het gemaakt had. Het eerste dat bij hem opkwam toen hij om zich heen keek, was dat hij elders in het land veel exclusievere kantoren had gezien. Dit was een door en door sociaal-democratische kamer, een nuchtere kantoorruimte, die bij Noorse bezoekers een goedkeurend knikje teweeg zou brengen, maar die buitenlandse staatshoofden waarschijnlijk nogal bescheiden zouden vinden. Aan beide korte zijden van de kamer was een deur, door de ene was Billy T. zojuist binnengekomen, de andere voerde naar een soort zitkamer met douche en toilet.

De arts zag bleek, er zaten bloedvlekken op zijn grijze jas. Hij worstelde met zijn latex handschoenen en Billy T. bespeurde een zweempje plechtigheid in zijn gespannen stem.

'Ik neem aan dat de premier twee tot drie uur geleden is overleden, maar dat is slechts een voorlopige aanname. Ik ga ervan uit dat de temperatuur in deze kamer, in ieder geval tot onze komst, constant is geweest.'

Eindelijk gaven de handschoenen mee, met een zuigend geluid namen ze afscheid van zijn vingers, waarna ze in een zak van het tweedjasje verdwenen. De arts richtte zich op.

'Ze is door het hoofd geschoten.'

'Ja, dat zie ik ook', mompelde Billy T.

Zijn chef zond hem een waarschuwende blik.

Billy T. begreep de hint. Hij keerde zich om naar de drie mannen van de technische recherche, die zoals zo vele keren eerder direct aan het werk waren gegaan: ze fotografeerden, namen maten op, streken hun poeder uit om vingerafdrukken op te sporen, ze bewogen zich door de grote kamer met een gratie die iedereen zou verbazen die hen nooit eerder had gezien. Ze deden alsof dit heel gewoon voor hen was, alsof het allemaal dagelijkse routine was. Maar er heerste een bijna sacrale stemming in de kamer, de gebruikelijke galgenhumor bleef achterwege en de bedrukte stemming werd nog eens versterkt doordat de temperatuur begon te stijgen. Een dode minister-president nodigde nu eenmaal niet uit tot lichtzinnigheid.

Zoals altijd wanneer hij bij een lijk stond, dacht Billy T. dat niets zo naakt was als de dood. Om deze vrouw te zien, die tot drie uur geleden het land had bestuurd, een vrouw die hij nooit had ontmoet, maar die hij toch iedere dag had gezien, op tv, in de kranten, die hij op de radio had gehoord – om Birgitte Volter, het toonbeeld van een publieke persoonlijkheid, dood over haar eigen bureau te zien hangen, dat was erger, pijnlijker, en bracht hem meer in verlegenheid dan wanneer hij haar zonder kleren had gezien. Billy T. wendde zich af en liep naar het raam.

Links, in de diepte, lag het ministerie van Financiën. Het gebouw leek in elkaar te krimpen van ergernis over de onlangs uitgevoerde, buitensporig dure restauratie van het hooggerechtshof dat ernaast stond. Verder naar het zuidwesten zag Billy T. het dak van het parlementsgebouw, een beetje schuchter, zo vanaf de op een na hoogste verdieping van het regeringsgebouw gezien, met boven op de koepel een magere, impotente vlaggenmast. De uitvoerende, rechterlijke en wetgevende macht, bijna op één rechte lijn.

En daar tussenin de Akersgate, het hol van de mediawolven, dacht Billy T. en hij draaide zich weer om.

'Een wapen?' vroeg hij aan een jonge agent die zich een ogenblik in de richting van de deur had teruggetrokken en water dronk uit een plastic bekertje dat hij voorzichtig teruggaf aan een geüniformeerde agente in het voorvertrek. Hij schudde zijn hoofd.

'Nee.'

'Nee?'

'Nog niet. Geen wapen.'

Hij veegde zijn mond af met de mouw van zijn jas.

'Dat vinden we heus nog wel', ging hij verder. 'We hebben nog niet overal gezocht. De toiletten, gangen, trappenhuizen. Dit gebouw is verdorie net een doolhof. Maar in deze kamer is het waarschijnlijk niet. Het wapen, bedoel ik.'

'En zelfs op een vrijdagavond wemelt het in dit doolhof van de mensen', zei de afdelingschef met een zekere verbazing. 'Ze verzamelen zich momenteel beneden in het restaurant. Zeker zestig tot zeventig personen, tot nog toe.'

Billy T. vloekte zacht.

'Dit gebouw telt verdomme zeker vierhonderd kantoorka- mers. Mag ik versterking voorstellen?' zei hij met een gespan- nen glimlach, terwijl hij over zijn gladgeschoren schedel wreef.

'Zeker', zei de afdelingschef. 'Het is duidelijk dat we het wapen moeten vinden.'

'Een tien voor deze logica', zei Billy T., zo zacht dat niemand het kon verstaan.

Hij wilde hier weg. Ze hadden hem hier niet meer nodig. Hij wist dat de komende dagen, weken, ja, misschien zelfs maanden een ware hel zouden worden. Er zou geruime tijd een uitzonderingstoestand gelden. Geen vrije dagen en al helemaal geen vakanties. Geen tijd voor de jongens. Voor vier kinderen, die in ieder geval in de weekenden recht op hem zouden moeten hebben. Maar op dit moment was hij hier niet nodig, niet in dit rechthoekige kantoor met het prachtige uitzicht over een avondlijk verlicht Oslo, met een vrouw die dood over haar bureau hing.

Weer werd hij gegrepen door het gevoel van eenzaamheid – dat was het: eenzaamheid – en verlangen, naar haar, zijn partner en enige vertrouweling. Zij had nu hier moeten zijn, samen waren ze onkwetsbaar, in zijn eentje had hij het gevoel dat zijn twee meter twee op sokken en het omgekeerde kruisje in zijn oor hem niet hielpen. Voor de laatste keer ontweek zijn blik de poel bloed onder het kapotgeschoten vrouwenhoofd.

Hij draaide zich om en greep naar zijn borst.

Hanne Wilhelmsen was in de vs en zou pas met kerst terugkomen.

'Allejezus, Billy T.', fluisterde de politieman die water had gedronken. 'Ik voel me hondsberoerd. Dat is me nog nooit overkomen. Op de plaats delict, bedoel ik. Niet sinds ik as- pirant was.'

Billy T. gaf geen antwoord, hij keek de man kort aan en vertrok zijn gezicht even in een grimas, die met een beetje goede wil uitgelegd kon worden als een glimlach.

Zelf voelde hij zich ook ellendig.

20.30 uur, redactie van De Avondkrant

'Er schijnt echt iets aan de hand te zijn', hijgde Knut Fager-
holm, die zijn spijkerjasje met teddyvoering op de grond
slingerde. 'Het stikt er van de mensen en van de auto's, overal
afzettingen, en het is er hartstikke stil! Iedereen is bloedseri-
eus!'

Hij liet zich in een veel te lage bureaustoel vallen, zijn benen
schoten alle kanten op, hij leek net een spin.

Liten Lettviks linkerknie deed ongelooflijke pijn. Ze stond
op en zette voorzichtig haar voet op de grond, waarbij ze haar
knie heel langzaam steeds meer belastte.

'Dat wil ik zelf zien', zei ze en ze haalde een doosje sigaartjes
uit haar zak.

Behoedzaam en langzaam, terwijl Knut Fagerborg ongeduldig stond te trippelen en het liefst voor haar uit naar het
regeringsgebouw was gerend, stak ze een sigaartje aan.

'Ik geloof dat je gelijk hebt', zei ze glimlachend. 'Er is echt
iets aan de hand.'

Ze hinkte de redactie uit.

20.34 uur, paleis Skaugum in Asker

De zwarte regeringslimousine remde zachtjes af voor de ingang
van het koninklijke woonpaleis in Asker, een halfuurtje rijden
van de stad. Nog voordat de auto helemaal stilstond, opende
een lange, slanke man in een donker kostuum het rechter-
achterportier en stapte uit. Hij trok zijn jas dichter om zich
heen en liep met grote passen naar de voordeur. Halverwege
wankelde hij even, een ogenblik slechts, hij zette een voet opzij
en hervond zijn evenwicht.

Een man in livrei deed open en bracht hem onmiddellijk naar een kamer die veel weg had van een bibliotheek. Met gedempte stem werd de minister van Buitenlandse Zaken gevraagd te wachten. De man die hem had ontvangen, trok verbaasd zijn wenkbrauwen op toen de minister de uitgestoken hand wegwimpelde die zijn jas in de garderobe wilde ophangen. Nu zat de slungelige minister van Buitenlandse Zaken in een ongemakkelijke barokstoel, met het gevoel dat er niet genoeg plaats voor hem was. Hij trok zijn jas nog dichter om zich heen, hoewel hij het niet koud had.

De koning verscheen in de deuropening. Hij was informeel gekleed, in een grijze broek en een overhemd met openstaand boord. Zijn gezicht stond nog bezorgder dan anders en zijn ogen, waarvan het bovenste deel onder zware oogleden schuilging, flikkerden onrustig. Hij glimlachte niet. De minister van Buitenlandse Zaken stond haastig op en stak zijn hand uit.

'Ik heb helaas zeer slecht nieuws, majesteit', zei hij zacht en hij kuchte achter zijn gebalde linkerhand.

De koningin was haar gemaal gevolgd. Zij stond enkele meters van de deur af en hield een glas met ijsblokjes in haar hand. Het klingelde knus toen ze binnenkwam, als een uitnodiging voor een gezellige avond. Ze droeg een damesachtige spijkerbroek en een bonte trui met zwarte en rode koeien erop. Haar professionele gezichtsuitdrukking kon een zekere nieuwsgierigheid naar de reden van zijn bezoek niet verhullen.

De minister van Buitenlandse Zaken voelde zich niet goed. Het koninklijk paar genoot kennelijk van een zeldzame rustige avond thuis. Aan de andere kant waren zij niet de enigen wier avond verpest werd.

Hij knikte naar de koningin, keek vervolgens de koning weer in de ogen en zei: 'Minister-president Volter is dood, majesteit. Ze is vanavond doodgeschoten.'

De twee majesteiten wisselden een blik, de koning wreef peinzend over zijn neuswortel. Het was stil. Lang stil.

'Ik geloof dat de minister even moet gaan zitten', zei de koning uiteindelijk en hij wees naar de stoel waar de lange, donkere man zojuist uit was opgestaan. 'Neemt u plaats en vertelt u verder. Misschien kan ik uw mantel aannemen.'

De minister van Buitenlandse Zaken keek omlaag met een gezicht dat leek uit te drukken dat hij niet eens wist dat hij zijn jas nog aan had. Onhandig trok hij hem uit, kon zich er echter niet toe zetten hem aan de koning te geven en hing hem daarom maar over de rug van de stoel. Hij ging weer zitten.

Toen ze langs hem liep om een paar meter verderop in een stoel plaats te nemen, beroerde de koningin met haar hand even lichtjes zijn schouder: het troostende gebaar van een vrouw, die achter de dikke donkere brillenglazen van de minister van Buitenlandse Zaken tranen vermoedde.

'Wilt u iets drinken', vroeg ze zacht, maar de man schudde zijn hoofd even en schraapte toen langdurig zijn keel.

'Nee, ik geloof het niet. Dit wordt een lange nacht.'

20.50 uur, *Ole Brummsvei 212*

'Mijn opjechte deelneming', brouwde de bisschop van Oslo en hij probeerde de blik van de man tegenover hem te vangen.

Dat lukte niet. Roy Hansen was vierendertig jaar lang Birgitte Volters geliefde geweest, waarvan drieëndertig jaar als haar echtgenoot. Toen ze trouwden waren ze allebei nog piepjong geweest – achttien jaar – en ondanks enkele turbulente periodes waren ze al die tijd bij elkaar gebleven, terwijl iedereen om hen heen probeerde te bewijzen dat een levenslang huwelijk ondenkbaar was in een urbane en hectische samenleving. Birgitte was niet alleen een belangrijk deel van zijn leven geweest, in veel opzichten wás zij zijn leven, iets wat volgens hem een logisch gevolg was van het feit dat ze samen voor háár

24

carrière hadden gekozen. Nu zat hij op de bank te staren naar een punt dat er niet was.

De partijsecretaris van de Arbeiderspartij stond bij de verandadeur, ze scheen zich in het bijzijn van de bisschop allerminst op haar gemak te voelen. Ze had dan ook tegen zijn aanwezigheid geprotesteerd.

'Ik ken ze', had ze gezegd. 'Allemachtig, Birgitte was niet eens lid van de kerk!'

Maar het was nu eenmaal de gewoonte en gewoontes moesten gevolgd worden. Vooral nu. Nu alles op zijn kop stond en er gebeurd was wat niemand ooit voor mogelijk had gehouden. De crisisplannen werden uit de kast gehaald en van stof ontdaan en veranderden plotseling in iets nieuws, iets anders dan alleen maar een boek dat in een la lag voor het geval er iets gebeurde dat toch nooit zou gebeuren.

'Gaat u alstublieft weg', fluisterde de man op de bank.

Het gezicht van de bisschop drukte ongeloof uit, maar niet voor lang. Hij hervond zich en kreeg zijn bisschoppelijke waardigheid terug.

'Dit is een zeer moeilijk moment voor u', brouwde hij verder in zijn Oost-Noorse dialect. 'Natuurlijk respecteer ik uw wens om alleen te zijn. Zijn er misschien anderen die u wilt zien? Iemand van uw familie misschien?'

Roy Hansen staarde nog steeds naar het punt dat de anderen niet konden zien. Hij snikte niet, hij ademde rustig en regelmatig, maar uit zijn bleekblauwe ogen vloeide een stille tranenstroom, een klein beekje dat hij allang niet meer probeerde weg te vegen.

'Zij kan blijven', zei hij, zonder de partijsecretaris aan te kijken.

'Dan ga ik maar', zei de bisschop, maar hij bleef nog steeds zitten. 'Ik zal voor u en uw gezin bidden. En belt u alstublieft op als ik of iemand anders iets voor u kan doen.'

Hij bleef nog steeds zitten. De partijsecretaris wachtte bij de deur en had zin om die open te doen om het vertrek van de man te bespoedigen, maar iets aan de hele situatie maakte dat ze als verlamd bleef staan. De minuten verstreken en het enige wat ze hoorden was het tikken van een pendule met een eikenhouten kast. Plotseling sloeg de klok negen slagen, zware, gespannen, aarzelende slagen, alsof het uurwerk liever had dat de avond niet verder zou gaan.

'Ja, ja', zei de bisschop met een diepe zucht. 'Dan ga ik maar eens.'

Toen hij eindelijk vertrokken was en de partijsecretaris de deur achter hem had dichtgedaan, liep ze terug naar de woonkamer. Roy Hansen keek haar voor de eerste keer aan, een wanhopige blik die overging in een grimas toen hij eindelijk in echt huilen uitbarstte. De partijsecretaris ging naast hem zitten en hij liet toe dat ze zijn hoofd op haar schoot legde, terwijl hij naar adem hapte.

'Iemand moet met Per praten', snikte hij. 'Ik kan het nu niet opbrengen met Per te praten.'

21.03 uur, *Odinsgate 3*

De lever was van prima kwaliteit. Hij hield hem onder zijn neus en legde het puntje van zijn tong heel even tegen het lichte stuk vlees. De slager in Torshov was de enige in wie hij echt vertrouwen had als het om kalfslever ging en hoewel de slagerij een beetje afgelegen lag, was het de omweg waard.

De truffels had hij drie dagen geleden in Frankrijk gekocht. Gewoonlijk nam hij genoegen met een blikje, maar als de gelegenheid zich voordeed – wat relatief vaak het geval was – ging er niets boven de verse variant.

Ding-dong.

Hij moest iets aan die deurbel doen. Het geluid was zo onharmonieus en atonaal, dat hij er iedere keer weer van schrok.

Hij keek snel even op zijn horloge. Hij verwachtte niemand. Het was vrijdag en zijn feestje was morgen pas.

Hij wilde naar de voordeur lopen, maar bleef ineens aarzelend staan. Toen liep hij resoluut naar de zware eiken salontafel en pakte het voorwerp dat daar lag. Zonder er verder bij na te denken, opende hij een van de met druiven versierde buffetdeuren en legde het ding achter het linnengoed, onder een tafellaken dat ooit nog eens door zijn betovergrootmoeder was geweven. Hij duwde de deur weer dicht en veegde zijn handen af aan zijn flanellen broek. Toen liep hij naar de hal om te zien wie er had aangebeld.

'Benjamin Grinde?'

Voor de deur stond een vrouw, ze was een jaar of veertig en had drie strepen op haar schouder. Ze leek zich prettig te voelen in haar uniform, dat perfect paste en dat haar grote boezem, die je onder het dichtgeknoopte jasje kon vermoeden, gunstig deed uitkomen. Ze scheen nogal in haar maag te zitten met de boodschap die ze kwam brengen. Ze keek hem niet aan, maar staarde naar een punt tien centimeter boven zijn hoofd. Naast haar stond een iets jongere man met een bril en een volle, goedverzorgde baard.

'Ja', antwoordde Benjamin Grinde, terwijl hij een stapje opzij deed en de deur wijd opende om de beide politiemensen binnen te laten.

De twee wisselden snel een blik. Toen volgden ze de rechter van het hooggerechtshof naar zijn woonkamer.

'Ik neem aan dat jullie me gaan vertellen wat dit te betekenen heeft?' vroeg hij en hij wees naar de bank.

Zelf nam hij plaats in een diepe leunstoel. De politiemensen bleven staan. De man, die achter de bank stond, friemelde verlegen aan een naad in het leer en sloeg zijn ogen neer.

'We moeten u vragen mee te komen naar het bureau', zei de vrouw, nadat ze eerst haar keel had geschraapt. Ze voelde zich duidelijk steeds minder op haar gemak. 'Wij zien... dat wil zeggen de officier van justitie... wil graag dat u met ons meekomt voor een... voor een gesprek, zou je kunnen zeggen.'

'Voor een gesprek?'

'Een verhoor.' De baard richtte zich nu op en ging verder: 'We willen u ondervragen.'

'Mij ondervragen? Waarover?'

'Dat hoort u wel als we daar zijn. Op het bureau, bedoel ik.'

Rechter Benjamin Grinde keek eerst de vrouw en daarna de man aan. Toen begon hij te lachen. Een diepe, aangename lach, hij leek zich kostelijk te amuseren.

'Jullie weten vermoedelijk wel dat ik de regels ken', bromde hij. 'Strikt genomen hoef ik helemaal niet met jullie mee te gaan. Ik wil vanzelfsprekend graag van dienst zijn, maar dan moet ik wel weten waar het over gaat.'

Hij stond op en alsof hij zijn zelfverzekerdheid wilde onderstrepen, liet hij hen even alleen en verdween in de keuken. Even later was hij weer terug, met het cognacglas in zijn hand. Hij hief het glas met een elegant gebaar op, alsof hij zijn verjaardag al aan het vieren was.

'Ik neem aan dat jullie niet drinken in diensttijd', zei hij glimlachend en hij ging weer rustig in zijn stoel zitten, nadat hij de krant had gepakt die naast hem op de grond lag.

De agente nieste.

'Gezondheid', mompelde Benjamin Grinde, terwijl hij met het *Economisch Dagblad* ritselde, waarvan het roze krantenpapier wonderlijk goed bij de meubels paste.

'Ik denk dat u met ons mee moet komen', kuchte de vrouw, iets beslister nu. 'We hebben een aanhoudingsbevel, voor het geval dat...'

'Een aanhoudingsbevel? Waarvoor, als ik vragen mag?'

De krant lag weer op de grond en Grinde zat voorovergebogen in zijn stoel.

'Alstublieft,' zei de vrouw, die naar de bank liep om plaats te nemen, 'zou het niet beter zijn als u gewoon met ons meekwam? U zei het immers zelf al: u kent de regels en er komt alleen maar een hoop narigheid van als we u moeten arresteren. Denk bijvoorbeeld eens aan de kranten. Het is toch veel beter als u gewoon meekomt.'

'Laat dat bevel eens zien.' Zijn stem was kil, hard en duldde geen tegenspraak.

De jongere man frunnikte een tijdje aan zijn rits en trok ten slotte een blauw vel papier uit zijn binnenzak. Hij bleef aarzelend staan en keek zijn oudere collega aan, om te zien wat hij moest doen. Ze knikte kort en Benjamin Grinde pakte het formulier aan. Hij vouwde het open, legde het op zijn knie en streek er een paar keer overheen.

Ze hadden verdorie zijn hele titel opgenomen. 'Mr.drs. Benjamin Grinde, rechter aan het hooggerechtshof. Aangeklaagd wegens overtreding van §233 Wetboek van Strafrecht, zie §232 Wetboek van Strafrecht...'

Toen hij las wat het delict behelsde, werd hij niet alleen bleek, zijn gebruinde huid werd volkomen grauw en als bij toverslag was zijn gezicht ineens nat van het zweet.

'Is ze dood?' fluisterde hij, tegen niemand in het bijzonder. 'Is Birgitte dood?'

De twee politiemensen wisselden nogmaals een blik en wisten dat ze allebei precies hetzelfde dachten: óf de man had geen flauwe notie wat er was gebeurd, óf hij zou aan zijn toch al niet misselijke titel de woorden 'koninklijk toneelspeler' kunnen toevoegen.

'Ja. Ze is dood.'

De vrouw was even bang dat Benjamin Grinde van zijn stokje zou gaan. Zijn gelaatskleur was angstaanjagend en als hij er niet uitgezien had alsof hij in een onbeschaamd goede vorm verkeerde, zou ze voor zijn hart hebben gevreesd.

'Hoe?'

Benjamin Grinde was nu opgestaan, hij zag er aangeslagen uit. Door zijn afhangende schouders had hij iets weg van een fles. Het cognacglas had hij hardhandig op de tafel neergezet; het goudkleurige vocht klotste en fonkelde in het licht van de kroonluchter boven de eettafel.

'Dat mogen we niet zeggen. Dat weet u best', zei de vrouw. In haar stem lag iets zachts, iets wat haar collega irriteerde en wat voor hem aanleiding was haar bruusk te onderbreken: 'En? Gaat u nu mee?'

Zonder te antwoorden vouwde Benjamin Grinde het blauwe papier op, zorgvuldig en overdreven precies, waarna hij het zonder aarzelen in zijn zak stopte.

'Natuurlijk ga ik mee', mompelde hij. 'Dat aanhoudingsbevel is echt niet nodig.'

Voor het oude, eerwaardige herenhuis in Frogner stonden vijf politieauto's. Toen hij op de achterbank van een ervan plaatsnam, zag hij twee agenten naar binnen verdwijnen.

Die moesten waarschijnlijk zijn appartement bewaken, dacht hij. Misschien wachtten ze op een huiszoekingsbevel. Toen maakte hij zijn gordel vast.

Op dat moment merkte hij dat zijn handen beefden, en niet zo'n beetje ook.

21.30 uur, Kirkevei 129
De telefoon had aan een stuk door gerinkeld. Uiteindelijk had ze de stekker eruit getrokken. Het was vrijdagavond en ze wilde vrij hebben. Echt vrij. Dat had ze wel verdiend. Ze draafde iedere dag heen en weer tussen het ministerie en het parlementsgebouw, dus ze had geen zin om haar zuurverdiende vrije vrijdagavond ook nog te laten verpesten. De kinderen waren allebei weg, ze zag haar halfvolwassen dochters überhaupt nog nauwelijks. Momenteel maakte ze zich daar niet druk om. Ze was moe en voelde zich niet erg lekker, de pieper had ze expres achterin een klerenkast gelegd, ook al moest ze eigenlijk ieder moment van de dag bereikbaar zijn. Een halfuur geleden had

ze het faxapparaat in de slaapkamer gehoord, maar ze had geen zin om te gaan kijken wat het was. Ze mixte een Campari met een beetje tonic en veel ijsklontjes, legde haar voeten op de salontafel en hoopte dat ze in het enorme aanbod van televisiekanalen, waar ze maar niet aan kon wennen, een of andere detective kon vinden.

Bij de NRK had je de meeste kans.

Er begon net een journaaluitzending. Halftien? Dat was dan zeker het late nieuws. Zo vroeg al? Ze stond op om een krant te pakken.

Toen viel haar oog op de tekst rechts in het beeld: EXTRA. Het was een ingelaste uitzending. Ze bleef met haar glas Campari in de hand staan. De man met het dunne, blonde haar en de vermoeide ogen leek moeite te hebben zijn tranen te bedwingen en hij schraapte zijn keel voor hij begon.

'Minister-president Birgitte Volter is op 51-jarige leeftijd overleden. Ze is vandaag aan het eind van de middag of vroeg in de avond in haar kantoor in het regeringsgebouw doodgeschoten.'

Het glas viel op de grond. Ze hoorde aan het geluid dat het niet gebroken was, maar het wollige, lichte vloerkleed was waarschijnlijk voorgoed verpest. Zonder er acht op te slaan liet ze zich langzaam weer op de bank zakken.

'Dood', fluisterde ze. 'Birgitte? Dood... Doodgeschoten?'

'We schakelen over naar het regeringsgebouw.'

Een opgewonden jongeman die klein leek in zijn veel te grote jekker, staarde met opengesperde ogen in de onrustige camera.

'Ja, ik sta hier voor het regeringsgebouw en we hebben zojuist de bevestiging gekregen dat Birgitte Volter inderdaad...' Hij had duidelijk moeite om de juiste woorden te vinden, hij had nog niet eens tijd gehad om een donker pak aan te trekken, zoals de man in de studio, en hij stotterde en kuchte een beetje. '...is overleden. Ze is, naar we vernomen hebben,

31

door haar hoofd geschoten en volgens onze inlichtingen moet ze onmiddellijk zijn overleden.'

Toen wist hij niets meer te zeggen. Hij slikte een paar keer en de cameraman scheen niet te weten of hij hem in close-up moest houden. Het beeld schoot een beetje heen en weer tussen de reporter – die in het licht van een felle fotolamp stond – en de zacht gonzende activiteit op de achtergrond, waar politiemensen hun handen vol hadden om nieuwsgierige toeschouwers en journalisten buiten de rood-witte afzetting te houden.

Birgitte was dood. De journaalstemmen vervaagden en ze merkte dat ze misselijk was. Ze duwde haar hoofd tussen haar knieën en strekte haar arm uit naar een ijsklontje dat op het tapijt lag. Het zat onder de pluisjes, maar toen ze het tegen haar voorhoofd hield, werd ze iets helderder.

De man in de studio begon aan een heldhaftige reddingsactie tegenover zijn jongere, onervaren collega die voor het regeringsgebouw stond.

'Weet je of er al arrestaties zijn verricht?'

'Nee, daar zijn geen aanwijzingen voor.'

'En het wapen? Is het al duidelijk wat voor wapen er is gebruikt?'

'Nee, we weten alleen dat Birgitte Volter dood is en dat ze is doodgeschoten.'

'Wat gebeurt er momenteel in het regeringsgebouw?'

En zo ging het eindeloos door, vond minister van Volksgezondheid Ruth-Dorthe Nordgarden, die niet veel oppikte van wat er werd gezegd. Na een tijdje verliet het beeld het regeringsgebouw en schakelde over naar het parlementsgebouw, waar voor de draaiende camera een aantal ernstige fractievoorzitters buiten adem binnenkwam.

De telefoon!

Ze stak de stekker weer in het contact en nauwelijks enkele seconden later ging de telefoon al over.

Toen ze de hoorn neerlegde, was haar enige gedachte: ben ik nu mijn baan kwijt?

Daarna liep ze naar de klerenkast in de slaapkamer. Ze haalde de pieper weer tevoorschijn en zocht iets passends om aan te trekken. Zwart. Het moest zwart zijn. Aan de andere kant: met haar winterbleke huid was zwart niet echt flatteus. Ze wist dat ze mooi was, dat wist ze heel goed, goed genoeg om in april geen zwarte jurk te kiezen. Dan moest het maar bruin worden. Iets donkers.

De schok was een beetje weggeëbd en maakte plaats voor een toenemende irritatie.

Dit was werkelijk een uitermate slecht tijdstip om te sterven. Haar kwam het in ieder geval erg slecht uit.

De bruine fluwelen jurk leek haar geschikt.

Zaterdag 5 april 1997

0.50 uur, op straat voor Odinsgate 3
De redacteur was pisnijdig geworden toen ze vertrok, maar daar trok ze zich niets van aan. Ze wilde niet zeggen waar ze op speculeerde. Dat was haar zorg. Haar zaak. Als het al een zaak was.

'Something in the way he moves, tells me na-na-na-na-na-na-na-na', neuriede ze zacht en tevreden.

In Benjamin Grindes appartement brandde in elk geval geen licht. Dat kon natuurlijk betekenen dat hij sliep. Maar op dit moment sliep vermoedelijk bijna niemand in het koninkrijk Noorwegen; het was vrijdag en de moord op minister-president Birgitte Volter was ingeslagen als een atoombom. Zowel de NRK als het commerciële TV2 bracht ieder uur extra uitzendingen, al hadden ze in feite weinig nieuws te melden. De uitzendingen bestonden hoofdzakelijk uit tijdvulling, nietszeggende commentaren en necrologieën, waaraan goed te merken was dat Birgitte Volter slechts zes maanden geleden was aangetreden en de redacties het materiaal dus niet al hadden klaarliggen. Voordat de ochtend aanbrak zou het wel beter zijn.

De donkere ramen konden ook betekenen dat rechter Grinde was uitgegaan. Naar een feestje misschien, of een 'partijtje', zoals men aan deze kant van de stad zei. Maar het kon ook iets anders betekenen.

34

Ze keek naar links en naar rechts en stak toen de straat over. De auto's stonden zo dicht tegen elkaar langs de stoeprand geparkeerd, dat ze zich amper tussen een Volvo en een BMW, die bumper aan bumper stonden, wist door te persen. Ze zuchtte en hijgde en moest ten slotte omkeren om ergens een grotere tussenruimte te zoeken.

Er was iets loos met het slot van de voordeur van Odinsgate 3. Of eigenlijk was er iets met de deur zelf, die sloot niet goed en leek een beetje kromgebogen te zijn. Uitstekend. Dan hoefde ze niet aan te bellen. Voorzichtig deed ze de zware massiefhouten deur open en stapte de hal binnen.

In de onverwacht grote hal rook het naar specie en schoonmaakmiddel, voor de kelderdeur was een fiets aan de trapleuning vastgemaakt. Het trappenhuis was fraai en goed onderhouden, met gele wanden en een groene sierlijst, de oorspronkelijke glas-in-loodramen op iedere overloop waren goed bewaard gebleven.

Halverwege de tweede trap bleef ze staan.

Stemmen. Stemmen die op gedempte toon een dialoog voerden. En zacht gelach.

Verbazingwekkend snel drukte ze zich tegen de muur en dankte het lot dat ze juist op deze avond haar geluidloze Eccoschoenen droeg. Ze sloop verder naar boven, zo dicht mogelijk langs de muur.

Op de trap zaten twee mannen. Twee politiemannen in uniform. Ze zaten voor Benjamin Grindes appartement.

Ze had het bij het rechte eind gehad.

Net zo voorzichtig als ze gekomen was, sloop ze weer naar beneden. Toen ze eenmaal buiten stond, voor de defecte voordeur, diepte ze een mobiele telefoon op uit haar ruime mantel. Ze toetste de code van een van de waardevolle nummers van haar telefoonlijst in. Het nummer van inspecteur Konrad Storskog, een vijfendertigjarige, door en door onsympathieke streber. Zij wist als enige dat hij op zijn tweeëntwintigste de

auto van zijn ouders total loss had gereden, met een hoeveelheid alcohol in zijn bloed die nooit gemeten was, maar die
waarschijnlijk tegen de drie promille had gelegen. Ze had in de
auto erachter gezeten, het was donker geweest, midden in de
nacht, en er was verder niemand op straat geweest, ze had zijn
ouders geïnformeerd, die de situatie en de carrière van de
jonge, pas geslaagde politieman op opmerkelijke wijze hadden
gered. Liten Lettvik had dat allemaal in haar hoofd opgeslagen
voor het geval ze er later iets aan kon hebben en ze had er nooit
spijt van gehad dat ze destijds, dertien jaar geleden, haar
burgerplicht had verzuimd.

'Storskog', klonk het hard aan de andere kant, ook een
mobiele telefoon.

'Ha die Konrad, ouwe jongen', grinnikte Liten Lettvik.
'Druk vannacht?'

Het werd doodstil.

'Hallo? Ben je daar nog?'

De verbinding kraakte niet, dus ze wist dat hij er nog was.

'Konrad, Konrad', zei ze minzaam. 'Doe nou niet zo moeilijk.'

'Wat wil je?'

'Gewoon antwoord op een heel klein vraagje.'

'En dat is? Ik heb het loeidruk.'

'Is rechter Benjamin Grinde momenteel bij jullie?'

Weer stilte.

'Geen flauw benul', zei hij ineens, na een lange pauze.

'Onzin. Natuurlijk weet je dat wel. Gewoon ja of nee,
Konrad. Ja of nee.'

'Waarom zou hij hier zijn?'

'Als hij niet bij jullie is, dan is er sprake van een grove
nalatigheid.' Ze glimlachte en voegde eraan toe: 'Want hij
moet zo ongeveer de laatste zijn geweest, die de dame in
levenden lijve heeft gezien. Volter, bedoel ik. Hij was vanmiddag bij haar op kantoor. Natuurlijk moeten jullie hem spreken!

Kan je niet gewoon ja of nee zeggen, Konrad, dan kun je je daarna weer aan je belangrijke werk wijden.'

Het werd nogmaals volkomen stil.

'Dit gesprek heeft nooit plaatsgevonden', zei hij hard en stellig.

Toen hing hij op.

Liten Lettvik had de bevestiging gekregen die ze nodig had.

'Something in de way he moves...' neuriede ze tevreden, terwijl ze in de richting van de Frognervei liep om daar een taxi te scoren.

De tijd begon te dringen.

0.57 uur, hoofdbureau van politie

Zelfs Billy T., die daar maar zelden oog voor had, moest toegeven dat Benjamin Grinde een uitzonderlijk knappe man was. Hij was atletisch gebouwd, niet bijzonder groot, had brede schouders en smalle heupen, maar niet overdreven. Zijn kleding was uitgesproken smaakvol, zelfs zijn sokken, die te zien waren als hij zijn benen over elkaar sloeg, pasten bij zijn stropdas, die hij nu ietsje had losgemaakt. De donkere haarkrans rond zijn hoofd was kortgeknipt, wat zijn bijna kale kruin tot iets gewilds scheen te maken, iets gewensts, iets dat getuigde van potentie en grote hoeveelheden testosteron. Zijn ogen waren donkerbruin en zijn mond welgevormd. Zijn tanden waren verrassend wit, de man was ten slotte al vijftig.

'U bent morgen jarig?' vroeg Billy T., in de papieren bladerend.

Een jongere collega had Grindes personalia vast opgenomen, terwijl Billy T. even iets persoonlijks had gedaan. Iets zeer persoonlijks. Hij had een handgeschreven brief van twee kantjes naar Hanne Wilhelmsen gefaxt. Daarna had hij een douche genomen. Beide hadden geholpen.

'Ja', zei Benjamin Grinde, op zijn horloge kijkend. 'Of eigenlijk vandaag, om precies te zijn.' Hij glimlachte bleekjes.

'Vijftig jaar, hè', zei Billy T. 'Laten we dit dan maar snel afhandelen, zodat het feest niet in het water valt.'

Benjamin Grinde zag er voor het eerst verbaasd uit, tot nu toe was zijn gezicht nogal leeg geweest, vermoeid en bijna apathisch.

'Afhandelen? Ik maak u erop attent dat ik enkele uren geleden een aanhoudingsbevel onder mijn neus heb gekregen. En nu zegt u dat u dit snel wilt afhandelen?'

Billy T. draaide zich van de schrijfmachine weg en keek de rechter aan. Hij legde zijn handen plat op de tafel en hield zijn hoofd scheef.

'Luister,' zuchtte hij, 'ik ben niet dom. En u bent zéker niet dom. Wij weten allebei dat Birgitte Volters moordenaar niet vriendelijk tegen haar secretaresse glimlacht en dan braaf naar huis gaat om daar...' hij zocht in de papieren, '...paté te maken. Daar was u toch mee bezig?'

'Ja...' De man zag er nu oprecht verbaasd uit. Die politiemensen waren toch helemaal niet in de keuken geweest?

'U bent zo'n perfecte, voor de hand liggende dader dat u het onmogelijk geweest kunt zijn.'

Billy T. lachte kort en wreef zo hard over zijn oorlelletje dat het omgekeerde kruisje danste.

'Ik lees misdaadromans, moet u weten. Het is nooit degene die je denkt dat het is. Nooit. En moordenaars gaan daarna niet naar huis. Om eerlijk te zijn, Grinde, dat aanhoudingsbevel was klinkklare onzin. Ik geef u helemaal gelijk dat u het in beslag heeft genomen. Gooi het maar weg. Verbrand het. Typisch paniekvoetbal van die verrekte juristen. Pardon my French...'

Hij ging weer voor de schrijfmachine zitten, liet zijn vingers vier regels neerhameren en draaide er vervolgens een nieuw vel in. Hij wendde zich weer tot Benjamin Grinde en leek even te aarzelen, maar legde toen toch zijn zeer lange benen met boots in maat 47 op de rand van de tafel.

'Waarom was u daar?'

'Op haar kantoor? Bij Birgitte?'

'Birgitte? Kende u haar? Persoonlijk, bedoel ik?'

De voeten landden met een dreun op de vloer en Billy T. boog zich over het bureau.

'Ik ken Birgitte Volter al sinds mijn jeugd', antwoordde Benjamin Grinde, terwijl hij de politieman aankeek. 'Ze is een jaar ouder dan ik en als je jong bent is dat een behoorlijk verschil, maar op Nesodden kende iedereen elkaar. Wij waren destijds bevriend.'

'Destijds. En nu, bent u nog steeds bevriend?'

Benjamin Grinde ging verzitten en sloeg zijn linkerbeen over zijn rechter.

'Nee, dat kan ik zo niet zeggen. Wij hebben elkaar in de loop van de tijd maar heel sporadisch gezien. Dat komt omdat onze ouders nog jarenlang buren zijn gebleven, ook nadat wij zelf allang het huis uit waren. Nee. Ik zou niet zeggen dat wij vrienden zijn. Waren, bedoel ik.'

'Maar u noemt haar bij de voornaam?'

Grinde glimlachte zwakjes.

'Als je elkaar als kinderen al hebt gekend, dan klinkt het nogal krampachtig om elkaar nu bij de achternaam te noemen. Ook al heb je geen contact meer. Of vergaat het u anders?'

'Ik denk het niet.'

'Goed. U wilt weten, waarom ik bij haar was. Dat zal wel in haar agenda staan. Of misschien kan haar secretaresse het bevestigen. Ik kwam praten over meer financiële middelen voor de commissie waar ik voorzitter van ben. Een door de regering ingestelde onderzoekscommissie.'

'De commissie Grinde natuurlijk', zei Billy T. en hij legde zijn benen weer op de tafel.

Benjamin Grinde staarde naar de laarzen van de reus aan

de andere kant van de tafel en vroeg zich af of het gedrag van de politieman bedoeld was als een demonstratie van macht, nu hij eindelijk een van 's lands hoogste rechters in zijn greep had.

Billy T. glimlachte. Zijn ogen waren net zo intens ijsblauw als die van een husky en de rechter sloeg zijn eigen ogen neer.

'U moet deze voeten niet zien als een uiting van gebrek aan respect', zei Billy T., terwijl hij de met staal beslagen laarsneuzen bewoog. 'Maar het is nogal lastig om zulke lange benen te hebben. Kijk! Ze passen niet eens gewoon onder het bureau!'

Hij deed het uitgebreid voor en legde zijn voeten toen weer op de tafel.

'U wilde dus over een... uitbreiding van financiële middelen praten?'

Grinde knikte.

'Waarom heeft u zich dan niet tot de minister van Volksgezondheid gewend? Zou dat niet logischer zijn geweest?'

De rechter keek weer op.

'In principe wel. Maar ik wist dat Birgitte bijzonder geïnteresseerd was in het werk van de commissie. Bovendien... was het voor mij een aanleiding om haar weer eens te ontmoeten. We hadden elkaar jarenlang niet gesproken. Ik wilde haar graag feliciteren. Met haar nieuwe baan, bedoel ik.'

'Waarom heeft u meer geld nodig?'

'Geld?'

'Ja, waarom wilde u met mevrouw Volter bespreken dat u meer geld nodig heeft voor dat comité van u?'

'Commissie.'

'Whatever. Waarom?'

'Het werk gaat veel meer tijd kosten dan wij in eerste instantie aannamen. We moeten uitgebreide gesprekken voeren met vijfhonderd ouderparen die in 1965 hun baby hebben verloren. Dat is een flinke klus. En we moeten... ook in het buitenland moeten enige onderzoeken worden gedaan.'

Hij keek om zich heen en liet zijn ogen rusten op het raam, waar het zwaailicht van een politiewagen blauw en pulserend tegen de ruit hamerde. Plotseling doofde het licht.

'Hoelang bent u bij de minister-president geweest?'

De rechter dacht na en staarde naar zijn horloge, alsof dat het antwoord wist.

'Moeilijk te zeggen. Een halfuurtje, zou ik zeggen. Ik was om kwart voor vijf bij haar. Nee, het was, om precies te zijn, drie kwartier. Tot halfzes. Toen ben ik weggegaan. Dat weet ik nog, want ik vroeg me af of ik een bepaalde tram nog kon halen of dat ik een taxi zou nemen. Drie kwartier.'

'Juist.'

Billy T. stond plotseling op. Hij torende boven de veel kleinere rechter uit.

'Koffie? Thee? Cola? Rookt u?'

'Ik zou erg graag een kopje koffie hebben. Nee, ik rook niet.'

De politieman liep naar de deur en maakte die open. Hij praatte gedempt met iemand die er blijkbaar vlak achter stond. Daarna deed hij de deur dicht en ging weer zitten, maar nu in de vensterbank. De rechter voelde een ergernis opkomen.

Prima dat de man zijn hoofd had kaalgeschoren en een spijkerbroek droeg die langgeleden betere dagen had gekend. Zelfs de beslagen boots kon hij eventueel accepteren, het was waarschijnlijk moeilijk om voor zulke grote voeten passend schoeisel te vinden. Het omgekeerde kruisje was echter puur provocatie, vooral in deze tijd waarin rechts-extremisten en satanisten bijna dagelijks ernstige, kwetsende delicten begingen. En het moest toch mogelijk zijn om tijdens een verhoor rustig te blijven zitten.

'Het spijt me als u vindt dat ik er als een nazi uitzie', zei Billy T.

Kon de man gedachten lezen?

'Ik heb lang bij de onrustbrigade gewerkt,' voegde de politieman eraan toe, 'en ik heb nog niet afgeleerd om er als een bruut uit te zien. Gewoonlijk is het heel effectief. De zware jongens behandelen je zo'n beetje als hun maat, weet u. Je moet er verder niets achter zoeken.'

Er werd aangeklopt en zonder op antwoord te wachten bracht een jonge vrouw in een fletse rode corduroyjurk en verstandige schoenen twee bekertjes koffie binnen.

'Je bent een engel', grijnsde Billy T. 'Dank je wel!'

De koffie was gloeiend heet en zo sterk dat je lepeltje er bijna rechtop in bleef staan, je kon hem onmogelijk drinken zonder te slurpen. Het kartonnen bekertje werd zo heet, dat het zacht werd en je het slechts met moeite kon vasthouden.

'Is er tijdens uw gesprek iets bijzonders voorgevallen?' vroeg Billy T.

De rechter scheen te aarzelen, hij morste koffie op zijn broek en wreef met driftige bewegingen over zijn dij.

'Nee', zei hij, zonder de politieman aan te kijken. 'Dat zou ik niet zeggen.'

'Haar secretaresse zegt dat mevrouw Volter de laatste tijd een beetje uit haar gewone doen leek. Is u dat opgevallen?'

'Ik ken Birgitte Volter eigenlijk niet meer zo goed. Ze maakte op mij een heel correcte indruk. Nee, ik kan niet zeggen dat mij iets is opgevallen.'

Benjamin Grinde leefde van en voor het zoeken naar waarheid en gerechtigheid. Hij sprak altijd de waarheid. Hij was absoluut niet gewend te liegen. Hij voelde een knoop in zijn maag en werd misselijk. Voorzichtig zette hij het koffiebekertje op de rand van het bureau. Toen keek hij de politieman recht in de ogen.

'Er was niets aan haar gedrag dat mij aanleiding heeft gegeven te denken dat er iets zou zijn', zei hij met vaste stem.

Het ergst van al was dat de politieman recht door hem heen leek te kijken, naar de leugen die zich als een giftige slang achter zijn borstbeen had ontrold.

'Er is mij niets abnormaals opgevallen', herhaalde hij en hij keek weer uit het raam.

Het zwaailicht was weer teruggekomen en sloeg tegen de donkere, matte ruit.

2.23 uur Noorse tijd, Berkeley, Californië

Lieve Billy T.,

Niet te geloven! Ik was net aan het koken toen je fax binnenkwam. Het is toch niet te geloven! Ik heb meteen Cecilie gebeld en ze is nog nooit zo snel van de universiteit naar huis gekomen. De moord krijgt hier ook de nodige aandacht en we zitten aan het tv-scherm gekluisterd. Maar eigenlijk horen we niets, ze zeggen steeds weer hetzelfde. Ik verlang meer dan ooit naar huis!

Pas op dat jullie je niet op een paar theorieën vastpinnen. We moeten iets leren van de Zweden, die in de zaak-Palme naar het zich laat aanzien volkomen vastliepen in het ene 'duidelijke' spoor na het andere. Van welke theorieën gaan jullie in eerste instantie uit? Terrorisme? Rechts-extremisten? Ik heb begrepen dat in die kringen tegenwoordig weer enige activiteit te bespeuren is. En vergeet in geen geval de meest voor de hand liggende oplossingen: idioten, familie, afgewezen minnaars (daar weet jij alles van...). Hoe organiseren jullie het werk? Ik heb duizend-en-een vragen waar jij momenteel natuurlijk nog geen antwoord op hebt. Maar ALSJEBLIEFT*: laat iets van je horen, ik beloof je snel terug te schrijven.*

Dit is alleen maar mijn eerste reactie, ik hoop dat je deze fax nog kunt lezen voordat je gaat slapen. Ofschoon er de komende tijd wel niet veel van slapen zal komen. Ik fax het naar je huis, anders storen de jongens zich er misschien aan dat een inspecteur in ballingschap zich met zaken bemoeit waar ze in feite niets mee te maken heeft.

De hartelijke groeten van Cecilie. Zij maakt zich, typisch genoeg, vooral zorgen om jou! Ik denk meer aan Noorwegen, mijn Noorwegen. Wat een waanzin! Schrijven hoor!
Liefs,

Hanne

2.49 uur, redactie van De Avondkrant

'Geen sprake van, Liten. Dit kunnen we niet maken.'

De redacteur boog zich over de tafel en bekeek een ontwerp voor de voorpagina. Die was, sinds de eerste extra editie, die al rond middernacht op straat werd verkocht, radicaal veranderd. Voor hem lag een voorpagina die gedomineerd werd door een grote foto van Benjamin Grinde, voorzien van de dramatische vette kop: RECHTER VAN HET HOOGGERECHTSHOF GEARRESTEERD, en daaronder, kleiner: 'De man die Volter als laatste levend zag'.

'Hier hebben we onvoldoende bewijs voor', zei de man, terwijl hij in zijn neus kneep en zijn bril rechtzette. 'Dit gaat echt niet. Hier gaat hij een schadeclaim voor indienen. Miljoenen.'

Het kostte Liten Lettvik geen enkele moeite om volkomen vertwijfeling uit te beelden. Ze stond daar wijdbeens, zwaaide met haar armen, schudde haar hoofd en sloeg haar ogen ten hemel.

'Wat zullen we nóú krijgen!'

Ze ging zo tekeer, dat het geroezemoes op de redactie even verstomde. Toen de anderen zagen wie er zo brulde, gingen ze weer gewoon door met hun werk. Liten Lettvik reageerde wel vaker dramatisch, ook als er eigenlijk geen aanleiding voor was.

'Ik heb twee bronnen', siste ze met opeengeklemde kaken. 'Twéé bronnen!'

'Kom even mee', zei de redacteur, hij bewoog zijn handen

op en neer, in een poging haar tot kalmte te manen, wat door Liten Lettvik als zeer denigrerend werd opgevat. Toen ze eenmaal in zijn imposante kantoor waren, lieten ze zich allebei in een stoel vallen.

'En welke bronnen zijn dat dan wel?' vroeg hij, haar aankijkend.

'Zeg ik niet.'

'Goed. Dan komt het er ook niet in.'

Hij pakte de telefoon en keek naar de deur, om haar duidelijk te maken dat ze kon gaan. Liten Lettvik leek een ogenblik te aarzelen, toen stampte ze echter naar buiten, de gang door, naar haar eigen hokje. Haar kamer was een grandioze chaos, overal lagen boeken, kranten, officiële documenten, etenspapiertjes en afgekloven klokhuizen. Ze wroette even in de berg op het overvolle bureau en vond met bewonderenswaardige trefzekerheid, tussen een pizzadoos met twee slappe stukjes peperoni en een oude krant, het dossier dat ze zocht.

'Die klootzak zou zelf eens wat moeten doen om de krant te verkopen', mompelde ze, terwijl ze een cigarillo pakte.

Haar dossier over Benjamin Grinde was redelijk omvangrijk. Ze werkte er al ettelijke weken aan. Het bevatte alles wat er in de pers over de commissie was verschenen, vanaf het allereerste interview met Frode Fredriksen, de advocaat die de zaak aan het rollen had gebracht. Ze viste het knipseltje uit *Aftenposten* uit het dossier.

'Niets menselijks is mij vreemd!'

Advocaat Fredriksen viert 25-jarig jubileum met vrijspraak in zaak-Brevik

Tone Øvrebø
Anders Kurén (foto)

Frode Fredriksen heeft niet op de inrichting beknibbeld. Zijn kantoor laat duidelijk zien dat hij bijna alles heeft waar zijn minderbedeelde cliënten letterlijk een moord voor zouden plegen. Een van de wanden wordt geheel in beslag genomen door een gigantisch schilderij van Frans Widerberg, waarvan de oranjerode stralen op een glimmend gepolijst mahoniehouten bureau vallen. Op het bureau staat een zilveren fotolijstje: vader, moeder en twee geslaagde kinderen, een jongen en een meisje. Zijn vrouw zou makkelijk voor fotomodel kunnen worden aangezien, wat ze echter niet is: Frode Fredriksen is getrouwd met de niet onbekende psychologe en maatschappijcritica Beate Frivoll. Gisteren werd advocaat Fredriksens cliënt Karsten Brevik vrijgesproken in de zaak van de drievoudige moord, een zware nederlaag voor het OM. Vandaag viert Frode Fredriksen zijn 25-jarig jubileum als advocaat.

– Hoe is het om het zelf zo goed getroffen te hebben en ondertussen je leven te wijden aan de verliezers in de maatschappij?

– In de eerste plaats is het heel spannend. Bovendien zou ik ze geen verliezers willen noemen. Ik hou niet van dat woord. Niemand is een verliezer. Maar sommige mensen zijn iets minder gelukkig dan anderen, hun prijs in de loterij van het leven is niet even groot als die van een ander. Daarnaast is het een verrijking. Er gaat geen dag voorbij waarin ik niet iets leer. Gedurende de afgelopen vijfentwintig jaar heb ik zeer veel mensen leren kennen, in de meest afschuwelijke situaties. Niets menselijks is mij nog vreemd.

– Is het niet zwaar om met ver-

46

krachters en moordenaars te werken?
– Nee, dat zou ik niet zeggen. Zulke cliënten vormen een concrete uitdaging: vrijspraak of een lagere strafmaat. Veel zwaarder zijn de gevallen waar sprake is van onrecht, maar waar geen schuld kan worden aangetoond. Zo sta ik momenteel een echtpaar bij dat dertig jaar geleden hun baby heeft verloren. Dat gebeurde in 1965, het jaar waarin mijn vrouw en ik onze eerste kregen. De dood van het kindje lijkt zinloos en onnodig en heeft deze mensen al die jaren gekweld. Nu probeer ik namens de ouders schadeloosstelling te verkrijgen. Dat zijn lastige zaken. Heel lastig!

Het interview was nog veel langer, maar ze kon de rest van het knipsel even niet vinden. Dat maakte niet uit. In de linkerbovenhoek had ze met een paar hanenpoten de datum opgeschreven: 21 september 1996.

Het interview had de dandy advocaat achter het teakhouten bureau een berg opdrachten opgeleverd. Verbazingwekkend kort na het interview had hij namens 119 ouderparen een verzoek om schadeloosstelling ingediend bij het parlement. Ze waren allemaal van mening dat de dood van hun kleine lieveling onverwacht en volkomen onnodig was geweest. Alle zaken hadden gemeen dat niets op een verkeerde behandeling duidde. In de meeste gevallen sprak de overlijdensverklaring van een 'plotselinge hartstilstand'. Dat bracht de poppen pas goed aan het dansen. De oppositiepartijen – die trouwens volkomen verlamd leken in hun strijd tegen Gro Harlem Brundtland, van wie niemand toen nog wist dat ze kort daarna zou aftreden – hadden de regering op 10 november 1996 gedwongen een onderzoekscommissie in te stellen. Dat was onvermijdelijk geweest, aangezien een paar drukken op de toetsen bij het Centraal Bureau voor de Statistiek aantoonden dat er in 1965 veel meer kinderen van nog geen jaar oud waren gestorven dan in de jaren ervoor en erna. Benjamin Grinde was de perfecte commissievoorzitter, hij gold als topjurist en kon, naast andere aanzienlijke verdiensten, ook nog eens bogen op een doctoraalexamen geneeskunde. De oppositie had de smaak van succes nog steeds in de mond, nadat een andere rechter van het hooggerechtshof een halfjaar eerder een onderzoeksrapport over de geheime diensten had gepresenteerd. Met een dissertatie getiteld *Zwijgen en verzwijgen. Rechtsbescherming van de patiënt in gezondheidsonderzoeken*, was Benjamin Grinde een voor de hand liggende keuze geweest, die bovendien werd versterkt door de onkreukbare integriteit die zijn ambt met zich meebracht.

Liten Lettvik was moe.

Als ze er eens goed over nadacht, begreep ze eigenlijk niet waarom ze enkele uren nadat de minister-president was vermoord oude krantenknipsels zat te lezen, over een onderzoek waar niemand meer over sprak en waarvan niemand de uitkomsten nog wist. Misschien kwam het doordat ze er zoveel mee bezig was geweest. De laatste weken had ze geen enkel artikel geproduceerd en ze had het enkel en alleen aan haar positie als primus inter pares van de redactie te danken dat dat nog geen negatieve gevolgen voor haar had gehad. De zaak met de dode zuigelingen interesseerde haar. Misschien maakte die interesse haar blind. Ze had hier nu geen tijd voor. Ze moest zich op de moord concentreren.

Benjamin Grinde. Benjamin Grinde was degene die haar nu interesseerde. Ze hoefde maar aan de man te denken, of haar knie begon te steken. Het was onmogelijk om niet geïntrigeerd te worden door het toeval. Wekenlang had ze getracht uit te vinden waarmee de commissie Grinde bezig was, maar steeds weer was ze afgescheept met algemene en voor de hand liggende feiten. En dan is uitgerekend de voorzitter van de commissie vermoedelijk de laatste die de minister-president levend heeft gezien.

'Nou moet je eens aan de slag gaan, Liten.'

Dat was de redacteur. Zoals gewoonlijk liet hij een blik vol walging door haar kamertje gaan, voordat hij zich omdraaide en herhaalde: 'Nu moet je eens aan het werk. Er zou toch genoeg te doen moeten zijn.'

7.00 uur, vergaderzaal van de ministerraad in het regeringsgebouw

Iedereen had hetzelfde sterke onbehagen ervaren toen ze een verdieping lager de sluis naar het kantoor van de minister-president passeerden. Hoewel daar geen politiemensen meer aanwezig waren – in ieder geval niet zichtbaar – en het enige ongewone dat ze konden zien een gesloten deur was die gewoonlijk openstond, wisten ze dat achter de muur waar iedereen hardnekkig niet naar probeerde te kijken, Birgitte Volter een half etmaal geleden was doodgeschoten.

De kabinetsleden waren buitengewoon stil, alleen de brouwende, zangerige stem van de minister van Economische Zaken was te horen.

'Het is toch verschrikkelijk. Ik heb er gewoon geen woorden voor.'

Ze zat aan de gigantische ovale tafel en een van de ranke, moderne microfoons wees brutaal en vrijpostig in haar richting; ze dekte hem af met haar hand, terwijl ze zich naar het oor van de minister van Defensie boog. Het mocht niet baten. Geheel volgens de regels omtrent leeftijd en dienstjaren zaten ze allebei niet ver van het hoofd van de tafel en het geluid droeg door de hele ruimte.

De minister van Buitenlandse Zaken kwam als laatste binnen. De anderen hadden al plaatsgenomen. Hij zag ongewoon bleek en de minister van Cultuur zou zweren dat zijn haar in de loop van de nacht grijzer was geworden. Ze probeerde hem tevergeefs een opbeurende glimlach toe te werpen, maar hij keek niemand aan. Hij bleef een ogenblik bij de stoel van de minister-president staan, aan het hoofd van de ovale tafel, maar nam snel een besluit. Hij trok de grote leren stoel naar achteren, liet hem onbenut staan en ging op de stoel links ervan zitten. De plaats van de minister van Buitenlandse Zaken.

'Ik ben blij dat iedereen kon komen', zei hij, zijn collega's met samengeknepen ogen aankijkend.

De minister van Landbouw was de enige die vrijetijdskleding droeg, een spijkerbroek en een flanellen overhemd. Hij was in zijn vakantiehuisje in de bergen om te vissen, toen de regeringsauto hem kwam halen, en hij had eenvoudigweg geen tijd gehad om langs zijn flatje te rijden om iets gepasters aan te trekken. Nu zat hij met een doosje pruimtabak te spelen, hij durfde geen pruim te zetten, hoe groot de behoefte daaraan ook was. Het zou respectloos kunnen lijken. Hij stak het doosje in zijn borstzak.

'Dit is voor ons allemaal een afschuwelijke dag', zei de minister van Buitenlandse Zaken, nadat hij zijn keel had geschraapt. 'Voor wat de zaak zelf betreft... de politiezaak bedoel ik, daar weet ik maar heel weinig van. Er is geen wapen gevonden. Er is nog niemand aangehouden. De politie werkt natuurlijk op volle toeren. Ondersteund door de veiligheidsdienst. Ik hoef jullie nauwelijks te vertellen waarom die erbij betrokken is.'

Hij tastte naar het glas mineraalwater dat voor hem stond en dronk het helemaal leeg. Niemand verbrak de stilte, hoewel er in de geluidsgeïsoleerde ruimte genoeg vragen in de lucht leken te hangen. Alleen het gesnuf van de minister van Olie en Energie was te horen.

'Wat ik nu vooral wil, is jullie op de hoogte stellen van wat er gaat gebeuren. Praktisch en constitutioneel. Ik heb straks om negen uur een formele ontmoeting met de koning en later vandaag zal er een buitengewone ministerraad zijn. Jullie horen nog hoe laat.'

De minister van Buitenlandse Zaken hield het lege glas nog steeds vast, hij keek ernaar alsof hij hoopte dat het zich vanzelf weer zou vullen. Toen zette hij het met tegenzin neer en wendde zich tot de secretaris-generaal, die aan de andere kant van de lege stoel zat.

'Kunt u een en ander even uitleggen?'

De secretaris-generaal van het ministerie van Algemene Zaken was een oudere vrouw die energiek en volhardend streed tegen het feit dat ze over twee maanden zeventig werd. In de loop van de nacht had ze zichzelf verscheidene malen betrapt op een verwerpelijke, egocentrische gedachte: wat hier nu was gebeurd, zou mogelijkerwijs, in het beste geval, ertoe leiden dat haar pensioen met een jaar werd uitgesteld.

'Otto B. Halvorsen', begon ze, terwijl ze een leesbril op haar smalle, hoekige gezicht zette, 'stierf op 23 mei 1923. Samen met Peder Ludvig Kolstad is hij de enige die als zittend minister-president is overleden. Daarmee hebben we dus tenminste een voorbeeld. Ik zie geen reden om in deze zaak anders te handelen.'

Deze zaak... Minister van Financiën Tryggve Storstein voelde een hevige ergernis, grenzend aan woede. Dit was geen 'zaak'. Ze hadden hier te maken met het afschuwelijke feit dat Birgitte Volter dood was.

Tryggve Storstein was in feite een heel knappe man. Zijn regelmatige gelaatstrekken maakten iedere karikaturist het leven moeilijk; hij had donker haar dat ofschoon hij tegen de vijftig liep nog niet dunner leek te worden en ogen die zijn gezicht een bezorgde uitdrukking gaven en hem er zelfs als hij glimlachte droevig lieten uitzien. Zijn neus was recht en Noord-Europees en zijn mond kreeg bij het spreken soms iets sensueels. Maar Tryggve Storstein deed zijn uiterste best om zijn voordelige uiterlijk een beetje te verdoezelen. Dat kwam misschien door zijn jeugd in een afgelegen plaatsje in het noorden van Noorwegen, of doordat hij in zekere zin in de partij was geboren. In ieder geval had zijn kleding een zekere neiging tot de smakeloosheid die rechtse ballen alle vroegere leden van de sociaal-democratische jongerenorganisatie aanwreven. Zijn kleren pasten op zich goed om zijn goedgetrainde lichaam, maar ze stonden nooit echt goed. Nooit echt smaakvol. De donkere kostuums waren te donker en de andere waren bij C&A gekocht. Nu droeg hij een soort 'tweedjasje' van synthetisch materiaal, een zwarte broek en bruine schoenen. Hij was nerveus en drukte aan één stuk door het knopje van zijn balpen in. Klik-klak. Klik-klak.

'Otto B. Halvorsen stierf weliswaar na een kort ziekbed', ging de secretaris-generaal door, terwijl ze Storstein geïrriteerd over haar bril aankeek. 'Men had dus tijd om enige voorbereidingen te treffen. Van die voorbereidingen kon men waarschijnlijk dankbaar gebruik maken, toen Peder Kolstad in maart 1932 plotseling aan een beroerte overleed. Men volgde toen dezelfde procedures. Maar goed. In ieder geval neemt de minister van Buitenlandse Zaken voorlopig de taken van de minister-president waar, tot de regering aftreedt. Dat kan gebeuren zodra een nieuwe regering is gevormd. Tot die tijd functioneert het huidige kabinet als demissionair kabinet.'

Ze spitste haar mond even en zag er daardoor uit als een bebrilde muis.

'Dat wil zeggen dat alleen de lopende zaken behandeld worden. Ik heb een notitie uitgewerkt…'

Ze gaf een gebiedend seintje aan een vrouw die net was binnengekomen en die nu, duidelijk slecht op haar gemak, naast de deur stond te wachten. Op aanwijzing van haar meerdere maakte ze snel een ronde om de tafel, waarbij ze alle ministers een setje van drie aan elkaar geniete A4'tjes gaf.

De secretaris-generaal ging verder: '…waarin staat wat men als "lopende zaken" kan beschouwen. In grote trekken komt het erop neer dat het zaken zijn die de volgende regering nergens op vastleggen. De benoeming van rechters, bijvoorbeeld…'

Ze keek op van het papier dat voor haar lag en zocht de ogen van de minister van Justitie, maar die zat naar het plafond te kijken. Hij had zijn blik op de kleine halogeenlampjes gevestigd, die net planeten in een vreemd universum leken.

'…is momenteel niet mogelijk. Goed. Alles staat in de stukken. En als er vragen zijn, dan staan wij vierentwintig uur per dag tot uw beschikking.'

De secretaris-generaal klopte op haar papieren en keek de minister van Buitenlandse Zaken met een strenge glimlach aan.

'Dank u', mompelde hij en hij hoestte.

Hij voelde een verkoudheid opkomen, er lag een klamme, klemmende band om zijn hoofd.

'Ik heb de voorzitter van het parlement gesproken. Er is vandaag om 12.00 uur een buitengewone vergadering. Ik ga ervan uit dat de nieuwe regering in de loop van volgende week benoemd wordt. Maar we wachten tot na de begrafenis.'

Het werd stil. Volkomen stil. De minister van Landbouw greep onwillekeurig naar zijn borstzakje, maar liet het doosje pruimtabak toch nog maar even zitten. De minister van Economische Zaken haalde een hand langs de lokken die uit haar anders zo perfecte wrong waren gesprongen. Tryggve Storstein verbrak de stilte.

'Morgenmiddag is er een buitengewone vergadering van het partijbestuur', zei hij zacht. 'Voorlopig zal ik als partijvoorzitter optreden. Ik zal jullie onmiddellijk informeren over wat er de komende dagen in de partij gebeurt.'

Minister van Volksgezondheid Ruth-Dorthe Nordgarden streek haar blonde haar achter haar oor en wierp de minister van Financiën een blik toe. Zij was, net als Tryggve Storstein, vice-voorzitter van de partij. Functies die zij vijf jaar geleden als troostprijs hadden gekregen, toen Gro Harlem Brundtland na een dramatische confrontatie plotseling om persoonlijke redenen was teruggetreden als partijleider. Birgitte Volter had gewonnen. Tot een uur voordat de beslissing viel was het onmogelijk te zeggen op wie van de drie de keus zou vallen. De vakbond had de beslissende stem gehad. Birgitte Volter kwam oorspronkelijk uit de vakbeweging en had die relatie zorgvuldig gekoesterd.

Ze waren allebei vice-voorzitter. Het belangrijkste verschil tussen hen was dat Tryggve Storstein de nederlaag vijf jaar geleden sportief had opgevat. Bovendien werd hij in brede kring gerespecteerd, ofschoon de meeste mensen wel iets op hem hadden aan te merken. Ruth-Dorthe Nordgarden had daarentegen zowel gezworen, kritiekloze vrienden als vijanden die haar ronduit haatten. Zolang er van de eerste soort voldoende waren, redde zij zich wel. Tryggve Storstein behoorde daar niet toe. Het wantrouwen was wederzijds.

'Eén ding moeten we helder voor ogen houden', voegde Tryggve Storstein eraan toe, terwijl hij zijn papieren recht legde. 'Het is niet… de huidige parlementaire situatie in aanmerking genomen, met de regeringsgeilheid die de centrumpartijen het afgelopen halfjaar aan de dag hebben gelegd… We kunnen er niet zonder meer van uitgaan dat het land over een week nog steeds door de Arbeiderspartij wordt geregeerd. Dit is hun kans, als ze hem willen grijpen. De centrumcoalitie.'

Niemand had zo ver nagedacht. Iedereen keek elkaar aan.

'Mooi niet', mompelde de minister van Jeugd- en Gezinszaken, die ondanks haar jonge leeftijd al een oudgediende in de regering was. 'Ik zal doodvallen, als ze dat nu doen. Ze wachten maar tot het najaar.'

Ze sloeg ineens een hand voor haar mond. Het was niet het juiste moment om het over doodvallen te hebben.

8.oo uur, hoofdbureau van politie

'Dit zijn erg veel koks', mompelde Billy T. 'Dat móét de brij wel bederven.'

De vrouw naast hem knikte zwakjes. Er waren zeker vijftig mensen in de conferentiezaal op de derde verdieping van het politiebureau. De mensen van de veiligheidsdienst waren gemakkelijk te herkennen, ze zaten apart en zagen eruit alsof ze een buitengewoon groot geheim met zich meedroegen. Bovendien zagen de meesten van hen er uitgerust uit, wat niet gezegd kon worden van de politiemensen; zij hadden er veelal al bijna een etmaal opzitten. Een zwakke geur van oud zweet verspreidde zich door de ruimte.

'BVD, BVD, BVD,' ging Billy T. verder, 'en alles gaat naar de ratsmodee. Die jongens daar gaan de meest vreselijke doemscenario's voorspiegelen. Terrorisme en ellende en dreigementen uit het Midden-Oosten. Terwijl we vermoedelijk alleen maar met een idioot te maken hebben. Verdomme, Tone-Marit, dit moet geen Noorse tegenhanger van de Palme-zaak worden. Als we dit niet binnen een paar weken hebben opgelost, dan kunnen we het wel schudden. Daar kun je gif op innemen.'

'Je bent moe, Billy T.', zei Tone-Marit. 'Natuurlijk moet de veiligheidsdienst erbij zijn. Die kunnen per slot van rekening inschatten of we eventuele dreigementen van aanslagen serieus moeten nemen.'

'Ja, ik ben zo moe als een hond. Maar zoveel verstand van dreigementen kunnen ze nu ook weer niet hebben. Volter is per slot van rekening al dood. Dus…'

Hij grinnikte en probeerde vergeefs een plaatsje voor zijn benen te vinden tussen de rijen stoelen; ten slotte moest hij de man op de stoel voor hem vragen ergens anders te gaan zitten.

'Dus ze zitten midden in een catch 22-dilemma. Als zíj gelijk hebben dat de moord door een politieke of terroristische groepering is gepleegd, dan hebben ze hun werk niet goed gedaan. En als ík gelijk heb dat er een of andere idioot aan het werk is geweest, dan heeft de veiligheidsdienst hier niets te maken. Dat soort dingen kunnen wíj nu eenmaal.'

'Hou je toch rustig', zei Tone-Marit zacht. 'Je kunt het gewoon niet hebben dat ze aan de uitslag van jouw anteceden-tenonderzoek twijfelden.'

'Alleen maar omdat ik van vrouwen hou', siste Billy T.

'Jij gaat naar bed met iedereen die zich aanbiedt', corri-geerde Tone-Marit. 'En nog een paar. Maar daar had het niets mee te maken. Dat weet je best. Je bent ooit lid geweest van de Communistische Partij. Bovendien heb je geen enkele reden om aan te nemen dat dit het werk van een gek is. We hebben überhaupt geen reden om welke conclusie dan ook te trekken. Niet één. Dat zou jij moeten weten.'

'Ik ben nooit lid geweest van de Communistische Partij. Nooit! Ik was radicaal! Dat is iets heel anders. Ik bén ver-domme radicaal. Maar dat betekent nog niet dat ik niet te vertrouwen ben!'

De chef van de veiligheidsdienst en de hoofdcommissaris hadden aan een tafel vooraan in de zaal plaatsgenomen, ze keken de anderen aan als twee leraren van een klas waarvan ze niet wisten hoe ze die moesten aanpakken. De hoofdcommis-saris, die pas drie maanden tevoren naar deze functie was bevorderd, had vuile strepen in zijn gezicht en hij zat constant in een blauwe stoppelbaard te krabben. Het overhemd van zijn uniform vertoonde een vuile rand langs de kraag en zijn stropdas hing scheef. De chef van de veiligheidsdienst droeg geen uniform, hij was correct gekleed in een beige zomer-kostuum, een krijtwit overhemd en een egale, lichtbruine stropdas. Hij zat naar het plafond te staren.

'In de operationele commandokamer is een staf geïnstal-leerd', verklaarde de hoofdcommissaris zonder nadere intro-ductie of inleiding. 'Die ruimte houden we in ieder geval de eerste paar dagen aan. De tijd zal leren of we daarna moeten verkassen.'

De tijd zal het leren. Iedereen wist wat een dergelijke uitspraak betekende.

'We staan verdomme echt met lege handen', fluisterde Billy T.

'Voorlopig hebben we nog erg weinig', bevestigde de hoofdcommissaris luid, terwijl hij opstond.

Hij liep naar een overheadprojector toe en legde een sheet op de glasplaat.

'Tot nu zijn er achtentwintig mensen verhoord. Dat zijn de mensen die qua plaats en tijd in verband kunnen worden gebracht met de plaats delict. Het personeel in het kantoor van de minister-president, zowel politici, beleidsmedewerkers als kantoorpersoneel. En de beveiligingsmensen op de veertiende verdieping en op de begane grond. En een paar... gasten. Personen die de minister-president gisteren hebben bezocht.'

De hoofdcommissaris wees naar een rood vakje op de sheet, dat vol met namen stond. Zijn hand trilde. De balpen waarmee hij wees – en die zich als een gigantische aanwijsstok op de wand erachter aftekende – stootte tegen de sheet en verschoof de illustratie. Hij probeerde hem weer op zijn plaats te krijgen, maar gaf het op toen het ding ergens achter leek te blijven haken.

'Voorlopig hebben we nog geen vaste theorieën. Ik herhaal: we hebben geen vaste theorieën. Het is van het allergrootste belang dat we breed te werk gaan. Bij dit werk zal de veiligheidsdienst een zeer centrale rol spelen. De manier waarop de moord is gepleegd...'

Hij zette de projector uit en gebruikte beide handen om de recalcitrante sheet te verwijderen. Daarna legde hij een nieuwe sheet op de glasplaat en zette het apparaat weer aan.

'...duidt op een hoge mate van professionaliteit.'

De sheet toonde een schets van de veertiende en de vijftiende verdieping van het regeringsgebouw.

'Dit is de werkkamer van de minister-president. Zoals we

zien zijn er twee toegangsmogelijkheden, door het voorvertrek waar de secretaresse zit hier naar binnen...' hij tikte met zijn pen tegen een deur, '...of via een vergaderkamer, door de zitkamer en dan hier naar binnen.'

De pen tekende een vierkantje op de sheet.

'De beide ingangen hebben gemeen dat men langs deze deur moet...' weer tikte de pen tegen het glas, '...en die ligt in het zicht van het bureau van de secretaresse hier.'

De hoofdcommissaris zuchtte zo diep dat het zelfs helemaal achterin waar Billy T. en Tone-Marit Steen zaten te horen was. Daarna bleef het een hele tijd stil.

'Bovendien,' zei de hoofdcommissaris plotseling, zijn stem brak midden in het woord en hij hoestte hard, 'bovendien moet men, om de drie verdiepingen van de minister-president te bereiken, dit punt passeren.'

Ditmaal gebruikte hij een stompe wijsvinger, die de gehele ingang op de veertiende verdieping bedekte.

'Deze veiligheidssluis wordt vierentwintig uur per dag bewaakt. Er is natuurlijk ook een nooduitgang, hier...' zijn vinger bewoog weer, '...maar er is absoluut niets wat erop wijst dat die is gebruikt. De deuren zijn verzegeld en het zegel is niet verbroken.'

'John Dickson Carr had hier moeten zijn', fluisterde Billy T. in Tone-Marits oor.

De hoofdcommissaris ging verder.

'Al gedurende enige tijd worden er renovatiewerkzaamheden aan het gehele regeringsgebouw verricht, zowel in- als uitwendig. Voor dat doel staat het aan twee kanten in de steigers. We hebben natuurlijk gecheckt of iemand op die manier heeft kunnen binnenkomen, maar ook daarvoor zijn geen aanwijzingen. Niets. De ramen zijn intact, de kozijnen niet aangeraakt. Natuurlijk onderzoeken we ook alle ontluchtingskanalen en dergelijke, maar tot dusver lijkt ook dat een dood spoor te zijn.'

De chef van de veiligheidsdienst had zijn armen over elkaar geslagen, hij bestudeerde iets wat voor hem op de tafel lag.

'Het wapen is nog niet gevonden. Het ziet het ernaar uit dat er een relatief klein kaliber wapen is gebruikt, waarschijnlijk een revolver. Vanmiddag, als het voorlopige sectierapport beschikbaar is, weten we meer. Op dit moment ziet het ernaar uit dat het tijdstip van de moord kan worden vastgesteld ergens tussen 18.00 en 18.45 uur. En dat betekent...' Hij keek de aanwezigen met toegeknepen ogen aan. 'Het zou eigenlijk onnodig moeten zijn dit te zeggen. Maar ik zeg het toch: als het ooit belangrijk is geweest om ons niet in de kaart te laten kijken, dan is het nu wel. Als er ook maar iets naar de pers of anderen uitlekt, dan zal er een grondig onderzoek worden ingesteld. En dan bedoel ik ook grondig. Ik accepteer geen, ik herhaal, geen énkel lek in deze zaak. Begrepen?'

Er steeg een instemmend gemompel op uit de zaal.

'De chef van de veiligheidsdienst zal nu een korte uiteenzetting geven.'

De man in het beige pak stond op en liep om de tafel heen. Hij ging met een elegante zwaai op het tafelblad zitten en sloeg zijn armen weer over elkaar.

'Zoals de hoofdcommissaris al zei houden we alle mogelijkheden open. We weten dat rechts-extremistische groeperingen de laatste tijd een zekere activiteit aan de dag hebben gelegd en we weten dat sommige van die groeperingen met zogeheten dodenlijsten opereren. Dat is op zich niets nieuws. Die lijsten bestaan al geruime tijd en minister-president Volter stond daar al lang voordat ze aantrad op.'

Hij stond weer op en liep al pratend heen en weer. Hij had een diepe, prettige stem, hij sprak vloeiend en zonder haperingen.

'We kunnen ook niet uitsluiten dat de moord verband houdt met de jongste ontwikkelingen in het Midden-Oosten. Het Oslo-akkoord dreigt te verzanden en het is bekend dat

Noorwegen er achter de coulissen alles aan doet om het vredes-
proces te redden.'

'En dan kunnen de jongens van de veiligheidsdienst weer
met hun oude makkers van de Mossad samenwerken', mompelde Billy T. bijna onhoorbaar.

Tone-Marit deed alsof ze hem niet hoorde en rekte haar hals
uit om de man vooraan beter te kunnen zien.

'Bovendien zijn er nog een paar andere mogelijke theorieën
die we momenteel onderzoeken. Maar daar hoeven we nu niet
nader op in te gaan.'

De chef van de veiligheidsdienst zweeg en knikte even tegen
de hoofdcommissaris om aan te geven dat de bespreking afgelopen was. De hoofdcommissaris plukte aan zijn smerige
kraag en zag eruit alsof hij nu intens naar huis verlangde.

'Geloof jij nog steeds in dat geklets over een soloactie van
een of andere idioot?' vroeg Tone-Marit, toen ze even later de
conferentiezaal verlieten. 'Dat zou dan een genie moeten zijn!'

Billy T. gaf geen antwoord, hij staarde haar een paar seconden aan en schudde toen heel langzaam zijn hoofd.

'Nu moet ik echt naar bed', mompelde hij.

9.07 uur, hoofdbureau van politie

De leeftijd van de vrouw die in een zwarte jurk en met een
klein, rood shawltje om haar hals van een glas mineraalwater
zat te nippen, liet zich onmogelijk raden. Politieagente Tone-
Marit Steen was onder de indruk; de vrouw zag er uitgerust en
verzorgd uit, ofschoon ze tot 's morgens vier uur was verhoord.
Haar ogen waren weliswaar een beetje rood, maar ze was
perfect opgemaakt en haar soepele gebaartjes lieten een aangename lichte parfumgeur door de kamer zweven. Tone-Marit
drukte haar armen tegen haar lichaam en hoopte dat ze niet al
te erg stonk.

'Het spijt me werkelijk dat we u weer moeten lastigvallen',

zei ze met een stem die oprecht klonk. 'Maar u begrijpt zeker wel dat u voor ons een uitermate belangrijke getuige bent.'

Wenche Andersen, de secretaresse van de minister-president, knikte kort.

'Dat geeft niet. Ik kan nu toch niet slapen. Dat spreekt vanzelf. Nee, vraagt u maar.'

'Om het werk van vannacht niet nog eens over te doen, stel ik voor om even kort door te nemen wat u al heeft verteld. Onderbreekt u me maar als er iets niet klopt.'

Wenche Andersen knikte en legde haar handen in haar schoot.

'Birgitte Volter wilde niet gestoord worden, klopt dat?'

De vrouw knikte.

'En u weet niet waarom. Ze had een onderhoud met rechter Grinde, een afspraak die een week tevoren was gemaakt. Nadat u Volter voor het laatst levend had gezien, zijn er geen andere personen naar haar kantoor toe gekomen. Maar u zegt...' Tone-Marit bladerde in de papieren en vond ten slotte waar ze naar zocht. 'U zegt dat ze de laatste tijd een beetje onrustig was. Gestrest, zegt u. Waarom vond u dat?'

De vrouw in het zwart keek haar aan en leek naar woorden te zoeken.

'Dat is eigenlijk moeilijk te zeggen. Ik kende haar nog niet zo goed. Ze was... afwijzend? Lichtgeraakt? Allebei een beetje. Een beetje kortaf, zeg maar. Meer dan ze eerder was geweest. Veel meer kan ik er eigenlijk niet van zeggen.'

'Kunt u... kunt u een paar voorbeelden geven? Wat irriteerde haar?'

Wenche Andersen deed een poging tot een glimlach.

'Gewoonlijk komt de bode 's morgens om kwart over acht met de kranten. Donderdag was er een of andere vertraging en toen kwamen ze pas tegen halftien. De minister-president was zo geïrriteerd dat ze... ja, dat ze vloekte.' De vrouw had twee kleine roze vlekken op haar wangen gekregen. 'En niet zo'n

61

beetje ook. Ik ben naar buiten gegaan om *Dagbladet* en *De Avondkrant* voor haar te kopen.' Ze zuchtte. 'Dat soort dingen. Onnodige dingen. Dingen waar een minister-president gewoonlijk geen energie aan verspilt.'

Tone-Marit hield de vrouw een flesje mineraalwater voor. 'Graag', antwoordde ze en ze hield haar plastic bekertje op.

De politieagente keek haar een tijdje aan, zo lang dat de stilte pijnlijk werd.

'Hoe was ze eigenlijk?' vroeg ze toen ineens. 'Wat was het voor iemand?'

'Birgitte Volter? Hoe ze was?' De roze vlekken groeiden. 'Tja… hoe was ze. Ze was zeer plichtsgetrouw. Werkte hard. In dat opzicht was ze bijna net als Gro Harlem Brundtland.'

Er verscheen een stralende glimlach op haar gezicht, waarbij ze een rij mooie, goedverzorgde tanden toonde. Er glom goud in haar kiezen.

'Ze maakte lange dagen. Was erg makkelijk in de omgang, gaf altijd duidelijke opdrachten. Zeer duidelijke opdrachten. En als er eens iets niet goed ging… Als je zo'n volle agenda hebt als de minister-president, gebeuren er altijd wel onvoorziene dingen, maar dat nam ze altijd rustig op. En verder was ze vrij…'

Weer zocht ze naar het goede woord; haar blik dwaalde door de kamer, alsof ze de juiste uitdrukking zocht die zich ergens had verstopt en weigerde tevoorschijn te komen.

'Warm', zei ze uiteindelijk. 'Ik zou haar echt warm willen noemen. Ze dacht zelfs aan mijn verjaardag, ik heb rozen van haar gekregen. En ze had bijna altijd tijd voor een praatje over koetjes en kalfjes.'

'Maar als u iets negatiefs zou moeten zeggen', onderbrak de politieagente haar. 'Wat zou u dan zeggen?'

'Tja, iets negatiefs…' De vrouw speelde met de zoom van haar jasje en sloeg haar ogen neer. 'Nou ja, ze was wel eens een beetje… een beetje te joviaal. Ik mocht haar geen excellentie noemen, ze wilde per se dat ik haar Birgitte noemde. Dat was niet gewoon. En ook niet correct, als je het mij vraagt. Bovendien was ze soms erg slordig, met betrekking tot heel concrete zaken, bedoel ik. Ze vergat bijvoorbeeld altijd haar toegangspasje en zo. En achter die jovialiteit was een soort... hoe zal ik het noemen? Een soort afstandelijkheid? Nee, nu klets ik maar wat.' Ze praatte nu zachtjes, fluisterde bijna en ze schudde gelaten haar hoofd.

'Iets anders?'

'Nee, eigenlijk niet. Niet iets van belang.'

Er werd op de deur geklopt.

'Later', riep Tone-Marit. Zachte voetstappen verwijderden zich door de gang toen ze zei: 'Laat mij maar beslissen of iets van belang is.'

De vrouw keek haar recht in de ogen en streek snel haar haren glad, een onnodige beweging.

'Nee, eerlijk gezegd kan ik niets meer vertellen. Behalve misschien iets wat me vannacht te binnen schoot. Of eigenlijk vanmorgen. Een paar uur geleden. Maar dat heeft hier in feite niets mee te maken.'

Tone-Marit leunde naar voren, pakte een pen en liet die tussen haar rechter wijs- en middelvinger op en neer wippen.

'Vannacht moest ik het kantoor van de minister-president controleren', ging Wenche Andersen verder. 'Om te zien of er iets ontbrak, zoals die politieman zei. Dat was nadat Birgitte... was weggebracht. Maar ik had haar immers al gezien. Toen ik haar vond en daarna nog eens, toen ze daar over haar bureau hing. Ik heb haar twee keer gezien. En...'

Ze staarde uitdrukkingsloos naar de pen die in een zenuwslopend staccato op het tafelblad tikte. Tone-Marit hield er meteen mee op.

'Het spijt me', zei ze achteroverleunend. 'Gaat u verder.'

'Ik heb haar dus twee keer gezien. En niet om op te scheppen... nee, echt niet, maar ik sta bekend als iemand die... die altijd alles ziet.' De roze vlekken op haar wangen waren inmiddels omringd door een dieprode rand. 'Ik zie altijd alles. Dat is ook wel noodzakelijk in mijn functie. En het viel me op dat de minister-president haar shawl niet droeg.'

'Haar shawl?'

'Ja, een grote wollen omslagdoek met franje, zwart met een rood patroon. Die droeg ze altijd over haar schouder, zo...'

Wenche Andersen knoopte haar eigen shawltje los, vouwde er een driehoek van en legde die over haar schouder.

'Niet precies zo, natuurlijk, want het was immers een omslagdoek, veel groter dan dit kleine shawltje, maar u begrijpt vast wel wat ik bedoel. Ik weet het niet zeker, maar ik denk dat ze hem met een veiligheidsspeld vastmaakte, want hij viel er nooit af. Ze was dol op die shawl en ze droeg hem dan ook vaak.'

'En wat was er met die shawl?'

'Hij was weg.'

'Weg?'

'Ja, ze droeg hem niet en hij lag ook niet in de kamer, toen ik daar controleerde. Hij is domweg verdwenen.'

De politieagente boog zich weer naar voren, haar ogen schitterden en de vrouw aan de andere kant van de tafel trok zich onbewust een beetje terug.

'Weet u zeker dat ze die shawl gisteren droeg? Heel zeker?'

'Honderd procent zeker. Het was me opgevallen dat hij een beetje scheef hing, alsof ze niet in de spiegel had gekeken toen ze hem omsloeg. Honderd procent. Is dat belangrijk?'

'Misschien', zei Tone-Marit Steen zacht. 'Misschien niet. Kunt u die shawl nog iets nauwkeuriger beschrijven?'

'Tja, zoals ik al zei was het een zwarte shawl met een rood patroon. Hij was vrij groot, zo ongeveer...' Wenche Andersen hield haar handen ongeveer een meter van elkaar, '...en hij was vrijwel zeker van zuiver wol. Ja, volgens mij was het wol. En hij is domweg verdwenen.'

Tone-Marit draaide zich om naar de pc bij het raam. Tien

minuten lang zat ze zwijgend te typen.

Wenche Andersen dronk nog wat mineraalwater en keek discreet op haar horloge. Ze voelde hoe de vermoeidheid bezit van haar nam, het monotone getik van de vingers van de agente op het toetsenbord werkte slaapverwekkend.

'En u heeft geen schot gehoord?'

Wenche Andersen schrok, ze was blijkbaar even ingedommeld.

'Nee. Echt niet.'

'Dan zetten we er voor vandaag een punt achter. U kunt op onze kosten een taxi naar huis nemen. Bedankt dat u de moeite heeft genomen nog eens hiernaartoe te komen. Ik kan helaas niet beloven dat het de laatste keer was.'

Nadat ze elkaar een hand hadden gegeven, bleef Wenche Andersen aarzelend bij de deur staan.

'Denkt u dat hij gepakt wordt? De moordenaar, bedoel ik?'

Haar ogen, die tot nu toe slechts een beetje rood waren geweest, stonden vol tranen.

'Ik weet het echt niet. Daar kunnen we niets van zeggen. Maar we zullen ons uiterste best doen – als dat een troost kan zijn', voegde Tone-Marit eraan toe.

Maar toen was de secretaresse van de minister-president al weg. Ze had de deur voorzichtig achter zich dichtgetrokken.

12.00 uur, plenaire vergaderzaal van het Parlement

De halfronde, op een amfitheater lijkende, grote vergaderzaal van het Noorse parlement was nog nooit zó vol geweest. Alle 165 stoelen waren bezet en dat waren ze al zeker een kwartier. Anders dan gewoonlijk zat er niemand met zijn buurman te kletsen. De leden van de regering zaten op de onderste rij stoelen, alleen de stoel van de minister-president was leeg, afgezien van een boeket met twaalf rode rozen dat op de rand van de stoel lag en dat ieder moment op de grond leek te kunnen vallen. Niemand voelde zich geroepen om ze beter neer te leggen. Ook de diplomatenloge was tot de laatste stoel bezet met buitenlandse representanten, allemaal in donkere kleding en met bleke gezichten, behalve de ambassadeur van Zuid-Afrika, die zwart was en een bontgekleurde dracht droeg. Uit de persloge kwam het enige geluid dat behalve wat sporadisch gekuch en gehoest te horen was: het zachte gebrom van camera's. De publieke tribune was afgeladen, twee bewakers hadden er hun handen vol aan om laatkomers buiten de deur te houden.

De voorzitter verscheen aan de linkerkant. Ze schreed naar binnen, met rechte rug en gezwollen ogen. Ze was een van Birgitte Volters weinige echte vriendinnen geweest en wist slechts op de been te blijven door een lange training in officiële waardigheid. Haar krullen bungelden triest rond haar hoofd, alsof ook zij over het verlies van een goede vriendin rouwden.

De kamervoorzitter klopte drie keer zachtjes met een houten hamer op de tafel. Daarna schraapte ze haar keel en bleef toen lange tijd zwijgend staan, waardoor de spanning in de zaal nog intenser werd. Ten slotte slikte ze zo luid en zo dicht bij de microfoon dat het overal in de zaal te horen was.

'Het parlement is voltallig', zei ze uiteindelijk, waarna ze de lijst plaatsvervangers voorlas die bij uitzondering tamelijk kort was.

En dat was maar goed ook, want formaliteiten leken op een dag als deze volkomen misplaatst.

'Minister-president Birgitte Volter is gestorven', zei ze uiteindelijk. 'En wel op de meest brute manier die maar denkbaar is.'

De herdenking ging aan minister van Financiën Tryggve Storstein voorbij. Hij was in gedachten verzonken. Alles om hem heen vervloeide tot één grote mist: de gouden versieringen aan het plafond, de donkerrode vloerbedekking, de stem van de voorzitter. Er leek zich een glazen stolp om zijn stoel heen gevormd te hebben; hij voelde zich volkomen alleen. Hij zou tot partijvoorzitter gekozen worden. Ruth-Dorthe had geen schijn van kans. Daarvoor was ze veel te omstreden. Maar zou hij ook minister-president worden? Hij wist niet eens of hij dat wel wilde. Natuurlijk had hij wel eens met de gedachte gespeeld. Vroeger, voor de grote confrontatie in 1992, toen Gro Harlem Brundtland haar functie beschikbaar stelde en het hanengevecht had uitgelokt dat uiteindelijk door Birgitte Volter was gewonnen. Maar nu? Wilde hij minister-president worden?

Hij schudde zijn hoofd. Zulke vragen mocht je niet stellen. Je deed wat de situatie verlangde. Wat de partij verlangde. Bij dat cliché trok hij zijn mondhoeken omlaag en sloot zijn ogen. Een kort, bevrijdend ogenblik dacht hij aan de mogelijkheid dat de oppositie de macht zou overnemen, maar die blasfemische gedachte werd snel weer verdrongen. Ze moesten proberen aan de macht te blijven. Iets anders zou chaos betekenen. Een nederlaag. Hij had geen zin meer in nederlagen.

'Ten slotte stel ik voor om minister-president Birgitte Volter op staatskosten te begraven', zei de voorzitter.

Tryggve Storstein richtte zich op.

'Unaniem aangenomen', hamerde de vrouw op het spreekgestoelte. Haar hand streek in een snelle, kwetsbare beweging over haar wang. 'De minister van Buitenlandse Zaken heeft het woord gevraagd.'

De slungelige man leek nog magerder en verdrietiger dan die ochtend. Toen hij eenmaal achter het spreekgestoelte stond, zag hij er volkomen gedesoriënteerd uit, maar toen vermande hij zich en wendde zich naar rechts.

'Mevrouw de voorzitter', zei hij met een kort knikje en hij keek op een briefje dat voor hem op de katheder lag. 'Ik ben zo vrij geweest het woord te vragen, om te zeggen dat de gehele ministerraad vanzelfsprekend zijn ambt ter beschikking stelt, nu de minister-president is overleden.'

Dat was alles. Hij aarzelde even en zette zijn bril recht, alsof hij nog iets wilde zeggen. Toen stapte hij van het spreekgestoelte af en liep terug naar zijn plaats zonder het briefje mee te nemen.

'Dan vraag ik nu om een minuut stilte', zei de voorzitter.

De geladen pauze duurde tweeënhalve minuut. Zo nu en dan was er wat gesnuf in de zaal te horen, maar zelfs de persfotografen respecteerden het plechtige moment.

Met de woorden: 'De zitting is opgeheven', hamerde de voorzitter de vergadering af.

Minister van Financiën Tryggve Storstein stond op. Anderhalve dag zonder slaap resulteerde in een soort roes; hij had het gevoel dat hij buiten zichzelf stond en staarde naar zijn handen, alsof ze bij iemand anders hoorden.

'Hoe laat vergadert de ministerraad, Tryggve?' vroeg de minister van Cultuur. Ze droeg een donkergrijze jurk en aan haar make-up was duidelijk te zien dat ze al een hele tijd niet meer in de spiegel had gekeken.

'Om twee uur', antwoordde hij kort.

Toen verliet iedereen de zaal, rustig en met neergeslagen ogen, als een rouwstoet die voor een begrafenis oefende. De persfotografen merkten op dat er maar één persoon was die een poging leek te doen om een glimlach te verbergen: minister van Volksgezondheid Ruth-Dorthe Nordgarden.

Maar het kon ook een grimas zijn.

15.32 uur, café Gamle Christiania (Gamla)
'Het type Christer Petterson. Heel zeker. Verdomd als het niet waar is.'

Het kostuum dat de man droeg leek bij de Texaco gekocht te zijn. De stof glom en deed denken aan de bevernylon uit de jaren zeventig. Hij tilde zijn bierglas op, dat bijna leeg was. Met een schuimsnor om zijn mond ging hij verder: 'Je zal zien dat de politie straks een modderfiguur slaat. Net als in Zweden. Ze bijten zich vast in allerlei knullige, megapolitieke sporen. En dan is het gewoon een of andere zonderling. Het type Christer Petterson.'

'Of een jaloerse minnaar.'

De vrouw met dit niet erg originele idee was relatief jong, rond de dertig, en ze had een zeer hoge stem.

'Wie weet er iets over Volters liefdesleven?'

Vier van de vijf anderen aan de tafel, allemaal mannen, begonnen te lachen.

'Liefdesleven? Ze deed het met Tryggve Storstein, dat staat wel vast. Godverdomme, en dan moet hij straks het hele zwikje overnemen! Delicate zaak voor de wouten, zeg ik je, hij moet een van de verdachten zijn! Ik weet dat...'

De Texaco-man was zeker van zijn zaak, maar hij werd in de rede gevallen door de bulderende stem van een bebaarde man van een jaar of veertig. Hij was volkomen kaal, maar zijn enorme, ravenzwarte baard reikte tot op zijn borst.

'Dat gerucht over Volter en Storstein slaat nergens op. Storstein heeft een verhouding met Helene Burvik, niet met Volter. Dat is allang verleden tijd. Lang voor het partijcongres van '92.'

'Ik dacht dat Tryggve Storstein gelukkig getrouwd was', mompelde de jongste van de journalisten om de tafel, een meisje van *Aftenposten* dat nog geen vast plaatsje in Gamla had weten te veroveren. 'Hoe zou zo'n man überhaupt tíjd moeten hebben voor een minnares?'

Het werd volkomen stil, iedereen verstijfde, zelfs het bier werd even met rust gelaten. Het meisje bloosde hevig, maar was moedig genoeg om verder te gaan: 'Ik bedoel, hoe weten jullie dat het wáár is wat jullie zeggen? Als ik de helft van alle roddels moest geloven die ik het afgelopen jaar heb gehoord, dan heeft het grootste deel van de ministers een liederlijk verleden en een seksleven waar wij allemaal jaloers op kunnen zijn. Als ze tenminste geen homo zijn. Hoewel... die ook, wat dat betreft. Waar halen ze de tíjd vandaan? Dat vraag ik je. Voor alles wat ze uitspoken, bedoel ik. En hoe wéten jullie dat allemaal? En is dat nou écht zo interessant?'

Ze hief haar wijnglas op, ze was de enige die geen bier dronk.

Als door een zwaai van een onzichtbaar toverstafje werd ze acuut uit de groep geduwd. Ze zat aan de korte kant van de tafel, op een krukje, en de twee mannen die ieder aan een kant van haar zaten, draaiden zich van haar af; hun schouders groeiden uit tot een muur tussen haar en de anderen.

'Ach gut, ' mompelde de baard, 'wat een schatje. En zo keurig.'

Liten Lettvik kwam binnen en zag hen zitten. Ze hief een hand op ter begroeting en kreeg antwoord van drie zwaaiende bierglazen. Toen liep ze naar de toog toe en kwam met een glas in haar handen op haar collega's af.

'Cóla, Liten? Niet te geloven!' De Texaco-man schudde zijn hoofd. 'Dit moet vereeuwigd worden. Bel de fotograaf.'

'In tegenstelling tot jullie,' zei Liten Lettvik rustig, terwijl ze zich op een krukje liet zakken waarbij het grootste deel van haar enorme achterwerk over de zitting heen hing, zodat het net leek alsof er vier stoelpoten uit haar achterste groeiden, 'werk ik momenteel vierentwintig uur per dag en probeer ik nuchter te blijven. Aan jouw krant is duidelijk te zien...' ze hief haar glas op naar de journalist van *Dagbladet* die naast haar zat, '...dat jullie niet hetzelfde beleid voeren als wij. Wat hebben jullie vandaag eigenlijk gedaan? De hele krant van jullie is één grote hulde aan Birgitte Volter, Gods gift aan het koninkrijk, de grootste minister-president van deze tijd! Waar is de kritiek gebleven, Ola? Jullie crèmejournalistiek? Het felle zoeklicht? *Dagbladet* altijd haantje-de-voorste! Vandaag lopen jullie echt achteraan.'

'Wij snappen tenminste dat we niet in het wilde weg en ongebreideld moeten speculeren, zolang we verdomme nog niets weten.'

De baard was boos. Hij had al vele prijzen in de wacht gesleept en was een zeer ervaren journalist. Herhaaldelijk waren hem redacteursfuncties aangeboden, die hij altijd brommend had afgeslagen, tevreden omdat de aanbiedingen in feite aantoonden hoe goed hij was. Hij wilde een echte journalist zijn. Hij wist alles en was een prettige gesprekspartner, als je zijn superioriteit erkende. Maar anders niet.

'Als de premier van Noorwegen in haar kantoor wordt doodgeschoten, is het toch écht tijd voor speculaties', ging Liten Lettvik verder. 'Wat denk je dat de politie doet? Die speculeert ook. Want ze weten nog helemaal niets. Ze baseren zich op theorieën en ideeën, en gaan van daaruit aan de slag. Net als wij.'

'Het is nog te vroeg voor speculaties', zei Ola Henriksen schamper. 'Die tijd komt vanzelf. Als het volk is uitgerouwd.'

'Dat kunnen we nooit zo lang rekken', meldde het uitgestoten meisje dunnetjes.

'Waar ben jij dan mee bezig?' vroeg Ola Henriksen. Hij staarde Liten aan terwijl hij zijn bierglas ronddraaide. 'Wat weet jij, wat wij niet weten?'

Liten Lettvik lachte, hees en hard. 'Alsof ik jou dat zou vertellen.'

Ineens keek ze op haar horloge, een plastic Swatch die een brede rand eczeem langs het bandje liet zien.

'Ik moet even bellen', zei ze abrupt. 'Hou m'n plaatsje vrij.'

De anderen bleven zitten en keken haar na. Allemaal hadden ze ineens het onbehaaglijke gevoel dat ze eigenlijk heel ergens anders zouden moeten zijn en heel andere dingen zouden moeten doen dan in Gamla bier te zitten hijsen, maar niemand zei iets.

'Hoe laat gaat de Tostrupkelder eigenlijk open?' mompelde

de oudste man uiteindelijk, hij praatte al een beetje met een dubbele tong.

Niemand antwoordde. Ze keken Liten Lettvik na, die niet alleen het doorrookte café uitging, maar voor de zekerheid ook de straat overstak, waar ze voor het warenhuis Glasmagasin ging staan, vlakbij de ingang van de lunchroom.

Het was koud buiten. Vanwege de motregen drukte ze zich tegen de muur en keerde ze de straat haar rug toe toen ze zijn geheime nummer intoetste.

'Storskog', kefte hij zoals altijd.

'Konrad, Konrad, beste vriend', zei Liten Lettvik, waarop hij zoals gewoonlijk met een overweldigende stilte reageerde. 'Ik heb even een vraagje. Hetzelfde als gisteren trouwens. Je was toen niet erg coöperatief.'

De pauze duurde niet zo lang als ze had verwacht.

'Dit is de laatste keer dat je wat van me krijgt, Lettvik. Hoor je dat? De laatste keer.'

De stem zweeg en leek op een belofte te wachten, die echter niet kwam.

'Hoor je me, Lettvik? Nu moet het maar eens afgelopen zijn. Afgesproken?'

'Dat ligt eraan. Wat heb je voor me?'

Weer een lange pauze.

'Benjamin Grande...'

'Grinde.'

'Ook goed. Grinde. Hij is gisteren aangehouden.'

'Aangehouden?' Liten Lettvik liet de telefoon bijna uit haar handen vallen en er klonk een vrolijk gepiep toen ze in haar verwarring allerlei toetsen indrukte.

'Hallo? Ben je daar nog?'

'Ja.'

'Aangehouden zeg je? Jullie hebben rechter Grinde aange-houden?'

'Hou je gemak eens even. Het is allang weer ingetrokken.

Het was allemaal een enorme blunder, de juristen waren weer eens een beetje overhaast te werk gegaan.'

'Maar het was er dus wel? Op schrift? Een schriftelijk aanhoudingsbevel?'

'Ja. De hoofdinspecteur die het had uitgevaardigd is vandaag flink op zijn vingers getikt. Door de hoofdcommissaris zelf. Die kan zijn bevordering verder wel vergeten.'

Liten Lettvik keerde zich om naar de straat. Een blinde man werkte zich met een witte stok die hij voor zich uit zwaaide door de stroom mensen op het trottoir heen, hij raakte Liten Lettvik tegen haar scheen.

'Kan ik een kopietje krijgen, Konrad?'

'Nee.'

'Als jij me een kopie geeft, ben je van me af. Dan bel ik je nooit meer op.'

'Dat gaat niet. Dit moet voldoende zijn.'

'Verleidelijk aanbod, Konrad. Ik bel je nooit meer op, als je mij een kopie van dat aanhoudingsbevel kan leveren. Erewoord.'

Hoofdinspecteur Konrad Storskog zweeg. Hij hing gewoon op. Liten Lettvik staarde even naar haar mobiele telefoon, toen klapte ze hem dicht en stopte hem in haar jaszak.

Met een brede glimlach op haar gezicht stak ze de straat over, ze zwaaide naar de zes wachtende journalisten en verdween in de richting van de redactie. Haar cola stond onaangeroerd op de tafel.

'Godzijdank heeft Konrad een hekel aan juristen', mompelde ze en ze neuriede: *'Loof, loof de Heer!'*

Ze wist vrijwel zeker dat Konrad Storskog iedere gelegenheid zou aangrijpen om voorgoed van haar af te zijn. Ze liep bijna te fluiten van plezier.

19.04 uur Noorse tijd, Berkeley, Californië

Lieve Billy T.,

Bedankt voor je fax, ik vind het echt geweldig dat je de tijd neemt om me te schrijven. Ik hoop dat deze fax je niet wakker maakt (maakt jouw faxapparaat erg veel lawaai?), want als je slaapt, dan heb je dat echt verdiend. Je moet een computer aanschaffen, dan kunnen we e-mailen! Dat is goedkoper en makkelijker.

De moord op Birgitte Volter krijgt hier nog steeds aandacht. Maar de Heer zij geprezen voor het internet! Ik heb urenlang langs de Noorse nieuwssites zitten surfen. Maar die schijnen ook niet zo heel veel te weten. Afgezien van 'De Avondkrant' dan, die het ene scenario na het andere opdist. Ja, ja, ze moeten toch iets bedenken om al die extra edities mee te vullen.

Wat je over die bewakers schrijft, heeft me echt aan het denken gezet. Als jullie maar vier personen met zekerheid in verband kunnen brengen met de plaats delict – de secretaresse, de rechter (is dat trouwens die man van die commissie?) en de twee bewakers – dan zou ik eerst op zoek gaan naar een eenvoudige manier om bij de minister-president binnen te komen. Voor de vier die er zeker zijn geweest, schijnt het immers bijna onmogelijk te zijn een motief te vinden. Dus het kan ook iemand anders zijn geweest en die iemand moet op een of andere manier zijn binnengekomen. Typisch onze chef, om de luchtkanalen en de ramen op de vijftiende verdieping te laten onderzoeken! Ik snap wel dat dat ook gedaan moet worden, Billy T., maar wij weten allebei dat het antwoord bijna altijd in de eenvoudigste oplossing ligt. Hadden de bewakers misschien net even pauze? Het was vrijdagavond en voorzover ik heb begrepen was het niet erg druk in het gebouw. Er kan iemand via de makkelijkste weg zijn binnengekomen! Rookt de bewaker? Had hij last van zijn maag? Ik ga ervan uit dat de bewakers gescreend zijn, maar waren er misschien toch ergens onregelmatigheden? Invallers? En nog iets: als dit mijn zaak was, zou ik de toegangsproblematiek in eerste instantie laten liggen. Ik zou naar motieven zoeken. Ik neem aan dat de jongens van de veiligheidsdienst momenteel tekeergaan en de ene prachtige theorie na de andere verzinnen, over terrorisme en zo, maar hoe zit het met het echte, ouderwetse speurwerk? Had ze vijanden? Vast wel. Die vrouw heeft immers haar hele leven aan haar carrière gewerkt. En niet in de laatste plaats: stond ze misschien op het punt om iets openbaar te maken? Wilde de regering een besluit nemen waar vooraanstaande belangengroepen benauwd voor waren? Oké, ik denk niet dat iemand een moord zou plegen om de bouw van een gasgestookte elektriciteitscentrale in West-Noorwegen te verhinderen, maar toch…

Eenvoud, Billy T. Het eenvoudigste is het beste! Zoek eerst het motief, dan kom je er vanzelf achter hoe de moordenaar is binnengekomen. Niemand pleegt een moord als hij geen motief heeft. Niet met voorbedachten rade in ieder geval, en dit moet toch met voorbedachten rade zijn gedaan.

Laat niet met je sollen door de jongens van de veiligheidsdienst. Maar jaag ze ook niet tegen je in het harnas. Je hebt al genoeg vijanden.

Overigens moet ik zeggen dat niets zo slecht is of het is ook ergens goed voor. Cecilie en ik hadden al drie dagen ruzie toen we van de moord hoorden. Ze wil langer blijven, maar dat wil ik absoluut niet. Ik hou echt van de good ol'e U.S. of A., maar één jaar zonder werk is genoeg. Nu zijn we weer de dikste maatjes.

Aan de andere kant: van dat bezoek zal nu wel niks meer komen. Of wel?

Ik duim voor jullie en wacht vol spanning op je volgende fax. Doe Håkon de hartelijke groeten als je hem ziet en zeg hem maar dat er een brief onderweg is.

Dikke kus,

Hanne

'Op zo'n avond kan ik je toch niet alleen met je moeder laten zitten', fluisterde ze, terwijl ze haar arm nonchalant en zusterlijk om zijn schouder legde. 'Dat zou gewoon niet goed voor je zijn!'

Benjamin Grinde glimlachte met zijn mond, niet met zijn ogen, en strikte zijn schort achter zijn rug vast.

'Het spijt me dat ik je vannacht heb opgebeld, Nina. Ik hoop dat ik Geirr en de kinderen niet wakker heb gemaakt.'

'Ben je gek', verzekerde Nina Rambøl hem. 'Natuurlijk moest je me bellen! Je was compleet overstuur!'

Ze knabbelde op een wortel en leunde tegen het aanrecht. 'Pijn in je rug.'

'Wat?'

'Je hebt pijn in je rug', zei ze met een brede glimlach. Ze zat nu met bungelende benen op het aanrecht. De platte schoenen sloegen steeds tegen het pannenkastje, maar ze leek de misprijzende frons op zijn voorhoofd niet op te merken.

'Dat heb ik tegen de gasten gezegd. Dat jij zo'n last van je ischias had, dat je het feestje moest afzeggen. Ik moet je van iedereen de groeten doen en je beterschap wensen.'

'Dank je', mompelde hij en hij staarde mistroostig naar de gebraden rosbief, die hij tien minuten voor sluitingstijd snel nog even bij Smør-Pettersen had gekocht. 'Het had zalm moeten zijn. In bladerdeeg.'

'Wat kan 't schelen', zei Nina en ze mikte op de vuilnisemmer die vanavond midden in de keuken stond. Het restje wortel trof geen doel en heel even leek ze te overwegen van het aanrecht af te springen. Maar toen veranderde ze van gedachten en pakte in plaats daarvan het grote glas rode wijn dat naast haar stond.

'Wat slurp je toch ongelooflijk als je drinkt', mompelde hij.

Ze staarde hem over het wijnglas aan en hield haar hoofd scheef.

'Benjamin. Nu ben je werkelijk jezelf niet meer.'

Benjamin Grinde had geen vrouw. Een man die een bewonderende hand op zijn colbertje opvat als een uitnodiging om over de voordelen van alpaca te praten, vindt geen vrouw. Hij vindt vriendinnen. Nina Rambøl was zijn beste vriendin. Ze was vijf jaar jonger dan hij en ze hadden elkaar leren kennen toen hij co-schappen liep en zij als medisch secretaresse werkte. Dat was een eeuwigheid geleden en haar echtgenoot had na verloop van tijd het bijzondere feit geaccepteerd dat zijn vrouw een mannelijke getuige koos toen ze trouwden.

'Zal ik Jon en Olav ook naar huis sturen?' vroeg ze met een kinderlijke, troostende stem, terwijl ze hem over zijn rug streelde. 'Heb je dat liever? Had ik ze niet moeten laten komen? Ze wilden beslist…'

'Nee, nee. Het is goed…'

'Hé, jullie tweeën! Nu móéten jullie eindelijk eens komen!'

De schelle uitroep was afkomstig van een vrouw die in de deuropening stond. Ze had een glas sherry in haar hand en ze wankelde een beetje. Haar gezicht was bruin en rimpelig als een rozijn en de slappe huid van haar armen sloeg tegen haar mouwloze, gebloemde tuniek toen ze haar glas ophief om te proosten. Haar oranje legging was al jaren uit de mode en was ook toen al eigenlijk niet erg flatteus geweest voor dames van tweeënzeventig.

'Ik vlieg als een vogeltje uit Spanje hiernaartoe om mijn goudhaantje te feliciteren en dan sta je hier een beetje te kniezen! Kom nou toch bij ons zitten, Ben. Kom bij je moeder. Wat staat die jurk je goed, Nina. Prachtig! Maar je hebt ook altijd al gevoel voor kleuren gehad!'

Ze strompelde op zeven centimeter hoge hakken door de keuken en wilde Benjamin bij zijn arm vastpakken. Hij trok zich terug en vermeed het haar aan te kijken.

'Zo dadelijk, ma. Ik kom zo. Ik moet hier nog even wat doen. Vraag de anderen maar vast aan tafel te gaan.'

Hij draaide zich met een slakom in zijn hand naar haar om, maar veranderde van gedachten en gaf de kom aan Nina. Zijn moeder leek de motie van wantrouwen niet op te merken en was alweer bezig om, met haar glas hoog opgeheven, de gladde keukenvloer opnieuw te forceren.

'Het is echt onvoorstelbaar, wat verschrikkelijk!' zei Benjamins moeder, toen de kaarsen waren aangestoken en de schalen werden doorgegeven. 'Die lieve kleine Birgitte. Die prachtige, kleine Birgitte! Ja, jullie weten natuurlijk dat Ben en Birgitte Volter als kind onafscheidelijk waren! Ze was bij ons kind aan huis, Birgitte. Een lief, welopgevoed meisje. Dat maakt het voor Ben allemaal nog veel erger. Ben is zo gevoelig, moet je weten. Dat heeft hij van zijn vader. Kan ik met je mee naar de begrafenis, Ben? Het is toch logisch dat ik erheen ga, dat meen ik echt, ze is toch járenlang bij mij kind aan huis geweest! Wanneer is de begrafenis eigenlijk? In de Dom zeker? Het is toch zeker in de Domkerk?'

Ze had de schaal met aardappelsalade gepakt, die nu op de maat van haar woordenstroom op en neer bewoog.

Benjamin Grindes moeder praatte niet. Ze kwetterde. Haar stem was ongewoon hoog en ze stond er dan ook op om Leeuwerik genoemd te worden.

'Wij waren niet onafscheidelijk, ma. En ze was ook niet kind aan huis bij ons. Ze is misschien drie keer bij me geweest. Hooguit. Ik heb haar een paar keer met haar huiswerk geholpen. Een doodenkele keer.'

Leeuwerik Grinde hief beledigd haar zware oogleden op, die nog zwaarder waren gemaakt door veel te veel oogschaduw.

'Wat een onzin nou toch, Ben. Denk je soms dat ik niet weet wie er bij ons kind aan huis was? Hè? Birgitte was een… een huisvriendin, zo zou ik haar bijna willen noemen. Jij was helemaal weg van haar, ja. Een beetje verliefd zelfs, dat was je, Ben.' Ze knipoogde naar Jon, die het had opgegeven om op de aardappelsalade te wachten en in plaats daarvan in zijn vlees

78

zat te prikken. 'Die twee hadden een paar kunnen worden, hoe vaak heb ik dat niet tegen mijn man gezegd. Jammer alleen dat die... hoe heette hij ook alweer, Ben? De man van Birgitte? Hoe heette hij ook alweer?'

'Roy Hansen', mompelde Benjamin, terwijl hij de schaal met aardappelsalade probeerde te pakken.

Zijn moeder hield de schaal buiten zijn bereik en ging verder: 'Roy was het, ja. Roy. Wat een vréselijke naam, vinden jullie ook niet? Wie noemt zijn kind in vredesnaam zo? Nou ja, hij was ook geen bijzonder goede partij, als je het mij vraagt, en ik wil niet indiscreet zijn, helemaal niet, en ik heb ook geen vooroordelen, ik ben nooit erg preuts geweest, maar...'

Ze boog zich vertrouwelijk over de tafel heen, haar kin hing bijna in de aardappelsalade toen ze haar ogen samenzweerderig van de een naar de ander liet gaan.

'Ze móésten trouwen!'

Verrukt leunde ze weer achterover en gaf de salade aan Nina.

'Ma!'

'Oeps! Nu heb ik mijn mond voorbijgepraat!'

Ze sloeg een hand voor haar mond en sperde haar ogen open.

'Ben houdt niet van roddelen. Het spijt me, Ben! Maar op een dag als deze vergeef je je oude moeder een beetje loslippigheid toch wel? Gefeliciteerd, goudhaantje van me! Gefeliciteerd!'

Ze hief haar glas zo abrupt op dat er rode wijn over het tafelkleed spatte.

'Proost!' De anderen glimlachten en keken de jubilaris medelijdend aan.

De telefoon ging.

Toen Benjamin Grinde opstond, voelde hij plotseling een duizeling opkomen, als een windvlaag. Hij moest zich aan de stoelleuning vasthouden, hij drukte met duim en wijsvinger op zijn neuswortel en kneep zijn ogen dicht.

'Wat is er aan de hand, Benjamin?' vroeg Nina bezorgd en ze legde haar hand op de zijne. 'Voel je je niet goed?'

'Niks aan de hand', zei hij zacht, toen hij zijn hand terugtrok om naar de telefoon in de gang te lopen.

De duizeligheid wilde niet weggaan.

'Met Grinde', zei hij zacht, terwijl hij de deur van de kamer dichtdeed.

'Hallo! U spreekt met Liten Lettvik, journalist bij *De Avondkrant*. Het spijt me dat ik u zo laat op de zaterdagavond bel, maar aangezien we te maken hebben met een uitzonderingstoest...'

'Ik ben maandag op kantoor te bereiken.'

De hoorn ging naar het telefoontoestel.

'Wacht!'

Gelaten drukte hij de hoorn weer tegen zijn oor.

'Waar gaat het over?'

'Het gaat over de zaak-Volter...'

'Wat?'

'De zaak-Volter.'

De wereld stond een ogenblik stil, toen begon hij te draaien, steeds sneller. De serie van vijf kleine lithografieën aan de wand tegenover hem veranderden in een sneltrein; hij moest naar de vloer kijken.

'Daar wil ik niet over praten', zei hij kokhalzend. Het maagzuur beet in zijn tong.

'Maar luister eens, Grinde...'

'Ik heb gasten', onderbrak hij haar verbeten. 'Ik ben vandaag vijftig geworden. Hoe durft u mij te bellen. Ik hang op.'

'Maar Grinde...'

Hij knalde de hoorn zo hard op de haak dat er een barst in kwam.

Uit de woonkamer hoorde hij het gekrijs van zijn moeder.

'En hij flírt met me! Stel je toch vóór! Een vlotte, echt voorname señor! Natuurlijk wordt het niet serieus, dat snappen jullie wel, maar als ik acht maanden van het jaar daar in het zuiden ben, dan is het toch heerlijk om een beetje aandacht te krijgen!'

Leeuwerik Grinde lachte verrukt. Nina Rambøl begreep beter dan ooit waarom Benjamin Grinde zich in zijn jeugd met zijn schoolboeken in zijn kamer had opgesloten.

Zijn moeder hief net haar glas, toen hij weer binnenkwam.

'Proost, goudhaantje! Wie was dat? Nog meer felicitaties, Ben?'

Haar pols met de vele gouden armbanden veegde over de tafel en ze keek naar de boeketten die in de loop van de dag waren bezorgd.

'Ben?' Ze kreeg ineens een onbekende, ernstige uitdrukking op haar gezicht. 'Ben, wat is er?'

Jon en Nina, die met hun rug naar hem toe zaten, draaiden zich ineens om.

Benjamin Grinde wankelde, zijn gezicht was grauw en zijn ogen lagen zo diep in hun kassen dat ze in het zwakke licht net kogelgaten leken.

'Ma! Ik heet geen Ben. Ik heb nooit Ben geheten. Ik heet Benjamin!' Toen sloot hij zijn ogen en viel flauw.

Zondag 6 april 1997

7.30 uur, diep in de bossen van Nordmarka bij Oslo
Het water greep naar hem, het klampte zich kleverig aan zijn
lichaam vast en wilde hem niet loslaten. Het dwong hem met
de toppen van zijn longen te ademen, snelle, korte teugen,
waardoor zijn huid zich samentrok. Zijn hart hamerde hec-
tisch in zijn brede borstkas. Hij voelde duidelijk hoe het bloed
door zijn lichaam stroomde, hij voelde de pulserende, ritmische stoten van zijn hart, voelde hoe het bloed door steeds fijner
wordende aderen in benen, armen en tenen geleid werd, waarna het zich een weg terug baande naar de zwoegende longen,
om nieuwe kracht, nieuw leven te krijgen. Hij dook weer onder
en concentreerde zich op zijn zwemslagen, trage, lange slagen;
hij was een albatros in het water, een tijgerhaai, hij bewoog zijn
voeten net zo bliksemsnel als een vis zijn vinnen, waardoor hij
genoeg snelheid kreeg om hoog, hoog boven het grijze, spie-
gelgladde wateroppervlak uit te schieten.

Hij had zich nog nooit zo springlevend gevoeld. In een
vloeiende beweging bereikte hij de wal. Hij stond wijdbeens
op een kale, grijze rots, miljoenen jaren geleden gladgeslepen
in dit wondermooie land waar hij thuishoorde. Liefdevol liet
hij zijn ogen over zijn naakte lichaam dwalen, van de grote
mannelijke voeten met de bleekblonde haren tot zijn schouders, die van hard werken en nog hardere training getuigden.
Toen hij zijn halfopgerichte penis zag, moest hij lachen. Hij

hield van koud water, hij zwom altijd zonder zwembroek, als een bespotting van alle mannen die hij kende. Maar nu was hij alleen.

Zonder zich af te drogen – hij had niet eens een handdoek bij zich – draaide hij zich om naar het meertje. Het water had zich achter hem gesloten en slechts hier en daar braken visjes de waterspiegel in kleine, zich perfect uitbreidende ringen.

De ochtendnevel hing tussen de bomen, die nog net zo naakt waren als hijzelf. Verlegen bekeken ze hun spiegelbeeld in het water. Hier en daar klampten vuile sneeuwvlekken zich koppig vast aan heide en bosjes gras. De vochtige, frisse lucht kon onmogelijk meer dan vier, vijf graden zijn en hij rook de onmiskenbare geur van een naderende lente. Hij glimlachte en ademde diep in door zijn neus.

Hij was nog nooit, nooit zo gelukkig geweest.

Hij had geen vertrouwen in de man gehad, hoewel die hem door verschillende leden van de groep was aanbevolen. Twee leden hadden gemeend dat hij het waard was te benaderen. Hij, de leider, had nee gezegd. De man had iets weeks over zich gehad. Hij had toen nog niet zelf met hem gesproken, hem alleen vanuit de verte gadegeslagen, een hele dag had hij de nietsvermoedende bewaker van het regeringsgebouw geschaduwd. Zoiets leverde vaak nuttige informatie op. Iemand een dag lang schaduwen kon hem meer vertellen dan alle referenties van de wereld bij elkaar.

Hij wist niet goed waarom hij uiteindelijk toch deze man gekozen had. De manier waarop de jongen bewoog had iets onacceptabel feminiens. En zijn kleren waren ook verkeerd, straalden ook iets weeks uit. Misschien lag het aan zijn blik. Hij had bruine ogen, maar dat was niet van doorslaggevende betekenis. Belangrijker was dat ze rusteloos heen en weer schoten. Besluiteloos. Vaag.

'Geen sprake van', had hij beslist. 'Die man is een risico.'

Veiligheidsmaatregelen. Dubbele controle. Drievoudige garanties. Al die dingen waren nog nooit zo belangrijk geweest als nu, nu de landverraders in het parlement de veiligheidsdienst gedwongen hadden om de aandacht van het werkelijke gevaar – het rode – af te wenden en op groepen als de zijne te richten.

Eindelijk was hij erin geslaagd iets op te bouwen wat op een daadkrachtige organisatie begon te lijken. Ze waren misschien niet met zo veel mensen, er waren er maar tien die hij honderd procent vertrouwde, maar kwaliteit was belangrijker dan kwantiteit. Bij de rekrutering van nieuwe leden moesten ze ontzettend voorzichtig te werk gaan. Een potentieel lid werd maandenlang onder de loep genomen, voordat de groep überhaupt toenaderingspogingen deed.

De bewaker was een aanhanger van de extreem-rechtse Vooruitgangspartij. Niet als lid, maar hij was duidelijk sympathisant. Dat was over het algemeen geen goed uitgangspunt. Mensen van de Vooruitgangspartij koesterden weliswaar vaak dezelfde, ware vaderlandsliefde als hijzelf, maar de meesten waren oliedom, en als ze dat niet waren dan leden ze meestal aan iets wat hij democratische overdaad noemde. Die uitdrukking beviel hem, hij had hem zelf bedacht. Mensen van de Vooruitgangspartij misten het juiste begrip voor de dringende noodzaak om andere middelen te gebruiken dan de door joden geleide machtselite in Noorwegen toeliet.

Daarom had hij nee gezegd. De twee die de man hadden aanbevolen waren gepikeerd geweest, maar hij had de indruk dat ze zijn beslissing hadden geaccepteerd. Ze hadden geen andere keus.

'Hij moet zich eerst bewijzen', had hij ongeveer een jaar geleden verklaard.

Kort daarna hadden de twee hem verteld dat de bewaker bevriend was met iemand die lid was van Loki. Loki was een vereniging van romantische idioten, een groep drankzuchtige padvinders die zich lieten vollopen en dan auto's van Pakistanen molden. Kwajongensstreken. Zonder ideologische verankering, ze hadden gewoon geen enkel benul, hadden nauwelijks iets anders gelezen dan cowboyboekjes. Maar de bewaker had een interessante baan.

Ze hadden nooit eerder de mogelijkheid gehad om iemand te rekruteren die zo dicht bij de regering stond. Dichterbij dan deze bewaker konden ze onmogelijk komen.

Daarom had hij de man verder geschaduwd. Op eigen houtje en niet zo vaak. Hij wist alles over de bewaker. Hij wist welke kranten hij las, op welke tijdschriften hij geabonneerd was en welke wapens hij had. Want hij beschikte over wapens; was lid van een schietvereniging. Hij, de leider, had thuis in de kelder een heel dossier met informatie over de bewaker, hij wist zelfs dat hij de vijftienjarige dochter van de huisbewaarder neukte en dat hij Boss-aftershave gebruikte.

Uitermate langzaam had hij de man benaderd. Schijnbaar toevallig had hij in een café, waar de bewaker in zijn eentje een vierpersoonstafeltje bezet hield, gevraagd of er een stoel vrij was. Daarna had hij een Amerikaans wapentijdschrift tevoorschijn gehaald. De bewaker had toegehapt en sindsdien hadden ze elkaar misschien vijf of zes keer gesproken.

De man was nog geen lid. Hij wist niet eens van het bestaan van de groep, in ieder geval niet concreet. Maar op de een of andere manier moest hij begrepen hebben dat die mogelijkheid bestond. Hijzelf, de leider, had zoveel verteld als mogelijk was zonder dat er iets bewezen kon worden, zonder dat er gekletst kon worden. En de bewaker had het begrepen. Hij had begrepen dat er een mogelijkheid bestond, ook voor hem.

Het belangrijkste was nu om afstand te houden. Volledige afstand. Niemand mocht de bewaker met de groep in verband brengen. Dat was levensgevaarlijk.

'Eindelijk zijn we begonnen', riep Brage Håkonsen tegen twee kraaien, die geschrokken van een omgewaaide boom opvlogen.

Daarna zette de forse jongeman met enorme passen koers naar de blokhut aan de rand van het bos.

'Eindelijk zijn we begonnen!'

In het huisje bewaarde hij een grote hoeveelheid papieren, allemaal zorgvuldig opgeborgen in ordners en plastic mapjes. Hij ging zitten, nog steeds naakt, zijn huid was roodgevlekt van de kou.

'We zijn begonnen', mompelde hij nog eens bij zichzelf terwijl hij naar een lijst met zestien namen staarde.

8.14 uur, Holmenvei 12

Karen Borg staarde Billy T. gefascineerd aan en probeerde zo discreet mogelijk nog een brood uit de diepvriezer te vissen en in de magnetron te smokkelen.

'Heb je nog meer?'

De man had al acht boterhammen achter de kiezen, maar hij had nog steeds honger.

'Momentje', zei Karen en ze schakelde het ontdooiprogramma in. 'Vijf minuutjes!'

Politie-inspecteur Håkon Sand kwam de grote, lichte keuken binnen en liet zich op een stoel met een gevlochten zitting vallen. Hij had blote voeten onder zijn zwarte broek. Zijn haar was nat en donkere vlekjes op zijn pas gestreken, lichtblauwe overhemd verraadden dat hij zich niet goed had afgedroogd. Hij haalde zijn hand door het witblonde haar van het tweejarige jongetje in de kinderstoel, maar trok plotseling zijn hand terug en staarde er met afgrijzen naar.

'Karen! Hij heeft jam in zijn háár!'

Hans Wilhelm lachte hard en zwaaide een boterham met aardbeienjam door de lucht, ineens boog hij naar voren en smakte de boterham op zijn vaders overhemd. Billy T. stond grinnikend op. De jongen keek hem verrukt aan en strekte zijn armen uit.

'Ik geloof dat wij maar eens even naar de badkamer gaan. Ga je met Billy T. in bad, Hans Wilhelm?'

'Bad, bad,' krijste het jongetje, 'met Billiet in bad!'

'Dan kan pappa ondertussen een schoon overhemd aantrekken.'

'Heb ik nog schone uniformhemden?' vroeg Håkon knorrig, terwijl hij aan zijn overhemd plukte en boos de rode vlek bekeek.

'Tuurlijk', glimlachte Karen.

'Håkon toch! Zorg je niet eens zelf voor je uniformhemden?'

Billy T. tilde het jongetje hoog in de lucht, het kind lachte en sloeg met zijn armen naar het plafond.

'Is it a bird? Is it a plane? No, it's Superman!'

Superman vloog in een enorme boog de deur door, op en neer tussen vloer en plafond, hij moest zo hard lachen dat hij de hik kreeg.

'Zo', zei Billy T. toen hij terugkwam. De jongen had nat haar en droeg een schoon trainingspak. 'Dan nemen we nu maar worst.'

Hij pakte een sneetje van het ondertussen ontdooide brood en smeerde een stevige boterham voor Hans Wilhelm, voor de zekerheid sneed hij de boterham in tweeën en drukte de twee helften op elkaar.

'Niet knoeien', commandeerde hij streng en de jongen at alles in een bewonderenswaardig tempo op, zonder ook maar iets te morsen.

'Jij kunt nog een boel van Billy T. leren, Håkon', constateerde Karen Borg. Ze probeerde haar enorme buik tussen een stoel en de tafel in te persen.

'Wanneer komt-ie?' vroeg Billy T., die met zijn boterham naar haar buik wees.

'Het wordt een meisje, Billy T. Ik ben over twee weken uitgerekend.'

'Nee hoor. Een jongen. Dat kan ik zien.'

'Laten we naar de kelder gaan', onderbrak Håkon Sand hen. 'Kunnen we jouw werkkamer even lenen?'

Karen Borg knikte en redde een melkglas dat gevaarlijk voor de jongen heen en weer wiebelde.

'Kom.' De twee mannen denderden de smalle keldertrap af en betraden een opmerkelijk gezellige kelderkamer. Hoewel het een echte kelder was en slechts één klein raampje het bleke ochtendlicht binnenliet, was het een lichte kamer. Billy T. liet zich op de stretcher zakken die tegen de lange wand stond, Håkon ging in de bureaustoel zitten en legde zijn benen op het bureau.

'Verdomd aardig stulpje heb je gekocht, Håkon', zei Billy T., terwijl hij in zijn oor peuterde. 'Leuk huis, leuke vrouw, leuk kind. Wat is het leven toch heerlijk, nietwaar?'

Håkon Sand gaf geen antwoord. Het huis was niet van hem. Het was van Karen. Zij was degene met het geld, ook al konden haar inkomsten als zelfstandig advocaat zich niet meten met het vermogen dat ze had binnengehaald als jongste en enige vrouwelijke partner in de grootste advocatenfirma van het land. Het was haar idee geweest om in de wijk Vinderen te gaan wonen. En zij was ook degene die niet wilde trouwen. Ze was al eens getrouwd geweest en dat vond ze voldoende. Dat baby nummer twee in aantocht was, zou haar hopelijk op andere gedachten brengen. Håkon zuchtte diep en haalde zijn vingers door zijn haar.

'Op dit moment zou ik er heel wat voor over hebben om twintig uur te slapen.'

'En anders ik wel. Of nog langer.'

'Wat denk je?'

Billy T. liet de stretcher voor wat die was en ging op de vloer liggen, met zijn handen onder zijn hoofd en zijn voeten op de stretcher.

'Ik probeer haar profiel te construeren', zei hij tegen het

plafond. 'Dat is niet echt makkelijk. Ik heb nu met drie ministers, vier vrienden, het kantoorpersoneel, haar politieke medewerkers en met de duivel en zijn hele gevolg gepraat. Het is grappig, weet je…'

Karen Borg stond met een blad met koffie en plakjes cake in de deuropening. Billy T. draaide zijn hoofd om en spreidde zijn armen.

'Als je die vent daar zat bent, Karen, dan kom ík bij je wonen. Absoluut.'

'Ik word die vent daar nooit zat', zei ze en ze zette het blad op het computertafeltje. 'In ieder geval niet als jij met zulke dreigementen komt.'

'Ik begrijp niet wat die vrouw in jou ziet', mompelde Billy T. met een mond vol cake. 'Ze kan mij zó krijgen.'

'Wat wilde je net zeggen?' vroeg Håkon gapend. 'Je vond iets grappig.'

'Ja. Het is grappig hoe moeilijk het is om je een mening te vormen over iemand die je nooit hebt ontmoet. Ze zeggen… ze zeggen allemaal wat anders. De een noemt haar intelligent, ijverig, vriendelijk, pragmatisch. Heeft naar het schijnt geen vijanden. Anderen zeggen dat ze vaak eigenaardig en koppig was en dat ze verscheidene lijken in de kast had waar het de uitschakeling van concurrenten betrof. Weer anderen menen dat ze een jaar of tien geleden, toen ze haar carrière uitstippelde, geen enkel middel schuwde om zich te profileren. En dan bedoel ik echt geen enkel middel. Als dat nodig was geweest, was ze zelfs met de juiste persoon het bed ingedoken. Terwijl anderen juist weer wijzen op het opmerkelijke feit dat ze haar man nooit ontrouw is geweest. Nooit.'

'Wie zijn die anderen?' Voor het eerst toonde Håkon Sand enige interesse.

'Dat zijn nou net degenen die haar waarschijnlijk het beste kenden, zij beweren dat ze nooit in iets dergelijks verwikkeld is geweest. Het lijkt wel alsof…' Hij ging rechtop zitten en slurpte van zijn koffie. 'Ik heb het idee dat hoe dichter de mensen bij haar staan, des te aardiger de dingen die ze over haar zeggen.'

'Dat lijkt me logisch', zei Håkon. 'De mensen die ons het meest na staan, vinden ons het aardigst.'

'Maar kénnen die ons ook het best?'

Het werd stil. Boven krijste het kind als een mager speenvarken.

'Vermoeiend zijn kleine kinderen, hè?'

De politie-inspecteur verdraaide zijn ogen. 'Ik wist niet dat het zo veel werk was. Dat het zo... zo afzien was!'

'Vertel mij wat', grinnikte Billy T. 'Je had het zoals ik moeten doen. Vier kinderen bij vier verschillende moeders die doordeweeks op ze passen en ze zo nu en dan aan mij overlaten voor een leuk weekeinde of zo. De beste manier om kinderen te hebben.'

Håkon keek hem aan, in zijn blik lag iets wat Billy T. aan minachting deed denken. Hij ging weer op de grond liggen en ging door met het nauwkeurig bestuderen van het plafond.

'Ja, ja', zei Håkon langzaam. 'Dus daarom ben je iedere vrijdag zo uitgelaten en de maandag daarop zo chagrijnig. Omdat je zo blij bent dat je ze weer hebt moeten terugbrengen, bedoel ik.'

'Laat maar', zei Billy T. geïrriteerd. 'Vergeet het maar.'

Håkon Sand stond op en schonk nog eens koffie in.

'Pas op dat je het niet omgooit', zei hij, naar het kopje kijkend dat een beetje wankel op het naaldvilt stond. 'Wat denk jij?'

'Tja...' Billy T. aarzelde. 'In principe heb ik het meeste vertrouwen in de mensen die haar het beste kenden. Het probleem is alleen...' Hij stond op en strekte zijn armen naar het plafond. 'Die vrouw was zo verschrikkelijk fatsoenlijk, Håkon! Het is verdomde moeilijk om iets te vinden dat erop kan wijzen dat iemand haar dood wenste. En dan ook nog zó

90

erg, dat ze haar inderdaad vermoordden.'

'Maar ja... we hebben nog wel het een en ander te doen. Zacht uitgedrukt.'

Hij zuchtte weer. Dit was een rotdag.

'Maar luister nou eens, Håkon.'

Billy T. torende boven hem uit en steunde zo plotseling met beide handen op het bureau dat Håkon ervan schrok.

'Eigenlijk zijn er maar twee mogelijkheden. Of ze is vermoord omdat ze Birgitte Volter was. Omdat iemand háár wilde vermoorden. Als persoon, bedoel ik. En daar wijst voorlopig helemaal niets op. Of ze is vermoord omdat ze de minister-president was. Haar rol moest zogezegd vermoord worden. Een aanslag gericht tegen Noorwegen, tegen de politiek van de regeringspartij, of zoiets. En ik moet toegeven...' Dit viel hem zwaar en hij slikte. 'Ik moet toegeven dat dat waarschijnlijker lijkt. Op dit moment, tenminste. Hetgeen betekent dat de jongens op de achtste verdieping een glansrol krijgen. En dat bevalt me helemaal niet.'

Het kind huilde niet meer, in plaats daarvan hoorden ze een regelmatig, ritmisch gebonk, van een stuk speelgoed dat op de grond werd geslagen.

'Vertel me wat je over haar weet, Billy T.'

'Verdomme, ik kan hier nergens zitten!'

'Hier. Neem deze.'

Håkon Sand gaf hem de bureaustoel en Billy T. glimlachte tevreden.

'Ze is vrijdag jarig, dus ze wordt verdomme uitgerekend op haar eenenvijftigste verjaardag begraven. Ze was nog maar achttien toen ze met haar even oude jeugdvriendje Roy Hansen trouwde. Ze zijn nog steeds getrouwd. Eén kind, Per Volter, tweeëntwintig. Zit op de militaire academie, is gelegerd in de Fredrikskazerne in Stavern. Aardige jongen, het enige waar zijn ouders zich zorgen over maken, is zijn lidmaatschap van de Jonge Conservatieven. Redelijk goede leerling, vice-voorzitter van een schietvereniging, heeft het organisatorische talent van zijn moeder geërfd.'

'Een schietvereniging? Dan kan hij dus aan een wapen komen?'

'Jazeker, een heleboel wapens. Maar afgelopen weekeinde was hij ergens ver op de Hardangervidda op bivak, het was zelfs nog moeilijk om hem te pakken te krijgen om hem van zijn moeders dood op de hoogte te stellen. Bovendien zijn er geen aanwijzingen dat hij niet met zijn mamma kon opschieten. Integendeel. Schijnt een aardige jongen te zijn. Afgezien van dat lidmaatschap van de Jonge Conservatieven dan. Maar echt, die jongen is boven elke verdenking verheven.'

'Verder', mompelde Håkon.

'Birgitte Volter is geboren in Zweden op 11 april 1946. Haar vader was Zweeds, haar moeder vluchtte daar tijdens de oorlog naartoe. Ze zijn in 1950 naar Noorwegen verhuisd, naar Nesodden. Ze heeft gymnasium gedaan, de Handelshogeschool en werd al snel lid van de vakbeweging. Heeft als secretaresse of zo op het hoofdkantoor van de Staatswijnhandel in Hasle gewerkt. Zat in de gemeenteraad van Nesodden en bekleedde steeds hogere functies bij de Ambtenarenbond. Enzovoorts, enzovoorts. The rest is history, zoals men zegt. De favoriet van Gro. Toch ging het in 1992 hard tegen hard.'

'Vrienden?'

'Dat is ook zo gek', zei Billy T., terwijl hij weer in zijn oor peuterde. 'Ik geloof verdomme dat ik een oorontsteking krijg. Dat ontbrak er nog maar aan.'

Hij staarde naar zijn wijsvinger, waar echter alleen een inktvlek van de dag ervoor op te zien was.

'Weet je, al die dingen die je over het politieke wereldje in de krant kunt lezen? Die kent die en die is weer dikke vriendjes met die. Volgens mij klopt dat niet. Volgens mij werken die kranten met een ander idee over vriendschap dan jij en ik. Eigenlijk zijn ze geen vrienden, maar meer partijgenoten, zeg maar. Vrienden schijnen die mensen maar weinig te hebben en de vrienden die ze hebben kennen ze uit heel andere situaties, van hun eerdere werk, van school vroeger en zo. De enige in de politiek die volgens mij echt met Birgitte was bevriend, was de parlementsvoorzitter.'

'Vijanden dan?'

'Ja, daar gaan we weer. Dat hangt ervan af wat je met vijanden bedoelt. Wat is een vijand? Als dat iemand is die kwaad over je spreekt, dan hebben we allemaal ik weet niet hoeveel vijanden. Maar is dat een juiste definitie? Natuurlijk, Håkon, als je zo hoog in een machtsgeile partij als de Arbeiderspartij belandt, dan zijn er altijd mensen die reden hebben om zich in hun kuif gepikt te voelen. Maar vijanden? Mensen die haar zouden willen vermoorden? Nee. Niet voorzover ik kan zien. Nog niet, tenminste.'

'Nee…' Håkon Sand liep naar het raam en zette het op een kiertje. 'Als we de zaak van de andere kant benaderen, zitten we in feite met hetzelfde probleem', zei hij, toen hij weer ging zitten.

'De andere kant?'

'Ja, als we uitgaan van haar… rol? Zo noemde je het toch? Het lijkt in feite allemaal zo… zo tam hier in Noorwegen. Ik kan me eenvoudig niet voorstellen dat Anne Enger Lahnstein Birgitte Volter vermoordt, al wil ze nog zo graag het Schengenakkoord tegenhouden!'

Daar moest Billy T. hard en bulderend om lachen.

'Dat zou wat zijn! Dat mens van Lahnstein die in gevechtstenue door de ontluchtingskanalen van het regeringsgebouw tijgert, met een mes in haar mond en een pistool aan haar riem!'

'Ja, vind je ook niet?'

Håkon Sand had nog steeds moeite zijn haar droog te krijgen. Doordat de kelder een beetje vochtig was, duurde dat langer dan normaal en hij woelde een paar keer door zijn grijzende kapsel.

'Het kan gewoon niet met de binnenlandse politiek te maken hebben. Zo gaat dat hier nu eenmaal niet. En die theorie over een mogelijke idioot snijdt ook geen hout. Dan zou de moordenaar een andere plek hebben gekozen. Allemachtig, Noorse ministers genieten toch nauwelijks enige bescherming, behalve als ze op kantoor zijn. Een idioot zou haar buiten hebben opgewacht. In een winkel. Bij een handbalwedstrijd. Zoiets.'

'Of voor een bioscoop', zei Billy T. zacht.

'Precies. De moord op Olof Palme was een veel grotere uitdaging voor de politie, omdat echt iedereen de dader kon zijn! Wat Birgitte Volter betreft, hebben we een heel andere situatie.'

Ze staarden elkaar aan en tilden plotseling als op een onzichtbaar teken allebei tegelijk hun koffiekopje op.

'Niemand kan deze moord gepleegd hebben', zei Håkon Sand.

'Dan moeten we er dus achter komen wie die niemand is', concludeerde Billy T. 'Zullen we gaan?'

Dat bleek moeilijk te zijn, Hans Wilhelm klampte zich aan Billy T.'s linkerbeen vast en wilde het voor geen goud meer loslaten.

'Met Billiet in bad! Met Billiet in bad!'

Hij brulde nog steeds toen de twee politiemannen voor het gezellige, witte huis aan de Holmenvei in de auto stapten, maar hij bedaarde snel toen de uitlaat een harde knal gaf en de Volvo de lange oprit afhobbelde.

'Dag Billiet en pappa.' Hij zwaaide en stak toen een duim in zijn mond.

11.35 uur, hoofdbureau van politie

Er klonk een zacht en constant gezoem in het grote, lichtgebogen politiebureau aan de Grønlandsleiret 44, een bijen-

94

korf waar systematisch en doelgericht werd gewerkt. Het gebouw leek te leven. Zo had het zich nooit eerder gedragen. Het vuilgrijze, lange pand met de zeven officiële verdiepingen en de twee extra etages waarin de vleugellamme veiligheidsdienst zich verborgen hield, herbergde gewoonlijk zo'n zestienhonderd ambtenaren, die hier altijd allemaal met hun eigen werk bezig waren, in de strijd tegen een criminaliteit die voor hen uit rende en een lange neus naar hen maakte.

Een schuchter aprilzonnetje stond vermoeid aan de hemel boven Ekeberg, maar het politiebureau van Oslo leek nieuwe kracht gekregen te hebben. Het gebouw leek te groeien, zowel in de lengte als in de hoogte, een energieke glinstering straalde uit de ramen, die doorgaans als matte, halfgesloten ogen naar een wereld keken waar de politie liever niets van wilde weten. De markiezen waren opgetrokken, de ramen stonden op een kier en binnen streefden de mensen ondertussen nog maar één ding na. Zelfs de twee bovenste, teruggetrokken etages waagden het stiekem op te kijken, ze drukten zich niet langer dicht tegen het dak aan in de hoop nog meer schandalen, nog meer diepgaande onderzoeken te ontlopen.

'Dat moet je de hoofdcommissaris nageven', zei Billy T. 'Hij heeft dit behoorlijk efficiënt georganiseerd.'

In totaal waren 142 politiefunctionarissen fulltime op het onderzoek naar de moord op Birgitte Volter gezet, naast nog een onbekend aantal beambten van de veiligheidsdienst. Er waren zestien subgroepen van verschillende grootte aan het werk; de kleinste, die uit slechts drie personen bestond, moest de samenwerking met de veiligheidsdienst coördineren; de grootste groep, die zijn intrek had genomen in de sportzaal op de zesde verdieping, telde bij elkaar tweeëndertig politiemensen. Zij waren met name belast met de coördinatie van het tactisch onderzoek. De inlichtingendienst van de politie was druk bezig bronnen uit te persen, ze brachten informatie in kaart en probeerden een beeld te schetsen van de laatste ontwikkelingen in de onderwereld van Oslo. Billy T. moest samen met vier collega's Birgitte Volters doen en laten in kaart brengen, een speciale opdracht die hij veel spannender vond dan de afmattende verhoren waar hij de eerste dag na de moord mee bezig was geweest. Tone-Marit Steen hoorde niet bij zijn groepje.

'Waarom zou ik in godsnaam die man verhoren? Dat heb jij toch al uitvoerig gedaan?' Billy T. ergerde zich.

'Ik wil graag dat jij hem nog eens onder handen neemt', zei Tone-Marit zacht en ze reikte Billy T. een dunne, groene dossiermap aan.

'Luister', zei Billy T., terwijl hij de map naar de agente terugschoof. 'Nu moeten we de zaken niet door elkaar gooien. Dit is jullie werk. Die bewaker kan onmogelijk iets belangrijks over Birgitte Volters privé-leven te vertellen hebben.'

'Nee. Maar alsjeblieft, Billy, kun je dit niet als een compliment opvatten? Ik denk dat de man liegt en jij bent een van de besten die we hebben. Alsjeblieft.'

'Hoe vaak moet ik je nog zeggen...' Hij sloeg hard met zijn vuist op de tafel. 'Hoe vaak heb ik je nu al gezegd dat ik Billy T. heet! T.! Niet alleen maar Billy. Je leert het ook nooit!'

Tone-Marit knikte heftig en demonstratief spijtig.

'T. Billy T. Waar staat die T eigenlijk voor?'

'Dat gaat je geen donder aan', mompelde hij en hij zette het raam iets verder open.

Tone-Marit Steen had een bedrieglijk uiterlijk. Haar gezicht was kogelrond en zo lieftallig dat ze gemakkelijk voor een twintigjarige kon doorgaan, terwijl ze eigenlijk nog maar twee jaar verwijderd was van haar dertigste verjaardag. Ze was lang en slank en had smalle, een beetje scheve ogen die verdwenen als ze lachte. Ze had ruim vijfentwintig voetbalinterlands op haar naam staan, als linksback. Die rol had ze ook in haar werk aangenomen, ze was een betrouwbare en solide verdediger van alles wat goed en rechtvaardig was. Ze was sterk, ze had heldere ideeën en ze was voor niemand bang.

'Weet je, dit pik ik gewoon niet.' Haar ogen vonkten en haar mondhoek trilde. 'Jij behandelt mij over het algemeen als een stuk vuil en je neemt geen blad voor de mond. Maar ik wil niet dat je zo tegen mij praat. Begrepen?'

Billy T. zag eruit alsof hij van de maan was gevallen.

'Kalm nou maar, meisje van me! Rustig toch!'

'Ik ben je meisje niet! En nu is het genoeg! Jij bent gewoon een machozwijn, Billy T.! Je pronkt met je succes bij de vrouwen en je denkt dat iedereen op je valt, maar in werkelijkheid…'

Ze stampvoette en Billy T. grinnikte. Wat haar nog bozer maakte.

'Eigenlijk hou jij helemaal niet van vrouwen, Billy T. Je bent bang voor ze. Ik ben niet de enige die het is opgevallen dat jij vrouwelijke collega's heel anders behandelt dan mannelijke. Dat is algemeen bekend, zal ik je zeggen. Je bent bang voor ons, zo zit dat.'

'Nee, nu moet jíj ophouden. Er zijn hier genoeg meisjes die…'

'Ach, hou toch op. Eén meisje. Op dit hele bureau loopt welgeteld één vrouw rond die jij werkelijk respecteert, Billy T. Hare Koninklijke Hoogheid Hanne Wilhelmsen. En weet je waarom? Hè? Weet je dat?'

Ze leek een ogenblik te aarzelen, niet te weten of ze het zou wagen, toen bevochtigde ze bliksemsnel met een roze tongpunt haar lippen en haalde diep adem.

'Omdat je haar nooit in bed zult krijgen! Omdat zij niet te krijgen is! De enige vrouw die jij werkelijk respecteert is lesbisch, Billy T. Dat zou je toch aan het denken moeten zetten.'

'Nu hou je op!'

Hij sprong op en gaf een harde trap tegen de prullenbak, die tegen de muur aan knalde. Het werd helemaal stil. Zelfs in de kamer naast hen, waar ze eerst luide stemmen hadden gehoord, was het nu doodstil. Desondanks dempte Billy T. zijn stem niet.

'Jij hoeft hier godverdomme niet Hanne Wilhelmsen zwart te komen maken. Jij... jij reikt haar nog niet eens tot de enkels! Niet tot de enkels! En dat zul je nooit doen ook!'

'Ik maak Hanne niet zwart', zei Tone-Marit rustig. 'Absoluut niet. Als ik iets op Hanne heb aan te merken, dan ga ik wel naar haar toe. We hebben het nu over jou.'

'Naar Hanne gaan? Naar Hanne gaan? Hoe wou je dat doen? Zwemmend? Hè?'

Tone-Marit probeerde een glimlach te onderdrukken, maar haar ogen verraadden haar.

'Hemeltje, wat ben jij kinderachtig.'

'Hemeltje, hemeltje', deed hij haar met een hoog, verdraaid stemmetje na.

Tone-Marit proestte het uit. Ze probeerde zich nog steeds goed te houden, maar de lach dwong zich op, borrelde omhoog, en uiteindelijk gierde ze het uit, de tranen stroomden uit de smalle spleetjes onder haar wenkbrauwen. Ze liet zich in een stoel vallen en drukte een hand tegen haar buik, ze boog beurtelings naar voren en naar achteren en snikte uiteindelijk zo hard, terwijl ze op haar dijen sloeg, dat Billy T. zich ook niet meer goed kon houden. Hij grinnikte inwendig en vloekte zachtjes.

'Ik ga wel met die gozer praten', mompelde hij ten slotte, de groene map oppakkend. 'Waar zit hij?'

'Ik zal hem even halen', zei Tone-Marit en ze droogde haar ogen, ze kon nog steeds niet helemaal stoppen.

'Maak dat je wegkomt', zei Billy T. Maar hij glimlachte erbij.

'Je zou eens met een psycholoog moeten praten', mompelde Tone-Marit onhoorbaar toen ze de deur achter zich dichttrok.

'Ik kan het nergens vinden', zei Roy Hansen tegen de jonge politieagente met vlechten en grote, blauwe ogen. 'Het spijt me.'

'Heeft u echt overal gezocht?' vroeg de Noorse Heidi volkomen overbodig, terwijl ze aan haar uniformpet frunnikte.

'Natuurlijk. Overal. In tassen en kasten en jaszakken. En in alle laden.'

Het zoeken was iets verschrikkelijks geweest. Hij had haar lichaamsgeur in haar kleren gevonden, de hele kast rook naar Birgitte, en de dunne, breekbare korst die zich op de bloedende wond van vrijdagavond had gevormd, was weer opengebroken. Haar handtassen vol vertrouwde voorwerpen. De sleutelhanger die hij in de zomer dat ze twintig werden voor haar had geknoopt; een schippersknoop die nooit was losgegaan en waar ze altijd gekscherend van had gezegd dat hij net zo hecht was als hun liefde voor elkaar. Een dieprode lippenstift die bijna op was. Ineens had hij haar voor zich gezien, de snelle, geroutineerde beweging met de stift over haar lippen. Een vergeeld schouwburgkaartje van een avond die hij nooit zou vergeten; vanwege dat kaartje was hij gestopt met zoeken, hij had alleen in de slaapkamer gestaan, aan het kaartje geroken en zich terug in de tijd gewenst, toen ze nog niet aan haar Grote Project, Birgittes politieke carrière, hadden gewerkt.

'Het pasje is hier echt niet. Het spijt me.'

Op de bank zat een jongeman, de politieagente nam aan dat hij de zoon des huizes was. Hij droeg een uniform en zag angstwekkend bleek. Ze probeerde naar hem te glimlachen, maar hij staarde langs haar heen.

'Dan geven we het op. Misschien is ze het gewoon verloren. Het spijt me echt dat we u moesten storen.'

Toen ze de voordeur achter zich dichttrok, bleef ze even op de trap staan nadenken. Op vrijdag was Volter haar toegangspasje vergeten. Dat stond vast. Toch hadden ze haar kantoor uitgekamd. Het pasje was er niet. Het moest ongeveer zo groot als een creditcard zijn, met een foto erop en een magneetstrip aan de achterkant. Een heel gewoon toegangspasje, dat ook niet in de woning van de weduwnaar was. Vreemd.

Maar goed. De minister-president kon het gewoon verloren hebben. Heel simpel. Ze kon het op een plek in het rijtjeshuis hebben neergelegd, waar de man niet aan dacht. Hij had tenslotte net zijn vrouw verloren en kon waarschijnlijk niet helder denken.

De politieagente stapte in de auto en stak het sleuteltje in het contactslot. Ze verstrakte even, maar besloot toen de auto te starten.

Het zat haar dwars dat ze het pasje niet konden vinden.

12.07 uur, hoofdbureau van politie

Billy T. had een pesthumeur. En de man aan de andere kant van het bureau maakte het er niet beter op.

'We nemen het nog een keer door', zei Billy T. bars en probeerde de ontwijkende ogen te vangen. 'Het alarm ging dus af. Van de vergaderkamer die direct naast de zitkamer van de minister-president ligt. Dat was om…'

'Zeven over halfzes. Als u mij niet gelooft, moeten jullie het logboek maar nalezen.'

'Hoe komt je in godsnaam op het idee dat ik je niet geloof?' zei Billy T. 'Hé! Kijk me eens aan!'

De bewaker tilde zijn hoofd niet op, maar verhief zijn blik een fractie.

'Waarom zouden we je niet geloven?'

'Waarom ben ik anders voor de tweede keer opgeroepen?' mokte de man. Hij was zevenentwintig jaar en een paar maanden, volgens de papieren die Billy T. voor zich had liggen.

De bewaker was een merkwaardige figuur. Hij was niet echt lelijk, maar allesbehalve knap. En ook al was hij niet direct afstotelijk, zijn hele verschijning had iets ondefinieerbaar onaangenaams. Hij had een smal gezicht met een spitse kin en hij had beslist zijn haar moeten wassen. Zijn ogen hadden mooi kunnen zijn, als hij iets alerter had gekeken, zijn wimpers waren lang en donker. Billy T. had zijn leeftijd niet kunnen schatten, daarom had hij het nagekeken in de papieren. Hij had twintig kunnen zijn, maar hij had ook tegen de veertig kunnen lopen.

'Je moet toch snappen dat jouw getuigenverklaring tamelijk belangrijk is, man!'

Billy T. pakte er een schets van de vijftiende verdieping bij, een kopie van de sheet die de hoofdcommissaris de dag ervoor had laten zien, en wees op de vergaderkamer, die inderdaad door slechts een smalle zitkamer van het kantoor van de minister-president was gescheiden.

'Hier was jij. Op een uitermate kritiek tijdstip. Vertel eens wat er gebeurde.'

De bewaker brieste als een paard, spuugdruppels regenden neer op het bureau en Billy T. trok een vies gezicht.

'Hoe vaak moet ik dat nog vertellen?' vroeg de bewaker geërgerd.

'Zo vaak als ik dat wil.'

'Kan ik iets te drinken krijgen? Een glas water?'

'Nee.'

'Heb ik niet eens recht op een glas water?'

'Je hebt helemaal nergens recht op. Als je wilt, kun je opstaan en het gebouw verlaten. Je bent een getuige en wij zijn afhankelijk van het feit dat jij vrijwillig een verklaring aflegt. *Maar dat zou je dan verdomme ook moeten doen, en een beetje snel graag!*'

Hij liet zijn vuist met een knal op de tafel neerkomen en klemde daarbij zijn kiezen hard op elkaar. Zijn hand was nog beurs van de uitbarsting een halfuur geleden en de pijn joeg langs de onderkant van zijn arm omhoog.

Dat hielp tenminste. De bewaker vermande zich, hij richtte zich op en haalde een hand over zijn schouder.

'Ik was beneden. In de wachtpost. Toen ging het alarm in de vergaderzaal af. Een zogenaamd stil alarm, je hoort het niet op de plaats zelf, maar alleen beneden waar wij zitten. Maar die gaan aan de lopende band af, om de dag gebeurt het wel eens, daarom letten we er doorgaans niet zo erg op.' Hij praatte tegen de tafelrand. 'Maar we moeten het natuurlijk wel controleren. Altijd. Dus ik ging naar boven... dat wil zeggen, eigenlijk moeten we er altijd met zijn tweeën naartoe gaan, maar door de renovatie hadden we een behoorlijk drukke dag gehad en mijn collega was in slaap gevallen. Vandaar dat ik alleen ging.' Hij probeerde nu met de mishandelde prullenbak in de hoek te communiceren. 'Ik nam de lift naar de veertiende verdieping, want mijn collega – die zat te slapen – had namelijk de sleutels van de lift die helemaal naar boven gaat. Ik groette de bewaker boven en ben toen via de trap naar de vijftiende gegaan.'

'Wacht even.' Billy T. zwaaide met zijn hand. 'Dus je kunt wél met de lift naar de vijftiende? Zonder de man in dat glazen kooitje te hoeven passeren?'

'Ja, naar de zestiende ook. Maar dan moet je wel een sleutel hebben. Zonder sleutel gaat de lift maar tot de veertiende.'

Billy T. vroeg zich af waarom de hoofdcommissaris deze mogelijkheid niet had genoemd tijdens de werkbespreking de dag ervoor. Maar voor het moment liet hij het liggen, want zo'n eenvoudige toegang tot het kantoor van de minister-president moest bekend zijn bij de verantwoordelijke personen. Hij krabbelde snel 'lift' op een geeltje en plakte dat aan de lampenkap.

'Ga door', vroeg hij.

'Ja, toen ben ik dus naar de vergaderzaal gegaan en daar was natuurlijk niemand. Weer een schakelfout. Ze krijgen dat systeem nooit op orde.'

'Was de deur naar de zitkamer open?'

De bewaker keek hem plotseling aan, voor de allereerste keer. Hij aarzelde en Billy T. had kunnen zweren dat er een minieme zenuwtrek over de wang van de man ging.

'Nee. Die was dicht. Ik heb hem opengemaakt en naar binnen gekeken, dat moet ik doen, want iemand kan zich daar verstopt hebben, maar daar was ook niemand. De deur van het kantoor van de minister-president was gesloten. Ik heb hem niet aangeraakt.'

'En toen?'

'Toen? Ja, toen ben ik weer naar beneden gegaan. Dat was het.'

'Waarom heb je niet met de secretaresse gesproken?'

'De secretaresse? Waarom zou ik met haar praten?' De bewaker trok een oprecht verbaasd gezicht, maar hij had zijn ogen laten zakken en leek nu iets op Billy T.'s borst te bestuderen. 'Dat doe ik nooit... trouwens, ze was er niet.'

'Jawel, ze was er wel. Ze is er de hele middag en avond geweest.'

'Nee hoor, ze was er niet!' De bewaker schudde energiek zijn hoofd. 'Misschien was ze even naar de wc, weet ik veel, maar ze zat in ieder geval niet op haar plek. Dat weet ik heel zeker.' Hij boog zich over de schets. 'Ziet u wel? Van daaruit zou ik haar gezien hebben.'

Billy T. beet op zijn wang. 'Mmmm... Oké.'

Hij pakte het gele briefje van de bureaulamp, krabbelde er 'wc?' op en hing het weer terug.

'Goed, toen ben je dus weer naar beneden gegaan. Naar... hoe noemde je dat ook alweer?'

'De wachtpost.'

'Ja.'

Billy T. draaide zich om naar een aluminium boekenkast achter zich, pakte een thermosfles en schonk dampende koffie in een beker met een afbeelding van Puccini erop. De bewaker keek vragend naar de koffiebeker, maar kreeg geen antwoord.

'Ik zie dat je je voor wapens interesseert', zei Billy T., voordat hij met veel misbaar op de gloeiend hete drank blies.

'Is dat zo goed te zien?' vroeg de bewaker nors, terwijl hij op zijn horloge keek.

'Heel grappig. Ben je altijd zo grappig? De papieren, weet je. Daar staat het in. Ik weet bijna alles van je. Ik heb hier zelfs je antecedentenonderzoek.'

Hij zwaaide provocerend met een A4'tje dat hij vervolgens onderaan de stapel wegstopte.

'Dat mag u helemaal niet hebben', zei de bewaker kwaad. 'Dat is tegen de voorschriften!'

Billy T. grijnsde breed en staarde de bewaker aan. Deze keer kon de man zijn blik niet afwenden.

'Nu ga ik je iets vertellen, ja? Momenteel nemen we het niet zo nauw met de regels, hier in het gebouw. Als je wilt klagen, dan kun je dat proberen. En dan zien we wel of er mensen zijn die tijd hebben om die klacht te behandelen. Maar ik denk het niet. Wat voor wapen heb je?'

'Ik heb er vier. Allemaal geregistreerd. Ik heb voor allemaal een vergunning. Ze liggen allemaal bij mij thuis, dus als u mee wilt komen dan...'

Hij verstomde.

'Dan wat?'

'Ik kan ze ook hiernaartoe brengen, als u dat wilt.'

'Weet je, ik geloof dat ik dat wil', zei Billy T. 'Maar dan moet ik benadrukken, dat je dat volkomen vrijwillig hebt aange-boden. Ik heb het je niet gevraagd.'

De man mompelde iets wat Billy T. niet kon verstaan.

'En dan nog iets', zei de brigadier plotseling. 'Ken je Per Volter?'

'De zoon van de minister-president?'

'Ja. Hoe wist je dat trouwens?'

'Ik lees per slot van rekening de krant. Tientallen kranten de afgelopen dagen. Nee, ik ken hem niet.'

Hij leek steeds onrustiger te worden, legde zijn linkervoet over de rechter en liet hem op en neer wippen, heel snel en zenuwslopend.

'Of...' voegde hij er plotseling aan toe, 'ik weet geloof ik wel wie hij is. Goede schutter. Wedstrijdschutter.'

'Wil dat zeggen dat je hem persoonlijk kent?'

De bewaker dacht opvallend lang na.

'Nee', zei hij en voor de tweede keer keek hij recht in de ijsblauwe ogen van Billy T. 'Ik heb hem nog nooit ontmoet. Nog nooit van mijn leven.'

14.10 uur, Motzfeldtsgate 14

De luidsprekers van de computer piepten een snelle elektronische melodie, om vervolgens over te gaan in een langgerekt geloei. Liten Lettvik kwam haar werkkamer binnen, gewikkeld in een enorme handdoek en met een cigarillo in haar mondhoek. De computer had even tijd nodig om de boodschap te ontvangen en toen rechts onderin het scherm het piepkleine envelopje verscheen, klikte ze onmiddellijk haar mailbox aan.

Het mailtje had geen afzender. Ze richtte de cursor op de bovenste regel en klikte tweemaal.

Het aanhoudingsbevel.

Konrad Storskog had zijn belofte gehouden.

Ze wist niet zeker of zij de hare ook zou houden.

16.30 uur, hoofdbureau van politie

'Ik ben die persconferenties spuugzat', mompelde politie-inspecteur Håkon Sand.

De persvoorlichter van het bureau kwam van een goedbetaalde baan bij *Dagbladet* en hij had iedereen versteld doen staan, toen hij de ondankbare baan aannam om de maatschappij te informeren over alles waarin de politie faalde.

'Persbriefing, Håkon. Niet persconferentie', zei hij, terwijl hij de deur naar het kantoor van de hoofdcommissaris openhield.

'Vier keer per dag? Is dat echt nodig?'

'De beste manier om speculaties tegen te gaan. Je deed het trouwens prima. Dat uniform staat je goed! En nu hebben we vier uur tot de volgende briefing. Geniet er maar van.'

'En dan hebben we nog steeds niets nieuws', zei Håkon Sand aan zijn kraag trekkend, die afschuwelijke kraag van kunstvezel die rode, pijnlijke plekken in zijn hals veroorzaakte.

Er bevonden zich zes mannen in de kamer. Een van hen was bezig een diaprojector te installeren, terwijl een ander probeerde uit te vinden hoe de zonwering werkte. Dat lukte hem niet en ten slotte moest de secretaresse erbij worden geroepen. Zij had binnen dertig seconden de kamer verduisterd en deed het licht aan voor ze de deur weer achter zich dichttrok.

'We hebben een voorlopig sectierapport,' zei de hoofdcommissaris, wiens blauwzwarte stoppelbaard zich langzamerhand tot een echte baard ontwikkelde, 'dat in feite zeer nauwkeurig is. We hadden gelijk wat het tijdstip van de moord betreft. Tussen halfzes en zeven. Exacter kunnen we het nog niet vaststellen, daar waren de temperatuurschommelingen in de kamer te groot voor.'

Hij gaf een seintje aan Håkon Sand, die opstond en de diaprojector aanzette.

Er verscheen een dia op de wand. Een close-up van het hoofd van minister-president Birgitte Volter. In het blonde haar was duidelijk een gat te zien, een vrij klein, tamelijk rond gat, met zwarte randen en een streepje gestold bloed. De hoofdcommissaris knikte tegen het hoofd recherchezaken, die in het licht van de projector ging staan en een uitschuifbare aanwijsstok uittrok.

'Zoals jullie zien, is de inschotopening klein. De kogel zat hier…'

Hij klikte met de afstandsbediening en er verscheen een nieuwe dia. Onder het haar was duidelijk een klein bultje te zien, ongeveer zo groot als een flinke, pijnlijke puist.

'De kogel is bij de slaap naar binnen gegaan, door de hersenen en het schedelbeen aan de andere kant, en is daarna hier blijven steken, vlak onder de huid. Birgitte Volter was op slag dood.'

Hij klikte weer.

'Dit is de kogel.'

Ondanks de vergroting zag de kogel er nietig uit, een zwart en wit meetlint ernaast liet zien dat het om een projectiel van klein kaliber ging.

'En het vreemde is…' zei het hoofd recherchezaken, maar toen zweeg hij ineens. 'Nee, laten we eerst eens naar de conclusies van de technici kijken.'

Na een volgende klik verscheen er een tekening. Een vrouw in een bureaustoel die haar handen op het tafelblad had gelegd. Achter haar stond een man zonder gezicht, hij had een wapen in zijn hand, een op de slaap van de vrouw gerichte revolver.

'Zo moet het ongeveer zijn gegaan. Het staat vast dat het wapen de slaap heeft aangeraakt toen het schot werd gelost. Dat kunnen we zien aan de kruitsporen rond de inschotopening. Wat betekent dat de moordenaar vlak achter haar moet hebben gestaan. Aan de voorkant was immers geen plaats.'

De aanwijsstok raakte het bureau op de dia aan.

'We willen natuurlijk niet speculeren, maar het ziet er in zekere zin uit als…'

'Afpersing', zei Håkon Sand.

De andere mannen keken hem aan. De chef van de veiligheidsdienst, die nu een antracietgrijs kostuum en een rode stropdas droeg, sloot zijn ogen en ademde luidruchtig piepend door zijn neus.

'Ja. Zo ziet het eruit. En bovendien...'

Op de volgende dia gaapte de wond in het hoofd van de minister-president hen honderd keer vergroot toe.

'...zijn er resten van vezels te zien. Wolvezels, zo is gebleken. We nemen aan dat ze afkomstig zijn van haar shawl en die is tot nog toe niet gevonden. Zwarte en rode wolvezels. Wat betekent dat...'

'Is ze dóór haar eigen shawl geschoten?' vroeg Håkon Sand. 'Had ze die dan op haar hoofd?'

Het hoofd recherchezaken scheen zich nogal te ergeren aan de interrupties.

'Ik stel voor dat we de discussie voor later bewaren', zei hij kribbig en hij beschreef een cirkel in de lucht met de aanwijsstok, die plotseling bleef hangen achter een haakje van een schilderij dat voor de presentatie van de muur was gehaald. 'Nee, ze had haar shawl niet op haar hoofd, ze droeg hem over haar schouder. Maar op dat moment kan ze hem over haar hoofd hebben gehad, als een soort...'

'Capuchon', mompelde Håkon Sand. 'De dader had haar geblinddoekt.'

'Juist', bracht de chef van de veiligheidsdienst in, hij trok de knoop van zijn stropdas recht en boog zich naar voren. 'De man kan de shawl over haar hoofd hebben geslagen om haar nog banger te maken. Een bekende tactiek, om het slachtoffer het zicht te ontnemen. Dat brengt mensen in verwarring. Het donker, bedoel ik.'

'En dan komen we bij het punt dat mij het merkwaardigst voorkomt.'

Het hoofd recherchezaken had blijkbaar besloten om niet meer op de hinderlijke interrupties in te gaan.

'Het kaliber.'

De dia van de kogel verscheen weer op de wand.

'Het is te klein.'

De hoofdcommissaris was opgestaan, hij leunde tegen de

vensterbank en keek de kamer in, terwijl hij over zijn onderrug wreef.

'Wat bedoel je met te klein?'

'7.62 millimeter. Erg klein. Het meest gangbare kaliber voor handvuurwapens is 9 millimeter. Of .38, zoals het in de vs heet. Met zo'n klein kaliber als dit, is het niet gezegd dat...' Hij krabde over zijn voorhoofd en aarzelde net iets te lang.

'Daarmee is het helemaal niet zeker dat ze zou sterven!' Håkon Sand boog zich geestdriftig naar voren.

'Precies', mompelde het hoofd recherchezaken lijdzaam en keek naar het plafond.

'Dat heb ik al eens eerder meegemaakt', ging Håkon Sand verder. 'Een man die zich twee keer in zijn hoofd had geschoten. Twee keer! Het eerste schot kwam in de hersenen terecht, zonder dat het erge schade aanrichtte, in ieder geval niet zo dat hij meteen dood was. Maar waarom...'

Nu was hij degene die aarzelde en het hoofd recherchezaken nam snel het woord weer.

'Inderdaad. Waarom zou iemand die de minister-president wil vermoorden en die erin slaagt om binnen te dringen in misschien wel het best bewaakte kantoor van Noorwegen, een wapen nemen dat eigenlijk niet geschikt is? En dat niet alleen...' Hij liet de rode punt van de aanwijsstok langs de contouren van de kogel gaan. 'Het is een zeer zeldzaam kaliber. In Noorwegen, tenminste. Het is niet in de winkel te koop, alhoewel het natuurlijk besteld zou kunnen worden.'

'Maar als...' begon de hoofdcommissaris en hij liep naar de wand waarop werd geprojecteerd. 'Als ze op enige manier onder druk werd gezet... ik bedoel, als de moordenaar haar wilde chanteren, niet vermoorden... waar was hij dan op uit? En waarom heeft hij haar dan toch vermoord, als dat niet zijn bedoeling was?'

Het was stil in de kamer en het rook er bedompt. De hoofdcommissaris drukte een toets van de telefoon in.

'Koffie', zei hij en hij drukte toen nog eens.

Twee minuten later zaten de zes mannen rond de vergader-tafel koffie te slurpen. Ten slotte zette de chef van de veiligheidsdienst zijn witte beker neer en schraapte zijn keel.

'Aanstaande woensdag zou de koning van Jordanië komen. Incognito.'

De anderen keken elkaar aan, de hoofdcommissaris staarde de chef van de criminele inlichtingendienst aan, een grote, roodharige man die tegen zijn gewoonte in tijdens de hele bijeenkomst nog geen woord had gezegd.

'Een poging om de laatste restjes van het Oslo-akkoord te redden', zei de chef van de veiligheidsdienst Ole Henrik Hermansen na een korte pauze, waarin hij zoekend om zich heen keek. 'Mag hier gerookt worden?'

'Eigenlijk niet', zei de hoofdcommissaris, over zijn hoofd wrijvend. 'Maar vandaag maken we maar een uitzondering.'

Hij haalde een glazen asbak uit de la van zijn bureau en zette die voor zijn collega neer. Hermansen had al een sigaret aangestoken.

'Nu minister-president Volter dood is, gaat dat bezoek uiteraard niet door. Het kán een spoor zijn. Maar er zijn natuurlijk wel andere en minder dramatische manieren om de koning van Jordanië weg te houden. Als er iets over zijn bezoek was uitgelekt, zou een telefonisch dreigement bij ons voldoende zijn geweest.'

De rookkringen vormden een keten van aureolen boven zijn hoofd.

'En dan hebben we natuurlijk de rechts-extremisten nog. Die zijn, zoals jullie weten, de laatste tijd weer actief. De kranten overdrijven natuurlijk, maar wij weten met zekerheid dat twee of drie groeperingen fanatiek genoeg zijn om een moord te beramen. Tot nu toe dachten we dat ze ongeorganiseerd waren. Maar dat schijnt niet meer te kloppen.'

'Maar…' Håkon Sand zwaaide als een overijverige examenkandidaat met zijn wijsvinger. 'Als zíj hierachter zitten, waarom hebben ze dan niet... waarom hebben ze de moord dan niet opgeëist? Wat heeft het allemaal voor zin als niemand weet dat zíj het hebben gedaan?'

'Daar zit wat in', zei Ole Henrik Hermansen, zonder Håkon Sand aan te kijken. 'We hebben op een bericht gewacht. Dat is niet gekomen. Maar als een of meer van deze groeperingen werkelijk verantwoordelijk zijn voor de moord, dan hebben we een gigantisch probleem. Komende vrijdag.'

'De begrafenis', mompelde de hoofdcommissaris vermoeid.

'Precies. De minister-president stond bovenaan op die zogeheten dodenlijsten. En alle anderen die erop staan, en dan bedoel ik echt álle anderen, komen naar de begrafenis.'

'En dat wordt één grote nachtmerrie', zei de chef van de mobiele eenheid, een gedrongen, zwartharige man.

'Daar zeg je zowat', antwoordde de chef van de veiligheidsdienst, die zijn sigaret met een resolute beweging uitdrukte. 'Misschien dat ze daarom nog geen verklaring hebben afgegeven. Ze wachten. Dat is heel goed mogelijk, natuurlijk. Absoluut heel goed mogelijk.'

21.39 uur, Stolmakergate 15

Non potendo carezzarmi,
le manine componesti in croce.
E tu sei morto senza sapere
quanto t'amava questa tua mamma.

Billy T. stond in een kleine slaapkamer, die nog kleiner leek door de twee stapelbedden die slechts een halve meter van elkaar stonden. Hij hield even op met het afhalen van de bedden en steunde zijn hoofd tegen het bovenste bed. De muziek galmde door de hele flat, hij had in alle kamers luidsprekers. Ook in de slaapkamer van de jongens, hoewel zijn vlijtige pogingen om vier jongemannen tussen de zes en de acht jaar van opera te leren houden, tot op heden gefaald hadden.

Zuster Angelica treurde over haar dode zoon in het tweede deel van Puccini's *Il trittico* en Billy T. drukte de lakens tegen zijn gezicht en sloot zijn ogen. Hij had een brandend gevoel achter zijn oogleden. Sinds afgelopen vrijdag had hij slechts vijf uur geslapen; het was een onrustige slaap geweest, waarin hij verschrikkelijk had liggen woelen en toen hij wakker werd was hij nog vermoeider geweest dan toen hij naar bed ging. Binnenkort zou hij moeten capituleren voor de Rohypnol, die als een laatste redmiddel in het medicijnkastje lag en die hij al een jaar niet meer had aangeraakt.

Hij wreef met de lakens over zijn gezicht. Zijn ogen brandden. Eigenlijk zouden de jongens het weekeinde bij hem hebben doorgebracht. Geduldig, wijsneuzig en vol begrip hadden de vier halfbroers het goed gevonden om zaterdagmiddag naar hun respectievelijke moeders te worden teruggebracht, nadat Billy T.'s zus vrijdagavond op het laatste moment had moeten inspringen.

'Pappa moet de moordenaar vinden', had Alexander, de oudste, aan de anderen uitgelegd. 'Pappa gaat hem vinden. Nietwaar, pappa?'

Nu was pappa moe. En hij baalde. Hij liep naar de woonkamer en liet zich in de enige makkelijke stoel vallen, een gigantische, versleten leren Engelse oorfauteuil. Hij legde zijn benen op het gammele salontafeltje dat hij een keer op een vlooienmarkt had gekocht en zette met de afstandsbediening het volume van de enorme stereo-installatie nog hoger.

M'ha chiamata mio figlio
Dentro un raggio di stelle
m'e apparso il suo sorriso

m'ha detto: Mamma, vieni in Paradiso!
Addio! Addio!
Addio, chiesetta! In te quant'ho pregato.'

Hij zat met het libretto in zijn handen, ook al kende hij de tekst bijna helemaal uit zijn hoofd. Het kleine boekje verdween bijna in zijn grote knuisten en hij staarde hulpeloos voor zich uit.

Hij hoorde nauwelijks dat er werd aangebeld. Geïrriteerd probeerde hij uit te vinden hoe laat het was; ten slotte vonden zijn ogen het klokje op het fornuis, terwijl hij de muziek zachter zette.

'Ik kom eraan', zei hij, toen er nogmaals werd aangebeld. Hij frunnikte aan het veiligheidsslot, de bel ging nog een keer.

'Ik ben er al!' snauwde hij en hij trok de deur open.

Het eerste wat hij zag, was een enorme plunjezak die niet goed was dichtgeknoopt en waar een grote, gele trui uit probeerde te ontvluchten. Daarna zag hij een paar laarzen, mooie, bijzondere laarzen van slangenleer, met echt zilverbeslag. Toen liet hij zijn blik omhoog gaan.

De vrouw die voor hem stond glimlachte. Ze had halflang, bruin haar en helblauwe ogen met een zwarte rand rond de iris. Ze droeg een licht leren jasje, nieuw, met korte franje aan het borststuk en indiaanse borduursels op de zakken. De vrouw was zongebruind, een matgouden teint zonder een spoor van rood, alsof ze langdurig in een zonnige streek had vertoefd. Van haar ogen liep aan beide kanten een witte streep over haar slaap. Ze begon te lachen.

'Je kijkt alsof je een marsmannetje ziet! Kan ik bij jou logeren?'

'Hanne', fluisterde hij. 'Dat kan niet waar zijn! Hanne!'

'It's me, all right', zei ze, terwijl Billy T. over de plunjezak stapte, zijn armen om haar heen sloeg, haar optilde en de woning binnendroeg.

Hij liet haar in de oorfauteuil vallen, spreidde zijn armen en brulde: 'Hanne! Waarom ben je in godsnaam hier? Wanneer ben je aangekomen? Blijf je lang?'

'Pak m'n tas even, wil je?'

Billy T. haalde de plunjezak en zette de opera af.

'Wil je iets hebben? Iets drinken?'

Hij was zo uitgelaten als een kind en hij voelde dat hij een kleur van blijdschap kreeg. Dat was hij niet gewend, maar het was niet onprettig. Hanne Wilhelmsen was terug! Ze was weer thuis. En ze zou bij hem logeren. In de koelkast lagen nog een halve, zelfgemaakte pizza van vrijdag en vijf blikjes Ringnesbier. Hij pakte er twee, zette de oven aan en wierp de vrouw in de stoel een van de blikjes toe.

'Vertel!' Hij ging vlak voor haar op de grond zitten, sloeg zijn armen om zijn knieën en staarde haar in de ogen. 'Wanneer ben je aangekomen?'

'Net. Veel vertragingen en zo, ik ben doodmoe. Hoe laat is het eigenlijk?'

Zonder op antwoord te wachten streelde ze hem ineens over zijn kale bol.

'Wat fijn om je weer te zien, Billy T.! Hoe gaat het met je?'

'Goed, goed', zei hij ongeduldig. 'Ga je weer aan het werk? Nu meteen?'

'Nee, ik heb nog verlof tot de kerst en ik ga ook weer terug naar Californië. Over een tijdje. Maar ik kon daar gewoon niet blijven. Cecilie snapte het wel. Ze begreep dat ik gek zou worden als ik daar bleef, terwijl hier…'

Ze zwaaide met haar bierblikje, het bier klotste eruit.

'Ik kon je hier niet mee alleen laten zitten. Ik zou je kunnen helpen… als een soort… freelancer? Zodat je het niet alleen hoeft te doen.'

'Alleen?' Hij boorde zijn hoofd in haar schoot, hield haar benen stevig vast en schudde, schudde hen allebei. 'We zijn ongeveer met zijn tweehonderden!'

'Maar niemand als ik', zei Hanne Wilhelmsen lachend.

Hij zoog haar lach in zich op. Die prettige, zacht trillende lach kroop in zijn oren, in zijn hersenen en verplaatste zich aangenaam langs zijn ruggengraat omlaag. Inspecteur Hanne Wilhelmsen was er weer. In Noorwegen. In Oslo. Ze wilde hem helpen.

'Ik ben zo blij dat je er bent', fluisterde hij. 'Ik heb...' Hij zweeg en krabde op zijn rug.

'Je hebt me gemist, hè? Ik jou ook. Waar moet ik slapen? Onze flat is immers verhuurd, dus ik hoop dat ik zolang hier kan blijven.'

'Dat hangt ervan af', zei Billy T. 'Durf je het risico aan om het tweepersoonsbed met mij te delen, of wil je in het stapelbed van de jongens?'

'Dat laatste lijkt me het veiligst', zei ze met een nadrukkelijke geeuw.

'Maar eerst trekken we een flesje wijn open, toch?'

Hanne Wilhelmsen staarde naar haar nog nauwelijks aangeraakte bierblikje.

'Op dit moment wil ik niets liever dan met jou een fles wijn delen. Helemaal niets.'

'En een stukje pizza', grijnsde Billy T. 'Zelfgemaakt.'

De lichtgroene cijfers van de wekker op het nachtkastje vertelden dat de dag vier uur en vijf minuten oud was. Billy T. had het dekbed van zich afgeschopt en lag diagonaal in het speciaal voor hem gemaakte bed. Hij droeg een boxershort en een footballshirt, een cadeau van Cecilie, 'San Francisco 49ers', in de maat XXXL, en hij snurkte zacht met open mond. Hanne bleef even naar hem staan kijken en stond op het punt van gedachten te veranderen. Toen stapte ze voorzichtig in het bed en kroop naast het grote lichaam.

'Ik heb zo naar gedroomd', fluisterde ze. 'En het bed hiernaast is zo hard.'

Hij smakte even en schoof een beetje opzij. Toen sloeg hij zijn linkerarm om haar heen en mompelde: 'Ik wist wel dat ik jou ooit in mijn bed zou krijgen.'

Hanne onderdrukte een lachje in het donker. Toen sliepen ze allebei in.

Maandag 7 april 1997

9.15 uur, hooggerechtshof
Benjamin Grinde staarde de president van de rechtbank aan en
schudde zachtjes zijn hoofd.
'Ik weet eerlijk gezegd niet wat ik moet zeggen. Zoals ik je
gisteren al door de telefoon zei, heeft de politie toegegeven dat
het één grote vergissing was. Ik heb geen flauw idee hoe de pers
hieraan is gekomen.'
De president van het hooggerechtshof hield de krant vlak
voor zijn gezicht. Zijn brillenglazen waren zeer sterk, waardoor zijn ogen heel klein leken, tot nu kneep hij ze ook nog
samen.

Rechter van hooggerechtshof aangehouden

Benjamin Grinde de laatste die Volter in leven heeft gezien

Door LITEN LETTVIK en TROND KJEVIK (foto)

De politie ontkent nu al bijna drie dagen hardnekkig dat er in de zaak-Volter aanhoudingen zijn verricht, maar dat is bezijden de waarheid. De politie en Benjamin Grinde, rechter bij het hooggerechtshof, proberen wanhopig te verhullen dat Grinde vrijdagavond laat in zijn woning is aangehouden.

Al een halfuur nadat minister-president Birgitte Volter dood in haar kantoor werd aangetroffen, is tegen rechter Grinde een aanhoudingsbevel uitgevaardigd. Het heeft er alle schijn van dat de bekende jurist, voorzitter van de commissie Grinde, de laatste is geweest die de minister-president in levenden lijve heeft gezien. Grinde, die zich tegenover *De Avondkrant* weigert uit te spreken, beweert volgens onze bronnen dat zijn bezoek aan het kantoor van Birgitte Volter vrijdagmiddag zuiver routinematig was. De politie wil dit echter niet bevestigen. De politie van Oslo omgeeft de aanhouding met een muur van stilzwijgen. Hoofdcommissaris Hans Christian Mykland heeft een korte verklaring afgelegd, waarin hij meedeelde dat het aanhoudingsbevel al snel weer is ingetrokken en dat het enkel en alleen op 'nalatigheid' berustte. De reactie uit politieke kringen liep uiteen van geschokt tot afwachtend. Zie ook pagina's 7, 8 en 9.

'Niet zo mooi', mompelde de president van het hooggerechtshof. 'Dit is helemaal niet zo mooi.'

Benjamin Grinde staarde naar de tafel voor hem, zijn blik was gefixeerd op een rood, veelgebruikt wetboek. De leeuw in het rijkswapen grijnsde hem arrogant en minachtend toe en Grinde knipperde met zijn ogen.

'Je hebt gelijk', zei hij zacht. 'Maar wat moet ik doen? Mijn werk als rechter voorlopig neerleggen?'

De president van het hooggerechtshof legde de krant neer, stond op en liep om de massieve eikenhouten tafel van de rechterskamer heen, naar het door donkergroene fluwelen gordijnen omgeven raam. Hij staarde naar de gevel van het tegenoverliggende gebouw, waarin de eerste regels van het volkslied waren gebeiteld. Wellicht wilde het ministerie van Financiën de omgeving overtuigen van zijn nationale gezindheid, in een tijd waarin alles werd gedaan om het vermogen dat als een onuitputtelijke kruik van Sarefat uit de Noordzee omhoog stroomde op te potten.

'Mooie foto', mompelde hij, terwijl hij zijn handpalmen tegen het glas legde.

'Wat?'

'Dat is een mooie foto van je. In de krant.'

Hij draaide zich om en ging weer zitten. Hij keek een poosje afwezig voor zich uit, alsof hij op reis was, ver weg, maar Benjamin Grinde kende hem als een man die nadacht voordat hij ergens op reageerde en daarom sloeg hij geen acht op zijn zwijgzaamheid.

'Dat zou niet juist zijn', zei de president van het hooggerechtshof eindelijk. 'Dat aanhoudingsbevel was aantoonbaar ongegrond en jouw terugtreden zou betekenen dat wij buigen voor speculaties. Maar voor de zekerheid moeten we het met de advocaten bespreken.'

Hij stond op en hield de deur open voor de vier andere rechters, die in hun zwarte toga's met purperrood fluweel rond de hals stonden te wachten. Hij trok de oudste terzijde en voerde een gedempt gesprek met hem, waarvan de anderen geen woord konden verstaan. Toen de president van het hooggerechtshof de kamer wilde verlaten, verscheen de griffier in de deuropening met zijn rituele verklaring: 'De advocaten zijn gereed!'

De oudste rechter stond op en knikte kort naar de anderen, die reageerden door in een rij achter hem plaats te nemen, in een vaste volgorde, met Benjamin Grinde, de laatstbenoemde, achteraan.

Het plechtige gevoel dat hem altijd vervulde wanneer hij na een kort en formeel knikje naar de advocaten direct na de voorzitter plaatsnam, was verdwenen. De zetel met de hoge rugleuning voelde ongemakkelijk aan en zijn toga was te warm.

'Het hof is bijeen. Wij behandelen vandaag beroepszaak rolnummer...'

Benjamin Grinde voelde zich zeer onwel. Hij strekte zijn hand uit naar een waterglas, maar hij beefde zo erg dat hij het liet staan.

'Zijn er bezwaren tegen de samenstelling van het hof?'

De voorzitter keek de advocaten beurtelings aan, ze stonden rechtop achter de balustrade, recht tegenover de U-vormige rechterstafel. De adamsappel van de advocaat die zijn eerste beroepszaak had sprong als een jojo op en neer, waardoor hij geen woord kon uitbrengen. Hij schudde heftig met zijn hoofd. De andere advocaat, een vrouw van bijna zestig, antwoordde met vaste, heldere stem: 'Nee.'

'Ik ben mij ervan bewust dat we vandaag een enigszins bijzondere situatie hebben', ging de voorzitter verder, terwijl hij lukraak door de voor hem liggende papieren bladerde, juridische uittreksels van variërende kwaliteit, voorzover hij vooraf had kunnen zien. 'Ik neem aan dat u op de hoogte bent van het feit dat er in een ochtendkrant een groot artikel is verschenen waarin rechter Grinde', hij knikte kort naar links, 'genoemd wordt. Hij zou zijn aangehouden in de tragische moordzaak die ons allen bekend is. Maar goed. Wij hebben van onze kant informatie ingewonnen en de landsadvocaat heeft bevestigd dat het hier om een vergissing ging. Ik zie daarom geen reden waarom een speculatief voorpagina-artikel in een... in een boulevardblad...' hierbij trok hij een gezicht alsof hij zijn tanden in een citroen had gezet, '...tot het terugtreden van een rechter van het hooggerechtshof zou moeten leiden. Maar zoals gezegd, dit is een bijzondere situatie en ik wil u dan ook vragen of rechter Grinde het nodige vertrouwen geniet. Ik vraag daarom nogmaals en, zoals gezegd, slechts voor de goede orde: heeft u bezwaren tegen de samenstelling van het hof?'

'Nee!'

De advocaten antwoordden nu in koor en de jongste steunde op de zware teakhouten balie. Hij slikte en stond ineens in zijn volle lengte op toen de voorzitter hem het woord gaf.

Pauze. Lange pauze. De man stond te zwaaien op zijn benen en vanaf de rechterstafel was niet te zien dat zijn vrouwelijke tegenhanger met gebalde vuist en opgestoken duim een opbeurend gebaar maakte; ze deed het discreet in de beschutting van de balie, maar de man naast haar was zo afwezig dat hij het niet opmerkte.

Benjamin Grinde voelde een onbedwingbare lust om te lachen. Hij haalde zijn hand over zijn mond en probeerde de lach te onderdrukken. Dit was hem nooit eerder overkomen, nog nooit had hij de greep verloren op de plechtige, ernstige stemming waarvan het hoogste gerechtshof van het rijk afhankelijk was; dit móést plechtig zijn. Hij wist waar de advocaat mee zwoegde.

Het gezicht van de advocaat was krijtwit en hij hapte naar lucht als een vis op het droge. Uiteindelijk bracht hij uit: 'Hoogst merkwaardig college...'

De voorzitter kuchte, luid en demonstratief, en de advocaat stopte abrupt. Hij leek op het punt te staan in tranen uit te barsten. De voorzitter kende de rest van het rijmpje maar al te goed: '...'s lands rijkste rechters'. Hij hief discreet zijn hand op naar de griffier, die snel een paar woorden op een geel memobriefje neerkrabbelde en dat voor de onfortuinlijke man neerlegde, die ondertussen een vuurrood hoofd had en een vette snor van zweet had gekregen.

'Hoogst eerwaardig college, 's rijks hoogste rechters', begon hij van voren af aan en zelfs de zaal leek opgelucht uit te ademen, de donkere wanden leken niet langer zo streng, niet meer zo beklemmend.

Vier van de rechters glimlachten een beetje en begonnen te noteren.

Benjamin Grinde voelde geen aandrang meer tot lachen.

Hij merkte ook niet op dat Liten Lettvik stilletjes van de achterste bank van de publieke tribune opstond en de zaal verliet.

12.00 uur, hoofdbureau van politie

Zelfs zijn zangerige zuidkustdialect kon de woede van hoofdcommissaris Hans Christian Mykland niet verhullen. Bijna honderdvijftig beambten schoten overeind toen hij met zijn vuist op de tafel sloeg.

'Ik ben hier uitermate ontstemd over. Uitermate ontstemd! Ik meende dat ik mij zaterdag tijdens de bespreking heel helder had uitgedrukt. Er mag niets naar pers uitlekken. Mijn boodschap was glashelder!'

Weer sloeg hij met zijn vlakke hand op de tafel en het was zo stil dat Billy T. amper durfde uit te ademen; hij had pijn in zijn maag.

'Dat aanhoudingsbevel was een vergissing. Dat weten we allemaal. En nu lopen we het risico een sappige schadeclaim aan onze broek te krijgen, wegens onrechtmatige vervolging. Weten jullie eigenlijk wel wat het betekent om de derde macht te beledigen?'

Niemand voelde zich geroepen te antwoorden, de meesten bestudeerden uitgebreid hun eigen schoot.

'Hier is het laatste woord nog niet over gezegd. Dit wordt tot op de bodem uitgezocht. En ik zal er persoonlijk voor zorgen dat degene die het heeft laten uitlekken daar nog veel berouw van krijgt!'

De hoofdcommissaris had uiteindelijk tijd gevonden om zich te scheren en hij straalde een zekere vastberadenheid uit; hij leek in de loop van het weekeinde gegroeid te zijn.

'Zo. Voorlopig zetten we een punt achter deze kwestie. Ik zal tijdens de volgende persconferentie...' hij wierp even een blik op de voorlichter en corrigeerde zichzelf, '...tijdens de volgende pers*briefing*, bedoel ik, duidelijk maken dat Benjamin Grinde ons als getuige heeft bijgestaan. Daarna zullen we eens zien hoe groot de brand eigenlijk is en of die nog geblust kan worden. Dan geef ik nu het woord aan het hoofd recherchezaken.'

Het hoofd recherchezaken schrok op, alsof hij tijdens de uitbrander niet had opgelet; die ging hem niet aan.

'Wij vinden het noodzakelijk om een korte samenvatting te geven', begon hij, terwijl hij een sheet op de overheadprojector neerlegde.

'Wie niets te melden heeft, zegt het met overhead', mompelde Billy T., die weer helemaal achterin naast Tone-Marit zat.

Ze deed alsof ze hem niet hoorde.

'Zoals jullie weten, wordt er op alle fronten hard gewerkt. In de eerste plaats moeten we achter het hoe en waarom komen. Wat dat laatste betreft, lijkt het ons zinvol om de mogelijke motieven in drie hoofdcategorieën in te delen.'

Hij draaide zich om en wees, zonder op te staan, naar het scherm.

'Eén: persoonlijke motieven. Twee: internationale motieven. Drie: extremistische motieven. In willekeurige volgorde.'

'Het is sowieso al behoorlijk extremistisch om de ministerpresident te vermoorden, ongeacht de reden', zei Tone-Marit zacht en Billy T. keek haar verbaasd aan.

'Nu moet je een braaf meisje zijn en je mond houden', grinnikte hij.

'Bovendien hebben we besloten terughoudend te zijn wat het verhoor van de naaste familie betreft, in ieder geval tot na de begrafenis, die vrijdag plaatsvindt. En daar hebben we meteen een nieuw probleem.'

Hij gebaarde naar het hoofd van de oproeppolitie, of de 'mobiele eenheid', zoals het op papier iets mooier heette. De gedrongen man met de gitzwarte haren en baard stond stram op.

'De begrafenis zal door de grootst mogelijke veiligheids-maatregelen worden omgeven. Wij brengen momenteel de risicogroepen in kaart, dus internationale terroristen, buitenlandse agenten, nationale extremisten aan zowel rechter- als linkerzijde...' Hij glimlachte naar de chef van de veiligheidsdienst, die niet teruglachte. Ogenschijnlijk een beetje geïrriteerd ging hij verder: 'En natuurlijk psychisch gestoorde personen. We weten uit ervaring, uit internationale ervaring moet ik zeggen, dat idioten bij dit soort gebeurtenissen uit hun hol kruipen. Bovendien houden we natuurlijk ook onze bekenden uit het gewone criminele circuit in de gaten, net als degenen die op wat voor manier dan ook met deze zaak in verband gebracht kunnen worden. Morgenochtend zal er aan dit thema een aparte bespreking worden gewijd.'

Hij ging weer zitten en zocht bijval bij de chef van de veiligheidsdienst, maar die reageerde nog steeds niet.

Het hoofd recherchezaken hernam het woord.

'Op dit moment worden alle verhoren met de functionarissen in het regeringsgebouw in de computer ingevoerd. We proberen vast te stellen wie zich mogelijk onrechtmatig toegang tot het kantoor van de minister-president heeft verschaft. Daarom is het belangrijk dat alle verhoren op diskette worden aangeleverd...'

'Als we betere apparatuur hadden, zou dat met één druk op de knop kunnen worden gedaan', zuchtte Billy T. terwijl hij opstond.

'Ga je al?' fluisterde Tone-Marit.

'Ik heb wel iets beters te doen', zei Billy T.

Er zat hem iets dwars, maar hij kon er met de beste wil van de wereld niet opkomen wat het was. Hij was iets kwijt, een inlichting die hij ergens op de harde schijf in zijn hoofd had opgeslagen.

'Overflow', mompelde hij voor zich uit, toen hij de deur uitsloop. 'Ik geloof niet dat ik nog meer informatie aan kan.'

12.24 uur, centrum van Oslo

Brage Håkonsen droeg een spijkerbroek en een groot, roestbruin sweatshirt met het logo van de Washington Redskins op zijn borst en op zijn rug een afbeelding van een indianenhoofdman met hoofdtooi. De anderen vonden het raar dat hij met een roetmop op zijn trui rondliep, maar dat kwam doordat de anderen er geen bal van begrepen. De Noord-Amerikaanse indianen waren een trots en fier volk. In tegenstelling tot hun onbetrouwbare verwanten uit het zuiden, die kleine, donkerhuidige schepsels in bontgekleurde kleren, waren de oerbewoners van Noord-Amerika een volk met een indrukwekkende cultuur en met verstand van de natuur en het dierenleven. De door joden geïnfiltreerde Amerikaanse regering had hen gedurende vele honderden jaren onderdrukt, hen het vanzelfsprekende recht op water en land en prairies afgenomen; als hij daaraan dacht, begonnen zijn oren te suizen van razernij.

Vliegensvlug schoot hij weg achter een bestelwagen, die met draaiende motor en volgeladen met kleding voor een winkel aan de Storgate stond te wachten. De bewaker had een ogenblik in zijn richting gekeken.

Toen Brage Håkonsen voorzichtig en met zijn baseballcap diep over zijn ogen getrokken om de hoek keek, zag hij de bewaker verder lopen, net als tevoren; behoedzaam, hij straalde een nervositeit uit die er eerder niet was geweest. Niet meer ontwijkend, niet meer laf, hij had iets schuws gekregen, zoals een ree in de jachttijd. Nu glipte hij een winkel binnen, G-sport, nadat hij eerst goed om zich heen had gekeken.

Brage Håkonsen holde langs McDonald's en rende bij rood licht de straat over, een Volkswagen Kever moest hard remmen, maar hij sloeg geen acht op de chauffeur.

Het duurde lang eer de bewaker weer naar buiten kwam. Hij had niets in zijn handen, niet eens een plastic tasje, dus als hij iets had gekocht, was het zo klein dat het in zijn jaszak paste. Nog steeds was hij uitermate waakzaam, hij keek voortdurend om zich heen en bleef met onregelmatige tussenpozen ineens staan en draaide zich om, om er vervolgens even flink de pas in te zetten, niet ver, een paar meter maar, en dan weer langzaam, bijna overdreven rustig verder te lopen.

Zo was hij eerder niet geweest. De bewaker was het meest eenvoudige schaduwobject ter wereld geweest. De man keek nooit iemand aan. Hij ontweek alles wat oogcontact heette en Brage Håkonsen had vaak vlak achter hem kunnen lopen, af en toe had hij zelfs als een vermakelijk waagstukje voor hem gestaan, slechts twee of drie meter van hem vandaan. De bewaker had hem nooit opgemerkt. Nu had hij ogen in zijn achterhoofd. Het was vermoeiend om hem te volgen en Brage Håkonsen had spijt van zijn trui. Hij had beter iets neutralers kunnen dragen, een overhemd met een colbertje, iets bruins of iets grijs.

De bewaker had nu de brug over de Akerselv bereikt, het was hier overzichtelijker en Brage Håkonsen kon meer dan honderd meter afstand houden zonder het risico te lopen hem kwijt te raken. Plotseling reed er een ambulance met loeiende sirene langs en Brage zag hoe de bewaker ineenkromp. Een ogenblik leek het alsof hij van plan was in de rivier te springen, hij drukte zich tegen de balustrade en keek verwilderd om zich heen.

Brage Håkonsen glimlachte. Hij kon zich niet vergissen. De enige barst in zijn vreugde was dat de bewaker zich zó verdacht gedroeg, dat hij opgepakt zou worden als de politie hem zag. Maar aan de andere kant was de man uiteraard al door de politie verhoord, een paar keer misschien al, en hij wandelde nog steeds frank en vrij door de straten van Oslo.

Toen de bewaker van het regeringsgebouw zijn eigen straat inliep en de sleutel in de voordeur stak zonder eerst een praatje te maken met de dochter van de conciërge, die hem beledigd en met uitdagend uitgestoken heup stond aan te staren, was Brage Håkonsen volkomen zeker van zijn zaak.

Hij bleef nog even naar het verveloze pand aan de Jens Bjelkesgate staan kijken, tot de bewaker zijn eigen woning moest hebben bereikt.

Toen probeerde Brage Håkonsen een taxi aan te houden.

14.47 uur, redactie van De Avondkrant
Liten Lettviks linkerknie deed geen pijn meer. Bovendien had ze een alcoholvrij weekeinde achter de rug en haar lichaam leek op deze onverwachte reinigende behandeling te reageren met een afkeer van cigarillo's; ze had al vijf uur niet meer gerookt. Liten Lettvik voelde zich buitengewoon goed.

De politie had niets ontkend. Op de persconferentie een uurtje geleden hadden ze zich weliswaar in allerlei bochten gewrongen, maar de zaak met het aanhoudingsbevel was niet ontkend. Liten Lettvik zond Konrad Storskog een warme gedachte en vroeg zich een ogenblik af of ze hem in het vervolg inderdaad met rust zou laten.

Natuurlijk had *De Avondkrant* het bericht als enige gebracht. Uit een zekere dankbaarheid had de hoofdredacteur haar toestemming gegeven om het verband tussen de moord op Birgitte Volter en Grindes bezoek aan haar kantoor verder uit te pluizen. Hoewel hij niet erg enthousiast was geweest.

'Uit die citroen zal niet veel sap meer te persen zijn', had hij voorzichtig geprotesteerd, terwijl hij bedachtzaam op zijn lip beet. 'Dat was een pikante zaak vandaag, Liten, maar het is duidelijk dat de man niet meer onder verdenking staat. Hij zat vanochtend alweer in het hooggerechtshof!'

'Luister, Leif,' had Liten Lettvik ingebracht, 'voor de jongens van de politieke redactie is dit een goudmijntje. Hier is veel meer uit te halen.'

'Die hebben al genoeg aan hun hoofd. Het is nog steeds volkomen onduidelijk wat voor regering we vrijdag krijgen. Ze hebben zich niet meer zo vermaakt, sinds die opschudding rond Furre.'

'Precies! En waar ging het bij de zaak-Furre vooral om?'

De hoofdredacteur gaf geen antwoord, maar ze had tenminste zijn aandacht, dat verraadde zijn gefriemel met zijn bureauonderlegger. Zijn vingers, die aan de versleten en rafelige randen plukten, waren een duidelijk teken dat hoofdredacteur Leif Skarres interesse was gewekt.

'De kritiek was vooral gericht op het feit dat Berge Furre door de veiligheidsdienst in de gaten was gehouden. Ja? En dat terwijl hij lid was van de commissie die de veiligheidsdienst moest doorlichten. Ja? Als commissielid was hij eigenlijk onschendbaar en daardoor uitgesloten van hun onderzoek. Kort samengevat. Maar toen begon de verdediging van de veiligheidsdienst te brullen dat niemand onschendbaar is, noch koning Salomo, noch Jan met de pet. En nu hebben ze uitgerekend een rechter van het hooggerechtshof gearresteerd! Koning Salomo, weet je wel! Zonder enige juridische basis! Dat is toch heel veel. Meer dan genoeg.'

Leif Skarre zweeg een tijdje en knikte toen nors in de richting van de deur. Daarmee had hij zijn instemming laten blijken.

Maar veel meer had Liten Lettvik niet over Benjamin Grinde kunnen vinden. Dat werd haar duidelijk toen ze zijn dossier doorbladerde. Bijna niemand scheen hem echt te kennen. Zelfs de vriendelijke en grenzeloos naïeve uitzendkracht aan de telefoon van het hooggerechtshof, bij wie Liten vrijdagmiddag zo'n succes had gehad, had haar niet kunnen helpen. Ofschoon ze het duidelijk erg spannend had gevonden dat een journalist van de landelijke pers in haar mening was geïnteresseerd.

'Nee, rechter Grinde krijgt eigenlijk nooit privé-telefoontjes', had ze aan het andere einde van de telefoonlijn gekwetterd.

Benjamin Grinde had legio bekenden. Maar kennelijk geen vrienden, in ieder geval niet in juridische kringen. De omschrijvingen die ze tijdens elf nutteloze telefoongesprekken had gekregen waren stomvervelend en volkomen onbruikbaar: Benjamin Grinde was een bekwame, correcte en hardwerkende man.

'Met het kantoor van advocaat Fredriksen, goedemiddag.'

Liten Lettvik had uiteindelijk toch maar een cigarillo opgestoken, ze blies de rook door haar neus uit terwijl ze haar naam noemde en vroeg of ze Frode Fredriksen kon spreken. Enkele seconden later al had ze hem aan de lijn, advocaat Fredriksen liet geen gelegenheid voorbijgaan om zijn grondwettelijke recht op meningsuiting te benutten.

'Een juridisch schandaal', stelde hij bombastisch vast. Liten Lettvik kon als het ware horen dat hij de roos van zijn schouders veegde, wat hij altijd deed als hij iets wilde benadrukken. 'Ik zal je één ding zeggen, Liten Lettvik: als de commissie deze zaak niet tot op de bodem uitzoekt, dan zal ik er persóónlijk voor zorgen dat de juiste personen ter verantwoording worden geroepen. Dat is mijn plicht als spreekbuis voor de zwakkeren in de samenleving!'

Nu was Frode Fredriksen in staat om zelfs voor de vervaardiging van bruin brood de meest pompeuze uitdrukkingen te gebruiken, en Liten Lettvik nam dus ook niet eens de moeite iets op te schrijven. Ze onderbrak zijn tirade nog voordat hij bij de 'onaantastbare rechten van de mens' was aanbeland.

'Maar wat is er eigenlijk zo schandalig? Waar gaat het om?'

'De autoriteiten proberen iets te verbergen, Liten Lettvik. Ze verbergen iets!'

'Ja, dat begrijp ik ook. Maar wat?'

'Dat weet ik natuurlijk niet, maar één ding kan ik je vertellen: zo'n muur van stilzwijgen als de verschillende instanties rond deze zaak hebben opgebouwd, heb ik nog nooit meegemaakt. In mijn hele carrière niet. En die is, in alle bescheidenheid gezegd, zeer lang. Zoals jij weet.'

'Wat voor stilzwijgen bedoel je?'

Liten Lettvik stak met het stompje van de ene cigarillo een volgende aan.

'Er zijn statussen verdwenen', ging advocaat Frode Fredriksen verder. 'Eerst worden de statussen niet afgegeven en als ik ze dan eindelijk in handen krijg, zijn ze incompleet. De ziekenhuizen hier in het land zijn de KGB van de gezondheidszorg, dat kan ik je wel zeggen, Lettvik. Niets dan geheimdoenerij en arrogantie van de macht. Maar we laten ons niet ontmoedigen.'

'Maar je hebt om uitstel van de behandeling van de schadeclaims gevraagd.'

'Natuurlijk. In de hoop dat de commissie Grinde nieuw licht op de zaak zal werpen. Dan kunnen de bedragen hoger uitvallen.'

'Maar luister nou eens, Fredriksen.' Liten Lettvik verplaatste met een ongeduldig gebaar de hoorn naar haar andere oor. 'Je moet toch een idee hebben van wat er is gebeurd, ik bedoel... Het is toch de opdracht van de commissie om vast te stellen wat er destijds is gebeurd en of de betrokkenen voldoende door de bevoegde instanties zijn geïnformeerd. En zeg nou zelf, dit is meer dan dertig jaar geleden gebeurd, kan het dan nog zo'n brandende kwestie zijn? En waarom wind je je zo op, je hebt toch gekregen wat je wilde? De commissie is uiteindelijk benoemd en dat is toch waar je in de eerste plaats om had gevraagd?'

Het werd volkomen stil aan de andere kant van de lijn. Liten Lettvik nam een flinke trek en hield haar adem in, terwijl de nicotine in haar bloed stroomde, een heerlijk gevoel.

'Er zijn in 1965 achthonderd kinderen te veel gestorven,

Liten Lettvik', zei hij uiteindelijk, zacht en dramatisch, ze hoorde op de achtergrond papieren ritselen. 'Minimaal achthonderd! In 1964 zijn hier in Noorwegen 1078 kinderen van jonger dan één jaar gestorven. In 1966 was dat aantal 976. De jaren ervoor en erna ligt het aantal relatief constant op circa duizend, terwijl het langzaam maar zeker is gedaald naar twee- tot driehonderd vandaag de dag. Maar in 1965, Liten Lettvik, zijn er 1914 zuigelingen gestorven! Zo'n uitschieter kan geen toeval zijn. Ze zijn ergens aan gestorven. En de autoriteiten willen niet helpen te achterhalen wat dat was. Een schandaal. Ik herhaal: een groot schandaal!'

Liten Lettvik wist dit. Ze had er alles over gelezen. Ze had nog steeds geen antwoord op haar vraag gekregen en even wist ze niet of ze dit gesprek überhaupt nog wilde voortzetten. Toen veranderde ze plotseling van onderwerp: 'Hoe zit het met Benjamin Grinde?'

Advocaat Fredriksen lachte luid en bulderend.

'Daar slaan jullie de plank echt helemaal mis! Of de politie. Wat ze, voorzover ik weet, inderdaad ook hebben toegegeven, ook al hebben jullie de zaak flink opgeblazen. Benjamin Grinde is een door en door integere man. Een beetje saai, een beetje exuberant, maar dat brengt zijn functie met zich mee. Dat zit daar in de wanden. O nee, Lettvik. Benjamin Grinde is een buitengewoon begaafd jurist en een onberispelijk staatsburger. Ik was zeer content toen hij als voorzitter van de onderzoekscommissie werd gekozen. Ik heb mij destijds ook veroorloofd om hem dat mee te delen. In alle bescheidenheid.'

Dit leidde tot niets. Liten Lettvik bedankte hem zonder veel enthousiasme voor het gesprek. Toen koos ze nog een telefoonnummer. Ze kreeg trek.

'Edvard Larsen', antwoordde een prettige stem.

'Hallo, met Liten Lettvik. Hoe gaat het ermee?'

'Goed hoor', klonk tam de stem van de voorlichter van het ministerie voor Volksgezondheid aan de andere kant; Liten

Lettvik belde te pas en te onpas en leek weinig begrip te hebben voor het feit dat hij haar niet direct met Ruth-Dorthe Nordgarden kon doorverbinden. 'Wat kan ik vandaag voor je doen?'

'Luister. Ik móét de minister spreken.'

'Waar gaat het over?'

'Dat kan ik je helaas niet zeggen. Maar het is belangrijk.'

Edvard Larsen zwom gewoonlijk in een oceaan van geduld, een onschatbaar waardevolle eigenschap voor zijn functie als stem van de minister. Maar nu dreigde hij te stranden.

'Je weet heel goed dat ik moet weten waar het over gaat. Moet ik dat nu weer duidelijk maken?'

Hij probeerde met een kort lachje de angel uit zijn irritatie weg te nemen. Liten Lettvik kreunde.

'Goed dan. Het is heel onschuldig, maar wel belangrijk. Ik wil haar iets vragen over het werk van de commissie Grinde.'

'Geef mij de vraag maar, dan zorg ik ervoor dat je zo snel mogelijk antwoord krijgt.'

'Goed bedoeld, maar bedankt', zei Liten Lettvik en ze hing op.

Maar zo vreselijk boos was ze niet. Geen enkel lid van de regering was zo gemakkelijk te bereiken als Ruth-Dorthe Nordgarden. Je moest haar alleen wat stroop om de mond smeren. Een ruilhandeltje. Verstrooid bladerde Liten Lettvik in haar filofax en haar vingers vonden als vanzelf Ruth-Dorthe Nordgardens geheime privé-nummer.

Het was alleen zo verdomd vervelend dat ze tot vanavond moest wachten.

20.50 uur, Stolmakergate 15

'Je zou kunnen proberen om het hier een beetje gezelliger te maken. Al was het maar voor de jongens.'

Hanne Wilhelmsen droeg een oud leren schort dat onder de wijn- en etensvlekken zat. Ze zwaaide lijdzaam met een polle-

132

pel door de lucht, zodat de klodders tomatensaus rondvlogen.

'En misschien kan jij proberen om niet mijn hele keuken onder de saus te smeren', antwoordde Billy T. grinnikend. 'Dat maakt het er heus niet gezelliger op.'

Hij haalde zijn hand over de koelkastdeur en likte de rode saus eraf.

'Mmm, heerlijk. Nu hadden de jongens hier moeten zijn. Spaghetti met gehakt en tomaat. Hun lievelingskostje.'

'Tagliatelle bolognese', corrigeerde Hanne. 'Dit is toch geen spaghetti!'

Ze hield de zak voor hem op.

'Platte spaghetti', constateerde hij. 'Maar wat ga je dáármee doen?' Hij snaaide een stengel bleekselderij van het aanrecht, beet erin en wees ondertussen naar een muskaatnoot.

'Afblijven!'

Ze zwaaide weer met de pollepel en deze keer leverde hem dat een streep van rode spikkeltjes dwars over zijn spierwitte T-shirt op.

'Moet je die kamer nou eens zien', zei ze, terwijl ze de deksel op de pan deed. 'Die gordijnen stammen nog ergens uit de jaren zeventig!'

Ze had vermoedelijk gelijk. De gordijnen hingen zorgelijk scheef en waren van een grofgeweven stof, oranje met bruine strepen. In de plooien zag je het stof zitten dat zich daar in de loop van de jaren had opgehoopt.

'Je zou ze op zijn minst een keer kunnen wassen. En moet je dat daar zien.'

Ze keek door het doorgeefluik tussen de bovenkastjes en het aanrecht naar de stereo-installatie in de boekenkast, die in het licht van een staande lamp met drie peertjes en rieten lampenkapjes stond te blinken en te fonkelen.

'Hoeveel heeft die gekost?'

'Tweeëntachtigduizend kronen', mompelde Billy T., terwijl hij een lepel in de pan probeerde te steken.

'Afblijven!, heb ik gezegd. Tweeëntachtigduizend? Als je nog niet eens de helft van dat bedrag bij Ikea had uitgegeven, had het er hier best leuk kunnen uitzien. Je hebt zelfs geen behoorlijke bank!'

'De jongens zitten graag op de grond.'

'Je bent en blijft een vreemde snuiter', glimlachte ze. 'Ik zal eens zien wat ik kan doen, zo lang ik hier ben.'

Billy T. dekte de tafel en zette de tv zo neer dat ze onder het eten naar *Redactie 21* konden kijken. Daarna maakte hij twee bierflesjes open en zette het geluid zachter.

'Wanneer houden ze nou eindelijk op met al die extra uitzendingen?' mompelde Hanne Wilhelmsen terwijl ze haar schort afdeed. 'Ik heb er vandaag al twee gezien en ze zeggen de hele tijd hetzelfde. In ieder geval bijna.'

De vrouw op het scherm was fors en vertrouwenwekkend, ofschoon ze erg aan Baktus de tandentrol deed denken.

'Goh, heeft ze haar haar afgeknipt?' vroeg Hanne Wilhelmsen. 'Het staat haar wel goed.'

'Dat mens moet ondertussen ongeveer net zo moe zijn als wij', zei Billy T., zijn eten naar binnen schuivend. 'Lekker! Ze heeft er al ik weet niet hoeveel uitzendingen opzitten. En nou is *Redactie 21* ook al anders dan anders. Eerst hoort het nieuws te komen, dan sport en dán komen de actualiteiten. Alles staat op zijn kop. Daar ook.' Hij wees met zijn lepel naar het scherm.

'Sst', gebaarde Hanne. 'Stil.'

'Vandaag is bij ons in de studio te gast hoofdcommissaris Hans Christian Mykland. Welkom, meneer Mykland!' zei de presentatrice.

'Dank u.'

'Ik kom maar meteen terzake, meneer Mykland, aangezien ik weet dat u belangrijker dingen te doen hebt dan hier bij mij te staan. Kunt u al een duidelijk antwoord geven op de vraag of de politie überhaupt dichterbij een oplossing in de zaak-Volter is gekomen, tamelijk nauwkeurig drie dagen nadat ze werd vermoord.'

'Arme kerel', mompelde Hanne, toen ze de hoofdcommissaris hoorde antwoorden. 'Hij heeft helemaal niets te melden, maar hij moet het doen voorkomen alsof het heel veel is. Tasten jullie echt zo in het duister, Billy T.?'

'Bijna.'

Hij slurpte de tagliatelle naar binnen zodat er een grote, rode roos rond zijn mond ontstond.

'Clown', mompelde Hanne.

'We hebben wel iets meer', zei Billy T., zijn mond met zijn onderarm afvegend. 'Onder andere een heel zeldzaam kaliber.'

'O? Hoe zeldzaam?'

'7.62 millimeter. Het zal niet lang meer duren, denk ik, voor we weten wat voor soort wapen het geweest moet zijn. Maar dat kan hij natuurlijk niet zeggen.' Hij knikte naar het toestel. 'Ik begrijp sowieso niet wat hij in de studio doet, hij kan immers helemaal niets zeggen. Hij is pisnijdig over het uitlekken van die aanhouding en we hebben allemaal een extra stevige muilkorf aangekregen.'

'Wat ook niet veel zal uithalen', zei Hanne en ze nam een slok van haar bier. 'De politie van Oslo is zo lek als een mandje. Altijd al geweest.'

De hoofdcommissaris zag er bijzonder opgelucht uit toen hij eindelijk kon vertrekken. De dame met het rode haar praatte de kijkers over naar een andere studio. Daar zaten de fractieleiders van de oppositiepartijen aan een boemerangvormige tafel. De presentator in het midden staarde iets te lang in de camera voordat hij begon te praten. Hij kondigde een filmpje aan dat ook op zich liet wachten.

'Waarom lukt het ze hier toch nooit', glimlachte Hanne. 'In de vs zie je zoiets niet. Daar klopt het allemaal, altijd en steeds weer.'

Tegen de achtergrond van tamelijk nietszeggende beelden van het parlement zette een commentator het ingewikkelde kaartspel uiteen dat nu moest worden gelegd. Ten slotte richtte de presentator in de studio zich tot een onberispelijk geklede en extreem ernstige man in een licht colbertjasje.

'Ik dacht dat die ene vrouw de voorzitter van de Christelijke Volkspartij was', zei Billy T. 'Niet hij daar.'

'Zij is de voorzitter van de partij, maar hij van de fractie... Sst!'

'Het zou niet juist zijn als wij politieke consequenties zouden trekken uit de zeer tragische situatie die met de moord op minister-president Volter is ontstaan.'

'Betekent dat dat u de mogelijkheid om nu in de regering te komen niet aangrijpt?'

De presentator sprak een wonderlijke mengeling van dialecten en de grappige haarlok in zijn nek, die weliswaar iets korter was geworden sinds Hanne naar de vs was vertrokken, wipte op de maat van zijn stem op en neer.

'Ons land is, zoals gezegd, getroffen door een bijzonder tragische gebeurtenis en de centrumpartijen hebben besloten dat dit niet de juiste tijd is voor een kabinetswisseling. In deze moeilijke tijd moeten wij elkaar bijstaan en in het najaar moet het volk dan beslissen wie het land verder zal besturen.'

De man van de Christelijke Volkspartij was nog niet klaar, maar de presentator draaide zich naar links en richtte zich tot een man met een goedverzorgde, grijsgemêleerde baard en een lijdzame gezichtsuitdrukking.

'Hoe zien de Conservatieven dat?'

De man schudde zwakjes zijn hoofd en vestigde zijn blik op de presentator.

'Mediatraining', zei Hanne. 'Hij heeft een mediatraining gevolgd.'

'Wat?' vroeg Billy T. en hij schepte nog eens op.

'Laat maar. Sst.'

'Het is een moeilijke tijd en zeker niet het juiste moment voor politieke manoeuvres en vuilspuiterij. Ik wil echter benadrukken dat dit weer ten volle aantoont hoe onrealistisch de mogelijkheid van een regeringscoalitie van de centrumpartijen is. Maandenlang prijzen ze zichzelf aan, maar nu zich de gelegenheid zich voordoet, krabbelen ze terug. Dit bewijst dat de Conservatieve Partij al die tijd gelijk heeft gehad. Een alternatief voor een regering van de Arbeiderspartij is niet mogelijk zonder de Conservatieven.'

'Dat zal dit najaar moeten blijken.'

De man van de Christelijke Volkspartij nam het woord, maar hij werd resoluut onderbroken door de presentator.

Hanne lachte luid.

'Ze willen geen van allen aan de macht! Ze zijn verdorie doodsbang!'

'Politiek', snoof Billy T. en hij schepte zich nog een derde keer op. 'Ik bied je een baan aan. Als kok.'

'Kokkin', zei Hanne afwezig, zonder haar ogen van het scherm te halen.

'Wat?'

'Kokkin. Een vrouwelijke kok. Een kok is een man. Maar ik wil dit graag even horen, alsjeblieft.'

'Het zou absoluut verkeerd zijn om misbruik te maken van deze buitengewone situatie.'

De representant van Centrum-Rechts echode wat zijn samenwerkingspartner van de Christelijke Volkspartij had gezegd en de man van de Conservatieven schudde nu heel heftig zijn hoofd.

'Wat is dan het verschil?' vroeg hij. 'Wat zal er in het najaar dan anders zijn? De Arbeiderspartij is vandaag in de minderheid en is dat in het najaar nog steeds. Dat zijn ze al sinds de Tweede Wereldoorlog. Denken Centrum-Rechts, Links en de Christelijke Volkspartij soms dat zij bij de verkiezingen de meerderheid in het parlement krijgen?'

'Dat zal blijken', probeerde de man van de Christelijke Volkspartij in te brengen, maar de presentator legde hem met een zeer beslist handgebaar het zwijgen op.

De conservatief liet zich echter niet de mond snoeren: 'Dan wordt het tijd dat we horen wat jullie visie is op een aantal zeer belangrijke kwesties! Daar hebben de kiezers recht op. Hoe staan jullie tegenover de uitbreiding van gasgestookte centrales? Hoe zit het met de EER? De kinderopvang? Wat vinden jullie van de financiële compensatie bij zorgverlof? Krijgen we daar nog iets over te horen voordat de mensen naar de stembus gaan?'

Ze begonnen allemaal door elkaar heen te praten.

'Als de kat van huis is, dansen de muizen op tafel', zei Hanne.

'Maar die daar willen toch helemaal niet dansen', zei Billy T. 'Het zijn muurbloempjes die doodsbang zijn dat iemand hen ten dans vraagt. Misselijk. Ik word er misselijk van.'

Dat scheen hem echter niet erg te deren, hij schepte voor de vierde keer op, schraapte de pan leeg.

'Mag ik niet een beetje muziek opzetten?' vroeg hij.

'Nee, toe nou, dit is belangrijker.'

Eindelijk waren de mannen uitgekibbeld, ze kregen in ieder geval kregen geen toestemming om verder te gaan. Er werd overgeschakeld naar de presentatrice in de andere studio, die nu naast Tryggve Storstein stond.

'Jeminee, wat ziet die er moe uit', zei Hanne zacht, ze zette haar bierglas neer zonder de inhoud te hebben aangeraakt.

Tryggve Storstein zag er zo afgepeigerd uit dat zelfs de make-upafdeling van de NRK er niet veel meer aan hadden kunnen veranderen. De donkere schaduwen onder zijn ogen werden door het felle licht nog duidelijker en zijn mond vertoonde een trieste, bijna norse trek die daar tijdens het hele interview bleef.

'Ja, Tryggve Storstein, ondanks de tragische omstandigheden mogen we u feliciteren met uw nieuwe functie als partijvoorzitter.'

Hij mompelde een soortement bedankje.

'U heeft samen met mij naar de discussie van uw collega's

staan luisteren. Gaat u dus vrijdag een nieuwe regering vormen?'

Tryggve Storstein schraapte zijn keel even en knikte. 'Ja.'

De interviewster was lichtelijk van de wijs gebracht door het korte antwoord en ze zwaaide even heftig met haar armen voor haar een nieuwe vraag inviel. Storstein bleef kortaf, hij leek soms volkomen afwijzend en de interviewster had moeite de tijd te vullen die blijkbaar voor het interview was ingeruimd.

'Hij komt niet echt over als The Great White Hope', zei Hanne Wilhelmsen, die de tafel begon af te ruimen. 'Koffie?'

'Graag.'

'Dan mag jij het zetten.'

De man met de bril en het merkwaardige accent had het weer overgenomen. Hij had nu gezelschap gekregen van drie dagbladredacteurs, die met veel pathos en nadruk de ontstane situatie becommentarieerden.

'Hoe kan de politiek in deze tijd normaal functioneren, als er tegelijkertijd een politieonderzoek loopt waarvan de uitkomst kan zijn, en ik onderstreep kán zijn, dat zich onder de personen waaruit de regering zal worden samengesteld ook verdachten bevinden?' vroeg de presentator.

'Ik zou willen dat de mensen leerden met punten te praten', zei Hanne.

Billy T. floot luid terwijl hij met het koffiezetapparaat bezig was.

De redacteur van *Dagbladet* leunde ijverig naar voren en hing bijna met zijn baard op het tafelblad.

'Het is absoluut noodzakelijk dat de politie zich buiten het politieke proces houdt. Natuurlijk mag het werk van de politie niet belemmerd worden, maar aan de andere kant mogen we ook niet in een situatie terechtkomen, waarin de regeringsvormende partij gecastreerd wordt doordat de meeste ministerkandidaten Birgitte Volter hebben gekend.'

'Typisch', zuchtte Hanne Wilhelmsen. 'Niemand gelooft

dat het iemand uit haar directe omgeving was, hoewel alle statistieken aantonen dat moordenaars bijna altijd uit de naaste kring van het slachtoffer komen. En iedereen die in Noorwegen enige macht heeft, heeft Birgitte Volter gekend. Dan wordt het waarschijnlijk iets te riskant om die statistieken te geloven.'

Ze stond op en zette de tv uit.

'Muziek?' vroeg Billy T. optimistisch.

'Nee! Ik wil rust, oké?'

Bij gebrek aan een goede bank gingen ze tegenover elkaar op het grote bed in de slaapkamer liggen. Hanne leunde met haar hoofd tegen de muur, met haar rug tegen een versleten, magere zitzak. Ze nam een voorzichtig slokje van de koffie die Billy T. haar had gegeven.

'Jakkes!' Ze spuugde het uit en trok een vies gezicht. 'Wat is dit? Asfalt?'

'Te sterk?'

Zonder op antwoord te wachten haalde hij melk uit de koelkast en schonk een flinke scheut in haar kop.

'Zo. Nu blijven we nog wel een tijdje wakker.'

Hij probeerde een comfortabele houding te vinden in het bed, maar er waren geen kussens meer over en uiteindelijk ging hij rechtop zitten.

'Er is iets met die Ruth-Dorthe Nordgarden', zei hij, in zijn oor peuterend. 'Verdomme, er zit hier iets. Het doet zo nu en dan hartstikke pijn.'

'Wat bedoel je met iets?'

'Een ontsteking of zo.'

'Sukkel. Ik bedoel met Ruth-Dorthe Nordgarden.'

'O.'

Billy T. tuurde naar het topje van zijn wijsvinger, maar daar was nog steeds niets te zien.

'Een eigenaardige dame', zei hij. 'Veel nerveuze handgebaren en wonderlijke grimassen. En tegelijkertijd lijkt ze zo...

kil!' Hij zwaaide zijn wijsvinger door de lucht. 'Ze komt ijs-koud over! Als een vis. Ze heeft iets wat ik graag verder zou onderzoeken, maar ik weet niet wat het is en er is absoluut geen reden om aan te nemen dat zij op de avond van de moord in de buurt van het KMP was.'

'KMP?'

'Het kabinet van de minister-president. Je moet het jargon leren.'

'Was ze met haar bevriend?'

'Nee, ze beweert van niet. Ze zei tegen me dat ze niet privé met elkaar omgingen. Verdomd eigenaardige dame. Ze heeft iets… iets engs. Ik werd er nerveus van om samen met haar in dezelfde kamer te zijn.'

Hanne Wilhelmsen gaf geen antwoord. Ze warmde haar handen aan de dampende kop koffie en staarde naar een kindertekening die op het prikbord hing: een zeer geavan-ceerde Batmobiel met vleugels en kanonnen.

'En wat me…'

'Ssst', viel Hanne hem luid in de rede en Billy T. morste van schrik koffie.

'Maar wat…'

'Ssst!'

Billy T. mompelde een vloek die Hanne echter negeerde. Ze bestudeerde de muur achter hem en Billy T. draaide zich om om te zien wat haar zo fascineerde.

'Alexander', zei hij onzeker. 'Die heeft Alexander gemaakt.'

Plotseling keek ze hem recht aan. Haar ogen leken nog groter dan anders en de zwarte rand rond haar iris nog don-kerder.

'Zei ze dat ze niet privé met elkaar omgingen?'

'Ja. Hoezo?'

Hanne stond op en zette haar koffiekop op de vloer. Toen liep ze naar Alexanders tekening toe en bekeek hem goed.

'Wat is er met die tekening', vroeg Billy T.

'Niets, niets', zei Hanne. 'Hij is mooi. Maar dat is niet waar ik aan denk.'

Ze draaide zich naar hem om, zette haar handen in haar zij en hield haar hoofd scheef.

'Birgitte Volters zoon, Per, is een goed schutter. Ik heb hem een paar keer op de Løvenskioldbaan ontmoet. Toen hij jonger was, was zijn vader er vaak bij. Ik kan niet zeggen dat ik hem ken, maar we hebben wel eens een praatje gemaakt en het zou heel vanzelfsprekend zijn om naar elkaar te knikken, als we elkaar op straat tegenkwamen. En...'

Billy T. staarde haar aan, terwijl hij weer met zijn vinger in zijn gehoorgang boorde.

'Als je een beginnende oorontsteking hebt, zou je er niet steeds aan moeten zitten', zei Hanne en ze trok zijn hand weg. 'Maar toen, een jaar of zo geleden... nee, het was in november, vlak voordat we naar de vs gingen, dus het moet vlak voor de regeringswisseling zijn geweest, toen heb ik Roy Hansen en Ruth-Dorthe Nordgarden samen in Café 33 in Grünerløkka gezien.'

'In Café 33? Dat hol?'

'Ja, dat verbaasde mij ook. Ik moest er zijn om iets af te geven aan iemand die daar werkt en daar zaten ze, achter in het vertrek, met elk een bier voor zich. Nee, het moet na de regeringswisseling zijn geweest, want voor die tijd wist ik nauwelijks wie Ruth-Dorthe Nordgarden was. Ze is immers vrij... knap? Blond en zo, valt in ieder geval op. Eerst was ik van plan om Roy te groeten, maar iets hield me tegen en ik ben weer naar buiten gegaan zonder dat hij me had gezien.'

'Maar Hanne, hoe komt het dat je dit nog zo goed weet?'

'Omdat ik diezelfde dag een artikel in de krant had gelezen, in *Dagbladet* geloof ik, over die netwerken waar de pers zo vol van is. Over dynastieën en dergelijke. Ik geloof zelfs dat ik die krant bij me had toen ik in Café 33 was.'

'Verdomme', mompelde Billy T. en hij wreef zijn oorlelletje.

'Ik geloof dat ik naar de dokter moet.'

'Maar is het niet vreemd, Billy T.', zei Hanne peinzend. Ze staarde weer naar de Batmobiel, die naar ze nu ontdekte een televisiescherm op het pantser had en een Il Tempo Giganteradar op de achterklep. 'Vind je het ook niet opmerkelijk dat Ruth-Dorthe Nordgarden zegt dat ze niet privé met Birgitte Volter omging, als ze een goed halfjaar geleden met haar man in een bruin café in Grünerløkka bier zat te drinken?'

Billy T. keek haar aan en wreef herhaaldelijk over zijn schedel.

'Ja', antwoordde hij uiteindelijk. 'Daar heb je gelijk in. Dat is vreemd.'

Dinsdag 8 april 1997

'En dat je gestopt bent met roken, Hanne!'

'Goh, scherp hoor! Het valt jou al na tien minuten op. Billy T. heeft het nog niet eens in de gaten. En jij bent bevorderd tot inspecteur. Gefeliciteerd!'

Håkon Sand pakte haar hand en drukte die hard, terwijl hij van oor tot oor glimlachte.

'Je moet snel eens bij ons komen. Hans Wilhelm is al zo groot!'

Håkon had zijn zoontje naar Hanne Wilhelmsen genoemd en ze dankte de goden – in wie ze niet geloofde – dat ze eraan had gedacht een cadeautje voor hem mee te nemen. Strikt genomen was het Cecilie die er in alle haast op de luchthaven aan had gedacht om een footballshirt voor Billy T. en een citroengele reuzenalligator voor Hans Wilhelm te kopen.

'Wil je misschien bij ons logeren?'

Dit fantastische idee leek ineens bij hem op te komen, zijn gezicht opende zich in een hartelijke uitnodiging.

'Dat komt Karen misschien niet zo goed uit', zei Hanne afwimpelend. 'Is ze niet bijna uitgerekend?'

'Volgend weekeinde', mompelde Håkon, zonder verder aan te dringen. 'Maar je moet wel snel langskomen.'

Na een kort klopje op de deur kwam er een geüniformeerde agent binnen. Hij bleef verbaasd staan toen hij Hanne zag zitten.

144

'Wel heb je me nou! Ben je terug? Welkom! Sinds wanneer? Ga je meteen weer aan het werk?'

Terwijl hij Hanne aankeek om antwoord te krijgen, legde hij een dossiermap voor de politie-inspecteur neer.

'Nee. Alleen vakantie', glimlachte Hanne afgemeten. 'Een paar weken maar.'

'Ha! Ik geloof er niks van dat je nu van het bureau wegblijft!'

Ze hoorden hem nog lachen, toen hij allang de deur achter zich had dichtgetrokken.

'Wat is dat', zei Hanne, op de map wijzend.

'Laten we eens zien.'

Håkon Sand bladerde het dossier door en Hanne Wilhelmsen moest zich inhouden om niet op te staan en over zijn schouder mee te lezen. Ze gaf hem twee minuten, toen hield ze het niet langer uit.

'Wat is het? Iets belangrijks?'

'Het wapen. We denken te weten met wat voor wapen de kogel is afgevuurd.'

'Laat eens zien', zei Hanne ijverig en ze probeerde de papieren te pakken.

'Hé, hé', protesteerde Håkon, terwijl hij beide handen plat op de stapel papieren legde. 'Zwijgplicht, weet je. Vergeet niet dat jij verlof hebt.'

'Doe niet zo flauw!' Ze leek een ogenblik te denken dat hij het meende en staarde hem ongelovig aan. 'Eens bij de politie, altijd bij de politie. Toe nou!'

'Geintje!' Hij lachte en reikte haar de groene dossiermap aan.

'Een Nagant', mompelde Hanne Wilhelmsen en ze bladerde verder. 'Vermoedelijk een Russische M1895. Heel bijzonder.'

'Waarom?'

Ze sloot de map, maar bleef ermee op haar schoot zitten.

'Grappig wapen. Heel speciaal. Een heel eigen patent op het

magazijn. Als de revolver gespannen wordt, wordt de cilinder teruggetrokken om vervolgens over een klein uitsteeksel van de loop heen te klikken, waardoor een zogeheten gasdichte verbinding tussen de cilinder en de loop ontstaat. En het grappige is, dat het patent eigenlijk ooit gestolen is van een Noor!'

'Hè?'

'Hans Larsen uit Drammen. Hij vond een speciaal systeem voor gasdichte revolvergeweren uit, dat hij naar Luik in België stuurde om te laten produceren. Daar hadden ze maling aan dat geweer, maar jatten ze zijn patent, dat aan het eind van de negentiende eeuw verder werd ontwikkeld tot een revolver. De tsaar en zo.'

'Ik sta elke keer weer opnieuw verbaasd van jou.'

Håkon Sand glimlachte, maar hij wist dat een paar collega's jaren geleden geprobeerd hadden om Hanne als wapenexpert op te geven voor de televisiequiz *Dubbel of Niets*. Ze had fel geprotesteerd toen de NRK contact met haar opnam en het was nooit wat geworden.

'En wat is het voordeel van zo'n... hoe noemde je het? Gasdichte loop?'

'Grotere precisie', verklaarde Hanne. 'Het probleem bij een revolver is meestal dat er drukverlies ontstaat tussen de cilinder en de loop en daardoor wordt de precisie kleiner. Gewoonlijk speelt dat niet zo'n grote rol, want revolvers zijn niet bedoeld om over een grote afstand te gebruiken. Ik heb een keer zo'n ding gezien.'

Ze zweeg en las verder.

'Hier staat dat er maar vijf van dit soort wapens in Noorwegen zijn geregistreerd. Maar jullie hebben een groot probleem, Håkon. Een reusachtig probleem.'

Ze sloeg de map weer dicht. Het zag er even naar uit dat ze hem ongemerkt in de tas die naast haar stoel stond wilde laten verdwijnen. Toen legde ze hem voor Håkon op de tafel neer.

'Voorzover ik weet, hebben we in deze zaak meer dan één

groot probleem', zei Håkon gapend. 'De problemen staan in de rij, zou je kunnen zeggen. Waar doel jij op?'

'Dit wapen is gedurende lange tijd in massa geproduceerd. Je zult het in heel veel landen vinden, vooral in gebieden die altijd nauwe betrekkingen met de Sovjet-Unie hebben onderhouden. Ze werden in de jaren vijftig goedkoop verkocht aan hun bondgenoten in Europa en Afrika. Je zult ze bijvoorbeeld vinden in...' Ze aarzelde en haalde snel even een hand over haar ogen. 'In het Midden-Oosten. En er zijn er ook een aantal in Noorwegen. Zeker meer dan vijf. Ze zijn meestal op curieuze wijze het land binnengekomen. Het exemplaar dat ik heb gezien, was eigendom van een Russische vluchteling, die het van zijn vader had geërfd, die tijdens de Tweede Wereldoorlog in het Rode Leger had gediend.'

'Een ongeregistreerd wapen', zei Håkon zacht en gelaten en hij blies zijn wangen op. 'Dat ontbrak er nog maar net aan.'

Hanne Wilhelmsen lachte hartelijk en haalde haar hand door haar haren.

'Maar had je dan iets anders verwacht, Håkon? Dacht je soms dat de minister-president van Noorwegen vermoord is met een wapen dat in ons gebrekkige, volkomen onbruikbare wapenregister staat? Dacht je dat nou echt?'

9.45 uur, ministerie van Volksgezondheid
Eigenlijk wist niemand precies waarom Ruth-Dorthe Nordgarden minister van Volksgezondheid was geworden, dacht Edvard Larsen toen de minister met een wonderlijke grimas – altijd dat rare trekkebekken, een soort tic, een plotselinge gezichtsbeweging, zonder dat er een verklaarbare aanleiding was doordat er iets was gebeurd of gezegd – de vergadering sloot. Niemand begreep waarom ze hier zat. Toen ze minister van Volksgezondheid werd, had men, behalve in regeringskringen, nauwelijks van haar gehoord, hoewel ze toen al vier

jaar vice-voorzitter van de Arbeiderspartij was. Ze had geschiedenis gestudeerd, met een paar onbelangrijke bijvakken, en had lang geleden een poosje voor de klas gestaan. Ze was gescheiden en had twee halfvolwassen dochters, een tweeling, en ze was ook nog een tijdlang gewoon huisvrouw geweest. Daarna was ze hier en daar opgedoken, bij de vakbeweging, bij andere sociaal-democratische organisaties, maar nooit voor langere tijd. Haar positie was steeds sterker geworden, terwijl ze er tegelijkertijd op opmerkelijke wijze in slaagde zich op de achtergrond te houden. En in gezondheidsvraagstukken had ze zich nooit bijzonder geprofileerd. Tot ze minister werd.

Edvard Larsen mocht zijn nieuwe baas niet en dat zat hem behoorlijk dwars.

'Dan sluit ik hierbij de vergadering.'

De staatssecretaris, de raadsadviseur en de secretaris-generaal stonden tegelijk met Edvard Larsen op.

'Zeg!'

Ze draaiden zich alle vier geschrokken naar de minister om.

'Gudmund! Jij blijft hier.'

De raadsadviseur, een grote jongeman uit Noord-Noorwegen, kromp ineen en keek afgunstig naar de anderen die opgelucht de kamer verlieten.

Ruth-Dorthe Nordgarden verliet de vergadertafel en nam in haar eigen grote bureaustoel plaats. Daar bleef ze zitten en staarde Gudmund Herland aan. Ze had iets weg van een aftandse barbiepop, haar gezicht was leeg, haar ogen waren opengesperd en ze vertrok haar bovenlip op een manier die ervoor zorgde dat de nerveuze jongeman uit het raam keek.

'Die Grinde', zei ze vaag.

De raadsadviseur wist niet of hij mocht gaan zitten, maar zijn chef schoot hem niet te hulp, daarom bleef hij maar staan. Hij voelde zich belachelijk.

'Ja?' probeerde hij voorzichtig.

'Waarom weet ik niet dat hij meer geld wil?'

'Ik heb geprobeerd het ter sprake te brengen…' begon Gudmund Herland.

'Geprobeerd! Ik kan het niet tolereren dat ik niet over een dergelijke belangrijke zaak word geïnformeerd.'

Ze speelde met een pen, die onder haar hardhandige, hectische behandeling dreigde te breken.

'Maar luister nou eens, Ruth-Dorthe, ik heb je gezegd dat hij een afspraak wilde maken om daarover te praten, maar jij…'

'Je hebt niet gezegd waarover het ging.'

'Maar…'

'Einde gesprek.' Ze was heel beslist en gebaarde wild met haar handen, zonder hem aan te kijken. 'Je moet oppassen. Je moet echt oppassen. Je kunt gaan.'

Maar Gudmund Herland ging niet. Hij stond midden in de kamer en voelde een enorme woede in zich opkomen, hij kneep zijn mond dicht en sloot zijn ogen. Wat dacht die trut wel niet. Die stomme, over het paard getilde teef. Hij had haar niet alleen verteld dat Benjamin Grinde haar wilde spreken, hij had haar zelfs dringend aangeraden de man te ontvangen. Met dit gezondheidsschandaal zou ze zich kunnen profileren, haar daadkracht kunnen tonen. Als deze regering iets nodig had, dan was het doortastendheid. Maar ze had slechts met een half oor naar hem geluisterd en hem weggewimpeld. Ze had geen tijd. Misschien later. Zo ging het altijd: misschien later. Dat mens wist niet wat het was om minister te zijn. Ze dacht dat je gewone kantoortijden had en werd spinnijdig als ze niet op tijd klaar was om samen met haar geweldige dochters te eten.

Hij beet zijn tanden zo hard op elkaar dat het kraakte en hij haar nauwelijks hoorde.

'Wou je hier de hele dag blijven staan?'

Hij opende zijn ogen. Nu leek ze wel iemand van *The Addams Family*, haar gezicht had een duivelse uitdrukking. Ze was het niet waard, op deze klip zou zijn politieke carrière niet stranden. Zonder iets te zeggen draaide hij zich om en verliet haar kamer. Hij gunde zichzelf echter een miniem genoegen en sloeg de deur onnodig hard achter zich dicht.

Ruth-Dorthe Nordgarden pakte de telefoon en vroeg haar secretaresse om de secretaris-generaal terug te laten komen. Ze wachtte achterovergeleund in haar stoel, met haar voeten op de prullenbak, en bestudeerde ondertussen de gordijnen. Ze vond ze afschuwelijk en het irriteerde haar dat ze nog niet waren vervangen, hoewel ze daar al verscheidene malen opdracht toe had gegeven.

Die zuigelingenkwestie beangstigde haar. Als ze nu moest aftreden, hetgeen ze op zich sterk betwijfelde, zou ze iets over het hoofd hebben kunnen zien en dat zou tegen haar gebruikt kunnen worden. Misschien. Wat had Benjamin Grinde met haar willen bespreken? Wat hij in plaats daarvan aan Brigitte had verteld? Ging het alleen over geld of was er meer? Iets anders?

Ze doopte een suikerklontje in haar koffie en legde het zoete, bruine blokje op haar tong. Geïrriteerd en niet zonder enige bezorgdheid dacht ze terug aan het gesprek dat ze de avond tevoren met Liten Lettvik had gevoerd. Ze had niet begrepen waar de journalist op uit was geweest. Maar ze had niets losgelaten. Het gesprek had bij Ruth-Dorthe Nordgarden een aanhoudende onrust teweeggebracht en door alle zoete suiker heen kreeg ze een zure oprisping.

De secretaris-generaal stond in de deuropening.

'Je wilde mij spreken?'

'Ja', murmelde Ruth-Dorthe en ze ging rechtop zitten. De suiker knarste tussen haar tanden en ze moest een paar keer slikken. 'Ik wil nu meteen alle stukken over die zuigelingenkwestie hebben. Onmiddellijk.'

De secretaris-generaal knikte kort en wist wat een dergelijke mededeling betekende: de papieren hadden er eigenlijk gisteren al moeten liggen.

De chef van de veiligheidsdienst, Ole Henrik Hermansen, lachte abnormaal hard. Hij was in ieder opzicht een gereserveerde man, zijn onberispelijke uiterlijk en weinig expressieve gezicht maakten hem tot een cliché van een geheim agent. Zijn neutrale gezicht had geen enkel specifiek kenmerk, van het grijze, achterovergekamde haar tot zijn waterblauwe ogen en de rechte mond met de smalle lippen; deze man zou in iedere mensenmassa in de westerse wereld kunnen opgaan.

'Waar heb je dat ding op de kop getikt?'

De beambte die voor hem stond keek omlaag en glimlachte verlegen.

'Ik draag hem alleen hier. Alleen op mijn werk. Nooit buiten.'

Op zijn grijze T-shirt stond met zwarte letters: 'Ik heb jouw dossier'.

'Dat mag ik hopen. Zo'n shirt zou ons een boel narigheid kunnen bezorgen.'

'Hier is nog meer narigheid, chef', zei de beambte. Hij legde een dossiermap op het bureau en keek vragend naar een stoel.

'Ga zitten. Wat is dit?'

'Bericht van de Zweedse collega's. Nogal verontrustend.'

Hij masseerde zijn rechterschouder met zijn linkerhand en trok een pijnlijk gezicht. De chef van de veiligheidsdienst raakte de map niet aan, maar hij keek zijn ondergeschikte scherp aan.

'Er is gisteravond een vliegtuigje neergestort, een zespersoons Cessna. In Noord-Zweden, ergens tussen Umeå en Skellefteå', begon de man in het T-shirt. Hij kneedde nu hard zijn andere schouder.

'Nadat we meteen vrijdagavond alle buurlanden op de hoogte hadden gesteld, zijn de veiligheidsmaatregelen rond de premiers van Zweden en Denemarken natuurlijk verscherpt. Daardoor is het niet bekend geworden...'

Hij aarzelde en staarde naar het dossier dat hij voor zijn chef had neergelegd. Het zou beter zijn als hij het gewoon las. Maar Ole Henrik Hermansen maakte nog steeds geen aanstalten om het dossier open te slaan. Slechts een haast onzichtbare frons op zijn voorhoofd verraadde dat hij ongeduldig op het vervolg wachtte.

'In dat vliegtuigje had de Zweedse minister-president Göran Persson moeten zitten. Hij zou in Skellefteå een grote botententoonstelling openen en omdat hij ook naar het partijcongres in Umeå moest, zou hij met dat vliegtuig gaan.'

'Hij had in dat vliegtuigje móéten zitten', zei de chef van de veiligheidsdienst zacht, met een ingebouwd vraagteken.

'Ja. Gelukkig moest hij afzeggen. Op het allerlaatste moment. De piloot vloog alleen. Ik geloof dat hij daar woonde. In Skellefteå. De piloot, bedoel ik. Hij is dood.'

Eindelijk opende Hermansen de dossiermap en bladerde hem snel door. Hij zag al gauw dat hij er niet veel uit kon opmaken.

'Wat zeggen onze Zweedse vrienden? Sabotage?'

'Ze weten het niet. Voorlopig zijn ze vooral blij dat het nog niet is uitgelekt. Maar ze denken er natuurlijk het hunne van. Net als wij.'

Ole Henrik Hermansen stond op en liep naar de grote wandkaart van Scandinavië, overal stonden rode speldenknoppen, soms in kleine groepjes. De kaart was al vrij oud. Hij liet zijn vinger langs de Zweedse oostkust glijden.

'Hoger', zei de beambte. 'Hier.'

Hij was zijn chef gevolgd en zette zijn wijsvinger op de kaart.

'Hoeveel mensen wisten dat hij met dat vliegtuigje mee zou gaan?' vroeg Hermansen.

'Zo goed als niemand. Niet eens de piloot.'

'Niet eens de piloot', herhaalde de chef van de veiligheidsdienst zacht, terwijl hij met één vinger op zijn hoofd krabde.

'Maken de Zweedse collega's zich veel zorgen?'

'Nogal.'

De beambte trok zijn schouders omhoog en liet zijn hoofd heen en weer rollen.

'Bovendien komt Persson hierheen. Naar de begrafenis.'

Ole Henrik Hermansen ademde zwaar.

'Ja, wie komt er nou niet.'

De beambte liep naar de deur en had de kamer al bijna verlaten toen Hermansen plotseling riep: 'Zeg!'

De beambte stak zijn hoofd weer om de deur.

'Ja?'

'Doe dat T-shirt uit. Bij nader inzien... is het toch niet zo grappig. Trek het alsjeblieft uit en stop het weg.'

15.30 uur, kabinet van de minister-president

'Ik zat hier. Ik... zát hier gewoon maar.'

Wenche Andersen sloeg haar handen voor haar gezicht en begon te huilen, stil en wanhopig. Haar schouders onder het roestrode jasje beefden en Tone-Marit Steen knielde naast haar en legde een hand op haar rug. De gebeurtenissen van de afgelopen dagen hadden hun sporen achtergelaten, de secretaresse van de minister-president zag er kleiner en veel ouder uit.

'Zal ik iets voor u halen? Een glas water misschien?'

'Ik zat hier maar. En ik deed niets!'

Ze liet haar handen zakken. Onder haar linkeroog tekende zich een zwarte streep af, haar mascara liep uit.

'Had ik maar iets gedáán,' snikte ze, 'dan had ik haar misschien kunnen redden!'

Een reconstructie was nooit makkelijk. Billy T. onderdrukte een zucht en keek even stiekem naar rechter Benjamin Grinde, die ook leek te zijn gekrompen. Zijn kostuum zat losser en de bruine kleur op zijn gezicht was verdwenen. Op de wangen van de man was een vaag patroon van gesprongen adertjes te zien, zijn mond was samengeknepen tot een smalle, onaantrekkelijke streep.

'U had haar toch niet kunnen redden', troostte Tone-Marit. 'Ze was op slag dood. Dat weten we intussen. U had niets voor haar kunnen doen.'

'Maar wie heeft het dan gedaan? Hoe zijn ze binnengekomen? Ze moeten toch op een of andere manier langs mij zijn gekomen. Waarom ben ik hier gewoon blijven zitten?'

Wenche Andersen legde haar hoofd op de tafel. Billy T. keek naar het plafond, hij probeerde een geduld te vinden dat hij allang was verloren. Het had onnodig lang geduurd om de geluidscontrole uit te voeren, een agent had in het kantoor van de minister-president een paar losse flodders afgeschoten. Hoewel ze door de dubbele deur nauwelijks te horen waren, was Wenche Andersen bij ieder schot van haar stoel opgeveerd. In het toilet was niets te horen. Het probleem was dat Wenche Andersen niet kon vertellen hoe laat ze precies van haar plaats was weggeweest.

'Misschien moesten we maar gewoon beginnen', stelde hij voor. 'Het lijkt me beter om dit maar achter de rug te hebben.'

De secretaresse snikte luidruchtig en scheen niet te kunnen stoppen met huilen. Maar ze ging in ieder geval rechtop zitten en pakte het papieren zakdoekje aan dat Tone-Marit Steen haar aanreikte.

'Misschien wel', fluisterde Wenche Andersen. 'Misschien moesten we maar beginnen.'

Benjamin Grinde keek Billy T. aan en liep naar de gang nadat die hem een knikje had gegeven.

'Wacht daar', riep Billy T. 'U komt pas als ik het zeg!'

Toen boog hij zich over Wenche Andersens bureau heen en vroeg zacht: 'Dus het was 16.45 uur, ongeveer. De volgende personen waren nog aanwezig…' Hij bladerde in zijn papieren.

'Øyvind Olve, Kari Slotten, Sylvi Berit Grønningen en Arne Kavli', vulde Wenche Andersen met een snik tussen iedere naam aan. 'Maar ze waren niet de hele tijd hier. Ze zijn binnen een halfuur vertrokken. Allemaal.'

'Goed', zei Billy T., hij draaide zich om en riep naar de deur: 'Komt u maar!'

Benjamin Grinde kwam binnen en probeerde een glimlach uit zijn verwrongen gezicht te persen. Hij knikte naar Wenche Andersen.

'Ik heb een afspraak met de minister-president', zei hij.

'Stop', zei Billy T., terwijl hij in zijn oor peuterde. 'Het is niet nodig om toneel te spelen. Vertelt u maar gewoon wat u deed.'

'Goed dan', mompelde Benjamin Grinde. 'Ik kwam dus binnen en zei wat ik daarnet zei. Ik werd gevraagd een ogenblikje te wachten en toen…'

Hij concentreerde zich en Wenche Andersen schoot weer te hulp.

'Ik ben opgestaan en naar mevrouw Volter toegegaan, zij gebaarde dat hij binnen kon komen en ik zei: "Ga uw gang", en toen liep hij langs me, zo.'

Voorzichtig liep Benjamin Grinde op Wenche Andersen af. Ze werden het niet eens langs welke kant hij haar zou passeren en ze bleven besluiteloos tegenover elkaar staan, als twee kemphanen die niet wisten wie het sterkst was.

'Stop', zei Billy T. weer, hij zuchtte diep en wierp een veelzeggende blik naar zijn chef, die nog helemaal niets had gezegd. 'Zoals ik daarnet al zei…' Hij praatte overdreven langzaam en duidelijk, alsof hij met een paar kinderen van vijf had te doen die nog niet wisten hoe Mens-erger-je-niet ging. 'U hoeft geen toneel te spelen. Probeer te ontspannen. Het is in dit stadium niet belangrijk hoe u hier stond of liep. Dus…' Hij legde een grote hand op Benjamin Grindes schouder en leidde hem beslist het kantoor van de minister-president binnen. 'U kwam hier binnen en toen...'

Benjamin Grinde liet zich gewillig langs de zithoek naar het midden van de kamer leiden. Voorzichtig liet Billy T. zijn schouder los en gaf hem een bemoedigend knikje. Echter zonder zichtbaar resultaat. De rechter bleef hulpeloos staan, zijn gezicht was nog een fractie bleker geworden.

'U groette haar waarschijnlijk', stelde Billy T. voor en hij wist dat hij suggestiever was dan hij op de politieacademie had geleerd. 'Omhelsde u haar? Gaf u haar een hand?'

Benjamin Grinde gaf geen antwoord, hij staarde naar het bureau dat nu opgeruimd en schoongemaakt was en waar niets op de tragedie wees die hier afgelopen vrijdagavond had plaatsgevonden.

'Gaf u haar een hand, Grinde?'

De man schrok, hij scheen zich plotseling te herinneren waar hij was en wat er van hem werd verwacht.

'We gaven elkaar een hand en omarmden elkaar kort. Dat wilde zij. Die omarming, bedoel ik. Zelf vond ik dat niet zo vanzelfsprekend. Ik had haar in geen jaren gezien.'

Zijn stem was zacht, gespannen en volkomen vlak.

'En toen?'

Billy T. maakte een roterende handbeweging in de hoop dat Grinde daarmee op gang zou komen.

'Toen ging ik zitten. Hier.'

Hij liet zich een stoel vallen en legde zijn bordeauxrode aktetas voor zich neer.

'Legde u hem daar neer?'

'Wat? O ja. Mijn tas. Nee.'

Hij pakte de tas en zette die naast zich tegen de stoelpoot. 'Zo zat ik.'

'Gedurende drie kwartier', zei Billy T. 'En u sprak over...'

'Dat speelt nu geen rol, Billy T.', corrigeerde zijn chef kuchend. 'Dit is geen verhoor. Rechter Grinde heeft al een verklaring afgelegd. Dit is een reconstructie.'

Er ging een serviel glimlachje in de richting van Benjamin Grinde, maar de rechter was heel ergens anders met zijn gedachten.

'Oké', zei Billy T., zonder zijn irritatie te kunnen verbergen. 'En toen? Na het gesprek?'

'Ik stond op en vertrok. Meer is er niet gebeurd.'

Hij keek op naar Billy T. Zijn ogen waren donkerder dan voorheen, het bruin van zijn iris werd één met zijn zwarte pupillen. Het wit van zijn ogen was rooddoorlopen en zijn mond was smaller dan ooit.

'Meer is er niet te vertellen. Het spijt me.'

Een ogenblik scheen Billy T. niet te weten wat hij zou doen. Hij liep naar het raam. Nu het buiten licht was, kwam de stad hem grijzer en rommeliger voor dan de vorige keer dat hij hier stond, toen de vele lichtreclames Oslo bijna aantrekkelijk hadden gemaakt. Ineens draaide hij zich om.

'Wat zei ze toen u wegging?'

Benjamin Grinde, die nog steeds in de stoel zat, staarde voor zich uit en zei: 'Ze zei: "Prettig weekend."'

'Prettig weekend? Verder niets?'

'Nee. Ze wenste me een prettig weekend en daarna ben ik weggegaan.'

Toen stond hij op, nam zijn tas onder zijn arm en liep naar de deur.

'Rechter Grinde kan nu zeker wel gaan?' vroeg het hoofd recherchezaken. Het was eerder een bevel dan een vraag.

'Mij best', mompelde Billy T.

Maar hij vond het helemaal niet best. Dit klopte niet. Benjamin Grinde loog. De man was de meest erbarmelijke leugenaar die Billy T. ooit had meegemaakt. Zijn leugens hadden zwaailichten en sirenes, ze waren overduidelijk maar onbegrijpelijk.

'Haal de bewaker', zei hij tegen een geüniformeerde agent, terwijl hij zelf achter Benjamin Grinde aanliep.

Halverwege de trap legde hij nogmaals een hand op de schouder van de rechter. Grinde bleef abrupt staan en verstijfde, hij draaide zich niet om. Billy T. passeerde hem en bleef twee traptreden onder hem staan, toen hij zich omdraaide waren hun ogen op dezelfde hoogte.

'Ik denk dat u liegt, Grinde', zei hij zacht.

Toen de rechter zijn blik neersloeg, verbaasde Billy T. hen beiden door zijn hand onder zijn kin te leggen, niet hard, niet eens onvriendelijk, maar ongeveer zoals hij met zijn zonen deed als ze hem niet wilden aankijken. Het getuigde van uitermate weinig respect, maar om de een of andere reden accepteerde Benjamin Grinde de vernedering. Billy T. wist waarom. Hij tilde het hoofd van de rechter op en hield het vast toen hij zei: 'Ik geloof dat u mij niet de waarheid heeft verteld. En zal ik u wat vertellen? Ik snap niet waarom. Ik weet bijna zeker dat u Birgitte Volter niet heeft vermoord. Vraag mij niet waarom, maar dat denk ik nu eenmaal. Maar u verzwijgt iets. Vermoedelijk iets wat tijdens het gesprek is gezegd. Iets wat mogelijk licht op deze moord kan werpen.'

Grinde had zichzelf weer in de hand. Met een heftige beweging trok hij zijn kin uit Billy T.'s hand en deed een stap naar achteren, waardoor hij nu op de brigadier neerkeek.

'Ik heb gezegd wat gezegd moet worden.'

'Dus u geeft toe dat er ook dingen zijn die u níet heeft gezegd?' Billy T. hield zijn blik vast.

'Ik heb gezegd wat gezegd moet worden. Nu wil ik graag gaan.'

Hij passeerde de lange politieman en verdween zonder om te kijken onder aan de trap om de hoek.

'Shit', fluisterde Billy T. bij zichzelf. 'Shit, shit, shit.'

'Nu moet je oppassen, knul!'

De bewaker was niet iemand die Billy T., in een vriendelijke poging om enige coöperatie af te dwingen, bij zijn kin zou pakken. Hij had hem liever over de knie gelegd en een flink pak slaag gegeven. De jongen was nors, dwars en scheen uitermate nerveus.

'Heb je die deurkruk nou aangeraakt of niet?'

Billy T. en de bewaker stonden in de kleine zitkamer tussen het kantoor van de minister-president en de vergaderzaal.

'Dat heb ik nou al zo vaak gezegd', antwoordde de bewaker boos. 'Ik heb die deur niet aangeraakt.'

'Maar hoe verklaar je dan dat jouw vingerafdrukken zowel hier…' Billy T. wees met zijn wijsvinger naar een kleine cirkel op de deurpost, '…als hier zijn aangetroffen! Op de deurkruk!'

'Ik ben hier in het verleden al zeker honderd keer geweest', antwoordde de bewaker, terwijl hij zijn ogen ten hemel sloeg. 'Staat er soms een tijd bij die vingerafdrukken of zo?'

Billy T. sloot zijn ogen en begon te tellen. Bij tien deed hij ze weer open.

'Wat is er eigenlijk met je aan de hand? Dringt de ernst van de situatie wel tot je door?' Hij sloeg hard met zijn vuist tegen de muur. 'Hè? Snap je dan helemaal niets?'

'Ik snap dat u denkt dat ík mevrouw Volter heb vermoord, maar dat heb ik niet gedaan, verdómme!'

Zijn stem sloeg over en zijn onderlip begon te trillen. Billy T. bleef staan en staarde de man lange tijd zwijgend aan. Toen deed hij het toch. Hij legde zijn hand onder de kin van de bewaker en dwong hem tot oogcontact. De bewaker probeerde zich los te wringen, maar Billy T. had hem stevig vast.

'Jij weet niet wat goed voor je is', zei Billy T. zacht. 'Je begrijpt niet dat wij tweeën elkaar zouden kunnen helpen. Als je mij vertelt wat er die avond is gebeurd, zouden we daar allebei beter van worden. En dan nog iets: als jij Volter hebt vermoord, dan kom ik daar achter. Dat kan ik je met de hand op mijn hart beloven: ik kom er achter. Maar ik geloof niet dat jij het hebt gedaan. Nog niet. Maar dan moet je me wel helpen. Begríjp je dat?'

Billy T. had het gezicht van de man zo stevig vast, dat er rode vlekken rond zijn vingers verschenen. Achter zijn rug bromde zijn chef waarschuwend.

Maar Billy T. sloeg daar geen acht op. Hij tuurde in de bruine ogen van de bewaker, die omgeven waren door buitengewoon lange wimpers. Toen Billy T. de blik in de ogen van de bewaker herkende, gingen zijn nekharen rechtovereind staan. Wat hij zag was pure angst.

Een bodemloze angst.

'Je bent heus niet bang voor míj, verdomme', fluisterde Billy T. zo zacht dat alleen de bewaker het kon horen. 'Als je je hoofd gebruikte, zou je me vertellen waar je zo benauwd voor bent. Want er is iets. Maar wacht maar af, ik kom er heus wel achter.'

Toen liet hij het gezicht van de bewaker met een plotselinge en geniepige beweging los.

'Je kunt gaan', zei hij nors.

'Deze vrouw liegt in ieder geval niet', mompelde Billy T. bij zichzelf.

Wenche Andersen had met een in tranen gesmoorde stem tot in het kleinste detail verteld wat ze had gedaan, vanaf het moment dat ze Birgitte Volter voor het laatst in leven had gezien, tot ze de minister-president dood in haar kantoor had gevonden. Ze was drie keer naar het toilet geweest, vertelde ze, en blozend en verlegen had ze eraan toegevoegd dat het één keer om een grote en twee keer om een kleine boodschap was gegaan. Tone-Marit glimlachte ontwapenend en benadrukte dat het niet nodig was om zo in detail te treden.

'En daarna heb ik de politie gebeld.'

Wenche Andersen was klaar en haalde diep adem.

'Heel goed', prees Tone-Marit Steen haar, het vertrouwenwekkende, schooljufachtige toontje was duidelijker dan ooit en Billy T. sloot zijn ogen en wreef over zijn gezicht.

Wenche Andersen bedankte voor het compliment door

zwak te glimlachen. Toen werd ze plotseling vuurrood. Tone-Marit zag hoe de vrouw letterlijk werd gegrepen door de opwinding, haar halsslagader zwol op en klopte hevig.

'Ik ben iets vergeten', zei Wenche Andersen. 'Ik ben alwéér iets vergeten!'

Ze holde het kantoor van de minister-president binnen, zonder zoals anders om toestemming te vragen.

'Het doosje', fluisterde ze, terwijl ze zich omdraaide naar Billy T. die achter haar aan was gekomen. 'Het pillendoosje. Hebben jullie dat meegenomen?'

'Een pillendoosje?'

Billy T. keek vragend naar de geüniformeerde agent, die de lijst tevoorschijn haalde van de voorwerpen die voor nader onderzoek waren meegenomen.

'Daar staat hier niets van', zei de agent hoofdschuddend.

'Wat voor pillendoosje?' vroeg Billy T. Hij hield zijn hoofd scheef en legde een vlakke hand tegen zijn oor, dat nu echt heel veel pijn deed.

'Een heel mooi doosje van geëmailleerd zilver', verklaarde Wenche Andersen. Ze tekende een klein vierkantje in de lucht. 'Verguld en geëmailleerd. Misschien was het zelfs wel helemaal van goud. Het zag er heel oud uit en het stond altijd hier op haar bureau.' Ze wees. 'Ik...' Ze zag er volkomen wanhopig uit, maar de wanhoop was vermengd met iets dat aan schaamte deed denken, en ze aarzelde. 'Ik moet het maar gewoon toegeven', zei ze eindelijk, naar de vloer kijken. 'Ik heb een keer geprobeerd...' Opnieuw sloeg ze haar handen voor haar gezicht, haar stem werd verwrongen, alsof ze door een geluiddemper sprak. 'Ik heb geprobeerd het open te maken. Maar het klemde en voor ik het open had, kwam de minister-president de kamer binnen en...' De tranen stroomden over haar gezicht en ze hapte naar adem. 'Het was zo gênant', fluisterde ze. 'Het ging mij immers helemaal niets aan en zij... ze pakte het doosje van me af en heeft er nooit meer iets over gezegd.'

Billy T. glimlachte vriendelijk tegen de vrouw in het roest-rode pakje.

'U bent vandaag echt een geweldige hulp geweest', troostte hij. 'Het kan iedereen wel eens gebeuren dat de nieuwsgierig-heid te groot wordt. Gaat u nu maar naar huis.'

Maar nadat iedereen was vertrokken, stond hij nog steeds in het kantoor van de minister-president.

'Een pillendoosje', mompelde hij. 'Zouden er pillen in hebben gezeten?'

17.10 uur, Ole Brummsvei 212

'Ik zal echt heel discreet zijn', zei Hanne Wilhelmsen. 'Ik zal in het behang opgaan.'

'Jij in het behang opgaan? Onmogelijk.'

Billy T. was er nog niet helemaal van overtuigd dat hij er juist aan had gedaan om Hanne Wilhelmsen mee te nemen naar het huis van Roy Hansen.

'Je mag niets zeggen', mompelde hij, terwijl ze op de voor-deur van het geelgeschilderde rijtjeshuis afliepen. 'En hou in ieder geval je mond tegen de mensen op het werk.'

Toen ze vlakbij de deur waren, dacht Hanne iets in haar ooghoek te zien. Ze draaide zich om naar de halfhoge heg die de smalle voortuin omgaf. Maar daar was niets te zien. Ze schudde haar hoofd en volgde Billy T., die al had aangebeld.

Er gebeurde niets.

Billy T. belde nog eens aan, maar er werd nog steeds niet opengedaan. Hanne liep de trap weer af en keek omhoog naar de eerste verdieping.

'Er is wel iemand thuis', zei ze zacht. 'Het gordijn bewoog.'

Billy T. aarzelde een ogenblik en drukte toen nog een keer op de bel.

'Ja?'

De man die voor hen stond en zojuist woedend de deur had

opengerukt, had tandpasta in zijn mondhoeken en een baard van drie dagen. Hij had kleine, slaperige ogen, alsof hij net was opgestaan. Er zaten vlekken op zijn overhemd, oude, donkergele eidooiervlekken. Hanne hield absoluut niet van eieren en moest even haar gezicht afwenden. Ze ademde diep in door haar neus en glimlachte naar een klein appelboompje naast de voordeúr.

'Roy Hansen?' vroeg Billy T. Hij kreeg een knikje als antwoord.

'Politie.' Billy T. hield met zijn linkerhand zijn legitimatiebewijs omhoog, terwijl hij zijn rechterhand uitstak om een hand te geven. 'Het spijt me dat we u moeten storen. Mogen we binnenkomen?'

De man deed een stap naar voren en keek snel even om zich heen.

'Goed', mompelde hij. 'Er is vandaag al vier keer aangebeld. De pers.'

Roy Hansen leidde hen door een kleine hal naar een schemerige kamer, waar het stof danste in de streep zonlicht die tussen de dichtgetrokken gordijnen door viel. Hij plofte met een zachte kreun neer op een bank en bood de twee politiemensen met een handgebaar ieder een stoel aan.

Er hing een zware, klamme lucht in de kamer en het rook er zoetig naar bloemen en rottende citrusvruchten. Hanne staarde naar een enorme fruitschaal met sinaasappels die groengrijze schimmelvlekken vertoonden. Naast de schaal lagen op een vurenhouten buffet stapels ongeopende post. In een hoek van de kamer stonden veertig tot vijftig onuitgepakte boeketten bloemen. De platen aan de wand, populaire, maar smaakvolle prenten, leken mat en kleurloos; ze schenen hun poging te hebben opgegeven om wat vreugde te brengen in het leven van de bewoners van dit huis dat al bijna geen thuis meer was.

'Zal ik met de bloemen helpen?' vroeg Hanne Wilhelmsen

163

zonder te gaan zitten. 'U moet ze in ieder geval niet daar zomaar laten staan.'

Roy Hansen gaf geen antwoord. Hij keek naar de bloemen-hoek, maar het leek alsof al die bossen, die enkele vierkante meters van de kamer in beslag namen, hem niet interesseer-den.

'We zouden op zijn minst de kaartjes eruit kunnen halen,' stelde Hanne voor, 'zodat u de mensen kunt bedanken, bedoel ik. Later. Als u daar weer puf voor heeft.'

Roy Hansen schudde vermoeid zijn hoofd en wees vaag naar de bloemen.

'Laat maar. Morgen wordt de vuilnis opgehaald.'

Hanne ging zitten.

Deze kamer was vroeger vast gezellig geweest. Met daglicht zouden de meubels er kleurig en vrolijk uitzien en de enorme groene planten voor het grote voorraam zouden goed uitko-men. De wanden, die nu grijswit leken, waren eigenlijk zacht-geel en als licht en lucht in de kamer werden toegelaten, zouden ze fraai bij de lichte vuren vloer kleuren. Vier dagen geleden nog maar was deze kamer het middelpunt geweest van een gezellig, Noors huis. Hanne rilde bij de gedachte aan wat de dood kan doen. Niet alleen de weduwnaar tegenover haar, maar ook het huis zelf leek door een gevoel van leegte over-mand.

'Het spijt me echt', zei Billy T. en bij wijze van uitzondering zat hij volkomen stil, met zijn benen braaf voor zich uitge-strekt. 'Het was de bedoeling dat we u tot na de begrafenis met rust zouden laten. Maar er is iets waar ik direct een antwoord op moet hebben. Maar voordat ik...'

Een jongeman van begin twintig kwam de trap af. Hij droeg een trainingspak en zwarte hardloopschoenen. Hij was niet bijzonder lang, had blond haar en een gezicht dat bijna ano-niem leek, zo gewoon was het.

'Ik ga even een stukje hardlopen', zei hij zacht en hij liep zonder ook maar een blik op de gasten te werpen naar de deur.

'Per! Wacht!' Roy Hansen strekte zijn armen uit, alsof hij zijn zoon wilde tegenhouden.

'Je weet dat ze zullen proberen met je te praten', zei hij en hij wierp een hulpeloze blik op Billy T. 'Iedere keer als we naar buiten gaan houden ze ons aan!'

Billy T. stond geïrriteerd op.

'De klootzakken', mompelde hij, terwijl hij naar de tuindeur liep. 'Kun je niet door deze deur naar buiten gaan? En dan over de heg springen naar de tuin van de buren?'

Hij deed de deur open en keek naar buiten.

'Daar,' zei hij wijzend, 'over dat hek daar?'

Per Volter aarzelde even, toen liep hij met een narrig gezicht en neergeslagen blik de kamer door en ging door de tuindeur naar buiten. Billy T. volgde hem.

'Billy T.', zei hij en hij stak nogmaals zijn hand uit. 'Ik ben van de politie.'

'Dat begreep ik al', zei de jongeman, Billy T.'s uitgestoken hand negerend.

'Gecondoleerd', zei Billy T., hij had problemen met het vreemde woord, maar kon niets beters verzinnen. 'Ik voel met je mee.'

De jongen zei niets, maar begon op de plaats te joggen, alsof hij het liefst wilde vertrekken, maar te goed was opgevoed om nog onbeleefder te zijn dan hij al was geweest.

'Ik wil je iets vragen', zei Billy T. 'Nu ik hier toch ben. Klopt het dat je lid bent van een schietclub?'

'Schietvereniging', zei Per Volter. 'Ik ben vice-voorzitter van de Schietvereniging van Groruddal.'

Voor de eerste keer gleed er een soort glimlach over het gezicht van de jongeman.

'Ken je alle leden?'

'Bijna. In elk geval de mensen die een beetje actief zijn.'

'Doe je mee aan wedstrijden?'

'Ja. Momenteel vooral militaire kampioenschappen. Ik zit op de militaire academie.'

Billy T. knikte. Toen haalde hij een foto tevoorschijn. Een polaroidfoto, zonder toestemming genomen, zo snel dat de bewaker van het regeringsgebouw niet meer had kunnen protesteren.

'Ken je deze man?'

Hij gaf de foto aan Per Volter, die zijn gedraaf onderbrak en enkele seconden naar de foto keek.

'Nee', zei hij aarzelend. 'Ik geloof het niet.'

'Maar je weet het niet zeker?'

Per staarde nog een poosje naar de foto. Toen schudde hij heftig zijn hoofd, gaf de foto terug en keek Billy T. recht aan.

'Nee, ik weet het zeker. Ik heb die man nog nooit gezien.'

Na een knikje sprintte hij de tuin door, naar een hek van zo'n anderhalve meter hoogte, waar hij elegant met zijwaarts gezwaaide benen overheen sprong. Hij verdween tussen de struiken die aan de andere kant stonden.

Billy T. keek hem na, fronste zijn voorhoofd en ging terug naar Hanne Wilhelmsen en Roy Hansen.

'Heeft u haar toegangspasje nog gevonden?' vroeg hij toen hij ging zitten.

'Nee. Het spijt me. Hier is het niet.'

Billy T. en Hanne wisselden bliksemsnel een blik. Billy T. kon niet langer stilzitten, hij leunde voorover en de lage stoel dwong hem als het ware bijna op zijn hurken, wat niet prettig was.

'Weet u of uw vrouw een zilveren of gouden pillendoosje had?'

'Geëmailleerd', voegde Hanne eraan toe. 'Een klein geëmailleerd doosje, ongeveer zó groot.'

Ze vormde een vierkantje met haar duimen en wijsvingers.

Roy Hansen keek hen niet-begrijpend aan.

'Een heel klein kistje', verklaarde Hanne. 'Waarschijnlijk vrij oud. Een erfstuk misschien?'

Roy Hansen hield zijn hoofd schuin en krabde op zijn kin. De twee anderen hoorden een zacht raspend geluid. Toen stond hij plotseling op en pakte een album uit een goedgevulde boekenkast. Hij ging weer zitten en bladerde een tijdje.

'Hier', zei hij ineens. 'Kan dit het zijn?'

Hij boog zich over de salontafel en legde het fotoalbum voor Hanne Wilhelmsen neer, hij wees naar een zwartwitfoto. Het was een grote foto, kennelijk genomen door een professionele fotograaf met een groot formaat film, zelfs de kleinste details waren duidelijk zichtbaar. Een erg jonge en zeer gelukkige Birgitte Volter stond in bruidsjurk met sluier naast een breed glimlachende Roy Hansen, die tamelijk lang haar had en een zwarte hoornen bril droeg. Het bruidspaar stond naast een rijkelijk gevulde cadeautafel met twee strijkijzers, een grote glazen schaal, zilveren bestek, twee tafelkleden, een kristallen roomkannetje en suikerschaaltje en een heleboel andere voorwerpen die niet zo makkelijk te identificeren waren. En inderdaad stond er vooraan een heel klein doosje.

'Het is bijna niet te herkennen', betreurde Roy Hansen. 'En ik was het eerlijk gezegd vergeten. Ik heb het jarenlang niet meer gezien. Ik weet niet eens meer van wie we het destijds gekregen hebben.'

'Herinnert u zich de kleur nog?'

Roy Hansen schudde zijn hoofd.

'En u weet echt niet waar het vandaan kwam? Heel zeker?'

De man schudde nog steeds met zijn hoofd. Hij staarde voor zich uit en scheen in een vergeten, stoffige hoek van zijn hersenen naar een herinnering aan de bruiloft te zoeken. Zijn ogen waren op de foto gevestigd, dat gelukkige tafereel, en plotseling verscheen er een traan in zijn linkerooghoek.

'Goed', zei Billy T. 'Dan zullen we u verder niet lastigvallen.'

Er werd aangebeld. Roy Hansen schrok hevig, de traan liet

los en rolde naar zijn mondhoek, hij veegde hem bruusk met de rug van zijn hand weg.

'Zal ik opendoen?' vroeg Hanne.

Roy Hansen stond langzaam en moeizaam op en wreef een paar keer met zijn handen over zijn gezicht.

'Nee, dank u', fluisterde hij. 'Ik verwacht mijn moeder. Misschien is zij het.'

Het stof, de schemering en de zware lucht leken iets met de akoestiek te doen. Het vermoeide getik van een oude tafelklok klonk alsof de klok in katoen was ingepakt, de hele kamer leek gewatteerd. De stemmen uit de gang sneden scherp, als krassende messen door de zachte geluidloosheid.

'Wie bent u', hoorden de twee politiemensen Roy Hansen zeggen, hij riep het bijna, als een schreeuw om hulp.

Hanne Wilhelmsen en Billy T. sprongen meteen op en stormden de gang in. Over Roy Hansens gebogen rug heen zag Billy T. een lange man van begin veertig staan, hij had een warrige haardos en hield een gigantisch boeket bloemen vast. Birgitte Volters echtgenoot deinsde uit pure verwarring achteruit. De man met de bloemen benutte de gelegenheid om naar binnen te stappen. Billy T. wrong zich langs Roy Hansen en legde zijn hand plat op de borst van de man.

'Wie bent u?' vroeg hij.

'Hè, ik? Ik ben van het blad *Mensen in het nieuws*, we komen alleen even onze deelneming betuigen en misschien toevallig een praatje maken.'

Billy T. draaide zich om en keek Roy Hansen aan. Toen ze kwamen had de man er miserabel uitgezien. Hij had zitten huilen. Billy T. had het vreselijk gevonden om hem te moeten lastigvallen, maar de vraag over het pillendoosje was zo belangrijk dat hij geen andere mogelijkheid had gezien. Roy Hansens gezicht was asgrauw geworden en het zweet parelde op zijn voorhoofd.

'Wat bezielt je in godsnaam om hier op deze manier te

komen binnenvallen', brulde Billy T. tegen de journalist. 'Gebruik je verstand, man!'

Hanne Wilhelmsen trok Roy Hansen mee naar de kamer en deed de deur dicht.

'Wegwezen', siste Billy T. 'Maak dat je hier wegkomt, nu meteen!'

'Jeetje, wat een opschudding. We wilden alleen maar aardig zijn!'

'Aardig', zei Billy T. en hij gaf hem een duw tegen zijn borst, zodat de man wankelde en het boeket liet vallen. 'Wegwezen, zei ik!'

'Rustig maar! Ik ga al!' De man stapte achteruit, maar bukte zich om eerst nog het boeket op te rapen. 'Zou u deze in het water kunnen zetten?'

Billy T. sloeg niet. In zijn woede had hij al veel dingen vernield, prullenbakken en lampenkappen, ruiten en autospiegeltjes. Maar Billy T. had, sinds hij als jonge jongen met zijn zus had gevochten, nooit meer iemand geslagen. Ook deze man sloeg hij niet. Al scheelde het maar een haartje of hij had wel uitgehaald. Met opgeheven vuist siste hij: 'Als ik je hier ooit weer zie... als ik er ook maar lucht van krijg dat jij of iemand anders van dat pokkenblad van je zich hier weer vertoont, dan...' Hij sloot zijn ogen en telde tot drie. 'Wegwezen. Nu!'

Toen hij de buitendeur wilde dichtslaan, werd het boeket weer naar binnen gestoken.

'Kunt u ervoor zorgen dat ze deze bloemen krijgen?' hoorde hij de journalist zeggen.

Toen drukte Billy T. de deur hard tegen de arm die het boeket vasthield.

De man buiten liet de bloemen los en schreeuwde het uit. 'Godverdomme! Wil je me soms dood hebben?'

Billy T. trok de deur heel even open en de arm werd bliksemsnel teruggetrokken. Toen sloeg hij de deur hard dicht en probeerde hij zichzelf diep ademhalend weer onder controle te krijgen.

'U kunt hier niet blijven', zei hij tegen Roy Hansen, toen zijn hoofd weer helder genoeg was om de kamer te betreden. 'Gaat dat de hele tijd zo door?'

'Nee, niet de hele tijd. Vandaag is het wel het ergst. Het is net of... het is net alsof ze verwachten dat ik het nu wel verwerkt heb. Alsof drie dagen als het ware voldoende moet zijn.'

Hij liet zijn hoofd zakken en barstte in tranen uit.

Hanne Wilhelmsen wilde weggaan. Ze voelde een onbedwingbare drang om te vertrekken, weg uit dit klamme, benauwde huis met de twee rouwende mensen die niet met elkaar konden praten. Roy Hansen had hulp nodig. Hulp die zij en Billy T. hun niet konden bieden.

'Zal ik iemand bellen?' vroeg ze zacht.

'Nee. Mijn moeder komt zo.'

De twee politiemensen keken elkaar aan en besloten om Roy Hansen alleen te laten. Maar ze bleven nog drie kwartier voor het huis aan de Ole Brummsvei in de auto zitten, tot een oude vrouw met hulp van een taxichauffeur veilig de huisdeur had bereikt. Zonder daarbij door journalisten te worden lastiggevallen.

Vermoedelijk schrok het blauwe zwaailicht op het dak van de politieauto voldoende af.

Op weg naar buiten had Billy T. het prachtige boeket van *Mensen in het nieuws* in de vuilnisbak gegooid. De bloemen moesten een vermogen hebben gekost.

18.30 uur, restaurant Bombay Plaza

Ze zaten helemaal achter in het Indiase restaurant papadums te knabbelen, terwijl ze op de kip tandoori wachtten. Het dunne, knapperige brood was sterk gekruid en Øyvind Olve kreeg weer een beetje kleur op zijn gezicht. Sinds vrijdagochtend had hij zijn bed nauwelijks gezien en hij voelde dat de drie slokken bier rechtstreeks naar zijn hoofd stegen.

'Leuk je weer te zien', zei hij, zijn glas naar Hanne Wilhelmsen opheffend. 'Wanneer komt Cecilie?'

Hanne Wilhelmsen wist niet goed of ze boos moest worden, omdat iedereen die haar en haar vriendin kende eerst informeerde wanneer Cecilie thuiskwam, voordat ze iets anders vroegen. Ze besloot zich niet te ergeren.

'Met kerst. Ik ga zelf nog weer terug naar de vs. Over een paar weken. Dit is een soort vakantie, zou je kunnen zeggen.'

De man tegenover haar liep tegen de veertig en zag eruit als een gezellige teddybeer. Niet dat hij bijzonder groot of dik was, maar hij had een kogelrond hoofd, met pikzwarte stekeltjes en een paar olijk uitstaande oren, en zijn warme, betrouwbare ogen achter zijn ronde brilletje keken onschuldig de wereld in. Hetgeen misleidend was, want hij was een zeer gedreven politicus. Tot afgelopen vrijdag was hij staatssecretaris op het departement van de minister-president geweest. En hij was een goede vriend van Cecilie Vibe. Hij kwam uit Hardanger en was opgegroeid op de boerderij naast het zomerhuisje van Cecilies ouders. Hanne Wilhelmsen levensgezellin, die iets minder moeite had met hun levenswijze dan Hanne, had Øyvind en zijn zus Agnes, vakantievrienden van vroeger, meegenomen in haar volwassen leven. Hanne Wilhelmsen had daarentegen geen contact meer met haar jeugd. De dag waarop Cecilie en zij waren gaan samenwonen, markeerde een duidelijke grens in haar leven. En die dag was inmiddels alweer zeer, zeer lang geleden. Ter compensatie van het gemis van haar eigen vrienden mocht zij die van Cecilie met haar delen.

'Wat ga je nu doen?'

Hij antwoordde niet meteen, maar staarde naar het bierglas dat hij voortdurend ronddraaide. Toen haalde hij zijn hand over zijn hoofd en glimlachte.

'Joost mag het weten. Terug naar het partijbureau, denk ik.

Maar eerst... allereerst ga ik met vakantie.'

'Welverdiend, zou ik zeggen. Hoe is dit halfjaar eigenlijk geweest?' Voordat hij kon antwoorden, keek ze hem stralend aan: 'Waarom ga je niet naar Cecilie? Californië is fantastisch in deze tijd van het jaar! We hebben plaats zat en het is maar vijf minuten van het strand.'

'Ik zal er over nadenken. Bedankt. Misschien komt het ongelegen. Voor Cecilie, bedoel ik.'

'Natuurlijk komt het niet ongelegen! Echt, ze zou het heel leuk vinden. Iedereen belooft dat hij op bezoek komt, maar niemand doet het.'

Hij glimlachte, maar liet het onderwerp verder liggen.

'De afgelopen maanden zijn de meest turbulente van mijn hele leven geweest. Alles wat er maar fout kon gaan, ging ook fout. Maar...' Weer haalde hij zijn hand door zijn haar; dat gebaar van verlegenheid had hij al zolang Hanne hem kende. 'Het was ook heel spannend. Het schept saamhorigheid. Geloof het of niet, maar al die tegenslagen konden haar er niet onder krijgen. Birgitte, bedoel ik. Zij hield ons bij elkaar. We stonden als één man tegenover de anderen, zeg maar. De verantwoordelijken tegen de lichtvaardigen.'

Een lange donkere man bracht het eten. De vuurrode kip stond dampend en geurend tussen hen in en Hanne Wilhelmsen merkte nu pas dat ze sinds het ontbijt niets meer had gegeten. Ze pakte een stuk *naan* en praatte met volle mond.

'Hoe was Birgitte Volter? Als mens, bedoel ik. Jij hebt immers jarenlang met haar samengewerkt, nietwaar?'

'Mmm.'

'Hoe was ze?'

Øyvind Olve was een typische West-Noor: rustig en bedachtzaam. Hij had zich op grond van zijn proletarische achtergrond, door eerlijke arbeid en door zijn vermogen om op het juiste moment zijn mond te houden in de partij omhooggewerkt. Maar nu wist hij niet goed wat hij moest zeggen.

Hanne Wilhelmsen was weliswaar een goede vriendin, maar ze was ook bij de politie. Hij was al twee keer verhoord, door een reus die met andere kleding aan zo op een affiche van de nazi's zou passen.

Øyvind Olve aarzelde en voelde dat de alcohol hem een beetje naar het hoofd steeg.

'Ze was een van de meest interessante mensen die ik heb gekend', zei hij eindelijk. 'Ze was bedachtzaam en bekwaam, ze had overzicht en visie. Maar het meest opmerkelijke was misschien haar extreme verantwoordelijkheidsgevoel. Ze liet nooit iets liggen, nam altijd de verantwoordelijkheid op zich. En bovendien was ze… ze was echt heel aardig.'

'Aardig?' Hanne lachte. 'Bestaan er aardige politici? Wat bedoel je met aardig?'

Øyvind Olve leek een ogenblik na te denken, toen wenkte hij de kelner om nog een glas bier. Hanne schudde haar hoofd toen hij haar vragend aankeek.

'Birgitte had met iedereen het beste voor. Ze was er echt van overtuigd dat het de taak van de politiek is om voor zoveel mogelijk mensen een betere samenleving te scheppen. Niet alleen in haar speeches, niet alleen op papier. Het ging haar echt om de mensen. Ze wilde bijvoorbeeld alle brieven lezen van mensen die hun problemen aan haar voorlegden. En dat zijn er vrij veel, kan ik je vertellen. Niet dat we veel voor die mensen kunnen doen. Maar zij las ze allemaal en veel ervan trok ze zich echt aan. Soms greep ze ook in. Tot grote ergernis van de ambtenaren. Mateloze ergernis.'

'Was ze impopulair bij hen? Bij de ambtenaren, bedoel ik?'

Øyvind Olve staarde haar lang aan. Toen at hij verder.

'Weet je, dat is moeilijk te zeggen. Ik heb nog nooit zulke ogenschijnlijk loyale mensen meegemaakt als de ambtenaren op het departement van de minister-president. Het is gewoon niet te zeggen of ze haar mochten of niet. En misschien is dat ook niet zo interessant.'

Hij wreef als een moe, klein kind met gekromde wijsvingers in zijn ogen.

'En haar privé-leven?' vroeg Hanne.

De vraag overrompelde hem, hij deed zijn handen weer naar beneden en staarde haar verschrikt aan.

'Privé? Ik kan niet zeggen dat ik haar privé kende.'

'Haar niet kende? Maar je hebt jarenlang nauw met haar samengewerkt!'

'Gewerkt, ja. Dat is niet hetzelfde als iemand privé kennen. Dat zou jij moeten weten.'

Hij glimlachte en het viel hem op dat Hanne zwak bloosde. Ze werkte nu dertien jaar bij de politie van Oslo en slechts twee collega's hadden ooit een voet gezet in het appartement dat zij met Cecilie Vibe deelde.

'Maar jullie hebben toch partijfeesten en zo', drong Hanne aan. 'En je hebt toch de halve wereld met haar rondgereisd?'

'Niet zo veel. Maar wat wil je eigenlijk weten?'

Hanne Wilhelmsen legde haar bestek neer en veegde met het grote, witte servet haar mond af.

'Laat ik iets anders vragen', zei ze zacht. 'Was Birgitte Volter degene die besloot dat Ruth-Dorthe Nordgarden minister van Volksgezondheid moest worden?'

Nu liep Øyvind Olve rood aan. Hij concentreerde zich op een stukje naan dat hij in de saus doopte, er vielen rode druppels op zijn overhemd.

'Dit zou ik je niet vertellen, als ze nog leefde', mompelde hij, terwijl hij zijn best deed om de vlek weg te vegen, maar het gewrijf met het droge servet maakte het alleen maar erger. 'Misschien is het moeilijk te begrijpen.'

'Try me', glimlachte Hanne.

'Een regeringsformatie is een enorm gecompliceerde legpuzzel', begon Øyvind Olve. 'Natuurlijk kan de ministerpresident niet alles alleen beslissen. Er moeten allerlei afwegingen worden gemaakt. Geografie, sekse...' Hij probeerde een boertje weg te slikken. 'De vakbonden willen meepraten. Belangrijke personen in de partij. De partijsecretaris. Enzovoorts, enzovoorts.'

Hij kreeg weer een oprisping en greep naar zijn hals.

'Maagzuur', mompelde hij verontschuldigend.

'Maar hoe zit het nu met Ruth-Dorthe Nordgarden?' vroeg Hanne weer, ze had haar bord opzijgeschoven en steunde met haar ellebogen op tafel. 'Wie heeft haar uitgekozen?'

Øyvind Olve haalde een klein zakje Maalox tevoorschijn en probeerde de inhoud zo discreet mogelijk naar binnen te werken. Wat niet eenvoudig was.

'Indiaas eten is niet goed als je last van je maag hebt', zei Hanne. 'Wie heeft Nordgarden uitgekozen?'

'Birgitte wilde haar in ieder geval niet hebben. Ruth-Dorthe werd haar door de strot geduwd.'

'Door wie?'

Hij keek haar lang aan en schudde toen zijn hoofd.

'Werkelijk, Hanne. Je bent niet eens lid van de partij.'

'Maar ik stem op jullie', grijnsde ze. 'Altijd!'

Ze wist echter dat ze niets te weten zou komen. Niet hierover. Maar misschien over het onderwerp wat haar nog veel meer interesseerde.

'Heeft Ruth-Dorthe Nordgarden een verhouding gehad met Roy Hansen?' probeerde ze, zo plotseling dat Øyvind Olve weer een oprisping kreeg, er liep een klein stroompje Maalox uit zijn mondhoek en hij pakte snel zijn mishandelde servet weer op.

'Jij zou je boven zulke roddels verheven moeten voelen, Hanne', zei hij zacht.

'Dit hoor je dus niet voor het eerst?'

Øyvind Olve sloeg zijn ogen ten hemel.

'Als ik je alles zou moeten vertellen wat ik heb gehoord over wie het met wie doet in de Noorse politiek, dan kunnen we hier de rest van de week blijven zitten', zei hij met een zwak glimlachje.

'Waar rook is, is vuur', antwoordde Hanne.

'Ik zal je één ding zeggen, Hanne', zei Øyvind en hij boog zich naar voren. Zijn stem was nu heel intens. 'Ik heb kamers gezien die blauw van de rook stonden, maar waar nog niet het kleinste vlammetje te vinden was. Dat heb ik lang geleden al geleerd. En dat zou jij ook moeten weten. Hoeveel minnaars heb jij volgens de geruchten gehad voordat men de waarheid begon te vermoeden? En met hoeveel vrouwen heb jij het sindsdien volgens het roddelcircuit gedaan?'

Dit was niet leuk meer. De restjes tandoori roken onaangenaam en het bier was verschaald. Het was te warm in het restaurant en ze plukte aan de hals van haar trui. Hanne Wilhelmsen leefde al bijna negentien jaar lang in trouwe afzondering met Cecilie, maar ze wist dat haar collega's van de politie van Oslo haar desondanks de meest fantastische seksuele verhoudingen toedichtten. Ze keek op haar horloge.

'Eén ding nog', zei ze. 'Kenden ze elkaar? Birgitte Volter en Ruth-Dorthe Nordgarden?'

'Nee', zei Øyvind Olve. Hij wenkte om de rekening. 'Niet in de betekenis die jij aan elkaar kennen geeft. Niet privé. Ze waren partijgenoten.'

'En jij weet niet in hoeverre Ruth-Dorthe… wat een naam trouwens!' Ze glimlachte en ging verder: '…of ze Roy Hansen überhaupt kende?'

'Niet dat ik weet.' Øyvind Olve schudde zijn hoofd.

'Dus als ik je vertel dat ik…'

De kelner bracht de rekening en legde die na een korte aarzeling voor Hanne neer, hoewel Øyvind erom had gevraagd.

'Nu zie je wat voor autoriteit je uitstraalt', grinnikte Øyvind.

'Als ik je vertel dat ik mevrouw Ruth-Dorthe en Roy Hansen een halfjaar geleden samen in Café 33 bier heb zien drinken, verbaast je dat dan?'

Hij keek haar met een diepe rimpel tussen zijn teddybeerogen aan.

'Ja', zei hij, zijn hoofd schuin leggend. 'Dat verbaast me zeer. Weet je heel zeker dat zij het waren?'

'Heel zeker', zei Hanne Wilhelmsen. Ze schoof de rekening naar de andere kant van de tafel. 'Ik zit momenteel zonder werk!'

'Ik ook', mompelde Øyvind Olve, maar hij nam de rekening toch aan.

23.10 uur, Vidarsgate 11c

'Je moet me helpen', fluisterde de bewaker. 'Verdomme, Brage, ik heb hulp nodig!'

Brage Håkonsen droeg een spierwit T-shirt en een onderbroek in camouflagekleuren. Hij geloofde zijn eigen ogen niet. Voor zijn deur stond de bewaker van het regeringsgebouw. Hij zag er verwilderd uit. Zijn haar piekte warrig en onverzorgd naar alle kanten en hij sperde zijn ogen open alsof hij nog geen twee minuten geleden een springlevende vampier had gezien. Zijn kleren slobberden om hem heen en zijn schouders leken te verdwijnen in het veel te grote legerjack.

'Ben je nou helemaal gek geworden?' fluisterde Brage. 'Om hiernaartoe te komen! Op dit moment! Maak dat je wegkomt en laat je hier nooit meer zien!'

'Maar Brage', jammerde de bewaker. 'Verdomme, ik heb hulp nodig! Ik heb…'

'Het kan me geen moer schelen wat je hebt gedaan!'

'Maar Brage', jengelde de bewaker weer. 'Luister nou toch! Laat me binnen en luister nou naar me!'

Brage Håkonsen legde zijn reusachtige vuist op de borst van de bewaker, die een kop kleiner was dan hij.

'Voor de laatste keer: maak dat je wegkomt!'

Beneden ging de deur open. Brage Håkonsen schrok en duwde de bewaker hard de overloop op. Daarna knalde hij de deur dicht en de bewaker hoorde het veiligheidsslot rammelen.

Er kwam een jongeman de trap op. De bewaker sloeg zijn kraag op en staarde naar de muur toen de man hem passeerde. Hij bleef naar de voetstappen staan luisteren die op de vierde verdieping halt hielden.

Wat moest hij doen? De tranen stonden in zijn ogen en zijn mond trilde. Hij voelde zich ellendig en moest op de trap gaan zitten om niet te vallen.

'Ik moet hier weg', zei hij tegen zichzelf. 'Ik moet hier verdomme vandaan zien te komen.'

Uiteindelijk stond hij op en wankelde doelloos de nacht in.

Woensdag 9 april 1997

8.32 uur, hoofdbureau van politie

Het wapen zat in een envelop met luchtkussentjes. Op de buitenkant was met zwarte viltstift 'Politie van Oslo' geschreven. De zending was niet gefrankeerd. De agent die in de deur van het kantoor van politie-inspecteur Håkon Sand stond, was buiten adem.

'Deze is op het hoofdpostkantoor gepost', kuchte hij. 'Daar begrepen ze dat het iets belangrijks kon zijn. Hij is meteen hier afgeleverd.'

Håkon Sand had latex handschoenen aan. De envelop was al geopend, op zich een grove overtreding, wie het ook had gedaan, want het had best een bombrief kunnen zijn. Maar het was geen bom. Håkon Sand haalde er een revolver uit, die hij heel voorzichtig op een wit vel papier neerlegde.

'Een Nagant', fluisterde Billy T. 'Een Russische M1895.'

'Nee, hè? Niet nóg een', zuchtte Håkon. 'Doen Hanne en jij zaterdags soms altijd vraag-en-antwoordspelletjes?'

'Driemaal raden', zei Billy T. zacht. 'Over wapens en over motoren. Zij weet van allebei het meeste af.'

'Niet aanraken', waarschuwde Håkon Sand, toen Billy T. zich over de revolver boog.

'Ik ben niet gek, hoor', mompelde Billy T., terwijl hij het wapen van tien centimeter afstand bestudeerde. 'Hoewel het toch niks uitmaakt. Ik wil wedden dat van dit wapen alles is weggeveegd wat ons verder kan helpen. Het is zorgvuldig gepoetst, zodat het weer zo goed als nieuw is.'

'Ik ben bang dat je gelijk hebt', zuchtte Håkon. 'Maar raak het toch maar niet aan. Ook de envelop niet. Alles gaat naar het laboratorium.'

'Zeg!' Billy T. straalde ineens. 'Als het op het hoofdpost-kantoor is afgegeven, hoe zit het dan met de video-opnames? Dat hele gebouw hangt toch vol met camera's?'

'Daar heb ik ook al aan gedacht', loog Håkon. 'Jij daar!'

Hij wenkte de agent, die nog steeds nieuwsgierig in de deuropening stond.

'Zorg ervoor dat de video's van de afgelopen vierentwintig uur worden doorgenomen. Hoewel, doe maar de afgelopen twee dagen.'

'En met veel moeite vinden we dan een nietszeggende, onduidelijke kerel, die slim genoeg was om zijn gezicht af te wenden', mompelde Billy T.

'Als jij een beter voorstel hebt', zei Håkon, iets te luid.

Billy T. haalde zijn schouders op en ging terug naar zijn eigen kamer.

12.03 uur, Jens Bjelkesgate 13

Natuurlijk was het idioot geweest om zich ziek te melden. Echt een stomme zet. Maar de chef had hem bezorgd aangekeken en bevestigd dat hij er inderdaad ellendig uitzag. Ongeveer net zo ellendig als hij zich voelde, nam hij aan.

Hij moest weg. Het liefst het land uit. Maar dat zou verdacht lijken, dat zag hij ook wel in.

Hij kon naar Tromsø gaan. Om te skiën. Dat zou hem goed doen. Morten, zijn beste vriend, had hem al een paar keer uitgenodigd. En er lag daar deze winter echt immens veel sneeuw.

Hij pakte een grote rugzak in en vertrok op de bonnefooi

naar de luchthaven. Op een woensdag in april konden de vliegtuigen onmogelijk volgeboekt zijn. Zeker niet midden op de dag.

Donderdag 10 april 1997

's Morgens, regeringskwartier
'Volgens alle voorspellingen wordt de nieuwe ministerraad identiek aan de vorige, met als enige verandering dat Joachim Hellseth, de huidige woordvoerder van de vaste parlementscommissie voor Financiën, minister van Financiën wordt. Andere wisselingen binnen het kabinet zouden een grote verrassing zijn.'

De minister van Landbouw schakelde de radio uit en zakte onderuit in zijn bureaustoel. De verslaggever had vermoedelijk gelijk. Die indruk had Tryggve gisteren tenminste gegeven. Glimlachend, hoewel niet echt hartelijk, had hij hem een schouderklopje gegeven.

Niet dat het zo geweldig belangrijk was. Natuurlijk wilde hij doorgaan. Hij had het naar zijn zin. Landbouw was een spannend departement, het werk was uitdagend en belangrijk en hij wilde het graag voortzetten. Maar als het niet gebeurde, dan gebeurde het niet. Hij had genoeg andere aanbiedingen.

De telefoon ging.

Hij bleef een poosje naar het toestel zitten kijken, breed glimlachend, hij voelde zich rustig en op zijn gemak en hij wist dat de toekomst er rooskleurig uitzag, ongeacht wat de boodschap was. Toen nam hij op.

'Tryggve Storstein', zei de telefoniste.

'Verbind maar door', antwoordde de minister van Landbouw en na een korte pauze zei hij: 'Dag, Tryggve. Hoe gaat het?'

'Beter. Ik slaap nu in ieder geval. Vannacht zes uur. Ik voel me een nieuw en beter mens.'

De minister van Landbouw grinnikte en haalde zijn pruimtabak tevoorschijn.

'Churchill had genoeg aan vier uur. En zijn leven was rustiger dan het jouwe!'

Hij had het idee dat hij Storstein kon horen glimlachen.

'Maar goed', zei Tryggve Storstein. 'Jij blijft in het team, toch?'

De minister van Landbouw voelde dat de hand die de hoorn vasthield begon te trillen. Was dit toch belangrijker voor hem dan hij had willen toegeven? Hij slikte en kuchte even.

'Natuurlijk. Als jij dat wilt.'

'Ik wil het. En de partij ook.'

'Daar ben ik blij om, Tryggve. Dank je wel.'

Zijn stem klonk oprecht verheugd.

De minister van Cultuur bladerde in de vier faxberichten die zojuist op haar bureau waren neergelegd. Ze stak een sigaret op en stelde geërgerd vast ze al meer had gerookt dan ze zichzelf eigenlijk voor de lunch toestond.

Het waren aanbiedingen voor werk. Twee van verschillende televisiezenders en een van een krant. En dan nog een van een grote multinational die iemand zocht voor public relations. Ze liet haar ogen over de papieren glijden zonder ze echt te lezen. Toen vouwde ze de faxen op en stopte ze in een lade met het opschrift PRIVÉ.

De telefoon ging.

Ze pakte de hoorn op en voerde een gesprek dat precies vijfenveertig seconden duurde.

Toen ze neerlegde glimlachte ze van oor tot oor. Ze riep haar secretaresse en haalde de faxen tevoorschijn die ze net had weggestopt.

'Voor de papierversnipperaar', zei ze, terwijl ze de papieren aan de secretaresse gaf.

De oudere vrouw zuchtte opgelucht.

'Gefeliciteerd', fluisterde ze met een knipoogje. 'Daar ben ik blij om!'

Minister van Volksgezondheid Ruth-Dorthe Nordgarden kon zich onmogelijk concentreren. Elke keer dat de telefoon was gegaan, had ze zich op het toestel geworpen, om steeds weer teleurgesteld te worden. Nu was ze niet langer teleurgesteld. Ze was boos.

Ze had al met de gedachte gespeeld een paar van de anderen te bellen, om te weten te komen of zij al iets hadden gehoord. Aan de andere kant zou het absoluut vernederend zijn om op die manier bevestigd te krijgen wat ze onderhand begon te vermoeden: de anderen mochten doorgaan, zij niet.

Nijdig pakte ze haar handtas en woelde erin rond. Toen vond ze wat ze zocht, een in aluminiumfolie ingepakte winterwortel.

Een pijnlijk geknars vulde haar hoofd toen ze erin beet.

13.46 uur, hoofdbureau van politie, kantoren van de veiligheidsdienst

'Dit kan geen toeval zijn. Dat kan gewoonweg niet.'

De beambte die zonder kloppen het kantoor van zijn chef was komen binnenvallen, was opgewonden en buiten adem, hij sloeg met zijn rechterhand op de papieren die hij voor Ole Henrik Hermansen had neergelegd.

'De Zweden houden het op sabotage. Er is een onverklaarbare beschadiging van een brandstofleiding gevonden. Geen slijtage. Niet iets wat zomaar kapot kan gaan. Het hele vliegtuigje was een paar uur voor vertrek nog grondig gecontroleerd. Toen was er niets aan de hand.'

Ole Henrik Hermansen had zijn neutrale pokerface laten varen. Zijn gezicht was gespannen en aandachtig. Hij fronste zijn voorhoofd en zijn ogen fonkelden van bezorgdheid.

'Staat dit vast? Of, om preciezer te zijn, hoe vast staat dit?'

'Dat weten ze natuurlijk nog niet. Het onderzoek loopt nog. Maar dat is niet alles, Hermansen. Er is nog veel meer!'

De beambte pakte een rode dossiermap uit zijn diplomatenkoffertje en haalde er een foto uit. Een grote, korrelige kleurenfoto. Een jongeman met blond, achterovergekamd haar staarde langs de camera, hij droeg een bril met een randloos montuur en had een sigaret in zijn mondhoek.

'Tage Sjögren', stelde de beambte voor. 'Tweeëndertig jaar oud, uit Stockholm, leider van een groep rechts-extremisten die zich Witte Strijd noemt. Ze hebben in het verleden wel moeilijkheden met de politie gehad, maar meestal waren dat ongeregeldheden op de geboortedag van Karl XII en zo. Het afgelopen jaar lijkt de groep als het ware ondergronds te zijn gegaan. De Zweedse veiligheidsdienst is hen uit het oog verloren, maar tegelijkertijd weten ze dat ze nog steeds leven. En een week geleden...' De beambte was nu zo opgewonden dat hij lachte, hij deed zijn chef aan zijn eigen zoon denken, wanneer de jongen voor de zomervakantie met zijn rapport thuiskwam. '...was Tage Sjögren in Noorwegen!'

Ole Henrik Hermansen hield zijn adem in. Dat merkte hij pas toen zijn oren begonnen te suizen en meteen liet hij de lucht tussen zijn samengeknepen lippen naar buiten glippen, een zacht trompetterend geluid onderstreepte het sensationele van de nieuwe inlichtingen.

'Wel heb je ooit!' zei hij zacht. 'Weten we ook wáár in Noorwegen hij is geweest?'

De beambte leunde achterover in de stoel en legde zijn handen in zijn nek.

'Nee. Het stomme is dat de Zweden deze Tage niet interessant genoeg vonden om ons op de hoogte te stellen. Ze weten alleen dat hij hier is geweest en dat hij weer in Zweden terug was op...' De man straalde nu helemaal, hij had iets weg van een aangelijnde jachthond die ergens lucht van had gekregen en nu wachtte om losgelaten te worden. 'Op zaterdagochtend!'

Ole Henrik Hermansen staarde zijn ondergeschikte aan. Zeer lang.

'Zorg dat ik mijn collega van de Zweedse veiligheidsdienst aan de lijn krijg', zei hij toen. 'We moeten hen vragen de man te verhoren. En wel onmiddellijk.'

22.30 uur, ministerie van Volksgezondheid

De chauffeur zat al sinds vijf uur 's middags in de parkeerkelder te wachten. Ze wist dat iedereen, inclusief de secretaris-generaal en haar politieke medewerkers, zich ergerde aan haar gebruik van de dienstauto, maar zij hadden dan ook geen idee hoe vervelend het was om te moeten converseren met alle mogelijke taxichauffeurs die zichzelf zonodig tot stem van het volk moesten verheffen. Een paar voordelen mocht deze functie toch wel met zich meebrengen.

Bovendien zag het ernaar uit dat dit de laatste dag was waarop ze van het voorrecht van een eigen chauffeur kon genieten. Tryggve Storstein had nog steeds niet gebeld.

Intussen begon de pers ook te speculeren. Liten Lettvik had haar op haar geheime mobiele nummer gebeld en gevraagd of het klopte dat zij niet was benaderd met de vraag om door te gaan. Ruth-Dorthe Nordgarden had de verbinding meteen verbroken. Op het journaal had men zich weliswaar voorzichtig uitgedrukt, maar ze hadden toch een vraagteken bij haar foto gezet, toen ze hun prognose omtrent de nieuwe regering bekendmaakten.

Ze had nog een wortel nodig. Geïrriteerd woelde ze haar tas door, maar vond niets. Er lag nog een volle zak in de pantry.

In de deur naar het secretariaat bleef ze een moment besluiteloos staan. Kon ze in de keuken de telefoon horen? Voor ze een besluit had kunnen nemen, ging de telefoon. Ze had alle binnenkomende lijnen direct naar haar eigen telefoon doorgeschakeld en al haar medewerkers naar huis gestuurd. Ze wilde geen getuigen hebben bij haar grote vernedering.

'Hallo?' schreeuwde ze in de hoorn. Ze was naar haar bureau toe gesneld en stond nu aan de verkeerde kant, er was niets om op te gaan zitten.

'Hallo?' De stem klonk verbaasd. 'Met wie spreek ik?'

Het was Tryggve.

'O, hallo Tryggve. Met mij. Ruth-Dorthe.'

'Ben je nog aan het werk?'

'Ik ruim een beetje op.'

Pauze.

'Daar kun je mee ophouden. Je blijft.'

Opnieuw een lange pauze.

'Dank je wel, Tryggve. Dit zal ik nooit vergeten. Deze dag, bedoel ik. Nooit.'

Tryggve Storstein voelde aan de andere kant van de lijn hoe zijn nekharen overeind gingen staan.

Ruth-Dorthes bedankje klonk hem bijna als een dreigement in de oren.

Vrijdag 11 april 1997

10.55 uur, Stortorg

Sinds de begrafenis van koning Olav in januari 1991 was het in het centrum van Oslo niet meer zo druk geweest. De straten die naar de Stortorg leidden, waren afgesloten voor alle autoverkeer en een leger van geüniformeerde, slechtgehumeurde, bars uitziende politiemensen probeerde de Kirkegate vrij te houden voor de rouwstoet, die over enkele minuten werd verwacht. Dat lukte maar met moeite, de doorgang tussen de mensenmassa's aan beide kanten van de straat was niet breder dan een flink pad. Overal waren televisiecamera's en her en der zag Brage Håkonsen de lachwekkend gemakkelijk herkenbare beambten van de veiligheidsdienst, uitgerust met oordopjes en zonnebrillen, ondanks het sombere weer.

Twee politiepaarden kwamen vanaf de Karl Johansgate de hoek om. Ze stapten gracieus en nerveus ieder aan een kant van de straat. Dat sorteerde effect, de mensen deinsden achteruit voor de grote dieren, die het schuim om de mond hadden staan en met hun ogen draaiden, waardoor alleen het wit nog te zien was. Plotseling kwamen er vier motoren de hoek om, gevolgd door een stoet van limousines.

In een veel te hoog tempo reden ze naar de Domkerk, waar de auto's stopten. Prominente gasten uit alle uithoeken van de wereld werden snel en soms nogal ruw door politiemensen in uniform en in burger het portaal binnengeschoven. Brage

188

Håkonsen grinnikte toen hij vanaf zijn plekje op de hoek van de Grense en de Kirkegate zag dat Helmut Kohl niet bij zijn arm wilde worden gepakt, hij gaf de fanatieke politieman – die een kop kleiner was dan hij – een duw en draaide zich rustig om, om een of andere bekende naar behoren te groeten.

Het muziekkorps van de koninklijke garde verscheen. Chopins *Treurmars* legde zich als een stille deken over de mensenmassa. Brage Håkonsen nam zijn pet af, niet uit respect, maar omdat hij wist dat het er nu op aankwam om zich net als iedereen te gedragen.

Achter de muziek reed een zwarte auto met Noorse vlaggetjes op de motorkap en met rouwgordijntjes voor de ramen, die echter niet konden verhinderen dat de vele mensen een glimp opvingen van Birgitte Volters witte kist. Bovenop de kist lag een krans van donkerrode rozen, die aan een ring van dik, geronnen bloed deed denken. Brage Håkonsen hoorde hier en daar wat mensen snuffen. Om een of andere reden, die hij niet kon verklaren en al helemaal niet accepteren, voelde ook hij de ernst van het moment, een gevoel van plechtigheid en rouw.

Geïrriteerd schudde hij het van zich af en liep voor de mensenmassa langs in de richting van de Stortorg.

Het gebeurde volkomen onverwacht: vier mannen en zeven vrouwen sprongen joelend en schreeuwend voor de rouwstoet, voordat de politie kon reageren.

'Stop the whaling!' brulden ze. 'Killers! Killers!'

Brage bleef staan en staarde plotseling in de ogen van een enorme rubberen walvis die steeds dikker werd terwijl een van de activisten een heliumapparaat bediende.

'Stop the whaling NOW! Stop the whaling NOW!'

De ritmische uitroepen overstemden bijna de zware, treurige marsmuziek, maar de muzikanten waren de enigen in de verre omgeving die zich niet van de wijs lieten brengen. Ondanks het geschreeuw speelden ze rustig door. De walvis, die nu bijna zijn natuurlijke grootte had bereikt, bewoog steeds onrustiger en leek de Dom te willen binnenzwemmen. Een van de activisten, een man van dik in de vijftig met een korte ringbaard en een paar voor Brage onbekende onderscheidingen op zijn schouders, pakte een blik dat hem door een jonge vrouw werd aangereikt. Bliksemsnel wipte hij met een Zwitsers zakmes de deksel eraf en met een weids, demonstratief gebaar gooide hij rode verf naar de lijkwagen. De chauffeur had echter begrepen wat er gebeurde en zette de auto in zijn achteruit. De paarden achter hem hinnikten geschrokken en draafden naar achteren. De rode verf kwam op het asfalt terecht en slechts enkele druppels raakten de auto met het stoffelijk overschot van Birgitte Volter.

Ondanks het verrassingseffect had de politie de zaak snel onder controle. Twintig politiemensen wierpen zich op de demonstranten en ze hadden maar vijf minuten nodig om hen in de boeien te slaan, de walvis lek te prikken en zowel de activisten als hun slappe potvis in het arrestantenbusje te proppen dat naast Hennes & Mauritz geparkeerd stond. Alles ging snel en effectief in zijn werk, ofschoon een heleboel mannelijke toeschouwers zich geroepen voelde om de politie te helpen; hun luidruchtige en impulsieve optreden maakte het moeilijker dan nodig was.

'Hé', schreeuwde Brage Håkonsen en hij rukte aan zijn handboeien. 'Ik hoor hier niet bij!'

Hij verweerde zich uit alle macht toen drie mannen hem in de auto dwongen.

'Horen jullie me niet? Ik heb hier verdomme niks mee te maken!'

'Hou je kop', siste een politieagente voorin de auto. 'Hebben jullie dan helemaal geen fatsoen? Om een… om een begrafenis te verstoren! Je moest je doodschamen!'

'Maar ik heb hier verdomme helemaal niks mee te maken', schreeuwde Brage nogmaals, terwijl hij met zijn hoofd tegen de wand begon te slaan. 'Laat me eruit, verdomme!'

Maar het enige antwoord dat hij kreeg was het geronk van de startende motor en de gemompelde mantra van zijn mede-arrestanten: *'Stop the whaling NOW! Stop the whaling NOW!'*

12.13 uur, Domkerk van Oslo

'Het was prachtig! Zo ontroerend mooi!'

Leeuwerik Grinde probeerde zacht te praten, maar haar stem was zo schel dat zelfs haar gefluister op vele meters afstand hoorbaar was. Ze hing aan de arm van haar zoon, in kleding die meer bij de begrafenis van *De Peetvader* had gepast, dan bij de uitvaart van een Noorse sociaal-democratische minister-president. Alles was zwart. En glimmend. Haar schoenen met hoge hakken, haar netkousen, haar jurk, haar cape. En tot overmaat van ramp droeg ze ook nog een glanzende dophoed met een stijve, zwarte sluier voor haar gezicht. Wat ze nog niet wist, maar waar ze erg mee in haar schik zou zijn wanneer ze later op de avond de opnames van de ceremonie op de televisie zou zien, was dat ze herhaaldelijk door de camera's in beeld was gebracht, een vrouw die er zo treurig uitzag en die zo snikte, dat moest wel iemand van de allernaaste familie zijn.

'Beheers je, ma', fluisterde Benjamin Grinde. 'Kun je je alsjeblieft een beetje inhouden?'

In het portaal stonden Roy Hansen en Per Volter, allebei in een donker kostuum. De zoon was een half hoofd groter dan zijn vader, beiden zagen er diepbedroefd uit en staarden naar de vloer. Ze staken lukraak hun hand uit en veel van de gasten liepen dan ook na een korte aarzeling verder, zonder hun medeleven uit te spreken. Anderen bleven enkele seconden staan om zachtjes een paar woorden te zeggen, de meeste vrouwelijke ministers omarmden hen allebei lang en hartelijk.

Liten Lettvik stond samen met een stel andere journalisten op een paar meter afstand de rouwenden gade te slaan. Toen Ruth-Dorthe Nordgarden verscheen, als laatste in de rij ministers, keerde Roy Hansen zich af, ogenschijnlijk kreeg hij een huilbui, die pas wilde overgaan toen Ruth-Dorthe het had opgegeven en door de grote eikenhouten deur was verdwenen. Per Volter daarentegen weigerde openlijk om de uitgestoken hand van de vrouw te beantwoorden, hij draaide zich demonstratief om naar de bisschop van Oslo, die in vol ornaat naast de rouwenden stond, hij zag eruit als een bedaagde adelaar met geleende veren.

'Roy!' fluisterde Leeuwerik Grinde, toen ze hem uiteindelijk had bereikt. 'Roy! Wat een tragedie!'

Liten Lettvik probeerde dichterbij te komen, wie was die oude vrouw aan de arm van rechter Grinde?

'Uitgerekend Birgitte', ging Leeuwerik Grinde verder en de omstanders draaiden zich naar haar om. 'Wat verschrikkelijk. Die kleine Birgitte! Die kleine, onschuldige Birgitte!'

Ze snikte luid en wendde zich tot Per Volter, die verbaasd staarde naar deze wonderlijke vrouw, die hij nog nooit had gezien.

'Per! Wat ben je groot, en zo knap!'

Ze probeerde de jongeman te omhelzen, maar hij week verschrikt terug. Hierdoor hing Leeuwerik Grinde onbeholpen aan de arm van haar zoon, gevaarlijk vooroverhellend, een van haar naaldhakken was in een speet in de vloer blijven steken, ze viel bijna.

'O God, ik geloof dat ik bezwijm', hijgde ze.

Benjamin Grinde omklemde de arm van zijn moeder, een politieman pakte haar bij haar middel en trok haar omhoog.

'Ik zal u even naar buiten brengen, mevrouw', zei hij beleefd en zonder op antwoord te wachten begeleidde hij haar door de deur en door de mensenmassa heen naar de Stortorg. Benjamin Grinde sjokte er achteraan, zijn kraag hoog opgeslagen.

De journalisten in het voorportaal gniffelden. Allemaal, uitgezonderd Liten Lettvik. Zij schreef een paar woorden in haar notitieboekje: Oude vrouw bij BG. Interessant?

13.00 uur, bordes van het koninklijk paleis in Oslo
De journalisten hadden volkomen gelijk gehad. Ze hadden alle zestien ministers juist voorspeld. De kaarten waren geschud en er was geen enkele verrassing bij. Tryggve Storstein stond te midden van de lange rij ministers, hij had een groot boeket rode rozen in zijn hand en glimlachte afwezig en gereserveerd, precies zoals de situatie vereiste. Zijn voorgangster was tenslotte een uur tevoren ter aarde besteld. Er waren minder mensen dan gewoonlijk verschenen om de nieuwe regering te begroeten, maar des te meer journalisten en fotografen.

Het motregende en de minister van Verkeer scheen de gebruikelijke fotosessie graag snel achter de rug te willen hebben. Ze keek aan een stuk door op haar horloge en liep te vroeg op de zwarte regeringsauto's af. Tryggve Storstein hield haar tegen.

Eindelijk was het voorbij, het gezelschap verspreidde zich. Liten Lettvik pakte Ruth-Dorthe Nordgarden bij haar arm en dwong een omhelzing af.

'Ik bel je vanavond op je mobiel', fluisterde ze in haar oor.

17.15 uur, hoofdbureau van politie
'Eerst nodigt hij de politie uit om naar zijn wapens te komen kijken en dan gaat hij gewoon in rook op! Begrijp je niet dat dit zaakje stinkt, Håkon!'

Håkon Sand trommelde demonstratief met zijn rechterhand een roffel op het bureaublad.

'Om niet thuis te zijn als je ziekgemeld bent, noem ik niet "in rook opgaan", Billy T. Hij kan overal zijn. Bij de dokter. Bij zijn vriendin. Misschien wel bij zijn moeder!'

'Maar hij neemt de telefoon ook niet op! Ik heb hem sinds gisteren al ik weet niet hoe vaak opgebeld, hij kan toch niet de hele dag bij de dokter zitten!'

'In het ziekenhuis dan. Of bij zijn vriendin, zoals ik zei.'

'Die knaap heeft helemaal geen vriendin. Dat zweer ik je.'

Håkon Sand haalde zijn hand door zijn haar en vroeg Billy T. te gaan zitten.

'Waar denk je die bewaker nu eigenlijk van te kunnen beschuldigen?' vroeg hij vermoeid.

'In de eerste plaats was hij op een kritiek tijdstip op de plaats delict aanwezig. Ten tweede bezit hij wapens. Volgens het wapenregister zelfs vier stuks. En waar vooral een luchtje aan zit...'

Billy T. strekte zijn hand uit naar een halfvol flesje cola en dronk het, zonder de eigenaar om toestemming te vragen, leeg.

'Smaakt het?' vroeg Håkon chagrijnig.

'Luister', zei Billy T. Ineens trok hij een pijnlijk gezicht, hij tilde zijn ene bil op en liet een langgerekte, harde wind.

'Gatverdamme, Billy T., hou daar toch eens mee op!'

Håkon stond op, hij kneep zijn neus dicht en liep hevig wapperend naar het raam, dat hij wijd openzette. Billy T. lachte en gooide het colaflesje in de prullenbak.

'Maar waar vooral een luchtje aan zit,' herhaalde Billy T., 'is dat de man zich bedacht.'

'Wat bedoel je met "zich bedacht"?'

Håkon hield een doosje lucifers in zijn hand, hij streek er eentje af, liet hem helemaal opbranden en stak toen de volgende aan.

'Hij zei eerst dat ik bij hem thuis kon komen om zijn wapens te zien. Toen bedacht hij zich en zei hij dat hij ze wel hiernaartoe zou brengen. Dat aanbod heb ik beleefd geaccepteerd. Sindsdien heeft hij zich niet meer laten zien en nu is hij ook nog zogenaamd ziek. Ha!'

'Jij vindt dus,' zei Håkon langzaam, 'dat wij iemand moeten oppakken die afgelopen vrijdag gewoon zijn werk deed, die het zeer criminele feit heeft begaan om niet zoals hij beloofde meteen naar Billy T. toe te rennen en die bovendien ziek is geworden. Dat is wel een heel grove overtreding!' Hij gooide het luciferdoosje op tafel, wierp zijn hoofd in zijn nek en legde zijn armen op de leuningen. 'Dan moet je voor mij maar iemand anders zoeken. Een huiszoekingsbevel houdt een aanhoudingsbevel in. En we hebben al één overhaast aanhoudingsbevel uitgeschreven. Bovendien is dit jouw pakkie-an helemaal niet. Jij hebt al net zo'n moeite als Hanne. Om je bij je eigen werk te houden, bedoel ik. Het is niet jouw taak om te beoordelen wat de rol van de bewaker hierin is.'

'Verdomme, Håkon!' Billy T. sloeg met zijn vuist op de tafel. 'Tone-Marit stond erop dat ik die vent zou verhoren!'

'Helpt niks', grijnsde Håkon. 'Vergeet het. Ga terug naar je eigen kamer en spoor nog maar een paar Volter-vrienden op om mee te praten.'

Billy T. zei geen woord, maar sloeg bij het weggaan de deur hard achter zich dicht.

Stop the whaling NOW', lachte Håkon Sand hartelijk.

Pas nadat hij twee telefoongesprekken had gevoerd en weer aan het werk wilde gaan, ontdekte hij dat Billy T. hem te slim af was geweest.

De kopie van het sectierapport, dat Billy T. absoluut niets aanging, maar waar hij als een kind om had lopen zeuren, lag niet meer op zijn bureau.

De enige mogelijkheid was dat Billy T. het had gepikt.

19.00 uur, Stolmakergate 15

'Moet je het nieuws niet zien, Hanne?'

Billy T. pakte een koud pilsje uit de koelkast en bekeek zijn eigen woonkamer eens tevreden. Hij had nieuwe gordijnen gekregen. De oude oranje gordijnen hadden hem nooit gestoord, maar hij zag wel dat de nieuwe, korenblauwe gezelliger waren, vooral omdat Hanne ook nog een blauwe bank had gekocht. Bovendien had ze op zolder nog een paar oude affiches gevonden. Hij wist niet hoe ze aan de lijsten was gekomen, maar ze stonden goed op de wand achter de bank. De planten daarentegen, waren volkomen overbodig. De potten met indianenpatroon waren best mooi, maar de groene kwasten zouden binnen drie weken doodgaan. Dat wist hij heel goed. Hij had al eens eerder een poging gedaan.

Hanne gaf geen antwoord. Ze beet op een balpen, verdiept in het sectierapport.

'Hallo! Earth calling Hanne Wilhelmsen! Wil je het nieuws zien?'

Hij tikte met het flesje tegen haar hoofd en zette de televisie aan. De begrafenismuziek denderde uit de luidsprekers.

'Goed. Maar laat me even met rust!'

Geïrriteerd wreef ze over de plek waar het flesje haar hoofd had geraakt, maar ze keek niet op naar het scherm. Billy T. kreunde en ging op de grond zitten om de uitzending beter te kunnen volgen. Plotseling barstte hij in lachen uit.

'Moet je die idioten nou toch zien! Kijk dan!'

Een onrustig beeld ving de woedende demonstranten die letterlijk op leven en dood een einde wilden maken aan de Noorse walvisvangst. Een stem berichtte dat na de actie bij de Dom van Oslo een Noor, drie Nederlanders, twee Fransen en zes Amerikanen waren gearresteerd.

'Amerikanen die tegen de walvisvangst protesteren! Terwijl er bij hun mensen gegrild, vergast en vergiftigd worden! En er miljoenen mensen onder de armoedegrens leven! Hoe durven ze!'

Hij nam een grote slok bier en liet weer een wind.

'Hou daar eens mee op', mompelde Hanne, maar ze keek zelfs nu niet op. 'Heeft je moeder je niet geleerd dat je dat op de wc moet doen?'

'Eerst was het mijn oor', zei Billy T. narrig. 'En nu het daar weer goed mee gaat, is mijn maag van streek. Het moet er gewoon uit. Er is buiten meer plaats dan binnen, zei mijn oma altijd.'

Dat laatste was een volkomen overbodige opmerking; Hanne was verdiept in het sectierapport. De reportage over de actie was afgelopen en de nieuwslezer deelde mee dat de Noor weer op vrije voeten was gesteld, toen bleek dat hij niets met de demonstratie te maken had, terwijl de buitenlanders nog steeds vastzaten.

'Wat zoek je eigenlijk?' vroeg Billy T., die voor het eerst meer dan slechts beleefde belangstelling toonde voor wat Hanne bezighield.

'Niets', zuchtte Hanne. Ze raapte de papieren bijeen en stak ze in een plastic mapje. 'Absoluut niets. Ik dacht een geniaal idee te hebben, dat een antwoord zou geven op al onze vragen.'

'Wat?'

'Maar zoals gewoonlijk was het weer niet erg geniaal. Het sectierapport spreekt tegen wat ik dacht. Maar het was goed om het even te controleren. Bedankt voor het meenemen van het rapport.'

'Ik moest dat lievelingetje van je wel even flink om de tuin leiden. Wat was er volgens jou zo geniaal?'

'Niets', glimlachte Hanne. 'Het klopte niet. Doen we nog een spelletje?'

Billy T. sprong op en haalde het grote, ouderwetse tafelvoetbalspel uit de slaapkamer.

'Ik ben Engeland', riep hij, terwijl hij de tafel met de op stalen stangen gespietste rubberen figuurtjes naar de kamer sleepte.

'Best. Dan ben ik Nederland.'

Dat het ene elftal lichtgroene shirtjes had en het andere blauwe, maakte voor hen niets uit. Het konden immers best oude reserveshirts zijn.

21.30 uur, Ole Brummsvei 212
Eindelijk alleen. Zijn donkere colbert hing over de rug van een

stoel en zag er net zo uitgeteld en verslagen uit als hijzelf. Roy Hansen staarde naar de foto van Birgitte die op het buffet stond. De kaars ernaast was de enige lichtbron in de kamer en had een bijna hypnotiserende werking op hem.

De afgelopen week was onwerkelijk geweest. Hij had zich nooit voor New Age of paranormale fenomenen geïnteresseerd en religieus was hij ook niet. Maar de afgelopen dagen was de ervaring zijn eigen lichaam te verlaten dichterbij gekomen dan hij überhaupt voor mogelijk achtte. Tryggve Storstein was op bezoek geweest, verlegen en vermoeid, maar zijn warmte en zijn oprechte verdriet hadden Roy Hansen onverwacht goed gedaan. Tryggve had hem ontroerd. Ze hadden lang zitten praten en nog langer samen zitten zwijgen. De twee vertegen-woordigers van de afdeling Protocol van het ministerie van Buitenlandse Zaken waren minder welkom geweest. Maar ze hadden in ieder geval een schoonmaakbedrijf laten komen; de bloemen, het stof en de duisternis moesten weg. En nu was het hier tenminste opgeruimd en schoon.

Vanmiddag had iedereen geprobeerd zich aan hem op te dringen. Ze hadden het beste met hem voor, dat wist hij wel. Maar hij wilde hier niemand hebben. Alleen Per. Maar Per weigerde met hem te praten. Hij was buiten op een van zijn eindeloos lange hardlooptochten, of hij zat werkeloos in zijn eentje op zijn kamer, of hij voerde ellenlange telefoongesprek-ken, maar Roy had geen idee met wie.

Hij had de ontvangst in het raadhuis verlaten zodra de afdeling Protocol het had toegestaan. De partijsecretaris en drie anderen van het partijbureau waren met hem meegegaan. Daarna waren er nog meer gekomen, maar ze hadden gelukkig al snel begrepen dat hij alleen wilde zijn. En ze hadden achter zich opgeruimd.

Roy Hansen had de televisie even aangezet. Daar werd echter alleen eindeloos verslag gedaan van de begrafenis. En dat had hem aan zijn laatste, pijnlijke nederlaag herinnerd:

niet eens Birgittes dood kon hij voor zichzelf hebben. Zelfs toen ze daar onder een witte houten deksel in een zware kist lag, was ze niet van hem. Ze was van de staat, van het publiek. In de allereerste plaats was ze van de partij. Nooit van hem. Niet eens vandaag, nu alles voorgoed voorbij was. In plaats van een rustige, stille bijeenkomst met de kleine kring mensen die hadden gehouden van de vrouw met wie hij zijn leven had gedeeld, was Birgittes begrafenis een politieke topontmoeting geworden.

Hij realiseerde zich ineens dat hij Birgittes ouders miste. Beiden waren eind jaren tachtig overleden en dat was waarschijnlijk ook maar het beste. Zo hadden ze de moord op hun dochter niet hoeven meemaken. Ook van Birgittes steeds toenemende afstand tot iedereen in haar omgeving, van haar groeiende verwijdering tot iedereen die van haar hield, hadden ze niets meer gemerkt. Toch zou het goed zijn geweest als hij hen vandaag bij zich had gehad. Misschien hadden ze zijn verdriet met hem kunnen delen. Per was daar duidelijk niet toe in staat.

Afgelopen vrijdag had Roy niets liever gewild dan zijn zoon thuis hebben. De uren tot zaterdagochtend, toen hij eindelijk voor hem stond, in uniform en met zijn volgepropte plunjezak, waren ondraaglijk geweest. Maar toen hij er eindelijk was, was hij in zekere zin verdwenen. Zijn gezicht was hard en gesloten geweest.

Plotseling stond hij in de kamer.

'Welterusten. Ik heb gewacht tot oma sliep. Ik ga ook naar bed.'

Roy Hansen had de auto niet horen aankomen. Hij staarde naar de omtrek van zijn zoon in de deuropening; in het kaarslicht was de jongeman onduidelijk te zien.

'Maar Per,' fluisterde hij, 'kun je niet even bij me komen zitten? Eventjes maar?'

De jongeman in de deur bewoog zich niet. Zijn gezicht was niet te zien.

'Kom nu eens even zitten. Eventjes maar.'

Plotseling stroomde het licht neer van het plafond. Per had de lichtschakelaar omgedraaid en toen Roy weer helder kon zien, kreeg hij een schok.

Per, die aardige, welopgevoede, flinke jongen, die zelfs als puber zijn ouders geen enkele keer reden tot bezorgdheid had gegeven. Per, die altijd zíjn jongen, zíjn troost en eigenlijk ook zíjn verantwoordelijkheid was geweest – Het Lange Afscheid van Birgitte was kort na Pers tiende verjaardag begonnen – deze jongen was onherkenbaar.

'Als jij koste wat kost met mij wilt praten, dan wil ik dat best!' Zijn gezicht was vertrokken, zijn ogen waren opgezwollen, als bij een dode kabeljauw, en als hij praatte vlogen de spetters spuug door de lucht. 'Eigenlijk had ik niets willen zeggen! Maar denk je nou echt dat ik het niet weet?' Dreigend stond hij voor zijn vader, met gebalde vuisten. 'Jij bent een... je bent een vuile huichelaar! Weet je, pappa, je bent een... een...'

De jongen huilde nu. Tijdens de uitvaart had hij geen traan gelaten. Maar nu spoten de tranen als het ware uit zijn ogen, zijn gezicht was gevlekt, alsof een vreemde pest hem lelijk en afstotelijk maakte. Roy zakte weg op de bank, hij lag bijna op zijn rug.

'Denk je dat ik niet wist waarom mamma nooit thuis was? Waarom ze het hier thuis niet meer uithield?'

Roy Hansen probeerde zijn zoon te ontwijken, maar Pers heftige vuistbewegingen maakten hem bang, hij verstijfde.

'Uitgerekend met Ruth-Dorthe Nordgarden! Met haar Dolly Parton-tronie! Wat denk je eigenlijk dat het voor mamma betekende, om die oorbel in het bed te vinden! Nou?'

'Maar...'

Roy probeerde zich op te richten. Per hief zijn handen weer op, zijn vuisten hingen slechts een halve meter boven hem in de lucht en nagelden hem vast.

'En ik heb jullie gehoord! Je dacht dat ik die avond niet thuis was, maar dat was ik wel!'

'Per…'

'Hou op met dat ge-Per! Ik heb jullie gehoord!'

De jongeman huilde nog steeds. Hij hoestte en snufte en wat hij zei was nauwelijks te verstaan.

'Rustig toch, Per! Schreeuw niet zo!'

'Niet zo schreeuwen? Moet ik me rustig houden? Jij, pappa, jij had je op die avond vorig najaar rustig moeten houden. Jij en die gore slet!'

Ineens was het over. Per Volter liet langzaam zijn vuisten zakken, hij stond in een soort militaire rusthouding en hapte naar lucht.

'Ik wil nooit meer met je praten!'

Per liep naar de deur.

Roy Hansen stond langzaam op. Hij had geen stem meer.

'Maar Per', fluisterde hij. 'Er is zoveel dat je niet weet! Zo enorm veel dat je niet weet!'

Hij kreeg geen antwoord. Even later hoorde hij de auto wegscheuren. De kaars was gedoofd en de kamer baadde in een genadeloos, krijtwit licht.

Zaterdag 12 april 1997

10.15 uur, Odinsgate 3

Hij kon eenvoudigweg niet opstaan. Hij had twee kussens onder zijn hoofd, het ademen viel hem zwaar. Hij staarde naar zijn blote voeten en zocht naar het gat waaruit zijn krachten waren weggevloeid. Hij voelde zich dood. De totale leegheid werd omgeven door een verdriet, zoals hij nog nooit had ervaren.

Er was geen uitweg. Benjamin Grindes wereld was bezig in te storten. De afgelopen week was één lange lijdensweg naar het niets, naar het absolute einde geweest. Het was alsof er een taai vlies om hem heen zat: zijn collega's keken hem bevreemd aan en praatten niet met hem, zeiden alleen het strikt noodzakelijke. Het krantenartikel had alles verwoest. Ofschoon het aanhoudingsbevel niet gerechtvaardigd was geweest en de politie bezwoer dat er geen verdenking tegen hem bestond. Het aanhoudingsbevel lag er nu eenmaal, een aanklacht die zijn werk nu en in de toekomst onmogelijk maakte, nu het allemaal algemeen bekend was. Maar dat andere was nog veel erger.

Zou hij dan nooit van die lotsverbondenheid met Birgitte bevrijd worden? Hield het dan nooit op? Na al die jaren? Ze hadden allebei geprobeerd zich erdoorheen te slaan, ze waren in verschillende richtingen weggevlogen en allebei hoog terechtgekomen, maar ieder in een andere boom.

Krampachtig probeerde hij zich te vermannen. Hij zwaaide zijn benen uit bed en richtte zich moeizaam op. De bronzen leeuw die zijn slaapkamerdeur bewaakte keek hem tandenblikkerend aan. Zijn manen waren gladgepolijst en glommen als goud, zijn bek was zwart en groen uitgeslagen. Grinde had de leeuw in een achterafstraatje in Teheran gekocht. Hij was gefascineerd door dit vreemdsoortige, katachtige dier, dat tegelijkertijd oer-Noors was: het officiële symbool van Noorwegen. Hij stond blazend in het rijkswapen boven de ingang van het regeringsgebouw. Er lagen er twee voor het parlementsgebouw; tamme, tandeloze leeuwen die er afschrikwekkend probeerden uit te zien, maar eigenlijk niemand bang maakten. De allermooiste echter was de leeuwin met de weelderige borsten die de vergader- en ontvangstkamer van het hooggerechtshof bewaakte.

Benjamin Grinde staarde naar het bronzen beeld. De leeuw nagelde hem als het ware aan zijn bed en zijn muil leek een misselijkmakende stinkende adem uit te stoten. Hij wilde hier weg, weg uit de slaapkamer. Moeizaam kwam hij op de been en liep naar de keuken.

Ik heb er nooit ín gekeken, bedacht hij plotseling, terwijl hij naar koffie zocht. Wat zit er eigenlijk in?

Het grote eikenhouten buffet met de glazen deurtjes en het druivenreliëf leek in de schemering bijna zwart. De gordijnen waren nog dicht, het leven vond buiten plaats, hier binnen was niets.

Achter de oude tafelkleden van zijn overgrootmoeder lag het kleine doosje dat hij beter op zijn oorspronkelijke plaats had kunnen laten staan.

Een mooi, klein pillendoosje van geëmailleerd goud.

Hij haalde het tevoorschijn en probeerde het open te maken.

'En deze man was gisteren dus hier? Op het politiebureau?'

Van de anders zo correcte, neutrale chef van de veiligheidsdienst was niet veel meer over. Hij stapte gejaagd door zijn kamer heen en weer en haalde zijn vingers door zijn haar.

'Wanneer hebben ze hem laten gaan?'

'Gistermiddag. Hij had niets met die demonstratie te maken. Hij was gewoon op de verkeerde tijd op de verkeerde plaats.'

'Brage Håkonsen', mompelde Ole Henrik Hermansen verbeten. 'Wisten we al iets van hem?'

'Weinig.'

De beambte probeerde zijn chef met zijn ogen te volgen, maar dat was moeilijk, aangezien Hermansen achter zijn rug heen en weer draafde.

'En wat is dat weinige?'

'Hij behoort onomstotelijk tot rechts-extremistische kringen. Hij was vroeger lid van Arische Macht, maar dat is alweer een tijdje geleden. De laatste twee jaar is hij vrijwel onzichtbaar geweest. We vermoeden dat hij een eigen groep of misschien wel een cel leidt. Maar dat weten we niet zeker.'

Zijn chef bleef ineens staan, vlak achter de rug van zijn ondergeschikte.

'En Tage Sjögren heeft hem dus opgezocht. Vorige week.'

De beambte knikte alleen maar, al wist hij niet of zijn chef dat zag.

'Zoek alles uit', siste Ole Henrik Hermansen, terwijl hij plotseling naar zijn bureaustoel liep en ging zitten. 'Zoek alles over die vent uit. En in het ergste geval: arresteren.'

15.32 uur, berg Tromsdalstinden bij Tromsø
De sneeuw was niet wit meer. De sneeuwvlokken wervelden

om hem heen in een grijstint die hij nog nooit had gezien. Al het grijs vloeide samen tot een niets zonder nuances; hij kon amper nog de punten van zijn ski's zien. Ze hadden de hut nooit moeten verlaten. Hij had Morten gewaarschuwd; zoals het weer was veranderd sinds ze in Snarbydal aan hun tocht waren begonnen, hadden ze in de hut moeten blijven.

'Maar het gaat bijna de hele tijd bergaf', had Morten geprotesteerd. 'Twintig minuten licht klimmen en dan een goed halfuurtje lekker afdalen. Thuis staat het bier koud. Wat moeten we hier nou?'

Morten had naar de voorraadkast in de kleine berghut gewezen. Een paar zakjes bloemkoolsoep en vier blikken labskous waren veel minder aantrekkelijk dan een sappige biefstuk en een koud biertje in Mortens flatje in Skattøra.

'Maar hoe zit het dan met lawines?' had de bewaker gevraagd. 'Er kan lawinegevaar zijn!'

'Mijn hemel! Ik ben hier al zeker honderd keer geweest! Er zijn hier nooit lawines. Laten we gaan!'

Uiteindelijk had hij toegestemd. Nu wist hij niet waar Morten was. Hij bleef staan en leunde op zijn skistokken.

'Morten! MORTEN!'

De grijze sneeuwjacht leek het geluid niet te willen opnemen. Zijn uitroep keerde voor zijn mond om en vloog weer naar binnen.

'MORTEN!'

Hij had geen idee waar hij was. Het ging nog steeds langzaam omhoog, hoewel hij al bijna een uur onderweg was. Morten had gezegd dat ze na zo'n twintig minuten aan de afdaling zouden beginnen. Het zou wel aan die ellendige sneeuw liggen. Zo veel sneeuw. Er lag veel meer sneeuw dan normaal, het weerbericht voor Noord-Noorwegen meldde bijna dagelijks nieuwe records.

Werd het hier niet een beetje vlakker? Hij bleef staan en probeerde zich daarvan te vergewissen. De rondwervelende, snijdende sneeuw drong door zijn kleren; ze waren geen van beiden op dit weer gekleed.

'Morten!'

De bewaker van het regeringsgebouw werd duizelig; hij wist nauwelijks nog wat boven en wat onder was. Zijn richtinggevoel had hem allang in de steek gelaten. Maar nu had hij tenminste een vlak stuk bereikt. De stijgende helling was afgelopen.

Plotseling hoorde hij een geluid. Anders dan de loeiende wind en het geklapper van de klep van zijn rugzak. Iets met een lage frequentie, iets dreigends; hij bleef als aan de grond genageld staan en voelde de angst langs zijn benen omhoogkruipen.

De laag sneeuw onder hem was zeker twee meter dik. Stond hij op een helling? Of bij een bergwand? Wanhopig skiede hij verder, snel, doelbewust, ook al had hij geen idee waar hij naar op weg was. Plotseling verloor hij zijn evenwicht.

De sneeuw onder zijn voeten begon te bewegen, langzaam en traag. Het gebulder steeg tot een oorverdovend gebrul en voordat de bewaker na zijn val weer op de been had kunnen komen, kwamen de sneeuwmassa's. Het was alsof de wereld verging. Hij werd heen en weer geslingerd, het ene moment lag hij op zijn rug, om even later weer op zijn buik verder geschoven te worden. De sneeuw drong overal naar binnen – niet alleen door zijn kleding, tot op zijn huid, maar ook in zijn oren, zijn ogen, zijn mond, zijn neus – plotseling wist hij dat hij ging sterven.

De druk boven hem nam toe, hij dreef niet langer boven op de sneeuw langs de berghelling naar beneden. Hij lag onder de sneeuw. Om hem heen was het niet langer grijs. Het was pikzwart. Hij had het gevoel dat zijn ogen in zijn schedel werden gedrukt en hij hapte naar lucht die er niet was. Zijn luchtwegen zaten vol sneeuw.

'Nu zullen ze het nooit weten.'

Hij probeerde nog een laatste keer zijn pijnlijke, platgedrukte longen met lucht te vullen. Toen werd het hem zwart voor de ogen en drie minuten later was hij dood.

16.10 uur, Kirkevei 129

Ruth-Dorthe Nordgarden zat in een mooie, oude empirestoel na te denken. De stoel stond naast een Billy boekenkast van Ikea en zag er net zo beledigd uit als een lithografie van Munch zich naast een goedkope zeefdruk zou voelen.

De minister van Volksgezondheid staarde naar de mobiele telefoon in haar rechterhand. Toen legde ze hem met een knal op de tafel en pakte het normale toestel, een draadloze telefoon waar ze nog niet zo goed mee overweg kon.

Ze zou ze terugpakken. Misschien niet meteen, maar ooit zou ze het hun betaald zetten. Tryggve Storstein wilde haar niet in zijn regering hebben en ze wist dat anderen haar benoeming hadden doorgedrukt.

Het zou zeker tijd vergen. Maar vroeger of later zou de gelegenheid zich voordoen.

'Hallo?'

De lijn was dood. Aarzelend drukte ze een groen knopje in en glimlachte opgelucht toen ze de zoemtoon kreeg, gevolgd door een aantal snelle piepjes.

'Hallo!'

'Hallo?'

'Met Ruth-Dorthe.'

'O. Gefeliciteerd.'

Zijn stem klonk neutraal. Maar ze wist precies wat ze van hem kon verwachten. Vanzelfsprekend was hij niet te vertrouwen. Niemand was te vertrouwen. Toch was hij van haar. Hij had haar altijd geholpen, hij had voor haar gezorgd, haar gesteund, had geweten dat hun carrières met elkaar verbonden waren, dat zij politiek gezien een Siamese tweeling waren. Gunnar Klavenæs was ook lid van het partijbestuur.

'Wat is er in hemelsnaam gebeurd?' vroeg ze.

'Maak je geen zorgen. Het is ondanks alles uiteindelijk toch goed gekomen.'

Het werd stil. Ze hoorde de afwasmachine die ergens in het programma was blijven steken en alleen nog maar spoelde. Ze nam de telefoon mee naar de keuken.

'Een ogenblikje.'

Het klonk alsof er een enorme storm binnenin de afwasmachine woedde, een orkaan in een conservenblik. Hulpeloos staarde ze naar de knoppen op het paneel, zonder ze echter aan te raken. Ten slotte schakelde ze de machine resoluut uit. De storm ging liggen en er was alleen nog wat gedruppel te horen, steeds zwakker.

'Hallo?'

'Ja, ik ben er nog.'

'Hij blijft niet lang zitten', zei ze toonloos.

'Dan denk ik dat je je vergist, Ruth-Dorthe', zei de man aan de andere kant van de lijn. 'Hij staat sterker dan je denkt.'

'Niet als hij alle problemen uit Birgittes tijd erft. Want dat doet hij immers. De verkiezingen van dit najaar gaan hem de kop kosten.'

'Zeker niet. De moord gaat ons stemmen opleveren. Dat gebeurde in Zweden ook.'

Ze tuurde naar de boom in de achtertuin, die alweer de eerste groene knoppen begon te vertonen.

'We zullen zien', mompelde ze. 'Ik belde eigenlijk om te vragen of we samen wat zullen gaan eten. Vanavond.'

'Vandaag kan ik niet. Ik heb het momenteel razend druk. Kan ik je niet bellen als ik weer wat meer tijd heb?'

'Zeker', antwoordde ze gepikeerd. 'Ik dacht dat je geïnteresseerd zou zijn in wat ik te vertellen heb.'

'Natuurlijk, Ruth-Dorthe. Maar laten we dat een andere keer doen, oké?'

Zonder te antwoorden drukte ze weer op het groene knopje

met het piepkleine telefoontje erop. Het werkte.

Ze dachten dat ze haar tijd had gehad. Ook haar aanhangers. Sommigen tenminste. Ze had het aan Gro's aftreden het jaar ervoor te danken dat ze nog steeds vice-voorzitter van de partij was. De eerste regeringsperiode was niet helemaal gegaan als verwacht, haar vriendenkring was geslonken en het gemor van haar antagonisten was toegenomen. Op het partijcongres, twee weken na de regeringswisseling, had iedereen onnodige ruzie willen vermijden. Het was Birgittes partijcongres geweest. De oude partijleiding mocht aanblijven en Ruth-Dorthe Nordgarden wist dat zij ontzettende mazzel had gehad. En ze wist ook dat Tryggve Storstein haar voornaamste tegenstander was. Destijds was hij slechts vice-voorzitter geweest, net als zij. Nu was hij partijleider. En minister-president.

Maar ze wist nog steeds aan welke touwtjes ze kon trekken.

Ze keek op de klok. Het zou nog een paar uur duren eer haar dochters thuiskwamen. Ruth-Dorthe Nordgarden nam een kop koffie. Die was te sterk, ze haalde haar neus op en ging weer naar de keuken om een scheutje melk te halen. De koelkast rook onaangenaam toen ze hem opendeed, de meisjes verzaakten hun taken erger dan ooit. Geërgerd constateerde ze dat de uiterste houdbaarheidsdatum van de melk al verstreken was. Ze stak haar neus in het pak en schonk toen toch maar een scheutje in haar kop.

Terwijl ze staande van de goorbruine koffie nipte, liet ze haar ogen van de mobiele telefoon naar de draadloze gaan. Ze kon maar moeilijk begrijpen dat mobiele telefoons niet af te luisteren zouden zijn, met de huidige technieken moest het toch mogelijk zijn om welk telefoongesprek dan ook af te luisteren. Ze had het idee dat de mobiele telefoon niet veilig was, het kraakte en piepte, en af en toe had ze andere stemmen op de lijn gehoord. Uiteindelijk pakte ze hem toch op.

'Je wilde mij spreken', zei ze toonloos toen haar oproep beantwoord werd.

Ze zou de ramen eens moeten lappen. De schuinstaande voorjaarszon drong maar met moeite tot haar bureau door en het stof danste in het bleke licht. Ze luisterde een hele tijd naar wat de stem aan de andere kant te melden had.

'Je hebt het over interne documenten', zei ze uiteindelijk. 'Dat is natuurlijk moeilijk. Bijna onmogelijk.'

Wat niet klopte. Dat wisten ze allebei. Maar Ruth-Dorthe Nordgarden wilde zich laten overreden. Ze wilde weten wat haar dit zou opleveren.

Vijf minuten later verbrak ze de verbinding.

Ze krabbelde een paar woorden in haar agenda, op de bladzijde voor komende maandag. Ze moest zo snel mogelijk de afwasmachine laten repareren. Ze zou haar raadsadviseur vragen dat te regelen.

18.00 uur, Jacob Aallsgate 16

'Ik bén ook sceptisch! Ik zeg het maar gewoon, ik ben inderdaad sceptisch!'

Leeuwerik Grinde fronste haar donkerbruine voorhoofd en tuitte haar lippen. Toch ontdekte Liten Lettvik een nieuwsgierige glimp in de ogen van de oude vrouw.

'Na al die afschuwelijke dingen die uw krant over Ben heeft geschreven, is het toch niet verwonderlijk dat ik niet bepaald sta te juichen om u te ontvangen. Aan de andere kant...' Leeuwerik Grinde deed een stap achteruit in de kleine vestibule en gebaarde Liten Lettvik dat ze haar kon volgen. 'Als ik op enigerlei wijze duidelijk kan maken dat Ben niets met deze vreselijke geschiedenis te maken heeft, dan zou dat natuurlijk fantastisch zijn.'

De vrouw, die toch al dik in de zeventig moest zijn, droeg een strakke spijkerbroek die op een fascinerende manier aanschouwelijk maakte hoe een ouder wordend lichaam veranderde. Haar magere benen leken krachteloos, haar kuiten waren dun als pijpenragers. Tussen de nauwe broekspijp en haar plateausandalen was een stukje bruine kuit met een strakke, glimmende huid en donkere levervlekken te zien. Onder haar wijde, roze angoratrui, die tot halverwege haar achterwerk reikte, had de ouderdom haar hele zitmusculatuur weggeknaagd.

Tien jaar geleden, dacht Liten Lettvik, tien jaar geleden had ze dergelijke kleren waarschijnlijk nog kunnen dragen.

'Gaat u zitten', beval Leeuwerik Grinde en Liten Lettvik nam een onaangename, wraakzuchtige blik waar onder de wenkbrauwen van de oude vrouw, die tot twee dunne boogjes op haar hoge voorhoofd waren weggeplukt. 'Iets te eten slaat u vast niet af.'

Toen ze weer uit de keuken kwam, hield ze een schaal met sandwiches in haar ene hand en een gebakschotel in de andere.

'Zelf heb ik altijd erg op mijn lijn gelet, zoals u ziet. Voor mij alleen een glaasje port. Zo!'

Ze schonk zichzelf een groot glas in, het roodbruine drankje stroomde bijna over de rand. Liten Lettvik knikte kort en kreeg een half glas.

'U moet natuurlijk nog rijden', verklaarde Leeuwerik Grinde. 'Tast toe! Ga gerust uw gang!'

Ze schoof de twee schalen naar de journalist toe.

Het zag er lekker uit. Liten Lettvik had trek. Ze had altijd trek. Lang geleden had ze in een populair-wetenschappelijk tijdschrift gelezen dat honger het geweten kon vervangen. Ze had geprobeerd het artikel te vergeten. Ze pakte een sandwich met zalm en roerei en vroeg zich af of deze wonderlijke vrouw altijd dergelijke lekkernijen klaar had staan, ze was hooguit tien minuten in de keuken geweest.

Het was niet prettig om te moeten eten onder de adelaarsblik van de vrouw op de bank, die haar met bruine, intense ogen over haar portglas aankeek, en Liten Lettvik gaf het op toen ze de helft ophad.

'Hoe konden jullie nou zoiets schrijven?' herhaalde Leeuwerik Grinde. 'Jullie wisten toen toch al dat die aanklacht een vergissing was.'

'Aanhoudingsbevel', corrigeerde Liten Lettvik. 'Het was een aanhoudingsbevel. En we hebben ook geschreven dat het weer was ingetrokken. Er stond absoluut niets in dat artikel wat niet klopte.'

Leeuwerik Grinde maakte een afwezige indruk. Ze staarde Liten Lettvik ongegeneerd aan, haar gedachten schenen zich echter geenszins bezig te houden met het feit dat haar zoon enkele dagen geleden nog abusievelijk voor een moordenaar werd gehouden. Er verscheen een nieuwe, onduidelijke trek op haar gezicht, een combinatie van vermaak en verlegenheid, die Liten Lettvik in verwarring bracht.

'Maar dat is immers alweer vergeten', ging Liten Lettvik verder. 'De mensen vergeten zo snel. Dat kan ik u verzekeren. Maar u kunt mij misschien iets over uw zoon vertellen...'

De blik van de vrouw was ondertussen ondraaglijk geworden. Ze staarde Liten aan, terwijl ze steeds weer voorzichtig met een linnen servet haar mond afveegde.

Liten Lettvik schudde haar hoofd. 'Is er iets?'

'U heeft roerei op uw kin', fluisterde Leeuwerik Grinde en ze boog zich over de salontafel heen. 'Hier!' Ze wees naar haar eigen kin en Liten Lettvik haalde bliksemsnel haar hand over haar mond. Een geel stukje ei werd over haar huid uitgewreven en Liten Lettvik veegde nog eens met haar andere hand.

'U hééft een servet hoor', zei Leeuwerik Grinde pinnig.

'Dank u', mompelde Liten Lettvik en ze trok het doekje uit de grote, gegraveerde zilveren servetring.

'Nu is het weg', glimlachte Leeuwerik Grinde tevreden. 'Wat wilde u vragen?'

Liten Lettvik voelde zich zelden uit het veld geslagen. Ze lette nooit op haar uiterlijk. Daar maakte ze zich niet druk om. Er was sowieso maar weinig waar ze zich druk om maakte en heimelijk was ze zelfs zeer tevreden dat ze eigenlijk van niemand echt hield; ze interesseerde zich niet eens echt voor andere mensen. Hoewel? Voor hem misschien. Nee, voor hem ook niet. Het enige waar ze zich druk om maakte, haar kruistocht, haar grote project, was de waarheid. De waarheid was een obsessie en ze lachte honend om alle onnozele pogingen van andere journalisten om principiële debatten te voeren over ethiek en journalistiek. Slechts tweemaal in haar lange, succesvolle carrière had ze iets gepubliceerd wat niet juist bleek te zijn. Dat was vervelend geweest en ze had er maanden later nog last van gehad. Ze vond het ronduit een straf om iets te moeten rectificeren.

De waarheid kon nooit immoreel zijn. De manier waarop je die waarheid opspoorde en de gevolgen die het voor andere mensen had, was van ondergeschikt belang. Het maakte niet uit of ze leugens en onaanvaardbare praktijken gebruikte om de waarheid boven tafel te krijgen. De waarheid had slechts één kant: de objectieve. Als ieder woord in een artikel juist was, dan was het artikel daarmee legitiem.

De overtuiging waarmee ze haar eeuwige zoektocht naar de waarheid voortzette, maakte haar onkwetsbaar. Maar op dit moment, tegenover deze heks, tegenover deze kleine, ijdele, belachelijke eekhoorn, die aan de andere kant van de zware mahoniehouten salontafel haar snorharen bewoog, op dit moment voelde Liten Lettvik toch een zweem van onzekerheid.

Ze huiverde even en liet zich in de stoel achteroverzakken om haar buik te kunnen intrekken. Voor het eerst in lange tijd keek ze geërgerd naar haar eigen borsten. Ze hingen als een stevig balkon voor haar, ze had zich eigenlijk nooit gerealiseerd dat ze op haar dijen rustten als ze zat.

'Ik vroeg me af of u me iets over uw zoon zou kunnen vertellen', zei ze uiteindelijk. 'We willen onze lezers graag een correcte indruk van hem geven. Hij bekleedt tenslotte een zeer prominente functie en zijn leven is uitermate interessant voor het publiek, vindt u ook niet?'

'Ja, uitermate interessant, dat vind ik ook!' Leeuwerik Grinde lachte, een hoge, trillende, scherpe lach.

'Eerlijk gezegd heeft het me altijd verbaasd dat de pers zo weinig interesse voor hem heeft getoond. Weet u...' Leeuwerik Grinde boog zich weer naar voren, alsof ze een sfeer van vertrouwelijkheid wilde creëren. 'Ben was de eerste in Noorwegen die zijn artsenexamen heeft afgelegd en óók nog een doctorsgraad in de rechten behaalde. De allereerste. Ik zal u eens wat laten zien!'

Ze stond op van de bank en liep al kwetterend naar een boekenkast. Met stramme bewegingen zakte ze op haar hurken en pakte een fotoalbum uit de kast.

'Ik vond zelf dat die gebeurtenis veel te weinig aandacht kreeg.' Ze legde het album voor de journalist neer. 'Slechts een heel klein berichtje in *Aftenposten*', snoof ze, terwijl ze met een roodgelakte vingernagel wees. 'Het was een bijzondere gebeurtenis, kan ik u zeggen. Maar...' Ze liet zich weer op de bank vallen. 'Toen Ben geslaagd was voor zijn gymnasium, stond er een veel groter artikel in de krant.'

Leeuwerik Grinde wenkte dat Liten Lettvik terug moest bladeren in het album.

'Het was maar in het plaatselijke nieuwsblad, maar toch.'

Liten Lettvik bladerde. Plotseling zag ze de jonge Benjamin Grinde, op een grote, grofgerasterde en vergeelde krantenfoto. Hij glimlachte verlegen in de camera en ondanks zijn lange haar en de onbevangen ogen van een achttienjarige was hij direct te herkennen. De man was in de loop van de tijd knapper geworden, dat was waar, maar ook op de oude krantenfoto was te zien hoe dat hij er mocht wezen, hoewel nog onaf, kwetsbaar en innemend.

'Jeetje', mompelde Liten Lettvik. 'Had hij zulke goede cijfers?'

'Allemaal negens en tienen', giechelde Leeuwerik Grinde verrukt. 'Op de Kathedraalschool. De beste school van Oslo... ja, van het land, zou ik bijna willen zeggen. In die tijd, tenminste. Met die school is het sindsdien ook bergaf gegaan, zoals met zoveel andere dingen.'

Ze tuitte haar mond weer afkeurend.

'Wie is dat?'

Liten Lettvik legde het zware album voor Benjamin Grindes moeder neer. Leeuwerik Grinde pakte een bril met halvemaan-vormige glazen uit een leren etui dat op de tafel lag en bekeek de foto.

'Dat,' zuchtte ze, 'dat is Birgitte! Die arme Birgitte, kijk toch eens hoe verrukkelijk ze was!'

Birgitte Volter had een arm om de achttien jaar oude Benjamin Grinde geslagen. De jongeman stond stokstijf, zijn handen hingen weifelend voor zijn dijen, hij staarde ernstig naar een punt naast de camera. Birgitte Volter, met halflang haar, een strak rokje, pumps en een bril met katachtig montuur, lachte naar de camera. Op haar andere arm droeg ze een baby. Het kind lag niet helemaal goed, het hoofdje hing over haar elleboog heen. Op het antracietgrijze papier was met witte inkt in een sierlijk en goed leesbaar handschrift geschreven: 'Kleine Livs eerste dag in de zon'.

'Kijk toch eens', zei Leeuwerik Grinde ijverig en ze bladerde verder. 'Hier zijn we met zijn allen op het strand! Birgitte Volter was een zeer goede vriendin van de familie, moet u weten. Haar ouders – geweldige mensen, ze zijn een paar jaar geleden helaas gestorven – waren onze naaste buren. Het was een heerlijke tijd.' Ze zuchtte en ging glimlachend achterover zitten, terwijl ze verlangend uit het raam keek. 'Een heerlijke tijd', herhaalde ze zacht, meer voor zichzelf dan tegen Liten Lettvik.

Maar Liten Lettvik luisterde helemaal niet naar haar.

'Wie is dit?' vroeg ze luid, naar een andere foto wijzend.

Leeuwerik Grinde gaf geen antwoord. Ze staarde nog steeds naar buiten, haar gezicht was veranderd, haar ogen hadden iets milds gekregen, haar glimlach leek van binnenuit te komen, uit een kamer die ze lang geleden had afgesloten.

'Pardon!' zei Liten Lettvik hard. 'Mevrouw Grinde!'

'O', schrok de oude vrouw. 'Het spijt me. Wat vroeg u?'

'Wie is dit?'

Liten Lettvik wilde in geen geval de aandacht op haar afgekloven nagels vestigen en klopte daarom met haar knokkel op een babyfoto. Het kind lag op de rug op een dikke handdoek, de knietjes waren voor de borst getrokken en het keek boos met samengeknepen ogen naar de zon. Aan de ene kant van het kind zat Birgitte Volter, nog steeds flirtend glimlachend, en aan de andere kant zat een doodernstige Benjamin Grinde. Achter het kind, met zijn hand onder het hoofd van het kind, knielde een knappe, breedgeschouderde man met een stralende glimlach. Liten Lettvik herkende de man onmiddellijk: Roy Hansen.

'Wie is dat kind?'

Leeuwerik Grinde keek haar verward aan.

'Dat kind? Maar dat is Liv!'

'Liv?'

'Ja, het dochtertje van Birgitte en Roy.'

'Dochter? Maar ze hebben toch maar één kind? Een jongen, toch? Per.'

'Maar mijn beste...' Leeuwerik Grinde staarde haar verwijtend aan. 'Per is nog maar begin twintig', verklaarde ze. 'En dit was in '65. Kleine Liv is gestorven. Een verschrikkelijke tragedie. Ze stierf zomaar...' Ze probeerde met haar vingers te knippen. 'Zonder aanwijsbare oorzaak. Heel vreselijk. We waren er allemaal kapot van. Die arme meneer en mevrouw Volter, die kwijnden helemaal weg. Zo bikkelhard zou ik het inderdaad willen zeggen. Ze zijn nooit meer de oude geworden. Goddank was Birgitte nog zo jong. En Roy, natuurlijk,

216

hoewel ik nooit begrepen heb wat Birgitte in die man zag. Maar jonge mensen, weet u... jonge mensen kunnen zich erdoorheen slaan. En Ben, die goede jongen. Hij was gebroken. Arme Ben. Hij is zo gevoelig. Net als zijn vader. Die was fotograaf, weet u, en hij had eigenlijk een kunstenaarsnatuur. Dat zei ik altijd.'

'En dit was dus in 1965, zegt u', zei Liten Lettvik en ze slikte. 'Hoe oud was dat meisje?'

'Drie maanden nog maar, het arme kind. Een prachtig kind. Betoverend. Ze was dan wel niet gepland, als u begrijpt wat ik bedoel...' Leeuwerik Grinde knipoogde even met haar rechteroog. 'Maar ze was een zonnestraaltje. Ze stierf zomaar. Wiegendood. Noemen ze dat tegenwoordig niet zo? Wij noemden het destijds gewoon een tragedie. We hadden toen nog niet zo veel mooie woorden, weet u.'

Liten Lettvik moest ineens vreselijk hoesten, een bulderende, hese hoest, die helemaal uit haar knieën leek te komen. Ze hield beide handen voor haar mond en hijgde: 'Kan ik een beetje water krijgen?'

Leeuwerik Grinde snelde volkomen in de war naar de keuken.

Liten hoestte nog steeds. Ondertussen pakte ze het album en liet het in de grote tas glijden die ze altijd bij zich had. Tijdens een laatste, heftige hoestaanval trok ze de rits dicht.

'Hier', kwetterde Leeuwerik, die met een kristallen wijnglas met water uit de keuken terugkwam. 'Maar drinkt u toch voorzichtig! Rookt u, mevrouw Lettvik? Daar zou u mee moeten stoppen!'

Liten Lettvik gaf geen antwoord en leegde het glas.

'Dank u wel', mompelde ze. 'Maar nu moet ik gaan.'

'Nu al?' Leeuwerik Grinde kon haar teleurstelling niet verbergen. 'Maar u komt misschien nog eens terug? Een andere keer?'

'Natuurlijk', verzekerde Liten Lettvik haar. 'Maar nu moet ik ervandoor.'

Ze speelde heel even met de gedachte op weg naar buiten nog een van de verleidelijke sandwiches te pakken. Maar ze wist zich te beheersen. Ergens moest je een grens trekken.

Maandag 14 april 1997

2.00 uur, redactie van De Avondkrant
Als Liten Lettvik een staart had gehad, zou ze daar nu tevreden mee kwispelen. Ze boog zich over een computerscherm en bestudeerde het ontwerp van de voorpagina. Ze was met name tevreden over de foto. De trouwfoto van Birgitte Volter en Roy Hansen, genomen door fotograaf Knut Grinde, de vader van Benjamin Grinde. Birgitte Volters jurk toonde een klein buikje, net iets te groot om, twee jaar na de dood van Marilyn Monroe, voor modern te kunnen doorgaan.

'Hoe kom je eigenlijk aan die foto's?' mompelde de eindredacteur.

Hij verwachtte geen antwoord en kreeg dat ook niet. Liten Lettvik glimlachte slechts minzaam en vroeg hem om een afdruk.

'Maak die zelf maar', bromde haar collega.

Maar niets kon Liten Lettvik vannacht uit haar goede humeur brengen. Ze ging naar haar eigen kamer en klikte op haar computer de krant van maandag aan.

Jeugdvriend onderzoekt familietragedie

Nooit eerder gepubliceerde foto's van minister-president Birgitte Volter

Door LITEN LETTVIK (foto's: privé)

Vandaag toont *De Avondkrant* als enige krant in Noorwegen tot op heden onbekende aspecten van het leven van de gestorven minister-president Birgitte Volter. De foto's uit Volters jeugd zijn nooit eerder gepubliceerd.

Geheel onbekend was het ook dat Birgitte Volter en haar man Roy Hansen in 1965 onder tragische omstandigheden hun drie maanden oude dochter Liv verloren. Birgitte Volter was slechts negentien jaar oud toen het kind werd geboren, maar ze wist toch het gymnasium af te maken. Zoals bekend is Birgitte Volter nooit met een universitaire studie begonnen; twee maanden na Livs dood werd ze secretaresse bij de Staatswijnhandel. Pas in 1975 kwam er weer een kind ter wereld: Per Volter, die thans de militaire academie bezoekt. De familie heeft zich nooit in het openbaar uitgesproken over Livs dood. Verscheidene personen met wie *De Avondkrant* contact heeft opgenomen en die naar eigen zeggen de familie Volter-Hansen zeer na staan, beweren niet op de hoogte te zijn van deze tragische gebeurtenis. Weduwnaar Roy Hansen was niet bereikbaar voor commentaar.

Onbekend was ook dat Birgitte Volter en rechter Benjamin Grinde in hun jeugd goede vrienden waren. Ruim dertig jaar later leidt diezelfde Benjamin Grinde de commissie die de gebeurtenissen in 1965, toen er in Noorwegen een opmerkelijk hoog aantal zuigelingen stierf, nader moet onderzoeken.

Zie ook pagina's 12 en 13.

Liten Lettvik stak een nieuwe cigarillo op en klikte verder naar bladzijde twaalf.

'Zeer bedenkelijk', meent professor

Fred Brynjestad uit hevige kritiek op Grinde

Door LITEN LETTVIK en BENT SKULLE (foto)

'Er is alle reden om sceptisch te zijn ten aanzien van de geschikt-heid van Benjamin Grinde als leider van het onderzoek naar het mogelijke gezondheidsschandaal in 1965', beweert hoogleraar Openbaar Recht mr.dr. Fred Brynjestad tegenover *De Avondkrant*. Anne-Kari Søfteland (Centrum-Rechts), voorzitter van de vaste parlementscommissie voor Sociale Zaken, is diep geschokt over de nieuwe informatie en meent dat zij en de rest van het parlement om de tuin zijn geleid.

'Als Birgitte Volter zelf in het be-treffende jaar een dochter heeft verloren en zij destijds een nau-we vriendschap onderhield met Benjamin Grinde, is er reden tot voorzichtigheid', zegt Brynje-stad. 'Minister-president Volter had op deze belastende feiten moeten wijzen, voordat Grinde tot voorzitter van de commissie werd benoemd', stelt Brynjestad vast.
'Veel erger is het dat Grinde dit zelf niet inzag', zegt prof.mr.dr. Fred Brynjestad. 'Hij is een zeer bekwaam jurist en deze beden-kelijke omstandigheden zouden hem direct hebben moeten op-vallen.'
Brynjestad voegt eraan toe dat Grinde niet per definitie voorin-genomen is, maar dat hij hoe dan ook voor de opdracht had moeten bedanken.
'We zien in onze samenleving de zorgelijke tendens', zegt prof. Brynjestad, 'dat de elite in steeds grotere mate banden heeft met

elkaar, zodat voor de gewone burger de grenzen tussen macht en invloed uitgewist worden. Er bestaat een onzichtbaar netwerk van krachten dat we niet kunnen controleren.'

Na alle research die *De Avondkrant* de afgelopen weken heeft gedaan, kunnen we concluderen dat Benjamin Grinde een éminence grise in de Noorse samenleving is. Een jeugdvriend van Birgitte Volter, nauw bevriend met belangrijke personen in het parlement en binnen justitie. Zo was hij onder andere in de jaren 1979 tot 1984 lid van hetzelfde zangkoor als de parlementariërs Kari Bugge-Øygarden (Arbeiderspartij) en Fredrick Humlen (Conservatieven). In zijn studietijd trok hij regelmatig op met de latere president-directeur van Orkla, Haakon Severinsen, en met de huidige directeur van het Rijkshospitaal, Ann-Berit Klavenæs.

Parlementslid Kari-Anne Søfteland (Centrum-Rechts) is diep geschokt dat deze relaties niet eerder aan het licht zijn gekomen. 'Nu moeten we overwegen of we niet een geheel nieuwe commissie moeten benoemen', meldt ze telefonisch tegen *De Avondkrant* vanaf de Seychellen, waar de vaste parlementscommissie voor Sociale Zaken momenteel het systeem van lokale ziekenzorg bestudeert. 'Dit toont weer aan hoe belangrijk het is dat het parlement dergelijke zaken zelf in de hand houdt. Vermoedelijk had deze commissie ook door het parlement benoemd moeten worden. Het zou zeer betreurenswaardig zijn als dit nu tot vertragingen in het onderzoek van de commissie zou leiden', sluit ze af.

Liten Lettvik schakelde de computer uit. Toen pakte ze het album uit een bureaulade. Verstrooid bleef ze zitten bladeren. Op verscheidene bladzijden gaapten lege plekken haar aan; de fotohoekjes die de familiefoto's op hun plaats hadden gehouden, vormden zinloze, holle kaders.

Liten Lettvik had slechts één probleem: hoe moest ze het album terugbezorgen?

Terwijl de kamer zich langzaam met een lichte, witte tabaksrook vulde, dacht ze hier een tijdje over na.

'In feite maakt dat niets uit', besloot ze uiteindelijk. 'Ik kan de hele rataplan verbranden.'

Ze nam het album mee naar huis. Voor de zekerheid.

7.00 uur, botanische tuin, Tøyen

Hanne Wilhelmsen hield ervan als het zweet langs haar lichaam stroomde en haar hart protesteerde. Op de licht stijgende Trondheimsvei had ze er nog een tandje bovenop gedaan en vervolgens was ze door de botanische tuin in de richting van het Zoölogisch Museum gerend. Ze koos een bank uit onder een boom waarvan ze de naam niet kende. De letters op het bordje ernaast waren onleesbaar, een of andere pummel had er zijn tag op gespoten.

Ze was nog nooit in zo'n goede vorm geweest. Ze sloot haar ogen en ademde de geur in van de bomen, die aan de grote, inspannende zomer waren begonnen. Cecilie had gelijk gehad: haar reukzin was verbeterd, sinds ze het roken had opgegeven.

Een oude man kwam op haar toe. In zijn ene hand hield hij een hark vast en in de andere een spade.

'Lekker weertje', knikte hij haar toe en hij glimlachte naar de hemel, die grijs en vochtig boven hen hing; het motregende.

Hanne Wilhelmsen lachte.

'Nou, zeg dat wel!'

De man keek haar aan en nam snel een beslissing. Hij ging naast haar op de bank zitten en pakte een pluk pruimtabak die hij zorgvuldig onder zijn tong duwde.

'Dit is het beste weer', mompelde hij. ''s Morgens regen, 's middags zon.'

'Denkt u?' vroeg Hanne sceptisch en ze legde haar hoofd in haar nek.

De motregen legde zich als een vochtige doek op haar gezicht.

'Zeker weten', zei de man gnuivend. 'Kijk daar maar eens!'

Hij wees naar het westen, waar de toren van de Sofienberg-kerk in het grauwwitte licht verrees.

'Ziet u wel, daar wordt het al lichter.'

Hanne knikte.

'Als het daarginds boven Holmenkollen lichter wordt, zo'n beetje westzuidwest, en er geen wind staat, zoals nu, dan hebben we een paar uur later schitterend weer.'

'Maar het weerbericht zegt iets anders', zei Hanne. Ze stond op om haar spieren te rekken. 'Er is tot woensdag regen voorspeld.'

De oude man lachte hard en spoog bruin tabakssap uit.

'Ik werk hier nu tweeënveertig jaar', zei hij vergenoegd. 'Tweeënveertig jaar lang zorg ik hier nu voor mijn planten. Ik weet wat ze nodig hebben. Aan water en zon en verzorging. Het is mooi werk, mevrouw. Ze denken dat die bomen en planten hier een wetenschappelijke behandeling moeten hebben. Maar die planten hier… die hebben nog meer nodig.'

Hij keek haar lang aan. Ze liet haar armen zakken en staarde terug. Zijn gezicht was bruin en verweerd. Het verbaasde haar dat hij nog in dienst was, ze had het idee dat hij jaren geleden al met pensioen had kunnen gaan. Hij was aangenaam gezelschap, hij straalde een rust uit die niet veel woorden van haar verlangde.

'Het gaat om instinct, snapt u. Ik krijg boeken en verhandelingen en hoe ze het ook noemen van ze. Maar die heb ik helemaal niet nodig. Ik weet wat het kleinste bloempje en de grootste boom in deze tuin nodig hebben. Ik heb namelijk instinct, snapt u, mevrouw. Ik weet wat voor weer het wordt en ik weet wat ze nodig hebben. Zelfs het kleinste bloempje.'

Hij stond op en liep naar een klein plantje achter de bank. Hanne had geen idee of het een jong boompje was, of dat het zo klein hoorde te zijn.

'Kijk nou eens naar deze struik, mevrouw', zei de man. 'Die komt helemaal uit Afrika! Ik hoef geen boeken te lezen om te weten dat dit kleine juffertje hier wat extra warmte en verzorging nodig heeft, snapt u. Ze heeft heimwee, het arme ding, naar de warmte en haar vriendjes daarginds in Afrika.'

Hij streelde over de stam en Hanne kneep haar ogen toe toen ze zag dat de struik van de aanraking leek te genieten. Zijn grote, grove hand aaide met een zachte, sensuele behoedzaamheid over de plant.

'U houdt van deze planten', glimlachte Hanne.

Hij stond stijfjes op en leunde op zijn hark.

'Anders kun je dit werk niet doen', zei hij. 'Ik doe dit al tweeënveertig jaar, weet u. Wat doet u?'

'Ik werk bij de politie.'

De man lachte luid, een bulderende, aanstekelijke lach.

'Nou ja, dan heeft u vast genoeg te doen! Met die arme mevrouw Volter die het loodje heeft gelegd. Heeft u dan überhaupt nog tijd om door het park te rennen?'

'Ach, ik heb eigenlijk vakantie.' Hanne wilde net beginnen te vertellen, maar bedacht zich. 'Maar ik moet hoe dan ook in vorm blijven, weet u. Altijd.'

De man trok een groot zakhorloge tevoorschijn.

'Nou, ik moet maar weer eens aan het werk', zei hij. 'Dit is de drukste tijd van het jaar, snapt u, mevrouw. Zo in het voorjaar. Tot ziens maar weer!'

Hij glimlachte en hief bij wijze van groet zijn hark op. Toen hij een stukje lager op de helling was, draaide hij zich om en kwam nog een keer terug.

'Luister', zei hij ernstig. 'Ik heb geen verstand van politiedingen. Ik hou me alleen met de tuin bezig. Maar dat moet bij jullie toch ook zo zijn? Dat het op het instinct aankomt, bedoel ik?'

Hanne Wilhelmsen was weer gaan zitten.

'Ja', zei ze zacht. 'Ik geloof dat u gelijk heeft.'

De oude man tilde nogmaals ten afscheid zijn hark op en kuierde verder.

Hanne Wilhelmsen haalde diep adem. De lucht was koel, vochtig en leek als een inwendige reinigingscrème te werken. Haar hoofd werd licht en haar gedachten schenen helderder dan in lange tijd.

Ze voelde zich als Monsieur Poirot. Aangewezen op haar *little grey cells*. Deze situatie was ongewoon voor haar. Gewoonlijk had ze alles onder controle en beschikte ze over alle inlichtingen die met een onderzoek te maken hadden. Nu kende ze slechts brokstukken. Zelfs Billy T. had zijn frustratie laten doorschemeren om in zo'n groot team te werken dat maar een paar mensen over alle informatie beschikten. Håkon had dan wel een redelijk overzicht, maar hij stond vreselijk onder druk en was vooral nerveus omdat het kind nog niet was geboren.

Het slachtoffer had twee identiteiten. Ze was minister-president Volter en ze was Birgitte. Wie van deze twee was er eigenlijk vermoord?

Hanne begon weer te rennen. Langs de helling naar beneden, langs de oude man die op zijn knieën in de grond lag te graven; hij zag haar niet eens. Ze voerde het tempo op.

Geen van deze twee identiteiten leverde een motief op. In ieder geval niets voor de hand liggends. Hanne zag niets in het internationale motief waar de kranten voortdurend op speculeerden. Het extremistenspoor leek haar waarschijnlijker, hoewel de veiligheidsdienst in dat opzicht niet veel te bieden had. Aan de andere kant wist je maar nooit wat de jongens op de bovenste etage uitvoerden.

Billy T. had Birgitte Volters privé-leven als ronduit saai omschreven. Daarin was als het ware geen ruimte voor schandalen; haar openbare leven had al haar aandacht opgeëist. Als ze al een geheime minnaar had gehad, dan was dat de meest geheime minnaar in de geschiedenis. De weinige geruchten die er waren, waren vaag en niet te verifiëren, en hadden bovendien betrekking op een ver verleden.

En er was ook geen enkele reden te bedenken om de minister-president te vermoorden. In Noorwegen werden geen regeringsleiders vermoord. Ofschoon Olof Palme over Zweden vermoedelijk hetzelfde had gedacht, toen hij op die noodlottige avond in februari 1986 geen lijfwachten mee wilde hebben naar de bioscoop.

Hanne was bij het Sofienbergpark aangekomen en het was opgehouden te regenen. Ze tuurde naar het westen. De lichte plekken aan de hemel waar de oude man op had gewezen waren groter geworden, er was nu al een flink stuk blauwe lucht zichtbaar. Ze ging op een schommel zitten en zwaaide langzaam heen en weer.

De weinige mensen die toegang hadden gehad tot het kabinet van de minister-president kwamen niet in aanmerking als moordenaar. Wenche Andersen moest in dat geval haar chef op koelbloedige wijze hebben vermoord, om vervolgens een Oscar voor de beste vrouwelijke bijrol te verdienen voor de manier waarop ze de politie om de tuin leidde. Uitgesloten. Benjamin Grinde? Die naar huis was gegaan om voorbereidingen te treffen voor zijn vijftigste verjaardag en volgens het verslag bij zijn aanhouding volkomen rustig was geweest, tot ze hem hadden verteld dat Volter dood was? Hij kon het ook niet zijn geweest. Alle andere medewerkers hadden waterdichte alibi's. Ze waren bij besprekingen, in een radiostudio of in een restaurant geweest.

De oplossing had zo dichtbij geleken, toen ze om het sectierapport had gevraagd. Een hele slapeloze nacht had ze met de gedachte gespeeld: zelfmoord. Zo eenvoudig kon het zijn. Maar hoe had ze in dat geval haar eigen moordwapen kunnen laten verdwijnen, om het een paar dagen later per post bij de politie te laten bezorgen? Hanne Wilhelmsen geloofde niet in een leven na de dood, en in een dermate actief leven al helemaal niet. Ze had in bed liggen woelen en steeds weer nieuwe theorieën bedacht. Opgewonden had ze gevraagd het sectie-rapport te mogen lezen. Maar dat had haar theorie meteen volkomen ontkracht. Niemand kan zichzelf van het leven beroven zonder sporen achter te laten. Degene die de sectie had verricht had Birgitte Volters handen onderzocht op sporen die op een gevecht konden duiden en op andere aanwijzingen die zelfmoord konden uitsluiten. En die had hij gevonden: op haar handen was geen enkel spoor van kruit aangetroffen. Haar theorie was als een kaartenhuis in elkaar gestort.

Hanne Wilhelmsen had geen zin meer om hard te lopen. Ze stond op van de autoband en ging op weg naar huis, naar de Stolmakergate 15, Billy T.'s bijzondere behuizing.

Zou de vraag wáárom het wapen naar de politie was ge-stuurd het moordraadsel kunnen oplossen? Was er iemand die de politie graag iets wilde vertellen?

Hanne schudde geïrriteerd haar hoofd. Alles werd weer één grote chaos, haar gedachten maalden door elkaar, zonder een plaatsje te vinden in het vage patroon waar ze het hele weekein-de aan had gewerkt.

De moord op Birgitte Volter was een zaak zonder motief. In ieder geval zonder zichtbaar motief. Nog wel. Wat hadden ze nou helemaal? Alleen een paar verdwenen voorwerpen en een dode. Ze hadden een schoongemaakte revolver van onbekende herkomst. De ballistische proeven hadden uitgewezen dat het inderdaad het moordwapen was, dat in de envelop had ge-zeten.

Een shawl was verdwenen. En een pillendoosje van geëmail-leerd zilver of goud. En een toegangspasje. Bestond er een verband tussen deze dingen?

Hanne Wilhelmsen dacht plotseling aan de oude man in de botanische tuin. Instinct. Ze bleef staan, sloot haar ogen en luisterde naar haar innerlijke stem. Ze was gewend om haar instinct te volgen. Het gevoel in haar buik. De reflex in haar ruggenmerg. Nu voelde ze slechts een beginnende blaar op haar linkerhiel.

Toch rende ze in hoog tempo naar huis.

9.10 uur, hoofdbureau van politie

'Dit kan toch geen toeval zijn, Håkon!'

Billy T. denderde het kantoor van de politie-inspecteur binnen en praatte veel te luid. In zijn armen droeg hij een enorm, ondefinieerbaar ding, het was rood en leek van rubber te zijn.

'Wat is dat?' geeuwde Håkon Sand.

'De walvis', grijnsde Billy T. en hij legde de dode, leeggelopen rubberwalvis in een hoek. 'Ik denk dat mijn jongens die wel leuk vinden om van de zomer mee te spelen! Het grootste opblaasbeest van het strand.'

'Verdorie, Billy T. Je kunt toch niet zomaar in beslag genomen voorwerpen meenemen!'

'O nee? Moet hij daar dan maar gewoon blijven liggen, deze walvis...' Hij schopte met de punt van zijn laars tegen het rode ding, dat zacht en zorgelijk ritselde, 'helemaal alleen in die donkere kelder. Nee, dan heeft hij het bij mijn kinderen toch veel beter.'

Håkon Sand schudde zijn hoofd en gaapte weer.

'Luister, Håkon', zei Billy T., zich naar hem toebuigend. 'Dit kan geen toeval zijn. Die bewaker van het regeringsgebouw is zaterdag omgekomen bij die lawine in de bush!'

'Tromsø is een universiteitsstad met zestigduizend inwoners. Ik denk niet dat ze het daar leuk vinden als jij dat de bush noemt.'

'Wat maakt dat nou uit! Snap je het nou echt niet? Nu die vent dood is, kunnen we een kijkje nemen in zijn woning.'

Billy T. gooide een blauw formulier voor de jurist neer.

'Hier. Als jij dat huiszoekingsbevel even invult.'

Håkon Sand schoof het formulier weg, alsof het een doos vol levende schorpioenen was.

'Hoelang kunnen ze over tijd zijn voordat het riskant wordt?' mompelde hij.

'Hè?'

'De baby. Hoelang kan het nog duren?'

Billy T. grijnsde breed.

'Nerveus, hè? Je hebt dit toch al eens eerder meegemaakt, Håkon. Het gaat heus goed.'

'Maar Hans Wilhelm kwam een week te vroeg.'

Håkon probeerde opnieuw een geeuw te onderdrukken.

'Ik dacht dat Karen zei dat ze gisteren was uitgerekend?' zei Billy T.

'Ja', mompelde Håkon en hij wreef over zijn gezicht. 'Maar het kind is niet gekomen.'

'Jezusmina, Håkon! Het kan nog wel een of twee weken na de uitgerekende datum duren voordat het kritiek wordt! Bovendien kan de arts zich verrekend hebben. Ontspan je. Vul dit liever in.'

Hij probeerde Håkon nogmaals het formulier op te dringen.

'Hou op!'

Håkon wilde het papier eerst terugschuiven, maar toen dat niet ging, pakte hij het op en scheurde het met heftige, nijdige bewegingen doormidden.

'Ik weet niet hoe het met jouw geheugen zit, Billy T., maar ik kan me nog heel goed herinneren dat ik het een paar jaar terug met een rechter aan de stok kreeg, omdat ik niet snapte dat dode mensen dezelfde rechten hebben als levende. Dat gebeurt me echt niet nog eens.'

Billy T. keek hem met open mond aan.

'Trek die kin op', ging Håkon verder. 'Als jij niet van je fouten wilt leren, moet jij dat weten, ik doe het in ieder geval wel. Bovendien – en dit is de laatste keer dat ik het zeg – is die bewaker niet jouw pakkie-an!' Håkon sloeg met zijn hand op tafel en verhief zijn stem nog een tikkeltje: 'En als jij nu probeert om Tone-Marit voor je karretje te spannen, dan... dan ben ik het echt zat! Er is géén wettelijke basis voor een arrestatie. En ook geen basis om aan te nemen dat er bij die bewaker thuis iets in beslag te nemen valt. Hier!' Håkon draaide zich plotseling om en pakte een van de vier wetboeken uit de boekenkast achter hem. Hij liet het boek met een dreun op de tafel neerkomen, zodat de ramen ervan rinkelden. 'Wetboek van Strafrecht, §194! Lees zelf maar!'

Billy T. schoof op zijn stoel heen en weer.

'Jeetje, wind je toch niet zo op.'

Håkon Sand zuchtte diep.

'Ik ben het zo zat, Billy T.' Hij praatte nu zachter, het leek alsof hij zich mompelend tot het wetboek richtte. 'Ik ben jou en Hanne af en toe zo verschrikkelijk zat. Ik weet dat jullie goed zijn. Ik weet zelfs, dat jullie meestal gelijk hebben. Het is alleen...'

Hij leunde achterover in zijn bureaustoel en staarde naar buiten. Twee meeuwen in het raamkozijn keken naar binnen; ze hielden hun kopjes scheef en het leek net alsof ze medelijden met hem hadden.

'Jullie krijgen niet de hele shit over je heen als het juridisch niet klopt. Maar ik wel. Weet je hoe de andere juristen hier in huis mij ondertussen noemen?'

'De loopjongen', mompelde Billy T. Hij probeerde zijn gezicht in de plooi te houden.

'Dat laat me koud. Eigenlijk vind ik het wel best. Ik ben dankbaar voor de band die Hanne, jij en ik hebben. En we hebben samen tenslotte al een paar grote zaken opgelost.'

Ze glimlachten allebei; de meeuwen buiten voor het raam schreeuwden hees en instemmend.

'Maar zouden jullie niet een beetje meer... respect voor me kunnen opbrengen? Zo nu en dan?'

Billy T. keek zijn collega ernstig aan.

'Nu zit je er echt naast, Håkon. Ik zal je zeggen...' Hij boog naar voren en pakte Håkons hand. Håkon wilde hem terugtrekken, maar Billy T. liet niet los. 'Als er hier één jurist is voor wie Hanne en ik respect hebben, dan ben jij het. Niemand anders. En weet je waarom?'

Håkon keek zwijgend naar hun handen. Die van Billy T. was groot en behaard en verbazend zacht en warm, zijn eigen daarentegen was knokig en hard. Hij draaide zijn arm om, waardoor het leek alsof ze zouden gaan dansen.

'We mogen jou, Håkon. Jij respecteert ons. Jij bent bereid om die inkt daar een beetje vrij te interpreteren...' Billy T. knikte naar het grote, rode wetboek. 'Omdat jij weet dat *the bad guys* anders niet te pakken zijn. Jij hebt dikwijls voor Hanne en mij je nek uitgestoken. Je vergist je echt heel erg als je denkt dat wij jou niet respecteren. Heel erg.'

Håkon kreeg het er warm van en onder in zijn buik lag een goed gevoel, dat leek op het lang vergeten gelukzalige gevoel uit zijn jeugd. Maar hij voelde ook een onbeschrijflijke moeheid. Zijn ogen zakten dicht en hij werd een beetje duizelig.

'Goh, wat ben ik moe. Ik heb de hele nacht geen oog dichtgedaan. Ik lag maar naar Karens buik te staren. Weet je zeker dat het geen kwaad kan?'

'Volstrekt zeker', zei Billy T. en hij liet zijn hand los. 'Maar nu moet je eens naar me luisteren.' Hij wreef met zijn knokkels over zijn kale kop. 'Dit kan iets groots zijn. Birgitte Volter is dood. En dan komt die bewaker plotseling in een sneeuwlawine om het leven. Van iedereen was hij degene die op het meest kritieke tijdstip in haar kantoor was. Hij was chagrijnig en dwars, hij heeft wapens die hij niet zoals hij had afgesproken kwam laten zien. Dit kan om leven en dood gaan, Håkon! Ik móét dat blauwe briefje hebben!'

Håkon Sand stond op. Hij strekte zijn armen naar het plafond, terwijl hij op zijn tenen op en neer wipte.

'Hou er nou maar over op, Billy T. Je krijgt dat huiszoekingsbevel niet. Maar als het een troost voor je is...' Hij liet zijn hakken met een plof weer op de grond komen. 'Afgelopen vrijdag is er een uitleveringsverzoek naar de bewaker gestuurd. Met andere woorden: een formele oproep om te doen waar jij hem vriendelijk om hebt gevraagd. Nu moeten zijn erfgenamen daarover beslissen. Hij zal wel ergens een paar ouders hebben. Als Tone-Marit kan bewijzen dat die ons verder kunnen helpen, dan zal ik dat met haar bespreken. Met Tone-Marit. Niet met jou.'

'Maar Håkon!' Billy T. wilde zich niet zomaar gewonnen geven. 'De dood van die bewaker komt toch veel te gelegen! Zie je dat dan niet?'

Nu moest Håkon Sand lachen.

'Jij denkt dus dat er een terreurorganisatie is, die de sneeuwval van de eeuw voor Noord-Noorwegen kan bestellen, om vervolgens een onverwachte storm te laten opsteken die een enorme sneeuwlawine veroorzaakt? Die lawine was dan zeker al in november gepland! Toen is het namelijk al zo verschrikkelijk begonnen te sneeuwen. Mijn oom woont in Tromsø en hij is vorige week in het ziekenhuis opgenomen. Hartinfarct na te veel sneeuwruimen. Ha!'

Hij lachte weer, lang en hartelijk.

'Geen eenvoudige klus, om zo'n weershow te ensceneren! Nee, nu vergis je je deerlijk, Billy T. Ditmaal vergis je je echt.'

Hij had gelijk. Billy T. mokte. Hij sprong op, hurkte en sloeg zijn armen om de rubberen walvis.

'Je kunt de pot op', zei hij nijdig en hij verliet het kantoor.

'En leg die walvis terug waar je hem gevonden hebt', brulde Håkon Sand hem achterna. 'Hoor je dat? Leg hem terug!'

12.15 uur, hooggerechtshof
Vijf rechters zaten in de lunchkamer en lieten zich in de zogeheten 'grote pauze' hun thee en hun lunchpakketjes sma-

ken. Twee van hen waren er nog niet aan gewend de koffie over te slaan. Aan het hooggerechtshof dronk men thee. Het was een mooie, grote kamer, met twee zitgroepen van licht berkenhout, bekleed met appelgroene wollen stof die fraai harmonieerde bij de wanden die in een warme gele kleur waren gehouden. Aan de muren hingen verschillende schilderijen in uitnodigende kleuren. De dunne, witte porseleinen kopjes rinkelden zachtjes en zo nu en dan hoorde je iemand voorzichtig slurpen.

'Heeft iemand Benjamin Grinde vandaag al gezien?'

De frons tussen zijn ogen verraadde de lichte onrust die de rechtbankpresident al voelde sinds hij een paar uur eerder had gemerkt dat rechter Grinde niet te vinden was.

'Ik was daarstraks bij zijn kantoor', ging de president verder. 'Hij zou vandaag toch als eerste uitspraak doen in de verzekeringszaak die afgelopen woensdag is behandeld, is het niet?'

Drie andere rechters knikten kort.

'Ik moet volgende week een voordracht houden voor de Verzekeringskamer en ik wilde graag aan het laatste vonnis refereren.'

'Ik heb hem nog niet gezien', zei rechter Sunde, terwijl hij zijn krijtwitte overhemdkraag rechttrok.

'Ik ook niet', voegden twee anderen er als uit één mond aan toe.

'Maar hij zou zijn vonnis vanmiddag klaar hebben', zei rechter Løvenskiold. 'We vergaderen om vier uur. Dit is heel…'

'Vreemd', maakte een van de anderen de zin af. 'Heel vreemd.'

De president stond op en liep naar de telefoon naast de deur. Na een kort, gedempt gesprek legde hij de hoorn neer en keerde zich om naar de anderen.

'Dit is verontrustend', zei hij hardop. 'Zijn secretaresse zegt dat ze hem vandaag gewoon verwachtte, maar dat hij niet is verschenen. Hij heeft ook niets doorgegeven.'

De rechters staarden in hun theekopjes en buiten op straat hoorden ze de draaiende motor van een stilstaande vrachtwagen.

'Ik moet iets ondernemen', mompelde de president. 'Nu meteen.'

Zou Grinde ziek zijn? Het was niets voor hem om zonder bericht weg te blijven. De president van het hooggerechtshof luisterde in zijn eigen kantoor naar de beltoon in de telefoonhoorn. Hij wist dat er in de Odinsgate 3 nu een telefoontoestel stond te rinkelen, maar hij belde blijkbaar voor dovemansoren. Hij gaf het op en legde de hoorn voorzichtig weer op de haak.

In de personeelsmap vond hij twee nummers van Grindes moeder, zijn meest nabije familielid. Eén in het buitenland, maar het landnummer zei de president niets. Het andere nummer begon als alle telefoonnummers in Oslo met 22. Hij draaide het, langzaam en zorgvuldig.

'Hallo, met mevrouw Grinde', werd er aan de andere kant gekwetterd. 'Wat kan ik voor u doen?'

Leeuwerik Grinde had een prima humeur. Gisteren had ze bezoek gehad van een journalist, vandaag belde de president van het hooggerechtshof haar persoonlijk op.

'O, wat énig', krijste ze, de president moest de hoorn even van zijn oor weghalen.

Hij verklaarde zijn probleem.

'Het enige dat ik kan bedenken, is dat Ben rust nodig heeft', stelde ze hem gerust. 'Hij is zo moe, weet u. Die affaire met de politie heeft hem vreselijk aangegrepen. Ja, ik weet natuurlijk niet of u dat ook is opgevallen, maar hij is zó gevoelig, weet u. Dat zit in de familie. Zijn vader, bijvoorbeeld…'

De president viel haar in de rede. 'Dus u denkt dat hij misschien gewoon ligt te slapen? Maar hij heeft niets doorgegeven.'

'Zowel u als ik weet dat dat niets voor Ben is. Maar misschien heeft hij zich verslapen. Ik kan...' Ze zweeg plotseling, maar de pauze duurde niet lang. 'Ik kan aan het eind van de middag wel even bij hem langsgaan. Dat haal ik net voor ik naar de schouwburg ga. Ik moet nu eerst naar de kapper, weet u, maar vanmiddag...'

'Dank u wel', onderbrak hij haar weer. 'Ik zou u erg erkentelijk zijn als u dat wilde doen.'

'Natuurlijk', zei Leeuwerik Grinde en de president meende een lichte gepikeerdheid in haar stem te horen.

'Goedemiddag', zei hij en hij legde de hoorn neer voordat ze de kans kreeg om te antwoorden.

17.30 uur, ministerie van Volksgezondheid

'Maar dat kan ík toch doen, mijn beste!'

De secretaresse van de minister van Volksgezondheid reageerde ontsteld toen ze zag hoe haar chef zich over het faxapparaat boog en met samengeknepen ogen probeerde uit te vinden hoe het ding werkte.

'Dit is privé', blafte Ruth-Dorthe Nordgarden en ze stuurde de nerveuze vrouw weg.

Toen de fax uiteindelijk was verzonden, nam Nordgarden het origineel mee naar haar kantoor.

'Laat ze maar binnenkomen', commandeerde ze de receptioniste, voordat ze aan het hoofd van de vergadertafel in haar kantoor plaatsnam, een halfuur nadat de bespreking had moeten beginnen.

Niemand keek haar aan toen ze binnenkwamen. De stemming was bedrukt, er hing een angst in de kamer die iedereen voelde, behalve de minister zelf. Ze glimlachte moeizaam en vroeg hen plaats te nemen.

'Allereerst moet ik u zeggen dat ik hier geen verstand van heb', begon ze. 'Dus probeert u alstublieft zo duidelijk mogelijk te zijn. Ga uw gang. Nee, wacht!'

Ze keek de anderen, twee mannen en drie vrouwen, aan en spreidde haar armen.

'Waar is Grinde? Is hij er nog niet?'

Ze keek op haar horloge.

De vijf anderen keken elkaar verbaasd aan.

'Ik ben ervan uitgegaan...' begon Ravn Falkanger, een oudere arts, hoogleraar pediatrie, 'ik dacht dat rechter Grinde misschien een voorbespreking met u had...'

'Geenszins', onderbrak Ruth-Dorthe Nordgarden hem. 'Er is mij niets bekend van een voorbespreking.'

Demonstratief keek ze weer op haar horloge, ze trok de mouw van haar jasje op en hield haar arm onnodig ver omhoog.

'Maar goed. Als hij er nu nog niet is, moeten we maar beginnen. Ik heb dit gelezen.'

Ze zwaaide met een rapport van elf bladzijden, dat ze diezelfde ochtend had gekregen van de secretaris van de commissie, een wetenschappelijk assistente die er ongelukkig en veel te jong uitzag.

'En ik moet zeggen dat jullie het er niet gemakkelijker op maken, met al die medische termen.'

De oudste van de twee mannen, hoogleraar toxicologie Edward Hansteen, schraapte zijn keel.

'U moet begrijpen, mevrouw de minister, dat het werk van de commissie gaandeweg een andere richting heeft genomen dan de opdracht oorspronkelijk behelsde. Van onze kant is intussen de wens ontstaan, om ook buitenlandse archieven in het onderzoek te betrekken. Daar wilde Benjamin Grinde u over spreken, maar, als ik het goed begrijp...' Hij kuchte weer, iets nadrukkelijker deze keer, en staarde in zijn papieren. 'Ik heb begrepen dat uw drukke werkzaamheden een bespreking met de heer Grinde niet toelieten. Ik neem aan dat hij zich daarom tot minister-president Volter heeft gewend. Mevrouw de minister... dit is zo'n delicate zaak dat de heer Grinde de politieke leiding daar op voorhand over wenste te spreken.'

In de pijnlijke pauze die hierop volgde, begon de secretaris van de commissie te blozen. Het zweet parelde op haar voorhoofd en ze probeerde zich tevergeefs achter haar lange, blonde haren te verbergen.

'Nou ja', zei Ruth-Dorthe Nordgarden. 'Dat is een gepasseerd station. Laten we ons bij het hier en nu houden. Ga uw gang.'

Ze knikte weer naar dr. Hansteen.

De bespreking duurde drie kwartier. De stemming werd er niet beter op. Iedereen sprak gedempt, alleen de plotselinge uitroepen 'dat begrijp ik niet helemaal' en 'kunt u dat nog eens zeggen' van de minister doorsneden zo nu en dan Edward Hansteens rustige, prettige stemgeluid. Sociaal-arts Synnøve von Schallenberg nam het soms van haar collega over, eveneens met een zorgelijk gezicht en met schuwe blikken op de minister.

'Zoals u zeker begrijpt,' besloot dr. Hansteen, 'moeten we concluderen dat er waarschijnlijk aanzienlijke onregelmatigheden hebben plaatsgevonden.'

Hij onderstreepte zijn uitspraak door drie keer met zijn knokkels op zijn documenten te tikken.

Ruth-Dorthe Nordgarden staarde naar het rapport dat ze 's morgens had gekregen. Ze had het gelezen. Maar misschien niet zo grondig. Niet grondig genoeg. Ze had het nooit naar Liten Lettvik mogen faxen. En zeker niet vanuit haar kantoor. Was zoiets te achterhalen? Dit was een gruwelijke vergissing.

Ze maakte een voor de anderen onbegrijpelijke grimas en trok aan een haarlok.

'Ja, maar...' Haar mondhoek trilde heftig. 'Betekent dit narigheid, politiek gezien?'

De vier oudsten rond de tafel wisselden benauwde blikken. De wetenschappelijk assistent verdiepte zich in een knoest in het tafelblad. Minister van Volksgezondheid Ruth-Dorthe Nordgarden begreep net iets te laat dat ze over de streep was gegaan. De commissie was hier niet om haar in politiek opzicht te helpen, maar om de feiten boven tafel te krijgen.

'U kunt gaan', zei ze snel. 'Bedankt voor...'

De rest verdween in het geschraap van de stoelpoten toen de vergadering werd opgeheven. De commissiesecretaris stootte daarbij tot overmaat van ramp haar stoel om. Ruth-Dorthe stond er werkeloos en met tranen in haar ogen bij. Maar dat viel geen van de anderen op.

19.30 uur, *Stolmakergate 15*

Hoewel hij het fantastisch vond dat Hanne Wilhelmsen bij hem was ingetrokken, genoot Billy T. ervan om even helemaal alleen te zijn. Niemand die hem dwong naar het journaal te kijken en hij kon lauwwarme spaghetti zo uit het blik eten, zonder dat iemand zijn neus ophaalde. Het was zo praktisch, hij legde het blik gewoon een tijdje onder de warme kraan en voilá: het eten was klaar.

Hij had de zitzak uit de slaapkamer gehaald, want hij was nog niet helemaal aan de blauwe bank gewend. Hij lag met zijn rug op de zak, benen en armen waren naar alle kanten uitgespreid. Hij negeerde het gebonk van de humeurige buren op de muur en zette de muziek met de afstandsbediening nog een beetje harder.

Madame Butterfly naderde het einde. Hij leed met haar mee in haar grote nederlaag. De man van wie ze hield en op wie ze jarenlang had gewacht, was eindelijk terug – met een andere vrouw. En deze vrouw, die haar geliefde had gestolen, wilde haar ook haar enige echte schat afnemen, haar zoon. Haar enig kind.

De muziek zwol aan tot de climax, geconcentreerd, dramatisch. Billy T. sloot zijn ogen, hij voelde hoe de muziek hem vulde, zelfs zijn tenen leken te vibreren.

Con onor muore chi non può serbar vita con onore!

'In eer sterft, wie niet langer in eer kan leven', fluisterde Billy T.

De telefoon doorbrak de finale.

'Verdomme!'

Hij sprong op, rukte de hoorn naar zich toe en brulde: 'Wacht!' Hij legde de hoorn naast het toestel en ging weer midden in de kamer staan.

Madame Butterfly zong haar zoon toe, intens en vol smart, voor hem wilde ze sterven.

Het was afgelopen.

Met een stem die zo vriendelijk klonk, dat Tone-Marit Steen aan de andere kant zich een ogenblik afvroeg of ze een verkeerd nummer had gedraaid, zei hij: 'Hallo, met wie spreek ik?'

Zijn stem klonk weer normaal toen hij even later brulde: 'Wát zeg je? Is Benjamin Grinde dóód?'

Dinsdag 15 april 1997

8.30 uur, Markveien Café

Hanne Wilhelmsen las *Casper & Hobbes* en glimlachte fijntjes. Ze las altijd eerst de strips. Ze had alles opgegeten wat ze voorgeschoteld had gekregen, een hamburger met ui en gebakken aardappeltjes, en daar had ze een halve liter melk bij gedronken. Ze onderdrukte een oprisping en had spijt van de aardappelen.

Billy T. had geen krant. Het ergerde Hanne dat hij niet voldeed aan de meest elementaire voorwaarde voor een geciviliseerd bestaan: een abonnement op een krant. Ze compenseerde zijn laksheid door 's morgens na het hardlopen te ontbijten in een café waar ze alle kranten kon inzien.

De koffie was niet lekker, maar hij was sterk. Ze trok haar neus op, maar dat kon net zo goed vanwege de uitgebreide berichtgeving over Benjamin Grindes dood zijn. De voorpagina van *Dagbladet* werd gedomineerd door een grote foto van rechter Grinde met een vette rode krantenkop erboven. Hanne volgde de verwijzing en bladerde verder naar bladzijde vier. Die pagina schreeuwde haar als het ware toe, maar alles wat er stond wist Hanne allang. Ze had geen zin om verder te lezen. Toch moest ze toegeven dat de kranten bij wijze van uitzondering niet helemaal ongelijk hadden: het was inderdaad opvallend dat Benjamin Grinde acht dagen na Birgitte Volter was overleden. De door de hoofdcommissaris nadrukkelijk opgelegde radiostilte had duidelijk vruchten afgeworpen: voorzover ze kon zien wist geen van de kranten nog dat het tijdstip van overlijden intussen was vastgesteld op zaterdagmiddag. Maar het was inderdaad een vreemde samenloop van omstandigheden. De kranten zouden helemaal uit hun dak gaan als – of misschien kon ze beter zeggen: wanneer – ze ontdekten dat de bewaker van het regeringsgebouw op diezelfde dag het loodje had gelegd.

Iets zat haar dwars, maar ze wist niet wat het was. De bewaker. Benjamin Grinde. Birgitte Volter. Alledrie waren ze in tijd van ruim een week gestorven. Eén van hen was met een revolver vermoord. Eén was omgekomen in een lawine. Eén had hoogstwaarschijnlijk zelfmoord gepleegd; dat had Billy T. haar tenminste toegefluisterd toen hij vanmorgen tegen vieren naast haar in bed viel. Hij had verteld dat de man in bed had gelegen, met naast zich een leeg pillenflesje. Hanne pakte een pen uit haar tas, zette het vuile bord op het tafeltje naast haar en tekende een driehoek op haar servetje. Grinde, de bewaker en Volter ieder in een hoek. Eronder tekende ze een shawl, een revolver, een toegangspasje en een pillendoosje. Daar lag het antwoord. Ze wist dat het antwoord daar lag.

Ze trok lijnen tussen de voorwerpen en de personen. Er ontstond een rommelig en onbegrijpelijk patroon en na een tijdje kreeg ze pijn in haar hoofd. Sinds ze in 1993 bij het onderzoek naar een drugsschandaal voor de deur van haar kantoor bewusteloos was geslagen, werd ze regelmatig geplaagd door hoofdpijn.

Met het laatste restje melk slikte ze twee paracetamoltabletten weg.

De Avondkrant overschreeuwde zichzelf. Eindelijk had ook de politieke redactie interesse voor Liten Lettviks kruistocht opgevat en van alles wat er stond op de in totaal zes bladzijden die aan de zaak waren gewijd, was het politieke commentaar het meest opvallend.

Kunnen wij de waarheid verdragen?

Noorwegen is de afgelopen week getroffen door een aantal gebeurtenissen die qua dramatiek hun weerga niet kennen in de naoorlogse geschiedenis van ons land. Vorige week vrijdag werd minister-president Birgitte Volter vermoord in haar kantoor. Gisteravond werd een rechter van het hoogge- rechtshof dood in zijn woning aangetroffen.

Je kunt deze gebeurtenissen na- tuurlijk vanuit verschillende in- valshoeken beschouwen. Som- mige mensen zullen zeker hun ogen sluiten en zichzelf wijsma- ken dat ook hogere functionaris- sen het slachtoffer kunnen zijn van de algemene escalatie van geweld in onze samenleving, waar onze politici tot op heden zonder zichtbaar succes tegen strijden. Een dergelijke benade- ringswijze is naïef en dekt de om- standigheden eerder toe dan ze aan het licht te brengen.

De Noorse pers heeft in de afge- lopen week talloze theorieën ge- lanceerd, die er allemaal van uit- gaan dat de minister-president het slachtoffer zou zijn van inter- nationale terreurorganisaties. Maar als we ons te zeer op deze mogelijkheid concentreren, be- staat het gevaar dat we de ogen sluiten voor meer voor de hand liggende verklaringen.

De Avondkrant heeft als enige krant zelfstandig de omstandig- heden rond Birgitte Volters dood onderzocht. Wij hebben geen ge- noegen genomen met de officiële communiqués waarmee de poli- tie het publiek probeert af te schepen. Door ons zorgvuldige speurwerk konden we in de openbaarheid brengen dat Ben- jamin Grinde waarschijnlijk de laatste was die Birgitte Volter in levenden lijve heeft gezien. Wij zijn erachter gekomen dat hij enige tijd verdacht werd van de moord op Volter. Later konden we aantonen dat er een zeer nau- we band bestond tussen rechter Grinde en de minister-presi- dent. Vandaag kunnen wij ont- hullen dat de commissie Grinde grote onregelmatigheden in de Noorse gezondheidszorg heeft ontdekt. De doorslaggevende vraag is nu of politici, pers en po- litie de nodige conclusies uit de aan het licht gebrachte feiten durven te trekken.

In een moeilijke tijd als deze moet Noorwegen zich als rechtsstaat bewijzen. Als we deze beproeving willen doorstaan, dan moeten er duidelijke grenzen zijn tussen pers, politie, justitie en politici. Dat vereist in de allereerste plaats een pers die bereid is om zijn mond open te doen en die, onafhankelijk van de gevestigde orde, de waarheid wil achterhalen.

Wij moeten leren van andere landen die soortgelijke nationale trauma's hebben moeten verwerken. Zweden heeft dat elf jaar geleden meegemaakt, toen Olof Palme op straat werd doodgeschoten. De eerste tijd concentreerde het onderzoek zich bijna uitsluitend op het zogeheten 'Koerdenspoor'. Andere mogelijkheden werden pas in ogenschouw genomen, toen het te laat was. Het onderzoek heeft geleden onder een falende professionaliteit en vastgelopen theorieën. En dat heeft ertoe geleid dat Zwedens nationale moorddraadsel vermoedelijk nooit zal worden opgelost.

België is onlangs opgeschud door een pedofilieschandaal met vertakkingen tot diep in het politieapparaat en waarschijnlijk ook in politieke kringen. De hogepriesters van de macht waren zo nauw met elkaar verbonden, dat ze het onderzoek naar deze groteske, criminele handelingen eenvoudig konden frustreren. Als dat zo uitkwam…

We moeten ervoor waken dat dit niet ook in ons land gebeurt.

De informatie die *De Avondkrant* vandaag als enige krant aan het Noorse volk kan voorleggen, toont aan dat het bovengemiddelde sterftecijfer bij zuigelingen in 1965 mogelijk veroorzaakt werd door een ernstige fout van de overheid. Het Rijksinstituut voor de Volksgezondheid heeft aan waarschijnlijk enkele honderden kinderen een dodelijk vaccin uitgedeeld. Een overheidsorgaan heeft een massamoord veroorzaakt en geleid.

Iets meer dan een week geleden had de meest vooraanstaande politica van het land met de voorzitter van de onderzoekscommissie een bespreking over deze kwestie. Nu zijn beiden dood.

Zijn wij bereid om de waarheid onder ogen te zien?

Hanne Wilhelmsen had voor het eerst sinds lange tijd zin in een sigaret. De eigenaar van het cafeetje had blijkbaar nog nooit van het algemene rookverbod gehoord, alle gasten zaten flink te paffen. Vlak voordat ze naar de vs waren vertrokken had ze iets gehoord over het oplaaiende gezondheidsschandaal dat toen net in de belangstelling kwam. En ze wist natuurlijk dat Grinde de commissie leidde. En dat hij Volter op de dag van de moord had bezocht. Maar had dat bezoek iets met de moord te maken?

Ze staarde weer naar het servetje. Het patroon leek nu nog onbegrijpelijker. Voorzichtig zette ze een kruis door de bewaker. Toen ze de lijn tussen Benjamin Grinde en Birgitte Volter dikker maakte, scheurde het zachte papier. De bewaker wilde echter maar niet verdwijnen. Ze kraste hem helemaal weg, maar toen klopte de tekening helemaal niet meer. De schets wilde haar iets vertellen. Hanne begreep maar niet wat het was. De hoofdpijn kwam terug en ze wilde niet nog meer medicijnen innemen.

'Hanne! Hanne Wilhelmsen!'

Een man sloeg haar met een krant op haar hoofd. Ze hief beschermend haar arm op, maar toen opende haar gezicht zich in een stralende glimlach.

'Varg! Wat doe jij hier? Ga zitten!'

De man droeg een wijde, afgedragen regenjas die hij met een nonchalante beweging over de rugleuning van de stoel gooide toen hij ging zitten. Hij legde zijn onderarmen op de tafel voor zich, vouwde zijn handen en staarde haar aan.

'Ongelofelijk. Jij wordt met de jaren mooier.'

'Wat doe jij hier? Ik dacht dat jij die heerlijke stad tussen de zeven bergen alleen verlaat als het echt noodzakelijk is?'

'Zeuven bergen, Hanne. Wij zeggen zeuven, niet zeven. Ik heb een bijzondere zaak onder handen. Een weggelopen jongen die niemand wil hebben, maar die een slimme whizzkid blijkt te zijn. De Kinderbescherming vindt steeds sporen van het jong op het internet, maar ze hebben geen flauw idee waar hij zit. Hij is nog maar twaalf.'

Hij wenkte de barman en bestelde een kop koffie.

'Je kunt beter thee nemen', fluisterde Hanne.

'Wat nou? 's Morgens moet ik koffie hebben. En jij? Wat doe jij?'

Varg Veum en Hanne wisten niet meer waar ze elkaar van kenden. Hij was privé-detective in Bergen en kwam maar zelden in Oslo. Ze waren vage bekenden, ze hadden een paar keer beroepsmatig met elkaar te maken gehad. De wederzijdse sympathie die ze direct gevoeld hadden, had hen allebei evenzeer verbaasd.

'Ik heb eigenlijk verlof', zei Hanne, zonder verdere uitleg. 'Maar ik bemoei me toch een beetje met de zaak-Volter. Ik kan het gewoon niet laten.'

'Opmerkelijk, wat er vandaag in de kranten staat', knikte hij naar de berg papier op de tafel. 'Dat gezondheidsschandaal schijnt nu echt grote vormen aan te nemen.'

'Ik heb het nog niet gelezen', zei Hanne. 'Waar gaat het om?'

'Tja', begon hij, terwijl hij ongeduldig om zijn koffie wenkte. 'Zoals het er nu naar uitziet, is er destijds een abnormaal aantal kinderen aan een zogenaamde 'plotselinge hartstilstand' gestorven. Dat schijnt een soort reservediagnose te zijn die ze gebruiken als alle andere doodsoorzaken uitgesloten zijn. Al die kinderen zijn, toen ze drie maanden oud waren, ingeënt met hetzelfde soort combinatievaccin. En dat vaccin was blijkbaar...' Hij trok *De Avondkrant* naar zich toe en bladerde ijverig, steeds even aan zijn wijsvinger likkend. 'Vervuild. Hier staat het: "waarschijnlijk gaat het om een derivaat van het conserveringsmiddel". Dat derivaat lijkt op de werkzame stoffen in het vaccin, maar heeft een totaal ander effect. Het kan de hartjes van die kinderen hebben aangetast en de oorzaak van hun dood zijn geweest.'

'Laat zien', zei Hanne, de krant naar zich toe trekkend.

Ze verdiepte zich enkele minuten in het artikel en Varg had zijn koffie al half op toen ze weer opkeek.

'Maar dit is heel erg', zei Hanne zacht en ze vouwde de kranten op. 'Ze weten niet eens waar het vaccin vandaan kwam.'

'Nee, dat is het hele punt. De commissie schijnt een verzoek te hebben ingediend om in buitenlandse archieven te mogen zoeken. De documenten hier in Noorwegen vertonen grote lacunes. Naar alle waarschijnlijkheid was het vaccin afkomstig uit een of ander derdewereldland, waar ze het nog niet zo nauw namen met de hygiëne.'

Hij sloeg de rest van zijn gitzwarte koffie achterover en stond toen ineens op.

'Ik moet ervandoor. Maar luister eens.' Hij aarzelde even, toen glimlachte hij en zei: 'Ik word dit najaar vijftig. Kun je dan niet eens naar Bergen komen? Ik heb besloten om een feestje te geven.'

'Dan zit ik in de vs', zei Hanne spijtig en ze trok haar schouders op. 'Maar alvast gefeliciteerd! Tot ziens!'

Hij sloeg zijn jas om en vertrok. Hanne scheurde een bladzijde uit haar agenda en tekende haar driehoek nog eens. Volter-Grinde-bewaker. In het artikel had minister van Volksgezondheid Ruth-Dorthe Nordgarden verzekerd dat de kwestie zeer serieus werd genomen en dat de commissie over de nodige middelen en bevoegdheden zou kunnen beschikken om de buitenlandse sporen te volgen. Met enige aarzeling schreef Hanne de initialen RDN tussen Grinde en Volter in. De bewaker leek plotseling overbodig, zijn aanwezigheid op het papier verstoorde de nieuwe driehoek. Als Benjamin Grinde zelfmoord had gepleegd, waarom had hij dat dan gedaan? Als het iets met het gezondheidsschandaal te maken had, zag ze daar de logica niet van in. Hij had er toch juist trots op moeten zijn dat ze al zoveel bereikt hadden. Wat de kranten de afgelopen week over hem hadden geschreven, was ongetwijfeld pijnlijk voor hem geweest, maar om daarom meteen zelfmoord te plegen…

De hoofdpijn was ondertussen ondraaglijk. Plotseling kraste ze de hele tekening door en versnipperde het papiertje.

'Dit heeft geen zin', zei ze tegen zichzelf en ging naar buiten om te zien of een beetje frisse lucht wilde helpen.

Eenmaal buiten toetste ze een nummer in op haar mobiele telefoon. Zonder haar naam te noemen vroeg ze: 'Kunnen we elkaar vanavond spreken?'

Een paar seconden later sloot ze het gesprek af: 'Goed. Om zeven uur. In restaurant Tranen. Op de Alexander Kiellandsplass.'

Daarna belde ze Billy T. op.

'Hallo, met mij. Ik laat je vanavond ook alleen. Ik heb een eetafspraak.'

'Is dit *off the record* of *on the record* als Cecilie voor je belt?' lachte Billy T. aan de andere kant.

'Sufkop. Ik heb een afspraak met *Deep Throat*. Zeg dat maar tegen Cecilie.'

De hoofdpijn was nu moordend en met haar vingers tegen haar slapen besloot ze naar de Stolmakergate te gaan en te proberen een poosje te slapen.

11.15 uur, Odinsgate 3

De technische recherche had er de avond tevoren verscheidene uren doorgebracht. Overal hadden ze hun vrijwel onmerkbare sporen achtergelaten, minieme aanwijzingen dat dit appartement overhoop was gehaald door mensen die er niet woonden, ook al hadden ze alles weer netjes teruggezet. Behalve het lege potje met het etiket 'Sarotex 25 milligram', dat naast een half glas water op Grindes nachtkastje had gestaan, en het beddengoed dat voor nader onderzoek was meegenomen. Billy T. stond met een kort onderzoeksverslag in zijn hand midden in

248

de kamer. De dode was in bed gevonden, slechts gekleed in een boxershort. Er waren geen sporen van braak, de deur was aan de binnenzijde afgesloten en vergrendeld met een veiligheidsslot. De moeder van de overledene had een slotenmaker gebeld toen ze niet naar binnen kon, maar die had genoeg tegenwoordigheid van geest gehad om eerst de politie te waarschuwen.

Billy T. vouwde het rapport twee keer dubbel en stak het in zijn achterzak. Hij had gezeurd om mee te mogen; Tone-Marit was hem nog iets schuldig, aangezien hij op haar uitdrukkelijke wens de bewaker had verhoord.

'Sarotex?' vroeg hij Tone-Marit. 'Slikte hij antidepressiva?'

'Daar zijn geen aanwijzingen voor', antwoordde ze. 'Hij weet gewoon hoe het moet. Eerst twee valium om rustig te worden en daarna een handjevol Sarotex. Hij heeft het potje vrijdag gekocht. Hij had het recept op naam van zijn moeder uitgeschreven en bij de apotheek verteld dat zijn moeder net weduwe was geworden en een kalmeringsmiddel nodig had. De man was tenslotte arts. Die weten wat ze moeten hebben en ze kunnen bijna alles in de apotheek krijgen.'

De keuken was de fraaiste kamer van de woning. Kastjes van kersenhout, aanrechtbladen die eruitzagen als donker marmer.

'Labradoriet', zei Tone-Marit Steen, terwijl ze haar hand over het gladde, harde oppervlak haalde. 'Mooi. En kijk hier eens!'

Een brede Amerikaanse koelkast met diepvriezer aan de ene en een koelafdeling aan de andere kant was in het roodbruine kersenhout geïntegreerd. Midden op het diepvriesgedeelte was een kraantje waar je water met ijsklontjes uit kon tappen. Hij maakte de deur open. Keurige pakjes gestickerd met 'Elandfilet 1996', 'Vossebessen 1995' en 'Fettuccine, zelfgemaakt, 20 maart' beloofden een net zo delicaat gevulde koelkast. Wat echter niet het geval was. Daarin lagen alleen een aangeschimmeld stuk brie, een halfvergane paprika, drie flessen mineraalwater en twee flessen witte wijn. Billy T. stak zijn neus in de opening van het literpak halfvolle melk dat aan de binnenkant van de deur stond en trok een vies gezicht. Grinde had blijkbaar al een tijdlang niets gegeten. Boven een tweepersoonstafeltje bij het raam hing een steendruk en de keukenmachine was identiek aan die Billy T. in de keuken van het bedrijfsrestaurant van het politiebureau had zien staan. Het was een fantastische, maar tamelijk steriele keuken.

Wat dat betreft was de woonkamer gezelliger. De boekenkasten langs de lange wand waren gevuld met allerlei soorten literatuur. Billy T. drukte een knop op de cd-speler in om te zien welke cd eruit zou komen: Benjamin Brittens opera *Peter Grimes*. Billy T. schudde kort zijn hoofd, niet helemaal zijn smaak. De visser Peter Grimes, die bij noodweer uitvoer en de weeskinderen die hem moesten helpen het leven zuur maakte. Zo'n dramatisch verhaal leek hem niet goed voor iemand die met zelfmoordneigingen rondliep.

Tone-Marit stond bij de grote, zware buffetkast een paar kleine figuurtjes te bekijken. Hij pakte er een van de plank en vroeg zich af wat het was.

'Japanse netsuke', zei Tone-Marit glimlachend. 'Miniatuurtjes die oorspronkelijk als gordelknopen werden gebruikt, maar later als decoratie en verzamelobjecten.'

Billy T. keek verbaasd van de kleine, angstaanjagende shinto-god in zijn handpalm naar Tone-Marit.

'Dit zijn werkelijk prachtige exemplaren', ging ze verder. 'Waarschijnlijk zijn ze echt. In dat geval zijn ze van vóór 1850 en heel veel waard.'

Voorzichtig zette ze de figuurtjes weer terug, netjes naast elkaar achter de geslepen glazen deurtjes.

'Mijn grootvader handelde in Japanse kunst', verklaarde ze een beetje verlegen.

Billy T. zakte op zijn knieën en maakte de dubbele deuren met het druivenreliëf open. Daarachter lagen stijve, gestreken tafellakens met ajourzoom.

'Een ordelijk mens, die Grinde', mompelde hij en hij sloot de deurtjes weer.

Daarna begaf hij zich naar de slaapkamer, die eveneens was opgeruimd; alleen het bed was afgehaald. Er hing een broek in de elektrische broekenpers aan de wand. Over een fauteuiltje hingen een overhemd en een stropdas. Een deur voerde van de slaapkamer naar de badkamer. Die was door en door mannelijk, met donkerblauwe tegels op de vloer en rondom op schouderhoogte in de witte wanden een blauw met gele rand in een soort Egyptisch patroon. Het rook er licht en fris naar man. Eén tandenborstel. Een ouderwetse scheerkwast en echte scheerzeep. Billy T. bekeek het scheermes dat van zilver leek te zijn; in het handvat waren de initialen BG gegraveerd.

Hij voelde zich een indringer. Plotseling zag hij een schrik-beeld voor zich: stel dat híj dood was! Stel dat een of andere politieman zíjn badkamer doorzocht, aan zíjn dingen zat, zíjn meest intieme bezittingen bekeek. Hij huiverde en aarzelde even voordat hij de kastdeur opendeed.

Daar lag het.

Hij twijfelde geen seconde.

'Tone-Marit', brulde hij. 'Kom eens hier, en neem een plastic zak mee!'

Ze stond bijna onmiddellijk in de deuropening.

'Wat is er?'

'Kijk.'

Ze kwam langzaam naar hem toe en haar ogen volgden zijn wijsvinger, die naar een klein verguld en geëmailleerd pillen-doosje wees.

'Oeps', zei ze. Ze sperde haar ogen wijd open.

'Ja, dat kun je wel zeggen', grijnsde Billy T., terwijl hij het kleinood in de plastic zak stopte, die hij direct verzegelde.

15.45 uur, hoofdbureau van politie

De chef van de veiligheidsdienst zag eruit als een begrafenis-ondernemer. Zijn kostuum was te donker en zijn overhemd te wit. De smalle, antracietgrijze stropdas hing als een uitroep-teken voor deze ongepaste kledij. Ze zouden weliswaar Birgitte Volters naaste familie ontvangen, maar de begrafenis had alweer vier dagen geleden plaatsgevonden.

Geen van de aanwezigen in de vergaderkamer had dit ooit meegemaakt. Natuurlijk hadden de meesten van hen in de loop van hun carrière wel eens met nabestaanden van moord-slachtoffers gesproken, maar niet op deze manier. Niet zo officieel. En zeker niet na de moord op een minister-president.

'Jemig!' zei de hoofdcommissaris. Ongelovig staarde hij naar Billy T., die een grijze wollen pantalon met een scherpe vouw droeg, een wit overhemd en een donkergrijs, openhan-gend colbertjasje. Zijn stropdas was in vage herfstkleuren ge-houden; hij was ineens een totaal andere man. Hij had zelfs het kruisje uit zijn oor gehaald en vervangen door een minuscuul, blinkend diamantje.

De afdelingschef kwam hijgend en met een rood gezicht de kamer binnen.

'De lift doet het niet', steunde hij en hij wreef met zijn handen over zijn dijen.

Roy Hansen stond in de deur, de secretaresse van de hoofd-commissaris had zich vriendelijk over hem ontfermd. Hij liet zijn blik over de aanwezigen gaan en het handen schudden werd in de wirwar van stoelen zo lang en ingewikkeld, dat Billy T. maar niet aan deze pijnlijke ronde deelnam. Hij ging zitten, knikte de weduwnaar toe en liet de vraag waar Per Volter bleef achterwege.

Die kwam vijf minuten te laat. Hij zag eruit alsof hij met zijn kleren aan had geslapen. Wat vermoedelijk ook het geval was; een geur van oud zweet werd begeleid door een onmiskenbare kegel, die hij met mentholpastilles probeerde te maskeren.

Zijn blik was ontwijkend en hij hief een hand op als collectieve groet, in plaats van de handen te schudden die hem aarzelend werden toegestoken.

'Ik ben te laat', mompelde hij en hij liet zich in een stoel vallen, demonstratief met zijn rug half naar zijn vader toe. 'Sorry.'

De hoofdcommissaris stond op, zonder goed te weten wat hij moest zeggen. Bij een bespreking over de omstandigheden rond de moord op een echtgenote en moeder leek het niet gepast hen welkom te heten. Hij keek naar Roy Hansen, wiens blik op zijn beurt aan de rug van zijn zoon kleefde; een blik die zo ontzettend kwetsbaar en vol wanhoop was, dat de hoofdcommissaris de moed bijna verloor en het liefst de hele bespreking zou annuleren.

'Dit wordt geen aangenaam onderhoud', begon hij uiteindelijk. 'Dat betreur ik ten zeerste, maar mijn medewerkers en ik gaan ervan uit dat u de informatie het liefst uit de eerste hand krijgt. Over de stand van het onderzoek, bedoel ik.'

'Wij weten nog minder dan dat zootje voor de deur', viel Per Volter hem heftig en luid in de rede.

'Pardon?' De hoofdcommissaris greep naar zijn schouder en staarde de jongen aan. 'Voor de deur?'

'Ja, die journalisten. Het was behoorlijk vernederend om daarlangs te moeten. Of denken jullie dat ik het op dit moment leuk vind om gefotografeerd te worden?'

Hij trok gegeneerd aan zijn overhemd, alsof hij wilde laten zien in welke deplorabele staat hij verkeerde.

De hoofdcommissaris bestudeerde iets voor zijn voeten en slikte een paar keer. Zijn adamsappel ging koortsachtig op en neer, zijn hals was rood van de eczeem.

'Ik kan niet anders dan mijn verontschuldigingen aanbieden. Het was niet de bedoeling dat ze op de hoogte zouden zijn van deze afspraak. Het spijt me.'

'Daar hebben we wat aan!' Per Volter schoof zijn stoel naar

achteren en hing als een dwarse tiener met zijn billen op het randje van de stoel, met zijn schouders tegen de rugleuning en zijn benen uitgestrekt naar voren.

'*To serve and protect.* Heet het niet zo? Daar hebben we tot nu toe nog niet veel van gemerkt. Toch?'

Hij sloeg met een vuist tegen de muur. Daarna sloeg hij zijn handen voor zijn gezicht.

Roy Hansen kuchte. Zijn gezicht was grauw en zijn ogen waren gevaarlijk vochtig. De overige mannen in de kamer hielden zich muisstil; alleen Billy T. durfde de vader en de zoon aan te kijken.

'Per', zei Roy Hansen zacht. 'Je kunt toch…'

'Hou je mond', brulde Per Volter. 'Dat heb ik toch gezegd? Ik heb toch gezegd dat ik nooit meer met je wil praten?'

Hij sloeg zijn handen weer voor zijn gezicht.

De chef van de veiligheidsdienst was rood aangelopen. Hij frunnikte met een sigaret die hij hier niet kon opsteken en staarde naar zijn knie. De hoofdinspecteur zat zonder het te merken met open mond, pas toen er een druppel spuug uit zijn mondhoek liep, deed hij hem dicht en veegde hij snel met zijn mouw zijn mond af.

De hoofdcommissaris keek peinzend uit het raam, alsof hij over een mogelijke vluchtroute nadacht.

'Per Volter!' Billy T.'s stem was diep en indringend. 'Kijk me eens aan!'

De jongen aan de andere kant van de tafel wiegde niet meer heen en weer, maar had nog steeds zijn handen voor zijn gezicht.

'Kijk me aan!' brulde Billy T. Hij liet zijn platte hand zo hard op de teakhouten tafel neerkomen, dat de ramen ervan rinkelden.

De jongen schrok en haalde zijn handen weg.

'We snappen dat dit verschrikkelijk voor je is. Iedereen hier snapt dat.' Billy T. boog zich verder naar voren over het tafelblad. 'Maar jij bent niet de enige op de wereld die zijn moeder heeft verloren! Dus probeer je een beetje te beheersen!'

Per Volter richtte zich boos op.

'Nee, maar ik ben wel de enige hier wiens familiegeschiedenis breeduit in de kranten wordt uitgemeten!'

Nu huilde hij, een stil huilen, onderbroken door wat gesnuf; hij wreef de hele tijd in zijn ogen, maar dat hielp niets.

'Daar heb je gelijk in', zei Billy T. 'Ik kan me denk ik niet voorstellen hoe dat is. Maar toch moet je ons de gelegenheid geven ons werk te doen. En op dit moment bestaat dat werk eruit jou en je vader te vertellen hoever we met ons onderzoek zijn. Als je dat wilt horen, dan is dat goed. Zo niet, dan stel ik voor dat je vertrekt. Ik kan je naar de achteringang laten brengen, dan hoef je niet langs de pers.'

De jongeman gaf geen antwoord, hij huilde nog steeds.

'Hallo', zei Billy T. zacht. 'Per!'

Per Volter keek op. De politieman had vreemde ogen, ze hadden een lichte, ijsblauwe kleur, die je eerder bij een gevaarlijke hond of in een horrorfilm verwachtte. Maar om zijn mond verscheen een vage glimlach, die een vorm van begrip toonde die Per Volter sinds de dood van zijn moeder had gemist.

'Wil je blijven, of ga je liever weg? Of wil je misschien in mijn kamer wachten, dan kunnen we straks nog even onder vier ogen praten?'

Per Volter dwong een glimlach op zijn gezicht.

'Het spijt me. Ik blijf.'

Hij snoot zijn neus in een papieren zakdoekje dat hij van de chef van de veiligheidsdienst kreeg en ging rechtop zitten. Hij sloeg zijn benen over elkaar en staarde de hoofdcommissaris aan, alsof hij zich ongeduldig en verbaasd afvroeg waarom de bespreking afgelopen leek te zijn voordat ze in feite was begonnen.

Het duurde niet lang. De hoofdcommissaris gaf na een korte inleiding het woord aan de chef van de veiligheidsdienst, die ook vrij kort van stof was. Billy T. wist dat de informatie die hij gaf volgens de regels van de kunst was 'gefilterd', eigenlijk vertelde Ole Henrik Hermansen zo goed als niets. Het meest interessant was nog dat zijn mond op een eigenaardige manier vertrok toen hij in algemene bewoordingen het extremisten-spoor noemde; zijn blik was niet zo zeker als gewoonlijk.

De bewaker, dacht Billy T. Ze weten iets over de bewaker.

'O, sorry', zei hij ineens, toen de hoofdcommissaris drie keer zijn naam had genoemd, zonder dat hij had gereageerd. 'Het pillendoosje, ja, natuurlijk.'

Hij haalde een plastic zakje uit de zak van zijn colbert en legde dat voor Roy Hansen neer. Sinds Per zo tegen hem was uitgevallen had de weduwnaar geen woord gezegd, en ook nu zweeg hij. Zonder een spier te vertrekken keek hij naar het plastic zakje.

'Kent u dit doosje?' vroeg Billy T. 'Was dit van uw vrouw?'

'Ik heb dat ding nog nooit gezien', zei Per Volter, voordat zijn vader kon antwoorden.

De jongeman boog naar voren en strekte zijn hand uit naar het zakje. Billy T. legde bliksemsnel zijn grote vuist erop.

'Nog niet. Herkent u dit?'

Hij pakte het doosje uit het zakje en hield het voor Roy Hansen omhoog.

'Dat is van ons', fluisterde de weduwnaar. 'We hebben het bij ons trouwen gekregen. Birgitte en ik. Een huwelijkscadeau. Dat is het doosje dat ik u op de foto heb laten zien.'

'Heel zeker?'

Roy Hansen knikte langzaam, zijn ogen lieten het doosje niet los.

'Ik heb het nog nooit gezien', herhaalde Per Volter.

'Waar heeft u dat gevonden?' vroeg Roy Hansen en hij hield zijn hand op.

'In de woning van Benjamin Grinde', antwoordde Billy T., waarna hij het doosje op Roy Hansens hand zette.

'Wat?' Per Volter keek hen beurtelings aan. 'Bij die rechter?'

Alle politiemensen knikten ijverig, alsof de bewering daardoor extra bewaarheid werd.

'Bij Benjamin Grinde?' vroeg Roy Hansen. 'Waarom?'

Hij keek op van zijn minutieuze onderzoek van het kleine pillendoosje.

'We hadden eigenlijk gehoopt dat een van u ons dat zou kunnen vertellen', zei Billy T., terwijl hij met het diamantje in zijn oor speelde.

'Geen idee', mompelde Roy Hansen.

'Geen enkel vermoeden?'

De vertwijfeling had plaatsgemaakt voor agressie. De weduwnaar verhief zijn stem: 'Misschien heeft Benjamin het gewoon gestolen? Gejat! Ooit een keer. Hoe moet ik dat weten? Hij kan het jaren geleden al hebben meegenomen, ik heb het ding ik weet niet hoelang al niet meer gezien.'

'Nee. Dan moet hij dat gedaan hebben op de dag dat uw vrouw werd vermoord', zei Billy T. rustig. 'Haar secretaresse kan zich herinneren dat het doosje altijd op haar bureau stond.'

Hij keek naar Per Volter. Die trok zijn schouders op en schudde zijn hoofd.

'Geen flauw benul', herhaalde hij. 'Nooit gezien.'

'U zult merken dat het moeilijk te openen is', zei Billy T. tegen Roy Hansen. 'Maar we hebben het toch open gekregen. Er ligt een haarlok in het doosje. Die van een baby lijkt te zijn…'

Per hapte naar adem en probeerde kennelijk krampachtig om niet weer te gaan huilen.

'Wij dachten', begon Billy T. 'Wij dachten dat u misschien… Ik vind het moeilijk om dit te vragen, Hansen, maar…'

Roy Hansen leek gekrompen te zijn en hij had zijn ogen gesloten.

'Wij hebben toch nadrukkelijk gezegd dat absoluut alle informatie over uw vrouw belangrijk kan zijn voor het onderzoek en daarom moet ik u nu vragen...'

Billy T. legde zijn hand op zijn kaalgeschoren schedel en wreef er peinzend overheen. Hij keek expres niet naar de hoofdcommissaris, hij wist wat die wilde zeggen.

'Waarom heeft u niet over het overleden kindje verteld?' vroeg hij snel. 'Over jullie dochter.'

'Billy T.', zei de hoofdcommissaris scherp, zoals Billy T. al verwachtte. 'Dit is geen verhoor! U hoeft hier nu geen antwoord op te geven, Hansen.'

'O, maar dat wil ik wel!'

Roy Hansen stond op. Hij liep met stijve passen naar het raam en draaide zich toen ineens om.

'U zei zojuist dat u niet weet hoe het is om met je hele hebben en houden in de krant te komen. Daar heeft u volkomen gelijk in. U heeft daar geen flauw idee van. Heel Noorwegen houdt zich met Birgitte bezig. Jullie houden je met Birgitte bezig. Dat neem ik dan maar voor lief. Maar er zijn ook nog dingen die alleen van mij zijn! Alleen van mij! Begrijpt u dat?'

Hij steunde met een hand op de tafel en keek Billy T. recht aan.

'U vraagt waarom ik u niet over Liv heb verteld. Omdat jullie daar niets mee te maken hebben! Oké? Livs dood was ónze tragedie! Van Birgitte en mij!'

De woede ebde net zo snel weg als hij gekomen was. Roy Hansen leek plotseling niet meer precies te weten waar hij was en waarom hij hier was. Hij keek verwonderd om zich heen en liep terug naar zijn stoel.

Het bleef heel lang stil.

'Goed', zei Billy T. Voorzichtig stopte hij het pillendoosje weer in het zakje en stak het toen in zijn zak. 'We laten het hier even bij. Het spijt me als ik iets verkeerds heb gezegd. Maar dan is er nog iets...'

Hij keek naar de hoofdcommissaris, die hem met een gelaten knikje vroeg om door te gaan.

'Wij hebben iets dat voor geen goud bekend mag worden. Tot nu toe hebben we het voor de pers verborgen kunnen houden en we willen deze informatie heel graag nog een tijdje geheimhouden. We hebben...' Hij pakte een envelop uit een aktetas en legde de inhoud voor de nabestaanden neer. 'We weten dat dit het moordwapen is', zei hij, naar de twee foto's wijzend. 'Het is een Russische...'

'Nagant', onderbrak Per Volter hem. 'Een Russische Nagant. Een M1895.' Hij staarde naar de foto. 'Waar is dat wapen?'

'Hoezo?' vroeg Billy T.

'Waar is dat wapen?' vroeg Per Volter nogmaals, zijn wangen gloeiden alsof hij koorts had. 'Ik wil dat wapen zien.'

Vijf minuten later klopte er een agent op de deur, hij gaf de revolver aan Billy T. en vertrok weer met een knikje.

'Mag ik hem vasthouden?' vroeg Per zacht.

Billy T. knikte.

Met geoefende handen onderzocht Per Volter het wapen waarmee zijn moeder om het leven was gebracht. Hij onderzocht het magazijn, zag dat dat leeg was, mikte op de vloer en haalde de trekker over.

'Ken je dit type vuurwapen?' vroeg Billy T.

'Ja', zei Per Volter. 'Ik ken dit wapen heel goed. Het is van mij.'

'Van jou?' De chef van de veiligheidsdienst schreeuwde het bijna uit.

'Ja. Deze Nagant is van mij. Kan iemand mij kan vertellen hoe dit wapen hier komt?'

Het ergerde hem verschrikkelijk dat hij geen andere ontmoetingsplek had weten door te drukken. Hij haatte het Stenspark. Het was haast onmogelijk om door de kleine, groene long tussen de Stensgate en de Pilestrede te wandelen zonder te worden lastiggevallen door het schorriemorrie dat hier gewoonlijk rondhing; gore nichten die hem altijd voor een gelijkgezinde aanzagen, ongeacht hoe hij zich kleedde of gedroeg.

Bovendien had hij een later tijdstip moeten voorstellen. Het was nog steeds licht. De leverancier had er echter op gestaan, hij was op weg naar het buitenland en wilde de zaak snel afhandelen.

Brage Håkonsen was het park drie keer doorgewandeld. Hij kon niet stil blijven staan, want dan kwamen ze meteen aangekropen. De termieten van de maatschappij.

Eindelijk. De man met de enkellange, donkere mantel maakte een bijna onmerkbare beweging in zijn richting. Brage keek zo discreet mogelijk om zich heen en liep toen op de ander toe. Bij het passeren voelde hij dat er iets in zijn tas viel, een nylon sporttas met wat sportkleren op de bodem. Hij had net op tijd het ene hengsel losgelaten.

Nu pakte hij het handvat weer vast en haastte zich naar twee vuilnisemmers bij de uitgang van het parkje. Hij maakte er eentje open en liet er een smoezelige enveloppe in vallen, samen met een wikkel van een ijsje die hij een halfuurtje geleden had opgeraapt.

Vijfduizend was niet slecht. Niet voor een ongeregistreerd, effectief handwapen. Niet te traceren. Toen Brage Håkonsen het park verliet, zag hij vanuit zijn ooghoek dat de man met de lange jas koers zette naar de vuilnisemmers. Brage glimlachte en pakte zijn tas nog iets steviger vast.

Plotseling liep er een ijskoude rilling langs zijn rug. De man die een stukje verderop onder een grote boom een krant stond te lezen had hij al eerder gezien. Vandaag. Daarnet. Hij probeerde zich te herinneren waar dat was geweest. Bij de kiosk? In de tram? Hij ging iets sneller lopen en keek over zijn schouder om te zien of de krantenlezer hem volgde. Dat deed hij niet. Hij keek hem alleen na, om zich daarna weer in het nieuws te verdiepen.

Het was vast een van die nichten. Brage haalde opgelucht adem en liep met grote passen verder in de richting van het veterinair instituut.

Maar de gedachte aan de krantlezende man wilde hem niet loslaten. Eigenlijk wilde hij naar zijn vakantiehuisje gaan en het wapen daar verbergen. Voorlopig. Tot zijn plan helemaal vaststond. Het was bijna af, maar nog niet helemaal. Hij wist nog niet precies met wie hij verder zou gaan. Hij kon het niet in zijn eentje uitvoeren. Hij wilde er maar één helper bij hebben. Hoe meer er meededen, des te groter de kans werd dat alles in de soep liep.

Nu de minister-president was uitgeschakeld, was het de beurt aan de voorzitter van het parlement. De symbolische waarde zou enorm zijn. Maar toen hij zijn voordeur openmaakte begon hij te twijfelen. Hij kon niet naar de hut gaan. Niemand wist dat hij het huisje had – alleen de oude dame op de begane grond, voor wie hij boodschappen deed en de trap dweilde. Als dank had ze hem de sleutels van de hut gegeven. Ze was hoogbejaard en kinderloos en behalve de mensen van Tafeltje-dek-je, die haar drie keer per week warm eten brachten, kende ze eigenlijk niemand. Ze was vel over been, maar best aardig. Toen hij begonnen was zo nu en dan een praatje met de oude dame te maken, had hij daar eigenlijk geen bijgedachten bij gehad, maar toen had ze hem verteld dat haar man tijdens de oorlog aan het Oostfront had gevochten en daar was gesneuveld. Sindsdien hielp hij haar geregeld. Je moest goed voor je eigen mensen zorgen. Dat was een erezaak.

Hij wilde naar het huisje. Maar een innerlijke stem vertelde hem dat hij dat beter niet kon doen. En die stem zei ook dat hij het wapen niet in zijn eigen woning of in zijn kelderbox moest verstoppen.

Hij ging naar de kelder, opende de box van mevrouw Svendsby en legde het ingepakte pistool achter vier potten jam uit 1975.

Toen hij de deur weer op slot deed en de sleutel teruglegde tussen twee balken onder het plafond, had hij het wapen nog niet eens bekeken.

Mevrouw Svendsby had versleten heupen en was al zeker vijftien jaar niet meer in de kelder geweest.

19.10 uur, restaurant Tranen

Restaurant Tranen probeerde niet eens trendy te worden. Terwijl alle andere bruine cafés in Oslo massaal bezocht werden door inwoners uit de welgestelde buitenwijken in het westen van de stad, was Tranen ronduit té bruin. De cliëntèle was waarschijnlijk nooit verder westelijk geweest dan het Bislett-stadion en de meesten van hen waren inmiddels niet meer in staat nog zó ver te strompelen. Ze zaten daar met een paar kronen van de Sociale Dienst, roodpaarse gezichten en levensverhalen waar niemand naar wilde luisteren. Hanne Wilhelmsen wist dat die verhalen hartverscheurend waren, als iemand hen een luisterend oor zou lenen. Maar deze mensen zaten daar met roodbevlekte gezichten te lallen; ze hadden hun levenslot zo zorgvuldig in alcohol weggestopt, dat niemand het ooit zou ontdekken.

Ze keek op haar horloge en probeerde zich niet te ergeren.

Hijgend kwam Øyvind Olve binnen. Hij keek ontredderd om zich heen en leek te denken dat hij verkeerd was. Op het tafeltje vlakbij de deur zat een cowboy. Het was een vrouw en eerlijk gezegd zag het er niet naar uit dat ze met haar brede achterwerk ooit op een paard had gezeten, maar haar uitrus-

262

ting was in orde. Ze droeg een glanzend, roodleren jasje met lange franjes van fluorescerend nylon en spijkers op de rug van het jasje die met krullerige letters de woorden 'Divine Madness' vormden. Ze had een witte namaak-Stetson op haar hoofd en haar spijkerbroek was drie maten te klein, waardoor ze moeite had met zitten. Misschien dat ze daarom half stond, geleund over een man die kennelijk weigerde haar rekening te betalen. Of misschien wilde ze hem alleen maar haar laarzen showen: glimmende, spierwitte laarzen, overduidelijk van plastic.

'Jíj zou betalen', sprak ze met dikke tong, terwijl ze hem bij zijn kraag vatte. 'Godsamme, Tønne! Jíj zou trakteren!'

De man probeerde zich letterlijk onder de vermeende belofte uit te wringen. Daarbij stootte hij een groot glas nog nauwelijks aangeraakt bier om en de andere vijf rond de tafel staarden geschokt naar het dure vocht dat over de tafel stroomde en in een brede waterval op de vloer kletterde.

'Jézus, Tønne, wat doe je nóú', mekkerde de cowgirl. 'Nu ben je me in ieder geval een nieuwe schuldig!'

Øyvind Olve zag Hanne Wilhelmsen pas zitten toen ze naar hem zwaaide. Opgelucht dat hij de rodeo bij de deur kon laten voor wat het was, liet hij zich tegenover haar op een stoel vallen. Toen zette hij met een plof zijn tas op de tafel.

'Maar Øyvind toch', zei ze met een verwijtende glimlach. 'Wanneer schaf je nou eindelijk eens iets beters aan?'

Hij staarde beledigd naar zijn tas, een soort diplomatenkoffertje van rood en zwart nylon, bedrukt met het logo van de Arbeiderspartij.

'Ja, maar ik vind hem mooi!'

Hanne Wilhelmsen wierp haar hoofd in haar nek en lachte luid.

'Mooi? Maar hij is afschuwelijk! Heb je dat ding op een partijcongres of zo gekregen?'

Øyvind Olve knikte beteuterd en zette de tas naast zich op

de grond, uit het zicht van de politie-inspecteur.

Hanne knikte naar het bierglas dat voor hem stond, ze had ook alvast voor hem besteld.

'Waarom heb je hier afgesproken?' fluisterde hij met een veelzeggende blik.

'Omdat dit de enige kroeg in Oslo is waar je er zeker van kunt zijn dat er niemand meeluistert', fluisterde ze terug, samenzweerderig om zich heen knikkend. 'Hier komt zelfs de veiligheidsdienst niet.'

'Maar kun je hier dan eten?' mompelde hij, terwijl hij naar de vettige menukaart loerde.

'We gaan straks ergens anders heen', wuifde ze zijn bezwaren weg. 'Het bier is hier net zo goed als ergens anders. Kom op, vertel.'

Ze nam een slok van haar bier, zette haar ellebogen op de tafel en likte haar lippen af.

'Waar gaat het bij dit gezondheidsschandaal in godsnaam om? Wat gebeurt er eigenlijk allemaal?'

'Als zoiets gebeurt, dan is er hoogstwaarschijnlijk een machtsstrijd gaande. Er is een lek naar de pers.'

'Bedoel je dat de pers informatie krijgt toegespeeld?'

'Wat er vandaag in de kranten stond,' zei Øyvind, terwijl hij in het condens op zijn bierglas een cirkel tekende, 'dat wist de staf van de minister-president nog niet eens. Iemand lijkt het op ons gemunt te hebben.'

'Op jullie gemunt? Is het dan niet waar wat er staat?'

'Jawel, waarschijnlijk wel. En als het waar is, dan zou het ook openbaar worden gemaakt. Het gaat erom dat de onderzoeks-commissie dit moet onderzoeken, maar doordat er nu al zoveel naar buiten komt, wordt het moeilijk voor ons om rationeel te reageren.'

'Ons? Je bedoelt de partij?'

Øyvind Olve glimlachte, bijna verlegen.

'Ja, ook. Maar in de eerste plaats de regering. Ik vergeet de hele tijd dat ik niet meer bij het KMP zit. Sorry.'

'Hoe kan dit de regering nu schaden? Dit is toch meer dan dertig jaar geleden gebeurd?'

'Alles wordt de regering aangewreven. Dat zie jij toch ook? De regering heeft de verantwoordelijkheid voor het onderzoek op zich genomen en we konden maar met moeite verhinderen dat het parlement deze zaak naar zich toe trok. Gelukkig was Ruth-Dorthe er snel bij en wist ze een door de regering benoemde commissie samen te stellen, voordat de parlementsleden zich bezonnen hadden. De kwestie was eigenlijk niet belangrijk genoeg. Toentertijd. Maar nu zul je eens zien...' Hij nam een grote slok bier en kreunde. 'Neem nou dat schandaal van de veiligheidsdienst destijds', ging hij fluisterend verder. 'Toen het rapport van de commissie Lund er eindelijk was...' Opnieuw zette hij het glas aan zijn mond en leegde het voor de helft. 'Heb je niet gezien hoe ze het tot hún overwinning probeerden te maken?'

'Wie?'

'De oppositie, de Socialisten en Centrum-Rechts. En nog een paar. Alsof het parlement dat karwei zelf had geklaard en niet een zeer bekwame rechter van het hooggerechtshof met een goed team! Alsof wij niet ook graag wilden weten wie er in Noorwegen zonder toestemming in de gaten waren gehouden!'

'Maar', protesteerde Hanne, 'de regering had die zaak toch ook al onderzocht en dat had zo goed als niets aan het licht gebracht.'

'Ja', zei Øyvind Olve en hij zette zijn glas hard op de tafel neer. 'Maar daar kon de regering toch niets aan doen! Gro had toch niet persoonlijk die dossiers en andere bescheiden nagetrokken!'

Geïrriteerd probeerde hij nog een bier te bestellen. In plaats van de kelner verscheen er plotseling een man aan hun tafeltje die nauwelijks langer dan één meter veertig was. Hij droeg een smoking en had een neus die absoluut betere tijden had gekend, maar die vermoedelijk altijd al zo groot was geweest. Zijn mond werd pas zichtbaar toen hij hem opende, hij zwaaide met zijn hoge hoed en verklaarde: 'Heer en dame! Het doet mij mateloos goed dat dit enigszins verlopen etablissement ook bezoek krijgt van nette mensen! Mag ik u namens de eigenaar en de stamgasten van Tranen van harte welkom heten!'

Hij gebruikte beide handen om zijn hoed op zijn hoofd te zetten en maakte een stijve buiging.

'Mijn naam is Pinguïn en u begrijpt vast wel waarom!'

Hij lachte luid en greep met vette vingertjes de tafelrand beet. Zijn smoking was oud en versleten en de grijze zijden cumberband spande om zijn dikke romp; zijn benen en armen waren te kort in verhouding tot de rest van zijn lichaam.

Hanne begon naar haar portemonnee te zoeken.

'Maar mijn goede mevrouw!' viel de man ontstemd uit. 'Hoe komt u op het verwerpelijke idee dat er aan mijn kleine expeditie naar uw tafeltje egoïstische motieven ten grondslag zouden liggen? Het is mijn bescheiden taak om u van harte welkom te heten!'

De kleine man staarde boos naar Hannes portemonnee, die ze bliksemsnel weer in haar tas stopte.

'Zo ja', knikte de man tevreden. 'Dan laat ik u weer alleen met het goede gesprek en het gulden elixer en geef ik alleen nog uiting aan mijn diepgevoelde wens om mijnheer en mevrouw hier snel weer te zien.'

Hij knipte zacht met zijn vingers en de kelner bracht twee bier, zonder dat Hanne of Øyvind daar om hadden gevraagd.

'Nu moet je ophouden de gasten lastig te vallen, Pinguïn', zei de kelner humeurig. 'Wegwezen.'

'Hij valt ons niet lastig', zei Hanne, maar dat hielp niets.

De kelner schoof de kleine man voor zich uit naar de andere kant van het café.

'Waar waren we?' vroeg Hanne. Ze goot het bodempje bier uit haar oude glas over in het nieuwe.

'Wat was dat in godsnaam?' vroeg Øyvind. Hij keek verbaasd de smoking na.

'Dit is de grote stad', grinnikte Hanne. 'Dat hebben jullie in de provincie niet.'

'Jawel', mompelde Øyvind. 'Dat soort mensen hebben wij ook wel. Maar die dragen geen smoking.'

'Je zat nog midden in een verhaal.'

Øyvind staarde het grappige mannetje nog een tijdje na.

'Regeren is balanceren, op een onprettige manier', zei hij uiteindelijk. 'In allerlei opzichten. Vooral als de druk zo groot is als op onze partij. Alles wordt ons kwalijk genomen. Alles wat negatief is. Het land stroomt over van melk en honing, maar toch is iedereen boos op de Arbeiderspartij. Dit gezondheidsschandaal…'

Hij keek op zijn horloge en legde een platte hand op zijn maag.

'Honger?' vroeg Hanne Wilhelmsen.

'Mmm.'

'Straks. Vertel eerst verder.'

'Goed', zei Øyvind Olve. 'Als er in 1965 echt iets verkeerd is gegaan, dan willen wij dat natuurlijk boven tafel krijgen. Dat willen we allemaal. Om verschillende redenen. Er moet vastgesteld worden wie er verantwoordelijk was en we moeten vooral leren van de fouten die gemaakt zijn, ook van de fouten die lang geleden gemaakt zijn. Maar alles op zijn tijd. Als er zoveel informatie naar de pers uitlekt, wordt de regering in de verdediging gedrongen… Verdomme, Hanne, tot het vandaag in de krant stond wist de staf van de minister-president hier helemaal niets van!'

'Ik begrijp het nog steeds niet', zei Hanne. 'Het wordt steeds… wie was er in 1965 eigenlijk aan de macht?'

'Eerst wij, daarna de Conservatieven', mompelde Øyvind.

'Maar daar gaat het niet om. Waar het om gaat is dat de regering een slecht figuur slaat, want ze lijkt veel minder te weten dan de pers en dat is in de ogen van de mensen altijd een teken van zwakte. In elk geval in de ogen van de pers. En dát is belangrijk.'

Hij boerde weer bier op.

'Je moet iets aan die maag van je doen', zei Hanne.

'En als ze het gezondheidsschandaal nu met de moord op Birgitte in verband brengen, dan zijn we echt in de aap gelogeerd.'

Hij boog zich zo ver naar voren dat zijn gezicht nog slechts twintig centimeter van dat van Hanne verwijderd was.

'Maar dat is toch zeker onzin', protesteerde Hanne.

'Onzin? Ja zeker, maar daar gaat het toch niet om! Zolang de kranten dit als één zaak brengen, beschouwen de mensen het als één zaak. Vooral als het ernaar uitziet dat…'

Hij leunde ineens naar achteren en staarde naar de toog. Hij scheen niet verder te willen praten.

'Dat wat?' fluisterde Hanne.

'Dat de politie nog volkomen in het duister tast wat de moord op Birgitte betreft', zei Øyvind langzaam. 'Of weten jullie wel wat?'

Hanne tekende een hartje in de vochtige plek op de tafel waar haar bierglas had gestaan.

'Je moet mij niet met de politie identificeren', zei ze. 'Ik werk daar momenteel niet.'

Øyvind Olve bukte zich en legde zijn belachelijke koffertje voor zich op tafel. Hij prutste even met de ritssluiting en legde toen drie A4'tjes voor Hanne neer.

'Precies. Jij werkt daar niet. Dus dan moet jij mij maar eens vertellen wat ik hiermee moet doen.'

Hij schoof de documenten naar haar toe.

'Wat is dit?' vroeg ze, terwijl ze de papieren naar zich toe draaide.

'Dit heb ik in Birgittes bureau gevonden. Ik moest alle papieren doornemen, veel ervan is tenslotte politiek gevoelig. Dit was tussen twee rode mappen weggestopt.'

'Rode mappen?'

'Geheime dossiers.'

De bladen bevatten een rij namen, allemaal gevolgd door een paar data.

'Geboorte- en sterfdatum', verklaarde Øyvind Olve. 'Blijkbaar een lijst van alle plotselinge sterfgevallen in 1965. En kijk hier...'

Hij pakte de papieren op, sloeg de derde bladzijde op, liet zijn ogen even zoekend over de namen glijden en legde het document toen weer voor Hanne neer. Hij wees.

'Liv Volter Hansen. Geboren 16 maart 1965, gestorven 24 juni 1965.'

'Maar wat is dit?'

'Via allerlei omwegen en met de nodige leugentjes voor bestwil ben ik erachter gekomen dat dit een lijst van de commissie Grinde is. De ouders van deze kinderen zijn door een computerprogramma geselecteerd om geïnterviewd te worden over gezondheid, gedrag, eetgewoonten en dergelijke van hun kinderen. Een representatieve steekproef. En heel toevallig belandde de minister-president in deze groep. Interessanter echter is dat deze lijst pas op 3 april klaar was. De dag voor de moord. Ze kan de lijst alleen maar van Benjamin Grinde zelf hebben gekregen. Ik heb alle andere mogelijkheden gecontroleerd. De binnengekomen post, aantekeningen van besprekingen, absoluut alles. Ze moet de lijst van Grinde hebben gekregen. En kijk hier...'

Hij wees weer naar iets in het document. In de marge van de eerste bladzijde waren met de hand een paar woorden opgeschreven: 'Nieuwe naam?' en 'Wat zeggen?'

'Wat betekent dat in 's hemelsnaam?' vroeg Hanne, meer aan zichzelf dan aan Øyvind.

Hij antwoordde toch. 'Ik weet het niet, maar het is Birgittes handschrift. Wat moet ik doen?'

'Je moet doen wat je meteen had moeten doen', zei Hanne met luide, verwijtende stem. 'Je moet deze papieren aan de politie geven. Nu meteen.'

'Maar we zouden toch gaan eten?' klaagde Øyvind Olve.

20.00 uur, hoofdbureau van politie

Per Volters haar begon al dunner te worden. Billy T. zag duidelijk een kalende plek op zijn kruin en het zou slechts een kwestie van tijd zijn voordat het bij de jongeman volle maan zou zijn.

Billy T. wist niet goed wat hij moest doen. Per Volter huilde als een kind. Hij lag al tien minuten lang met zijn hoofd op zijn armen op het bureau van de brigadier. De oorzaak was een korte, simpele opmerking van Billy T.: 'Ik denk dat je mij iets hebt uit te leggen.'

'Denk je dat ik mijn moeder heb vermoord?' had Per Volter uitgeroepen, waarna hij in hevig gesnik was uitgebarsten.

Niets had geholpen. Billy T. had hem verzekerd dat dat niet het geval was. In de eerste plaats was zijn alibi volkomen waterdicht; twintig soldaten en drie officieren konden bevestigen dat hij in een tent op de Hardangervidda was geweest toen het schot in het kantoor van de minister-president viel. In de tweede plaats had hij absoluut geen motief. En in de derde plaats zou hij het moordwapen niet als zijn eigendom hebben geïdentificeerd, als hij werkelijk de moordenaar was geweest.

Dit had Billy T. keer op keer herhaald, maar het had niet geholpen. Ten slotte gaf hij het op en besloot hij Per rustig te laten uithuilen. Het zag ernaar uit dat dat nog wel even zou duren.

Billy T. bestudeerde zijn nagels en overwoog of hij naar de wc zou gaan. Net toen hij besloten had toch maar even te gaan en wilde opstaan, snufte Per heftig en richtte hij zich weifelend op. Zijn gezicht was rood en opgezwollen.

'Gaat het weer een beetje?' vroeg Billy T., terwijl hij zich weer liet zakken.

Per Volter gaf geen antwoord, maar veegde in een soort bevestiging met de mouw van zijn trui zijn gezicht af.

'Hier', zei Billy T. en hij bood hem een papieren zakdoekje aan. 'Je bergt je wapens heel goed op.'

Het compliment werd onderstreept door een waarderende glimlach, maar het scheen Per niet erg op te vrolijken.

'Zijn jullie bij mij thuis geweest?' mompelde hij, naar het natte zakdoekje starend.

'Ja. Twee agenten zijn bij je vader geweest en hebben gerapporteerd dat een en ander voorbeeldig was opgeborgen. De wapens en de munitie afzonderlijk in afgesloten kasten. En alle vijf de wapens zijn bij ons geregistreerd.'

'Dat register is eigenlijk een lachertje', mompelde Per Volter. 'Voorzover ik weet geldt het alleen voor dit district en het is niet eens geautomatiseerd.'

'We wachten op de nieuwe wapenwet', zei Billy T. Hij schonk twee bekers koffie in uit een stalen thermosfles en schoof een zwarte beker met de afbeelding van Franz Kafka erop naar Per toe.

'Maar waarom', begon hij aarzelend.

Per keek op, hij vertrok zijn gezicht toen hij zijn tong brandde.

'Waarom wat?'

'Waarom is de Nagant niet geregistreerd?'

Per blies in zijn beker. Omdat de koffie nog steeds te heet was, zette hij hem voorzichtig voor zich neer.

'Dat is er gewoon niet van gekomen. Die andere wapens heb ik gekocht. Maar de Nagant was een cadeau. Voor mijn achttiende verjaardag. Hij is van mijn oma geweest. Die was vrij actief tijdens de oorlog, we zeiden altijd dat de Nagant haar oorlogsmedaille was.' De jongeman glimlachte zwak en er gleed even een uitdrukking van trots over zijn gezicht. 'Ze heeft een gewonde Rus geopereerd en daarmee zijn leven gered. Hoewel ze helemaal geen arts was! Dat was in het najaar van '43 en de man kon haar als dank niets anders geven dan zijn wapen. Hij heette Kliment Davidovitsj Raskin.' Hij straalde nu. 'Als kind vond ik dat een prachtige naam. Mijn oma heeft na de oorlog nog jarenlang geprobeerd hem te vinden. Via het Rode Kruis en het Leger des Heils en zo. Ze heeft hem nooit gevonden. Mijn oma stierf toen ik zestien was. Een fantastische vrouw! Ze...' De tranen sprongen weer in zijn ogen en hij probeerde nog maar eens van zijn koffie te drinken. 'Toen ik achttien werd heeft mijn moeder me de Nagant gegeven', mompelde hij in zijn beker. 'Het is het mooiste cadeau dat ik ooit heb gekregen.'

'Heb je er wel eens mee geschoten?'

'Ja. De munitie is heel speciaal, die moet apart besteld worden. Ik heb er misschien een keer of zes, zeven mee geschoten. Vooral om het een keer gedaan te hebben. Het is een vrij onnauwkeurig wapen. Maar het is dan ook al oud. Mijn oma heeft het nooit gebruikt.'

Opnieuw werd hij overmand door de herinnering aan iemand die er niet meer was. Er rolde een traan uit zijn linkeroog, maar hij bleef rechtop zitten.

'Waarom ben je zo kwaad op je vader, Per?'

Billy T. had de vraag nog niet gesteld, of zijn innerlijke alarm begon voluit te loeien. De jongen moest op de hoogte gesteld worden dat hij niet tegen zijn eigen familie hoefde te getuigen. Toch trok Billy T. de vraag niet terug.

Per Volter staarde uit het raam. Hij hield zijn koffiekop tegen zijn mond, maar dronk niet. De damp leek hem goed te doen, hij sloot zijn ogen en vond de vochtigheid die zijn roodgevlekte gezicht bedekte blijkbaar prettig.

'Kwaad is te zwak uitgedrukt', zei hij zachtjes. 'Die vent is een klootzak. Hij heeft mijn moeder bedrogen en mij voorgelogen.'

Plotseling keek hij Billy T. recht aan. Zijn ogen waren diepblauw en gedurende een onaangenaam ogenblik had Billy T. het gevoel een geest aan te staren; de jongen leek enorm op zijn moeder.

'Mijn vader had een verhouding met Ruth-Dorthe Nordgarden.'

Hij spuugde de naam uit, alsof het een overwinning voor hem was om hem überhaupt uit te spreken.

Billy T. zei niets, maar hij voelde dat zijn hart sneller begon te slaan; een onprettig gebonk, hij greep onwillekeurig naar zijn borst en kneep zijn mond dicht.

'Ik weet niet hoelang het geduurd heeft', ging Per verder. 'Maar vorig najaar heb ik ze betrapt. Pappa wist niet dat ik hen had gehoord. Ik heb het hem gisteren verteld. Verdomme...'

Hij zette zijn koffiebeker hard neer, sloeg zijn handen voor zijn gezicht en steunde met zijn ellebogen op zijn dijen. Hij wiegde langzaam heen en weer en zei met zijn handen voor zijn mond: 'Ik weet niet eens of mamma ervan wist.'

Meer kwam er niet. Het was veel te warm in het kleine kamertje, de hitte was drukkend en Billy T. voelde nog steeds een beangstigende steek onder zijn linkerribben. Hij probeerde zijn arm op te tillen, maar de stekende pijn hield hem tegen.

'Ik wou dat ik uit een gewone familie kwam', fluisterde Per, nauwelijks hoorbaar. 'Ik wou dat ik niet steeds over ons in de krant zou hoeven lezen. Over...'

'Over je zusje', maakte Billy T. af.

De pijn werd minder, maar zijn hart klopte nog steeds hard in een onbekend ritme.

Per Volter haalde zijn handen voor zijn gezicht weg en staarde Billy T. opnieuw recht aan. De gelijkenis met zijn moeder was bijna griezelig.

273

'Ik wist niets over een zusje, totdat ik het in de krant las', zei hij met vlakke stem. 'Niets! Ik wist niet eens dat ik een zus heb gehad! Had ik niet het recht het te weten? Hè? Vind jij niet dat ze het mij hadden moeten vertellen?'

Hij schreeuwde, zijn stem sloeg een paar keer over.

Billy T. knikte, maar zei niets.

'Ik dacht altijd dat mamma zoveel werkte omdat ze... omdat het een soort plicht was. De partij en het land en al die dingen. Nu denk ik...'

Hij begon weer te huilen. Hij probeerde het tegen te houden, slikte en wreef in zijn ogen, zijn lichaam was eigenlijk te moe voor een nieuwe huilbui. Maar het hielp niets. Snot en tranen stroomden over zijn gezicht en zijn mouwen waren doorweekt doordat hij steeds weer zijn gezicht tegen zijn onderarmen drukte.

'Ik denk dat ze eigenlijk niet van mij hield. Als ze zo gemakkelijk een kind kon vergeten dat er nooit over werd gesproken, dan is het ook niet vreemd dat ze mij af en toe vergat. Ze hield niet van ons.'

'Nu denk ik dat je je vergist', probeerde Billy T., hij hoorde zelf dat er weinig overtuiging in zijn stem doorklonk. 'Als je niet over iemand praat, betekent dat nog niet dat je niet van die persoon houdt. Je moet niet vergeten dat...'

'Kun jij je voorstellen hoe het is om zoiets in de krant te lezen?' onderbrak Per Volter hem. 'Hè? Om over hun meest intieme geheim te lezen, terwijl ik daar helemaal niets van wist? Ik haat pappa. Ik háát die man!'

Billy T. gaf geen antwoord. Er viel niets te zeggen. De pijn van deze jongeman was zo groot en onhanteerbaar dat er geen plaats voor was. De kamer waarin ze zaten was te warm en te benauwd en leek ieder moment te kunnen ontploffen.

Billy T. wist dat hij de jongen zou moeten laten uitrazen. Hij zou hem mee moeten nemen, hem iets te eten en te drinken moeten geven, meenemen naar een plek waar ze verder konden praten, naar iemand met wie hij verder kon praten; Per Volter moest de mogelijkheid krijgen om al die pijn uit te spuwen, nu hij eenmaal aan de grote uitbarsting was begonnen.

Maar Billy T. was uitgeput. Hij kon niet meer. Hij sloot zijn ogen en vroeg zich af hoe hij ooit zijn bed zou moeten bereiken.

'Ik zal iemand vragen je naar huis te brengen', zei hij zacht.

'Ik wil niet naar huis', antwoordde Per Volter. 'Ik weet niet waar ik naartoe wil.'

23.30 uur, Vidarsgate 11c

Hij kon de slaap niet vatten. Hij dacht aan het wapen dat in het berghok van mevrouw Svendsen achter de jampotten lag. Hoewel het daar veiliger was dan in zijn eigen kelderbox, had hij er geen goed gevoel over. Het had in de hut moeten liggen.

Hij piekerde over de man met de krant. Hij had er niet als die anderen uitgezien. Hij had niet geïnteresseerd geleken, toch had hij hem in de gaten gehouden. Het zat hem echt dwars.

Brage Håkonsen draaide zich om en merkte dat zijn lakens vochtig waren. Hij kreunde nerveus en stond op. Het liefst zou hij nu Tage bellen. Hij moest hulp van buitenaf hebben. Dat was het veiligst. Maar hij kon hem niet opbellen. Misschien werd zijn telefoon afgeluisterd. De mobiele telefoon was een reëel alternatief, maar al kon die niet worden afgeluisterd, de politie kon wel uitvissen waar hij vandaan had gebeld. Daarom waren ze op telefooncellen aangewezen. En op cryptische brieven die na lezing altijd onmiddellijk werden verbrand.

Hij had het gevoel alsof hij mieren in zijn lijf had. Zijn huid kriebelde en jeukte, hij krabde op zijn buik en ijsbeerde door de kleine woonkamer. Ten slotte stapte hij op de hometrainer en koos een zwaar verzet. Hij trapte zich uit de naad en na twee kilometer voelde hij dat zijn spieren soepeler werden. Zijn halfnaakte lichaam was kleverig van het zweet en hij ademde zwaar en ritmisch.

Toen werd er aangebeld.

Brage Håkonsen verstijfde en liet de pedalen los, die nog een paar keer ronddraaiden.

Hij wilde niet opendoen. Hij had geen idee wie er voor de deur stond, maar de onrust en de onaangename spanning van daarnet meldden zich weer, zijn middenrif verkrampte en hij rilde. Voorzichtig kroop hij weer in bed, hij durfde het licht niet uit te doen. Iedere van buiten zichtbare verandering zou verraden dat er iemand thuis was.

De bel ging weer, hard en indringend.

Hij bleef stijf en heel stil liggen. Hij weigerde open te doen. Niemand zou zo laat nog mogen aanbellen. Het was zijn goed recht om niet open te doen. Plotseling schoten zijn pornobladen hem te binnen en toen hij zich langzaam op een elleboog oprichtte en naar de dikke stapel op het nachtkastje keek, baarde die hem meer zorgen dan het pistool in de kelder. Hij stond weer op, tilde de matras op en propte de bladen onder de lattenbodem.

Nu werd er voor de derde keer aangebeld, driftig en zeker een minuut lang.

Hij had niets in de woning waarvoor hij kon worden opgepakt. Niemand had nog een rekening met hem te vereffenen.

Hij moest opendoen.

Hij sloeg een donkerblauwe kamerjas met zwarte strepen om en knoopte, terwijl hij naar de deur liep, de ceintuur dicht.

'Ja ja, ja ja', mompelde hij en hij maakte de deurketting los.

Er stonden twee mannen voor de deur. Ze waren allebei een jaar of veertig, de een droeg een grijsbruin kostuum met een stropdas, de ander een broek en een jasje en een overhemd met openstaand boord.

'Brage Håkonsen?' vroeg de man in het kostuum.

'Ja?'

'Politie.'

Beiden hielden hem hun legitimatiebewijs voor.

'U bent gearresteerd.'

'Gearresteerd? Waarvoor?'

Brage Håkonsen deinsde onwillekeurig achteruit en de twee mannen stapten snel naar binnen. De man in de vrijetijdskleding sloot zachtjes de deur.

'Illegale wapenhandel.'

De man reikte hem een blauw formulier aan, maar Brage weigerde het aan te pakken.

'Wapen? Ik heb helemaal geen wapens!'

'U heeft in ieder geval geen wapenvergunning', zei de langste van de twee. 'Toch heeft u vanmiddag in het Stenspark een pistool gekocht.'

Shit. Shit-shit-shit. Dan was de man met de krant dus toch geen nicht geweest, maar een smeris.

'Niet waar', zei Brage Håkonsen, maar hij ging zich toch maar aankleden.

Hij mocht niet eens alleen in de slaapkamer zijn; de langste van de twee volgde hem en staarde hem aan een stuk door aan, tot hij klaar was om mee te gaan naar Grønlandsleiret 44.

Woensdag 16 april 1997

9.15 uur, hoofdbureau van politie
'Long time no see.' Billy T. grijnsde naar Severin Heger en bukte zich om hem te helpen de mappen op te rapen die hij had laten vallen.

'Kijk toch eens uit je doppen', zei Heger, maar hij glimlachte toch.

'Waar zit jij tegenwoordig?' vroeg Billy T. en hij keek zijn collega vragend aan.

Severin Heger werkte al bijna vier jaar bij de veiligheidsdienst. Hij was de enige veiligheidsbeambte met wie Billy T. op goede voet stond en dat had een heel bijzondere voorgeschiedenis. Ze waren even oud en hadden samen op de politieacademie gezeten. Ze waren allebei meer dan twee meter lang en reden op een Honda Goldwing, en toen Billy T. in 1984 officieus karatekampioen van Noorwegen werd, werd Severin tweede. Toen ze hun diploma in ontvangst hadden genomen en ze trots hun kale uniformschouders van een gouden streep mochten voorzien, waren ze 's avonds met een stel anderen de stad ingegaan. Op een later tijdstip die nacht had Severin in tamelijk beschonken toestand een onbeholpen seksuele toenaderingspoging gedaan. Billy T. had het aanbod tactvol en elegant afgeslagen, maar toen Severin Heger vervolgens in snikken was uitgebarsten, had Billy T. zijn arm om zijn schouder geslagen en hem naar huis gebracht. Billy T. had in de loop

van een lange nacht drie kannen koffie gezet en de diep ver-
twijfelde Severin getroost. Toen de zon in het oosten door het
wolkendek brak en ze beiden weer helemaal nuchter op het
balkon van het kleine flatje in Etterstad zaten, was Severin
plotseling opgesprongen. Hij had een kleine zilveren wed-
strijdbeker met inscriptie opgehaald en geroepen: 'Deze is
voor jou, Billy T. Het is mijn allereerste beker en de mooiste
die ik heb. Dank je wel.'

Sindsdien hadden ze niet zoveel met elkaar te maken gehad;
af en toe wisselden ze een groet en een schouderklopje en een
heel enkele keer spraken ze elkaar bij een koel glas bier. Geen
van hen had die lentenacht, die ondertussen alweer vele jaren
geleden was, ooit nog genoemd. De zilveren beker stond op
een plank in Billy T.'s slaapkamer, samen met een eierdopje
dat hij bij zijn doop had gekregen en een verzilverd kinder-
schoentje van zijn oudste zoon. Voorzover Billy T. wist, had
Severin die nacht zijn besluit genomen, een besluit dat geheel
in strijd was met de raad die Billy T. hem had gegeven. Severin
Heger leefde in celibaat en Billy T. had nooit ook maar één
roddel over zijn oude kameraad gehoord.

'Ik denk dat ik aan hetzelfde werk als jij', zei Severin Heger.
'Dat doen we momenteel toch bijna allemaal?'

'Daar ga ik vanuit. Gaat het goed met je?'

Severin Heger beet op zijn lip en keek om zich heen. Collega's snelden voorbij, sommigen staken een hand op als groet,
anderen schalden in het voorbijgaan een vrolijk hallo.

'Heb je tijd voor een kop koffie?' vroeg Severin plotseling.

'Eigenlijk niet, maar graag', grijnsde Billy T. 'In de kantine?'

Ze gingen helemaal achterin zitten, bij de deur naar het
dakterras. Het was een frisse dag en de lucht dreigde met regen,
dus hier konden ze even rustig zitten.

'Jullie amuseren je daarboven nu zeker wel', zei Billy T., naar
het plafond knikkend. 'Vast nog nooit zo leuk geweest!'

Severin keek hem ernstig aan.

'Ik begrijp niet waarom je zo negatief over ons doet', zei hij. 'Mijn collega's zijn, net als jullie, fatsoenlijke, hardwerkende mensen.'

'Ik heb niets tegen jou. Maar ik kan niet tegen dat geheimzinnige gedoe van jullie. Momenteel heb ik bijvoorbeeld sterk het gevoel dat de onderzoeksleiding niet eens precies weet van welke theorieën jullie uitgaan. Het meest frustrerende aan deze hele zaak is dat blijkbaar niemand het totale overzicht heeft. Maar de rest van ons probeert elkaar in ieder geval op de hoogte te houden.'

Severin gaf geen antwoord, maar hij staarde Billy T. aan en krabde daarbij op de rug van zijn hand.

'Waar denk je aan?' vroeg Billy T. en hij schonk zo onbeheerst cola in dat zijn glas overstroomde.

'Verdomme', mompelde hij, hij veegde met zijn hand over de tafel en droogde die vervolgens aan zijn broek.

Severin boog zich naar hem toe, hij keek naar de troep.

'We hebben gisteren een extremist opgepakt', zei hij zacht. 'Iemand die in een park een ongeregistreerd wapen heeft gekocht en van wie wij denken dat hij een groep neonazi's leidt. Hij heeft in ieder geval contacten met een gelijkgezinde Zweed, en die Zweed...' Severin trok een zakdoek uit zijn zak en begon de tafel schoon te vegen. 'Die Zweed is drie dagen voor de moord op Birgitte Volter naar Noorwegen gekomen, hij heeft onze vriend hier in Oslo bezocht en is de dag na de moord weer naar Zweden vertrokken.'

Billy T. keek hem aan alsof Severin Heger hem zojuist had verteld dat hij met prinses Märtha Louise ging trouwen.

'Wát zeg je?'

Severin Heger wierp Billy T. vliegensvlug een waarschuwende blik toe, toen twee vrouwen naar de terrasdeur liepen om te voelen of ze toch niet buiten konden zitten. Ze veranderden snel van gedachten nadat ze hun hoofd naar buiten hadden gestoken en liepen naar het buffet dat zeker twintig meter verderop was.

'En dat is nog niet alles', fluisterde Severin nu bijna. 'Wij hebben reden om aan te nemen dat de man die we gisteren hebben opgepakt op een of andere manier in contact stond met de bewaker van het regeringsgebouw. Die vent die bij die lawine is omgekomen. Weet je wie ik bedoel?'

'Of ik weet wie je bedoelt?'

Billy T. probeerde zacht te praten, maar door zijn enthousiasme vervormde zijn stem en hij siste: 'Ik weet niet alleen wie je bedoelt, ik heb die vent zelfs verhoord, verdomme! En ik heb me de blaren op de mond gepraat om ervoor te zorgen dat die vent in de gaten gehouden zou worden! Is het echt waar? Is er werkelijk een verband tussen die twee?'

'Dat weten we niet,' zei Severin, terwijl hij Billy T. met zijn hand tot rust probeerde te manen, 'maar we hebben reden om het aan te nemen. Dat zeg je toch als je niet kunt vertellen hoe je iets weet?'

'Maar hebben jullie iets uit hem gekregen?'

'Nada, noppes, nothing. We hebben zijn hele flat omgekeerd. Maar daar hebben we alleen verdachte literatuur in de kast en wat pornobladen onder het bed gevonden. Geen wapens. Niets strafbaars.'

'Maar kunnen jullie hem vasthouden?'

'Twijfelachtig. Het duurt zo ontzettend lang voor die nieuwe wapenwet van kracht wordt. En de huidige speelruimte is zo klein dat we hem waarschijnlijk in de loop van vandaag moeten laten gaan. Dan wordt het schaduwen en zo. Joost mag weten waartoe dat moet leiden. De Zweedse veiligheidsdienst heeft Tage Sjögren verhoord, die Zweed, weet je wel. Ze hebben hem twee dagen vastgehouden en flink door de mangel gehaald. Maar die vent zegt geen woord en ze hebben hem weer moeten laten gaan.' Plotseling keek hij op zijn horloge en haalde zijn duim over het glas. 'Ik moet ervandoor.'

'Zeg, Severin!' Billy T. pakte Severin bij zijn arm toen hij weg wilde lopen. 'Hoe staat het leven?' vroeg hij zacht.

'Ik heb geen leven. Ik werk bij de veiligheidsdienst.'

Severin Heger glimlachte snel, bevrijdde zich uit Billy T.'s greep en ging er op een holletje vandoor.

17.19 uur, Vidarsgate 11c

'Brage Håkonsen wist dat hij gedurende de komende dagen geen enkele onopgemerkte stap zou doen. Overal zouden ogen zijn en heel zijn doen en laten zou uitvoerig worden geregistreerd en in een dossier op de bovenste verdiepingen van het politiebureau belanden. Daar moest hij mee leven. Hij was bij lange na niet zo verontwaardigd als hij had verwacht, in feite was het veel erger geweest toen hij per abuis als walvisbeschermer was opgepakt. Nu ging het ondanks alles om iets waarin hij geloofde en het zou naïef zijn te denken dat de politie hem met zijn activiteiten nooit in de gaten zou krijgen. Hij zou in de toekomst nóg voorzichtiger moeten zijn.

Hij had er verstandig aan gedaan zijn mond te houden. Dat was hem aangeraden door zijn advocaat, een oude vent die eigenlijk een beetje suf leek, maar van wie hij wist dat hij zijn opvattingen deelde. De smerissen waren pisnijdig geweest over zijn keuze en hadden hen pas uren later met elkaar laten praten. Het laatste wat de advocaat had gezegd, was dat hij zich de komende tijd gedeisd moest houden. En daarbij had hij hem een vette knipoog gegeven.

De politie had het wapen niet gevonden. Hij had weliswaar niet naar de kelder durven gaan om het te controleren, maar ze zouden hem zeker met het pistool hebben geconfronteerd als ze het ontdekt hadden. Hij moest het laten liggen waar het was. Voorlopig.

Zijn arrestatie betekende vooral dat de aanslag moest worden uitgesteld. Dat was om diverse redenen spijtig. In de eerste plaats zou het effect minder groot zijn als de volgende aanslag pas langere tijd na de dood van de minister-president plaatsvond. Ten tweede was het altijd vervelend om een vrij gedetailleerd plan te moeten wijzingen. Maar aan de andere kant had hij toch al besloten om een andere partner te nemen; Reidar was natuurlijk zeer betrouwbaar, maar Brage was er al snel achter gekomen dat de jongen niet erg snugger was. Toen Tage bij het afscheid had gezegd dat hij altijd ter beschikking stond en het belang van samenwerking over de landsgrenzen heen had benadrukt, was de gedachte meteen bij hem opgekomen: zij moesten het samen doen, Tage en hij. En dan kon het gunstig zijn om de zaak uit te stellen. Tage had misschien nog voorstellen of ideeën om het plan aan te passen.

De gedachte alleen al maakte hem gelukkig en hij moest lachen toen hij naar buiten keek en aan de overkant van de straat twee mannen in een oude Volvo zag zitten.

Hij wist hoe hij ongezien bij de hut kon komen. Hij zou alleen nog een paar dagen moeten wachten.

Vrijdag 18 april 1997

12.07 uur, persconferentiezaal in het regeringskwartier
'Dat was op het nippertje.'

Edvard Larsen moest zich beheersen om niet een zucht van opluchting te slaken, toen hij de fotografen passeerde die voor de deur naar de grote zaal op de minister stonden te wachten.

Hij had alle slimheid en vernuft die hij in de loop der jaren had verworven moeten aanwenden om haar duidelijk te maken dat ze dit op zíjn manier moesten doen. Ruth-Dorthe Nordgarden had lang voet bij stuk gehouden. Larsen moest namens haar een communiqué voorlezen, dan zou zij daarna binnenkomen en tien minuten lang vragen beantwoorden.

'Maar Ruth-Dorthe,' had hij haar geprobeerd uit te leggen, 'het zal een heel vreemde indruk maken, als ik, aangesteld bij het departement, een verklaring van jou, de politica, zou voorlezen! Dat maakt echt een heel vreemde indruk!'

'Maar ik voel er niets voor om hardop iets voor te lezen, als ik daarbij door een mensenmassa wordt aangestaard', had ze geklaagd. 'Is het zo erg, als het er een beetje ongewoon uitziet? Het belangrijkste is toch dat ze horen wat we tot nu toe ondernomen hebben.'

Het had een halfuur gekost om haar te overtuigen en die tijd had hij eigenlijk nodig gehad om zich voor te bereiden. Gelukkig had hij haar uiteindelijk tot rede kunnen brengen.

Edvard Larsen baande zich een weg door de vele journalisten die waren komen opdagen en besteeg het podium. Zijn stropdas hing scheef en een slip van zijn overhemd was uit zijn broek gepiept. Nadat een goede vriendin, een reporter bij een van de televisiemaatschappijen, hem daarop vanaf de tweede rij met haar mimiek opmerkzaam had gemaakt, probeerde hij zijn hemd discreet weer in zijn broek te stoppen.

Voor hem op de tafel lagen de laatste kranten. Hij had ze al gelezen. Zeer grondig. Ze stonden allemaal bol van het gezondheidsschandaal en de redactie van *De Avondkrant* had de hele voorpagina ingeruimd voor een kleurenfoto van een echtpaar van een jaar of zestig, dat naast een kleine, witmarmeren grafsteen met een engeltje erop knielde. In gouden letters was de naam Marie in de steen gegraveerd en eronder stond: 'Geboren op 23 mei 1965, gestorven op 28 augustus 1965. We zullen haar nooit vergeten'. Boven de foto was een schreeuwerige kop geplaatst: WIE IS SCHULDIG AAN MARIETJES DOOD?

Edvard Larsen ging zitten en keek naar de deur. Eindelijk maakte Ruth-Dorthe Nordgarden, in een spervuur van flitslichten, haar entree. Ze hield haar arm voor haar gezicht, alsof ze, verdacht van een ernstig misdrijf, aan de onderzoeksrechter werd voorgeleid en niet herkend wilde worden.

Mijn god, dacht Edvard Larsen, dat worden weer een paar fantastische foto's.

Hij haalde snel een hand over zijn ogen en hielp Ruth-Dorthe vervolgens naar haar plaats. Ze aanschouwde de menigte met samengeknepen ogen en zwaaide met haar handen om de flitslichten te stoppen. Toen kuchte ze en richtte ze haar blik op haar papieren.

'Welkom op deze persconferentie', begon Edvard Larsen, die nu was opgestaan. 'Minister Nordgarden zal eerst een korte samenvatting geven van wat er tot op heden bekend is over de zuigelingensterfte in 1965. Dat zal ongeveer tien minuten duren. Daarna is er gelegenheid tot het stellen van vragen.'

Hij knikte Ruth-Dorthe bemoedigend toe, maar zij was nog in haar papieren verdiept. Hij deed een paar passen naar haar toe en legde voorzichtig zijn hand op haar schouder.

'Ga je gang.'

Haar stem was ijl en hoorbaar nerveus toen ze begon. Haar grote, babyblauwe ogen dwaalden over de toehoorders en kwamen uiteindelijk op het voor haar liggende manuscript tot rust. Daarna ging het vloeiender.

'Gezien hetgeen de afgelopen dagen in de kranten is gepubliceerd, vind ik het noodzakelijk om verslag te doen over de omstandigheden waaronder de staat in de jaren 1964 en '65 combinatievaccin heeft ingekocht. Ik wijs er met klem op dat mijn verklaring niet ingaat op het werk van de onderzoekscommissie, dat zoals bekend nog lang niet is afgesloten, het gaat hier om een zuiver feitelijk verslag.'

Ze keek plotseling op van haar papieren, een ingestudeerd gebaar dat ze niet helemaal in de vingers had, want ze kon daarna met moeite in haar tekst terugvinden waar ze was gebleven.

'De regering wil graag alles aan het licht brengen', zei ze toen ze uiteindelijk de draad weer oppakte. 'In korte tijd heeft het departement veel werk verzet om verdere speculaties te voorkomen. Ik hoop dat we deze zaak snel achter ons kunnen laten, zodat we ons weer op actuelere problemen kunnen richten.'

Edvard Larsen sloot gelaten zijn ogen. Hij had die zin doorgestreept toen hij het stuk doorlas en beleefd geprobeerd om Ruth-Dorthe uit te leggen dat ze deze zaak vooral niet moest bagatelliseren. Maar klaarblijkelijk had ze zijn raad in de wind geslagen.

'Voor de in te enten baby's van het jaar 1965 werd een beperkte partij combinatievaccin ingekocht bij de gerenommeerde Nederlandse farmaceutische onderneming Achenfarma. Het Rijksinstituut voor Volksgezondheid was verantwoordelijk voor de inkoop. Eind 1965 kwamen de eerste berichten over een ongewoon hoge sterfte bij zuigelingen in dat jaar. Het combinatievaccin werd uit de handel genomen, hoewel ik wil benadrukken...' Haar stem sloeg over en ze moest een paar keer kuchen voor ze door kon gaan. '...ik benadruk dat er in eerste instantie geen oorzakelijk verband tussen het vaccin en de sterfgevallen werd aangetoond. Het was gewoon een voorzorgsmaatregel. Nadere onderzoeken hebben aangetoond dat het conserveringsmiddel in het vaccin vervuild was. Het volgende jaar werd het vaccin daarom besteld bij een Amerikaanse farmaceutische firma die een zeer goede naam genoot.'

Ruth-Dorthe voerde het tempo op, ze las nu zo snel dat sommige journalisten haar bijna niet meer konden volgen en er steeg een protesterend gemompel uit de zaal op. Edvard Larsen schreef twee woorden op een briefje en legde dat zo discreet mogelijk voor de minister neer.

Ze raakte meteen de draad kwijt, maar ze begreep de boodschap. Toen ze zichzelf weer in bedwang had las ze langzamer verder: 'De schadelijke gevolgen van het vaccin van Achenfarma waren niet bekend bij de autoriteiten. Het Rijksinstituut voor Volksgezondheid wijst erop hoe belangrijk het is dat de bevolking vertrouwen heeft in het vaccinatieprogramma. Als meer dan tien procent van de bevolking zich niet laat inenten, verliest het programma zijn preventieve effect. Ik wil u eraan herinneren dat in Noorwegen routinematig uitgevoerde vaccinaties bedoeld zijn als bescherming tegen ernstige en voor een deel levensbedreigende ziektes en dat er geen reden is...' Ze benadrukte de ernst door op de tafel te slaan. '...dat er geen enkele reden is om de huidige vaccins voor kinderen en jongeren te wantrouwen.'

Het werd helemaal stil. Toen brak de storm los. Edvard

Larsen moest opstaan, meer dan een minuut lang verzekerde hij met luide stem dat iedereen aan het woord zou komen en kreeg toen eindelijk de zaak weer onder controle. Het regende vragen, over alles van een mogelijke schadevergoeding voor de getroffenen tot de vraag of de firma Achenfarma nog steeds bestond. *Dagbladet* wilde weten of het ministerie van Volksgezondheid al die jaren op de hoogte was geweest van het verband tussen de sterfgevallen en het vaccin, of dat men pas door het werk van de commissie met het schandaal was geconfronteerd. *Bergens Tidende* was vertegenwoordigd door een driftkikker die zijn vragen onnodig gedetailleerd, onnodig provocerend en ook, althans voorlopig, onnodig conspiratief liet klinken.

Ruth-Dorthe verraste Larsen met een rust en een helderheid die hij nog nooit van haar had meegemaakt. Ze liet zich niet van haar stuk brengen en haar antwoorden waren uitgesproken helder. Larsen liet zijn schouders een beetje zakken, misschien zou deze persconferentie toch geen fiasco worden. Het enige wat hem een beetje zorgen baarde, was dat Liten Lettvik heel stil op de eerste rij zat, zonder ook maar één aantekening te maken. Pas toen het spervuur van vragen een beetje afnam, sprong zij plotseling op en vroeg het woord. Ruth-Dorthe keek haar vriendelijk glimlachend aan en zei 'ga uw gang' voordat Larsen het kon zeggen.

'Ik heb met grote interesse vernomen dat de minister alle historische feiten aan het licht wil brengen', begon ze en ze stelde tevreden vast dat de andere journalisten verstomden en haar aanstaarden.

Zelfs de fotografen lasten een pauze in, iedereen wilde horen wat Liten Lettvik te zeggen had, aangezien zij degene was die de zaak aan het rollen had gebracht.

'En dat van die inkoop van het vaccin is zeer interessant. Weet de minister zeker dat Achenfarma de producent was van het vaccin?'

Ruth-Dorthe leek even van haar stuk gebracht, er verscheen een kleine tic op de linkerkant van haar gezicht.

'Ja', antwoordde ze. 'Ja, het vaccin is van die firma gekocht.'

'Ik vraag niet waar het vaccin werd gekocht', zei Liten Lettvik. Ze stond wijdbeens, haar borstelige haar stond naar alle kanten uit en haar hele lichaam maakte zo'n fanatieke indruk, dat ze een beetje leek op een overjarige, te zware jachthond die haar welpjes wel eens even zou laten zien hoe het moest. 'Ik vraag wie het geproduceerd heeft.'

'Tja', zei Ruth-Dorthe Nordgarden, terwijl ze in haar papieren bladerde. Toen ze daar geen antwoord vond, keek ze Larsen aan om hulp. Hij schudde zijn hoofd en trok even lichtjes zijn schouders op.

'Ja, geproduceerd… Zijn er in de farmaceutische industrie dan ook tussenhandelaren?'

'Moeten we dit als een vraag opvatten?' vroeg Liten Lettvik. 'In dat geval kan ik u meedelen dat het vaccin dat in 1965 aan misschien wel duizend zuigelingen het leven kostte, gemaakt was in de voormalige DDR. Door een firma met de naam Pharmamed, die nog steeds bestaat, maar die ondertussen geprivatiseerd is.'

Na een moment totale stilte begon het geroezemoes. De tv-journalisten kwamen langzaam naar voren toe, hielden Liten Lettvik hun microfoons voor en gaven hun cameramensen gedempt opdracht om hun camera's van haar naar de minister te laten gaan.

'De Avondkrant heeft namelijk gedaan wat de commissie Grinde tot nog toe niet is gelukt', ging Liten Lettvik met een brede glimlach verder. 'Wij hebben buitenlandse archieven onderzocht. Het was heel eenvoudig.' Ze glimlachte weer, neerbuigend en boosaardig, en liep toen naar het podium toe, waar ze een document voor de minister op de tafel liet vallen. 'De Oost-Duitse firma Pharmamed kreeg in 1964 een exportlicentie voor een partij entstof, bedoeld voor Achenfarma in Nederland. Maar het combinatievaccin is daar nooit op de markt gekomen. Het werd slechts van een nieuwe verpakking voorzien en vervolgens werd de gehele dodelijke partij doorverkocht aan Noorwegen.'

Er stormde een jongeman naar binnen, hij bleef een ogenblik bij de deur staan en keek verwilderd om zich heen. Toen ontdekte hij Liten Lettvik, rende naar haar toe en reikte haar een krant aan.

'Dank je, Knut', zei ze en ze permitteerde zich een arrogant knikje.

Toen hield ze de krant omhoog.

'Dit is de extra-editie van *De Avondkrant*, die op dit moment bij de kiosken wordt afgeleverd', zei ze en ze liet haar blik over haar collega's gaan. 'Daarin kunnen jullie alles lezen.' Ze lachte even, haalde een paar keer diep adem en voegde eraan toe: 'Ik ben ook een brief tegengekomen. Van het Noorse ministerie van Sociale Zaken aan Achenfarma, gedateerd 10 april 1964. Deze brief betreft een aanmaning voor de levering van het vaccin. En helemaal aan het einde staat, ik vertaal het gemakshalve maar even in het Noors: het ministerie van Sociale Zaken bevestigt dat een deel van de betaling rechtstreeks aan de onderleverancier zal worden gedaan.'

Ruth-Dorthe Nordgarden leek gestopt met ademhalen. Edvard Larsen had nu dolgraag de persconferentie afgebroken, maar hij wist heel goed dat dat alles alleen nog maar erger zou maken.

'Ik wil alle aanwezigen eraan herinneren', zei Liten Lettvik, die nu evenzeer tegen haar collega's sprak als tegen de minister, 'dat dit tijdens de koudste jaren van de koude oorlog gebeurde. Drie jaar na de bouw van de Berlijnse Muur. Toen de DDR politiek geïsoleerd was en alle NAVO-landen handelsrestricties hadden afgekondigd. Zes jaar voordat Willy Brandt zijn verzoeningspolitiek lanceerde!'

Liten Lettvik wist zich in het middelpunt van de belangstelling. Ze laste een kunstmatige pauze in.

'Kan de minister ons vertellen waarom u hierover geen woord heeft gezegd tijdens de verklaring die u zojuist heeft voorgelezen, waarin u de historische feiten aan het licht wilde brengen?'

Ruth-Dorthe Nordgarden vermande zich.

'Het is niet mijn taak om commentaar te leveren op volkomen ongestaafde beweringen.'

'Ongestaafd? Lees *De Avondkrant*, minister. En als u mij toestaat zou ik de regering nog een vriendelijke raad willen geven. Bekijkt u eens goed naar welke landen er in 1965 vanuit Narvik ijzererts werd geëxporteerd. Bekijk dat eens goed. Dat hebben wij namelijk gedaan.'

Ze ging weer zitten.

Toen geen van de anderen zo snel nog een nieuwe vraag kon bedenken, benutte Edvard Larsen pijlsnel de gelegenheid om de persconferentie te beëindigen.

Ruth-Dorthe rende met een stoet aan fotografen achter zich aan de zaal uit, ze struikelden over elkaar, vloekten en schreeuwden, maar geen van hen zag dat de tranen over Ruth-Dorthe Nordgardens gezicht stroomden.

23.52 uur, Eidsvoll

'Slaap je, liefje?' fluisterde hij vanuit de deuropening.

Zijn vrouw richtte zich in bed op.

'Nee', snufte ze. 'Ik slaap niet. Ik denk.'

Het deed hem pijn haar stem te horen. De vertwijfeling die eruit sprak. Het verdriet. Ze hadden zoveel jaren nodig gehad om ermee te leren leven. Op de een of andere manier was het hen gelukt om het tot iets te maken dat hen samenbond, iets groots en zwaars dat alleen van hen was. De foto van Marietje hing boven de bank: het meisje lag bloot op een schapenvacht, met een verbaasde uitdrukking op haar gezichtje, grote, kogelronde ogen en een open mond met een beetje spuug op de onderlip. De enige foto van hun kind. In de loop der jaren flets geworden, verschoten als het leven zelf, nadat Marie was gestorven en Kjell en Elsa Haugen om een of andere reden geen kinderen meer hadden gekregen. Een jaar nadat het kind was gestorven had hij van haar kamertje een werkkamer gemaakt, wat Elsa stilzwijgend had aanvaard. Maar hij wist dat ze in een schoenendoos herinneringen aan het kind bewaarde, een bleekroze kruippakje, een katoenen luier, haar rammelaar, een haarlok die ze na haar dood hadden afgeknipt. De doos stond onder in de garderobekast, maar voor Kjell betekende het geen aanklacht, ook al wilde Elsa de inhoud niet met hem delen. Het was de doos van een moeder, herinneringen van een moeder, dat begreep en accepteerde hij. In de loop der jaren waren ze opgehouden Maries verjaardag te herdenken en langzamerhand was het leven weer draaglijk geworden. Ieder jaar, op de dag voor kerst, bezochten ze het graf van hun dochter, verder nooit. Zo was het beter, dat vonden ze allebei.

Hij staarde naar zijn handen. Zijn trouwring was in zijn rechtermiddelvinger ingegroeid.

'Kom, we gaan koffie zetten', zei hij. 'We kunnen toch niet slapen.'

Ze glimlachte schuchter, droogde met een grote, verfrommelde zakdoek haar tranen en slofte achter hem aan naar de keuken. Ze gingen tegenover elkaar aan de eettafel zitten, de doordeweekse tafel met aan iedere kant slechts één stoel.

'Het is zo vreemd', zei ze zacht. 'In mijn gedachten is Marie nog steeds een baby. Maar ze zou nu volwassen zijn. Tweeëndertig jaar. Misschien dat we...'

De tranen rolden over haar door verdriet getekende wangen en ze kneep in zijn hand.

'Misschien zouden we zelfs kleinkinderen hebben gehad. Iemand die de boerderij kon overnemen.'

Ze keek haar man aan. Hij was vierenvijftig. Toen ze vijftien waren hadden ze elkaar op een feest in het dorp leren kennen en sindsdien waren ze altijd samen geweest. Zonder Kjell zou haar leven voorbij zijn geweest, toen ze die ochtend wakker werd en Marie dood in haar bedje vond. Vier uur lang had ze het kind nog gewiegd en toen de districtarts kwam weigerde ze het af te geven. Kjell had haar ten slotte overgehaald het los te laten. Drie dagen lang had Kjell naast haar gelegen en haar vastgehouden.

Dankzij Kjell had ze in de loop van de tijd leren glimlachen bij de gedachte aan het kind dat ze ondanks alles enkele maanden bij zich hadden mogen hebben.

'Tja', zei Kjell, uit het raam kijkend. De duisternis was niet langer zo winters zwart, een grijs schijnsel in de nacht kondigde de naderende lente aan. 'Het heeft geen zin om zo te denken, Elsa. Het heeft gewoon geen zin.'

'Je had die journalist niet moeten laten komen, Kjell', fluisterde ze. 'Je had haar niet moeten laten komen. Alles wordt... alles is zo...'

Hij pakte haar hand steviger vast.

'Rustig maar', zei hij en hij probeerde te glimlachen.

'Het is net alsof alles terugkomt', snikte ze zacht. 'Alle pijn. Alles wat we net...'

'Sst', fluisterde hij. 'Ik weet het, liefje. Ik weet het. Het was dom van me. Maar ze leek zo fatsoenlijk door de telefoon. Het leek zo belangrijk om... wat zei ze ook alweer? Om het zoeklicht op het vaccinatieschandaal te richten. Ik had het gevoel dat het juist was, zoals zij het zei. Ze leek zo geïnteresseerd en meelevend.'

'Hier was ze niet meer zo meelevend', zei Elsa. Ze sprak nu luider en liet de handen van haar man los om haar neus te snuiten. 'Zag je hoe ze naar de foto van Marie zat te kijken? Brutaal was het, om te vragen of ze die kon lenen. Ontzettend brutaal!'

Ze stond boos op en pakte de koffiekan uit het apparaat. Ze schonk hen beiden in, maar in plaats van weer te gaan zitten, bleef ze tegen het aanrecht aan staan.

'En die fotografe. Zoals zij zich op het kerkhof gedroeg. Heb je gezien hoe ze de bloemen vertrapte? Sorry, zei ze alleen maar, en toen trapte ze midden op het net aangelegde graf van Herdis Bråttom. Heb je ooit zoiets meegemaakt?'

Kjell Haugen zweeg. Hij nipte aan zijn koffie en liet Elsa boos zijn. Dat verzachtte haar verdriet even. Hij had spijt als haren op zijn hoofd. De vrouw van *De Avondkrant* was nauwelijks een halfuur binnen geweest en ze had niet geluisterd naar wat ze zeiden. Niet naar wat ze eigenlijk zeiden. Het ging haar niet om Kjell en Elsa, ze was alleen geïnteresseerd in details die ze, zonder hen aan te kijken, in een razend tempo op haar schrijfblok noteerde. En hoewel Elsa speciaal een slagroomtaart had gebakken, had ze bedankt voor de koffie.

'We hebben haar niet eens kunnen vertellen dat dokter Bang het begreep', zei Kjell plotseling. 'Daar hebben we niet eens tijd voor gehad. Dat hij nog jarenlang brieven naar de overheid heeft geschreven.'

Elsa staarde naar buiten. Het begon licht te worden. Het zwakke ochtendlicht leek uit de akker omhoog te kruipen, uit iedere vore in de pas omgeploegde aarde.

'Het is net als een mes', fluisterde ze. 'Het is alsof iemand een litteken opensnijdt dat na vele jaren eindelijk is geheeld.'

Kjell Haugen stond met stramme bewegingen op en liep naar de kamer. Hij pakte *De Avondkrant* van de salontafel. Plotseling scheurde hij de krant kapot en gooide de stukken in de kachel. Hij pakte een luciferdoosje, maar zijn handen beefden zo erg dat hij geen vuur kon maken.

'Laat mij maar', zei zijn vrouw rustig achter hem. 'Ik steek het wel aan.'

'Het was dom', fluisterde hij in de vlammen, toen ze op-laaiden en zijn gezicht oranje kleurden. 'Maar ze leek zo sympathiek aan de telefoon.'

Zaterdag 19 april 1997

4.20 uur, diep in de bossen van Nordmarka bij Oslo
Hij was hen te slim af geweest en het bleek achteraf belachelijk
eenvoudig. Natuurlijk had het even geduurd voor hij had
uitgevonden waar ze stonden. Na vier onnodige uitstapjes naar
het winkeltje op de hoek stonden er nu zes pakken melk in de
koelkast. Ze zouden allemaal zuur worden, maar dat maakte
niet uit. Het was bijna te mooi om waar te zijn. De politie hield
de uitgang aan de Vidarsgate in de gaten. Dat was alles. Ze
hadden blijkbaar niet ontdekt dat je via de kelder in het buur-
huis kon komen, waar een kelderluik het mogelijk maakte om
vanaf de binnenplaats over de schutting te springen en drie
huizen verderop de straat te bereiken. Niemand had hem
gezien. Om helemaal zeker te zijn, was hij met drie bussen
en een tram in verschillende richtingen gereden en er op het
allerlaatste moment plotseling uitgestapt om ten slotte een
sportwinkel binnen te gaan en een goedkope fiets te kopen.

Toen was hij naar de hut gefietst. Daar was hij gisteravond
pas laat aangekomen. Toen het al pikdonker was. Het laatste
stuk was hij niemand meer tegengekomen, het onvriendelijke
voorjaarsweer was blijkbaar zelfs voor de meest fanatieke wandelaars niet erg aanlokkelijk geweest. Hij had wat gelezen en
had vervolgens maar moeilijk de slaap kunnen vatten. Hij was
een paar keer opgestaan om zichzelf gerust te stellen. Maar er
was niemand buiten. Zo nu en dan hoorde hij aan de overkant

van het meertje een of ander dier roepen en een uur lang was een lichte lenteregen zacht ruisend rond de hut neergedaald. Verder was het stil geweest.

Nadat hij drie uur zeer onrustig geslapen had, was hij nog steeds moe, maar toch besloot hij op te staan. Hij was twee keer het meertje overgezwommen en zijn lichaam was klaarwakker, hoewel zijn hoofd zwaar was. Hij zette koffie en smeerde vier boterhammen met viskuitpasta.

Hij zette de radio aan, maar er was niets interessants op. Alleen maar luidruchtige popmuziek en daar hield Brage Håkonsen niet van. Daarom pakte hij een boek van David Irving en las tijdens het eten.

Zijn baan kon hij verder wel vergeten. Hij was nu vier dagen van zijn werk weggebleven zonder iets van zich te laten horen en de chagrijnige magazijnchef zou hem zeker bespuwen als hij weer terugkwam. Maar hij wilde niet terug. In ieder geval wilde hij daar nu niet aan denken. Hij had geld op de bank en leefde sober.

Buiten was het inmiddels helemaal licht geworden en hij keek uit het raam. Het was nog vroeg en hij zou er verstandig aan doen om nu al naar de aardappelkelder te gaan. Zo nu en dan kwamen er in de weekeinden wel eens mensen langs, ofschoon de hut zeker tweehonderd meter van het pad verwijderd was. Het meertje lokte de weinige wandelaars die zich zo diep het bos in waagden en hij had zijn pogingen opgegeven om hen met bordjes 'Vissen en baden verboden' weg te jagen. Staatsbosbeheer haalde die bordjes na een tijdje toch altijd weer weg.

Het was het veiligste om er nu naartoe te gaan.

Hij trok een sweatshirt over zijn hoofd en deed zijn joggingschoenen aan, zonder de veters dicht te knopen. Hij had nieuwe nodig, maar moest nu even rustig aan doen. De fiets had drieduizend kronen gekost en het was vervelend om zo veel geld uit te geven, terwijl hij een mooie, dure fiets in de stalling had staan. Maar dat risico had hij niet kunnen lopen. Het zou lastig zijn geweest om hem door de kelders te manoeuvreren en hij wist niet zeker of het hem gelukt zou zijn om het ding over de schutting te krijgen.

De ochtendlucht rook sterk naar aarde en bos, en hoewel hij al buiten was geweest werd hij er een beetje duizelig van. Hij rende de veertig meter naar de kleine steile helling iets ten oosten van het huisje. De deur van de aardappelkelder was bedekt met dennentakken en rijshout; wie niet wist dat hier een deur was, zou hem nooit vinden.

Hij maakte de deur vrij en legde de takken op een hoop naast de ingang. Daarna pakte hij de sleutel van het zware hangslot uit een klein vakje in zijn joggingschoen. Het slot was goed gesmeerd en zonder problemen kon hij het zware luik oplichten, de hengsels piepten een beetje. Brage verstijfde even en luisterde ingespannen. Toen ademde hij uit, liet het luik voorzichtig naast de opening zakken en stapte het gitzwarte gat binnen. Het duurde altijd even voor zijn ogen aan het donker waren gewend en hij knipte een zaklantaarn aan.

Nu hoorde hij iets. Niet zomaar een dier. Niet de wind die zacht en voorzichtig met de rottende bladeren van vorig jaar speelde. Er brak een tak. Verscheidene takken. Hij hoorde voetstappen.

'Kom naar buiten', riep een stem, luid en bevelend.

Een moment lang schatte hij zijn kansen in. Het pas gekochte pistool had hij in zijn zak. In zijn hand had hij de munitie. Voor hem lagen vier AG-3's en twee geweren, en ook nog vier kamerbuksen. En op de plank lag voor al die wapens munitie. Als hij snel was zou hij nog kunnen laden. Hij zou zich een weg naar buiten kunnen schieten.

'Kom meteen naar buiten', brulde de man bij de deur.

Brage Håkonsen voelde hoe de angst zijn middenrif greep. Hij probeerde het doosje met de patronen open te maken, maar zijn vingers leken gezwollen en gehoorzaamden hem niet.

Ik durf niet, dacht hij plotseling. Ik durf het verdomme niet.

Met opeengeklemde kaken liep hij achterwaarts de aardappelkelder uit. De tranen stonden in zijn ogen, maar hij slikte en slikte en wist daardoor een zekere waardigheid te behouden.

Zodra hij buiten was wierpen ze zich op hem. Hij lag languit op zijn buik en proefde de bosbodem doordat dennennaalden zijn neus en mond binnendrongen. Het deed pijn toen de handboeien zich om zijn polsen sloten.

'Ze zitten te strak', schreeuwde hij en hij spuugde de naalden uit. 'Shit man! Ze zitten te strak!'

De ene man was al in de aardappelkelder geweest.

'Kijk eens aan', zei hij, terwijl zijn collega Brage op de been hielp. 'Wat hebben we hier?'

In zijn ene hand droeg hij een AG-3, in de andere de kist met documenten. De plannen. De grote ideeën.

'Ik geloof dat we je flink zand in de ogen hebben gestrooid', zei de man en hij lachte luid. 'Je dacht zeker dat we amateurs waren, hè, dat we alleen de voordeur in de gaten hielden.'

Zijn lach echode over het water en aan de overkant schreeuwde een grote vogel.

'Vuile flikker', snauwde Brage.

De politieman die hem vasthield, een stevige kerel van een jaar of vijftig, grijnsde breed.

'Je bent zelf een flikker', zei hij en hij trok Brage hard en beslist in de richting van de hut.

Severin Heger was al vooruitgerend om versterking te halen.

9.40 uur, Kirkevei 129

Ze ging bijna dood van de pijn in haar hoofd. Het leek wel alsof er een priem in haar slapen werd geboord en ze voelde een druk op haar ogen, waarvan ze de herkomst niet kon identificeren. Ze had gisteravond niets gedronken. Sterker nog: sinds de fatale avond van Birgitte Volters dood had ze geen druppel alcohol meer aangeraakt. Toch had ze problemen om overeind te blijven, deze pijn was nieuw, vreemd en zeer beangstigend. Twee tabletten paracetamol hadden niet geholpen en ze zocht in haar toilettasje naar iets sterkers.

De letters van de krant dansten voor haar ogen toen ze aan de keukentafel ging zitten. De koffie smaakte bitter, maar na een halve kop voelde ze toch een soort verlichting. Of het aan de koffie lag of aan een stoffige Paralgin forte, kon ze niet zeggen.

De Avondkrant scheen intussen niet meer het alleenrecht op de kwestie te hebben. Hoewel ze nog steeds een neuslengte op de andere kranten voor lagen, hadden alle landelijke dagbladen en de grote regionale kranten zich nu ook op de affaire geworpen. En dat leidde tot nieuwe strategieën, nieuwe theorieën, nieuwe invalshoeken. De pessimistische en zwaarmoedige commentatoren speculeerden er vrijelijk op los. Hoewel nog steeds niemand een moordenaar bij naam durfde te noemen, liet de gehele pers doorschemeren dat het gezondheidsschandaal nauw verband moest houden met de moord op Birgitte Volter. Tussen de regels door dook steeds weer de naam van Benjamin Grinde op. Alle kranten noemden de vriendschap tussen Volter en Grinde een bewijs van de vriendjespolitiek binnen het staatsbestel, een gevolg van de jarenlange heerschappij van de Arbeiderspartij. Dat er op het hoogtepunt van de koude oorlog vaccins van een Oostblokland waren gekocht, werd onomwonden tot het grootste schandaal in de naoorlogse Noorse geschiedenis bestempeld, veel groter nog dan de illegale afluisterpraktijken van de veiligheidsdienst, eindeloos ernstiger dan het mijnongeluk op Spitsbergen. Dwars door de intense hoofdpijn heen moest Ruth-Dorthe Nordgarden toegeven dat de kranten in dit opzicht niet geheel ongelijk hadden, de aankoop had immers vermoedelijk enige honderden levens gekost. Als het allemaal klopte. Wat niemand eigenlijk nog wist.

Hoewel de andere kranten strikt genomen niets nieuws brachten, was de extra-editie van *De Avondkrant* gisteren zo uitvoerig geweest dat ze talloze bladzijden konden vullen met commentaren van leken en geleerden, politici en onvermoeibare opiniemakers. Prof.mr.dr. Fred Brynjestad kwam gewoontegetrouw met harde aanvallen, hoewel de oplettende lezer maar moeilijk kon achterhalen tegen wie ze waren gericht. Aangezien de toenmalige minister-president en minister van Sociale Zaken allang waren overleden, leek de heftigheid van zijn aanval wat overdreven. Vooral omdat het nog helemaal niet duidelijk was op welk niveau de transactie was goedgekeurd, of wie ervan had geprofiteerd.

Enkele commentatoren hielden zich ook bezig met Ruth-Dorthe Nordgardens rol in de hele kwestie. Niet dat ze als moordenaar werd bestempeld, allerminst – in 1965 was ze twaalf en lid van de padvinderij – maar *De Avondkrant, Dagbladet* en *Aftenposten* zetten vraagtekens bij Nordgardens handelswijze. Het stak haar vooral dat de pers uit 'zekere bronnen' wist, dat zij, enige dagen voor Grindes bezoek aan Birgitte Volter, had geweigerd hem te ontvangen. De speculaties over de reden van deze weigering, waren net zo fantasievol als onjuist.

'Ik had gewoon geen tijd', mompelde ze voor zich uit. 'Ik kon het er niet ook nog bij hebben.'

Ook de parlementsleden meldden zich, sommigen onbeholpen en aarzelend, anderen vooruitstormend, met slechts oog voor de verkiezingen die over vijf maanden zouden plaatsvinden. Zoals gewoonlijk begonnen ze allemaal met een min of meer zinloos voorbehoud. Zinloos, omdat ze vervolgens hun diepe teleurstelling over werkelijk alles naar voren brachten – over de relatie van de Arbeiderspartij tot het Oostblok in de jaren zestig, over de rol van de politie in het onderzoek naar de moord op Volter, over het werk van de commissie Grinde en de samenstelling van de commissie, en last but not least maakte de oppositie er een enorm punt van wat de moord voor gevolgen had voor de Noorse samenleving in het algemeen en de Noorse politiek in het bijzonder. De tijd van consideratie was definitief voorbij en de oppositie zou er alles aan doen om te voorkomen dat de Arbeiderspartij tijdens de komende opiniepeilingen voordeel zou trekken van een hoog Palme-effect.

'Alsof de moord zou bewijzen dat de Arbeiderspartij onbetrouwbaar is', zuchtte Ruth-Dorthe Nordgarden, terwijl ze naar haar slapen greep en haar ogen weer dichtkneep. 'Alsof de moord ook maar iets over de Arbeiderspartij zegt. Een halfjaar geleden werden we er nog van beschuldigd dat we in de jaren zestig communisten zouden hebben vervolgd. En nu zouden we met hen onder één hoedje hebben gespeeld.'

Boos en teleurgesteld sloeg ze met de krant naar een brutale en door de voorjaarslucht bevangen vlieg die op de jam af kroop.

'Ik ga, mam', zei een blond, warrig hoofd dat plotseling om de deur werd gestoken.

'Heb je al ontbeten?'

'Doei!'

'Ontbijt!'

Ze zuchtte demonstratief en zakte terug op haar stoel. De hoge lariks voor het raam tooide zich voor de zomer, nog voor de nationale feestdag zou hij stralend groen zijn.

'Is Astrid al weg?'

Een tweede en zo mogelijk nog warriger hoofd keek haar chagrijnig aan.

'Je gaat pas naar buiten als je iets gegeten hebt!'

'Maar ik moet nu echt weg.'

Pang.

De dichtknallende buitendeur liet een vacuüm van stilte achter en ze wist niet goed of ze dat vacuüm prettig vond of dat ze het liever gevuld zag. Ze hoefde er niet lang over na te denken. Haar mobiele telefoon stond in de oplader en staarde haar met een gemeen, groen oogje aan, alsof hij wist welke overwinning het haar kostte om hem te gebruiken.

Ze kende het nummer uit haar hoofd.

'Ik hoop dat je goed geslapen hebt', zei ze boos, toen de telefoon aan de andere kant uiteindelijk werd opgenomen.

'Prima, dank je', klonk het suikerzoete antwoord. 'De zoete slaap der rechtvaardigen.'

'Zoiets kun je toch niet schrijven!' explodeerde Ruth-Dor-the. 'Dat uitgerekend jij zoiets over mij schrijft, terwijl je…'

'Terwijl ik wat? Terwijl ik zoveel hulp heb gehad, bedoel je? Maar was dat dan niet in dienst van de persvrijheid, Ruth-Dorthe?'

'Je weet heel goed wat ik bedoel!'

'Nee, dat weet ik eerlijk gezegd niet. Jij hebt mij, geheel vrijwillig, het rapport van de commissie gestuurd. Ik heb je geen enkele tegenprestatie beloofd.'

'Maar jij hebt… jij hebt het voor mij verpest! En niet alleen voor mij, maar misschien voor de hele regering. Moet je zien wat *Aftenposten* vandaag schrijft! Dat…' Ze ritselde nijdig met de kranten. 'Hier staat het: het spijt ons te moeten constateren dat de cultuur van vriendjespolitiek zich in onze grootste politieke partij niet laat uitroeien. Het enige verschil met vroeger schijnt te zijn dat toentertijd ook Walter Ulbricht in de vriendenkring werd opgenomen. We weten werkelijk niet wat erger is.'

Ze slingerde de krant weg.

'Daar openen ze mee! Wat heb je aangericht, Liten Lettvik? We hadden toch een afspraak!'

'Fout. We hadden geen afspraak. Ik heb jou geholpen, wanneer ik dat op zijn plaats achtte. En jij hebt mij geholpen. Dat we nu helaas moeten ophouden met deze wederzijdse attenties, kunnen we op het conto van de persvrijheid en de levende democratie schrijven. Daar zijn we toch allebei voor, nietwaar?'

'Ik...' Ze moest zich vermannen en zweeg even. Haar hoofdpijn bonkte weer en ze voelde zich misselijk. 'Ik praat mijn hele leven niet meer met jou', fluisterde Ruth-Dorthe in de hoorn.

Maar daar was slechts nog een zoemtoon en die leek zich niet te interesseren voor deze te laat afgelegde belofte.

De telefoon ging en ze schrok zich wezenloos.

'Hallo?'

De mobiele telefoon was zo dood als een pier, maar het gerinkel hield aan.

Verward keek ze om zich heen, met de mobiele telefoon tegen haar wang gedrukt, alsof het een troostend sabbellapje was.

Dit keer ging de gewone, draadloze telefoon over.

'Hallo', probeerde ze nog eens, nu in de juiste hoorn. 'O, hallo, Tryggve. Ik wilde je net opbellen. Ik moet met je praten over dat gezondheids... O?'

Ze knabbelde aan haar linkerpinknagel.

'Natuurlijk. Maandag om vier uur. Bij jou. Maar dan ben ik... Goed. Ik zal er zijn. Om vier uur.'

Ze had de nagel te ver afgebeten en er joeg een snijdende pijn door haar vinger. Een klein streepje bloed sijpelde tevoorschijn en ze stak de vingertop in haar mond. Toen ging ze op zoek naar een pleister.

14.27 uur, hoofdbureau van politie, kantoren van de veiligheidsdienst

'Kijk eens aan, kijk eens aan', zei Severin Heger vrolijk en tevreden.

Hij probeerde de blik van de gevangene te vangen, maar de jongeman staarde naar zijn handen en mompelde iets onverstaanbaars.

'Wat zeg je?' vroeg de politiebeambte.

'Dit is toch zeker niet nodig?' herhaalde de jongeman, terwijl hij zijn polsen omhooghield. 'Handboeien, hier binnen!'

'Als je onderweg hierheen niet zo ongeveer tien vluchtpogingen had ondernomen, dan was het misschien bespreekbaar geweest. Maar nu niet.'

Met een stralende glimlach serveerde hij Brage Håkonsen een cola.

'Hoe moet ik dat drinken, met deze dingen om?' klaagde de jongen. Het huilen stond hem nader dan het lachen.

'O, dat gaat best', verzekerde Severin Heger. 'Ik heb het zelf ook wel eens geprobeerd. En wat hebben we hier?'

De papieren die hij zat te lezen waren ieder apart in plastic insteekhoesjes gestoken. Ze waren getypt en het hoogdravende, ouderwetse taalgebruik kon – geheel verkeerd – in de richting van een ouder iemand wijzen. Tenzij het spelfouten waren.

'Dit heb jij geschreven, nietwaar?' De politieman glimlachte nog steeds, zijn stem klonk vriendelijk, op het randje van vrolijk.

'Gaat je niks an', mompelde de gevangene zacht.

'Pardon?' Severin Heger glimlachte nu niet meer. Hij boog zich over het bureau heen en pakte Brages flanellen overhemd vast.

'Nog één zo'n antwoord en je krijgt het nog veel moeilijker', siste hij. 'Nu ga je netjes rechtop zitten en geef je beleefd antwoord op alles wat ik vraag. Begrepen?'

'Ik wil een advocaat spreken', zei Brage. 'Ik zeg geen woord voordat ik een advocaat heb gesproken!'

Severin Heger stond op en bleef zo lang naar Brage Håkonsen staan staren dat de jongen onrustig op zijn stoel heen en weer begon te schuiven.

'Natuurlijk', zei de politiebeambte ten slotte. 'Natuurlijk mag je een advocaat spreken. Dat is je goed recht. Het gaat wel even duren en ik kan je verzekeren dat ik over een paar uur veel minder vriendelijk en geduldig zal zijn. We hebben hier nogal wat, weet je. Deze papieren. En die wapens. Genoeg om je behoorlijk lang de bak in te laten draaien. Maar goed, jij beslist. Het zou natuurlijk het beste voor je zijn als je nu snel een duidelijke verklaring aflegt, maar natuurlijk... als je dat wilt, krijg je een advocaat. Ze zijn meestal vrij in het weekend, weet je, maar tegen morgenmiddag hebben we wel iets kunnen regelen.'

Brage Håkonsen staarde naar het glas cola en probeerde het met beide handen naar zijn mond te brengen.

'Zie je wel! Het gaat best. Nu breng ik je terug naar je cel, zodat we op die advocaat van je kunnen wachten.'

'Nee', zei Brage zacht.

'Wat zeg je?'

'Nee. We kunnen nu wel even praten. Als ik dan later een advocaat krijg, bedoel ik.'

'Weet je dat zeker? En dan krijgen we later geen gezanik dat je niet wist waar je recht op had en zo?'

De jongen schudde lichtjes met zijn hoofd.

'Verstandig', glimlachte Severin Heger en ging weer zitten. 'Geboren op 19 april 1975, klopt dat?'

Brage knikte.

'Magazijnmedewerker, ongetrouwd, woonachtig aan de Vidarsgate 11c?'

Hij knikte weer.

'Dan mag je me nu wat over deze papieren vertellen.'

Brage Håkonsen schraapte zijn keel en ging rechtop zitten.

'Wat is de maximumstraf voor zoiets?' vroeg hij mak.

Severin Heger maakte een afwerende beweging met zijn linkerhand.

'Even niet aan denken nu. Je wordt aangeklaagd wegens overtreding van §104a Wetboek van Strafrecht, "hij die – blabla – organisatie van militair karakter – blabla – met als doel om door middel van sabotage, geweldpleging of andere onwettige middelen de maatschappelijke orde te verstoren – blabla." Dat zou jij toch moeten weten. Zo belezen als jij bent.'

Hij staarde naar de inventarislijst van Brages boekenkast en knikte waarderend.

'Maximaal twee jaar, of maximaal zes jaar. Dat ligt eraan', verklaarde Severin Heger toen hij begreep dat Brage Håkonsen niets zou zeggen als hij geen antwoord kreeg. 'Maar daar hoef je je nu nog geen zorgen om te maken. Geef maar gewoon antwoord. Heb jij dit geschreven?'

Brage Håkonsen staarde bleekjes voor zich uit. Zijn ogen leken niet langer zo blauw, ze staarden kleurloos voor zich uit en hij knipperde niet meer.

'Zes jaar', fluisterde hij. 'Zes jaar!'

'Zeg,' drong de politiebeambte aan, 'loop je nu niet een beetje op de zaken vooruit?'

'Het zijn mijn papieren', viel Brage hem in de rede. 'Ik heb dat geschreven. Alleen ik, in mijn eentje.'

'Dat was dan knap stom van je', zei Severin Heger droog en voegde er onmiddellijk aan toe: 'Maar het is heel slim van je om dat toe te geven. Heel erg slim, moet ik zeggen. Maar de parlementsvoorzitter om het leven brengen, dat zou daarentegen niet zo slim zijn geweest.'

Hij bladerde drie pagina's verder.

'En dit is nog vervelender', zei hij, terwijl hij de bladzijde voor Brage neerlegde. 'Een kant-en-klaar plan voor de moord op minister-president Volter. Bij de kassa van de Rimi-supermarkt!'

'Daar doet ze haar boodschappen. Deed, bedoel ik.'

De manier waarop Brage Håkonsen voor zich uit staarde deed Severin Heger denken aan een B-film die hij een keer in een hotelkamer in Engeland had gezien, toen hij niet kon slapen: *The Plague of the Zombies*. De jongen deed duidelijk zijn best om niet te huilen, hij maakte zelfs een ontspannen indruk, leek wel een slaapwandelaar, zoals hij daar zat. Als zijn handen niet door de handboeien gedwongen bijeen werden gehouden, hadden ze vermoedelijk langs zijn lichaam omlaag gehangen, als slingers van een uurwerk, die niets voelden, maar slechts registreerden dat de tijd verstreek.

'Maar het is niet in de supermarkt gebeurd', zei Severin Heger. 'Ze is in haar kantoor vermoord.'

'Ik heb het ook niet gedaan', zei Brage Håkonsen vlak. 'Dat waren anderen.'

Severin Heger hoorde het bloed naar zijn hersenen stromen, alsof zijn hele lichaam begreep dat het er nu op aan kwam. Het geruis in zijn oren was zo luid, dat hij onwillekeurig zijn hoofd scheef hield om beter te kunnen horen en vroeg toen: 'En jij weet wie het gedaan heeft?'

'Ja.'

Hij hoorde voetstappen op de gang en had er een afschuwelijke seconde lang spijt van dat hij vergeten was om het bordje 'Verhoor – niet storen' op te hangen. Hij ademde langzaam uit toen de voetstappen zich weer verwijderden.

'En wie heeft het dan gedaan?'

Hij probeerde om het heel gewoon te laten klinken. Hij pakte zijn eigen colaglas, als om te benadrukken dat dit een heel alledaagse situatie was, dat hij bijna dagelijks met rechtsextremisten praatte die wisten wie er allemaal vooraanstaande en belangrijke personen in de Noorse samenleving vermoordden. De cola stroomde over toen hij wilde bijschenken.

Voor het eerst gleed een zweem van een glimlach over Brage Håkonsens gezicht.

'Ik weet wie het gedaan heeft. Ik weet ook wie het wapen naar jullie heeft opgestuurd. In een grote, bruine envelop, met zwarte letters en zonder postzegels. Gepost in een brievenbus op het hoofdpostkantoor, nietwaar? Ik kan je nu al zeggen dat die twee dingen door twee verschillende mensen zijn gedaan.'

Die details waren niet openbaar gemaakt. Zelfs op het

bureau waren er niet veel mensen die het wisten. Dat het wapen was opgedoken, wist iedereen, de kranten hadden er uitgebreid melding van gemaakt. Maar niet dat het op het hoofdpostkantoor was gepost. En al helemaal niet dat het in een ongefrankeerde, bruine envelop had gezeten.

'En ga je mij die namen noemen?'

'Nee.'

Brage glimlachte nu breed en Severin Heger moest zich aan de tafelrand vasthouden om hem geen pets in zijn gezicht te geven.

'Nee. Ik weet wie Volter heeft vermoord. En wie het wapen heeft opgestuurd. Ik heb twee namen te bieden. Maar jullie krijgen pas iets van mij als we een dealtje kunnen sluiten.'

'Je hebt te veel films gezien', siste Severin Heger. 'Dergelijke afspraken maken we hier niet!'

'Ach', zei Brage Håkonsen. 'Eén keer moet de eerste zijn. En nu wil ik die advocaat graag spreken.'

19.00 uur, Stolmakergate 15

Billy T.'s vier zonen, Alexander, Nicolay, Peter en Truls, zagen er in hun pyjama's betoverend uit. Als ze sliepen. Maar alleen dan. Voor de rest waren ze boeiend en grappig, wild en vindingrijk, maar vooral erg, erg lawaaiig. Hanne Wilhelmsen greep discreet naar haar voorhoofd, snel en onmerkbaar, dacht ze.

'Moe?' vroeg Billy T., terwijl hij de borden van zijn vier spruiten vol havermout schepte. Die hadden Hannes hint begrepen en zaten nu enigszins stil, afgezien van het feit dat Peter Truls met een worstentang die hij uit de onderste keukenla had gehaald in zijn dij kneep.

'Nee hoor', glimlachte ze. 'Alleen maar een beetje... moe.'

De kinderen waren de vorige avond verwachtingsvol joelend de woning binnengestormd. Truls als indiaan verkleed, omdat hij net van een kinderfeestje kwam, de drie oudsten in trainingspakken met natte zwembroeken eronder.

'Billy T.!' had Hanne hem vermanend toegesproken. 'Het is april!'

Beschaamd mompelend had hij hen droge kleren aangetrokken en de verentooi van Truls aan de muur gehangen. Sindsdien was het aan één stuk door gegaan, Hanne wist niet wat het ergste was geweest. Vermoedelijk dat Billy T. erop had gestaan om musketonhaken met stukken touw eraan aan het plafond te bevestigen, om te zien hoe ver de jongens zouden komen. Alexander had zich aan zijn handen hangend van de badkamer naar de keuken geslingerd en weer terug, zonder een keer los te laten, wat hem een diepe en luidkeelse bewondering van zijn kleine broertjes had opgeleverd en een denderend applaus van zijn vader. Truls was bij het derde stuk touw al op de grond gevallen en ze waren 's morgens naar de eerste hulp geweest om een gipsverband om zijn arm te laten leggen.

Hoe het ook zij, die ongelooflijke activiteit maakte hen in ieder geval doodmoe. Truls lette niet eens meer op de worstentang, zijn ogen vielen langzaam dicht en hij herkauwde zijn pap tot hij erbij in slaap viel.

'Hé, knul!' brulde Billy T. 'Je moet je tanden nog poetsen!'

Een halfuur later sliepen ze alle vier als rozen.

'Drie namen uit de Russische tsarenfamilie, en dan Truls', fluisterde Hanne, toen ze even in de kinderkamer gingen kijken of alles in orde was. 'Ik heb me altijd afgevraagd waarom.'

'Zijn moeder vond dat hij een echte, uitgesproken Noorse naam moest hebben.'

'Maar het is Deens.'

'Hè?'

'Truls. Dat is geen Noorse naam. Het is Deens!'

'Nou ja, hij lijkt sowieso niet op de anderen. Daarom moest

hij iets sociaal-democratisch Scandinavisch heten. Om niet buiten de boot te vallen, zeg maar. Dat wilde zijn moeder zo. Ik hoorde pas van zijn bestaan toen hij al drie maanden oud was. Het heeft me heel wat moeite gekost om het bezoekrecht te krijgen. Maar nu gaat het goed.'

Truls leek niet op de andere jongens. Hij was zwart. Billy T.'s twee oudste zonen leken sprekend op hun vader. Ze hadden blond haar, een blanke huid en grote, ijsblauwe ogen. Peter, de op een na jongste, had vuurrood haar en zijn gezicht was bezaaid met sproeten. Truls was zwart, zo donker dat niemand zou denken dat zijn vader blank was. Maar als hij zijn mondhoeken tot een scheve glimlach vertrok, leek hij als twee druppels water op Billy T.

'Je hebt leuke kinderen, Billy T. Dat moet ik je nageven. Je maakt leuke kinderen.'

Hanne Wilhelmsen streelde voorzichtig over Nicolays dekbed en wilde Billy T. de kamer uit trekken.

Maar hij verzette zich en ging op het onderbed zitten, waarin Truls met open mond lag te slapen. Zijn gipsen arm lag als een schild voor zijn ogen.

'Denk je dat hij pijn heeft?' fluisterde Billy T. 'Voelt hij het? Had ik hem een pijnstiller moeten geven?'

'Je hebt toch gehoord wat de arts zei. Een mooie, gave breuk, die in een week of drie weer aangroeit en hij hoefde niets te hebben, tenzij hij duidelijk pijn had. Hij slaapt nu lekker. Dus het kan onmogelijk veel pijn doen.'

'Maar hij houdt zijn arm nooit zo.'

Billy T. probeerde Truls' arm naast het dekbed te leggen, maar de arm schoot meteen weer terug en de jongen kreunde even.

'Ik had hem een pijnstiller moeten geven', zei Billy T. vertwijfeld.

'Je had die race niet moeten organiseren, zal ik je zeggen. Of je had er op zijn minst iets onder kunnen leggen. Matrassen of zo. Zie je niet dat Truls veel tengerder is dan de anderen? Hij wordt bij lange na niet zo groot als jij.'

'Dat komt gewoon omdat hij de jongste is', zei Billy T. dwars. 'Hij is zo klein omdat hij nog maar zes is. Hij groeit nog wel. Wacht maar af.'

'Hij is kleiner dan de anderen, Billy T. En ook al is hij geen atletisch wonder, hij is en blijft jouw zoon. Nu moet je echt ophouden.'

'Zijn moeder vermoordt me als ze die arm ziet', mompelde hij en hij haalde een hand over zijn gezicht. 'Ze vindt dat ik veel te ruw met hem omspring.'

'Dat doe je misschien ook wel', fluisterde Hanne. 'Kom nou maar.'

Hij wilde niet. Hij bleef op de rand van het bed zitten, ineengedoken en met gebogen hoofd, omdat de opening tussen de twee bedden niet groot genoeg was. Hij legde zijn hand voorzichtig op het hoofd van de jongen en streelde hem over zijn weerbarstige kroeshaar.

'Als hem iets zou overkomen', zei hij zacht. 'Als een van mijn kinderen iets zou overkomen, dan weet ik niet…'

Hanne ging voorzichtig op Peters bed zitten en duwde de jongen zachtjes opzij, een spierwitte arm met duizenden rode vlekjes werd bovenop het dekbed gelegd; hij hoestte in zijn slaap en fronste zijn voorhoofd.

'Moet je je eens indenken hoe dat voor Birgitte Volter moet zijn geweest', zei ze en ze schoof de arm van de jongen onder het dekbed, het was fris in de slaapkamer en zijn huid voelde koud aan.

'Volter?'

'Ja. Eerst toen haar dochtertje stierf en daarna, dertig jaar later, toen alles weer werd opgerakeld. Ik denk…'

Alexander bewoog in het bovenste bed.

'Pappa!'

Billy T. stond op en vroeg de jongen wat hij wilde. Alexander kneep zijn ogen dicht tegen het licht dat door de geopende deur naar binnen viel.

'Dorst', mompelde hij. 'Cola.'

Billy T. grinnikte en gebaarde naar Hanne dat ze naar de kamer moest gaan. Hij haalde een glas water voor de jongen en liet zich even later naast Hanne op de blauwe bank vallen.

'Ja? Wat denk je?' vroeg hij en hij pakte het bierblikje aan dat ze hem aanreikte. 'Je zei daarnet iets over Volter.'

Hij boerde zacht en veegde met de rug van zijn hand zijn mond af.

'Het overleden kindje. Ik krijg het maar niet uit mijn hoofd. Denk je eens in hoe erg dat voor haar moet zijn geweest. Op de een of andere manier kan ik de gedachte maar niet uit mijn hoofd zetten dat dat iets met de moord heeft te maken. Maar dan...'

Billy T. wilde de afstandsbediening pakken om wat muziek op te zetten. Hanne griste het ding net op tijd voor hem weg en legde hem buiten Billy T.'s bereik neer.

'Toe, Billy T.,' zei ze geërgerd, 'zelfs voor jou moet het toch mogelijk zijn om een gesprek te voeren zonder dat er tweehonderd decibel uit de luidsprekers knalt.'

Hij zei niets, maar nam een grote slok bier.

'Misschien moeten we meer moeite doen om uit te vinden hoe het met Birgítte ging', zei Hanne peinzend. 'Hoe heeft zij de laatste dagen van haar leven ervaren? Dat zouden we moeten onderzoeken. In plaats van iedereen maar in het wilde weg te vragen hoe zij zich op het tijdstip van de moord voelden! We moeten erachter komen wat die aantekeningen op de lijst betekenen. "Nieuwe naam" met een vraagteken erachter, was dat het niet? En wat was dat andere ook alweer?'

Billy T. luisterde blijkbaar niet goed.

'Maar die bewaker dan', zei hij voor zich uit. 'Na wat Severin mij gisteren vertelde, ben ik ervan overtuigd dat hij op de een of andere manier met de zaak te maken heeft. En dan lijkt het mij niet zo belangrijk of mevrouw Volter gelukkig was of niet!'

'Dat is gemeen. Zojuist stortte je bijna in bij de gedachte dat je eigen kinderen iets zou overkomen en nu laat het je ijskoud dat Birgitte Volter die nachtmerrie aan den lijve heeft ondervonden. Gebrek aan empathie, heet dat. Je zou professionele hulp moeten zoeken.'

'Ach jij!' Hij kneep haar in haar dij. 'Hou toch op! Ik barst van de empathie, maar we komen geen steek verder als we ons tijdens het onderzoek door gevoelens laten leiden.'

'Jawel', zei Hanne Wilhelmsen en ze duwde zijn hand weg. 'Volgens mij is dat de enige manier om tot de kern van de zaak te komen. We moeten uitzoeken hoe het met haar ging, wat ze echt voelde, hoe haar leven er op die dag uitzag. Op 4 april 1997. En daarna moeten we uitzoeken wat de rol van de bewaker was.'

'En hoe is Uwe Majesteit tot dit inzicht gekomen?' vroeg hij, terwijl hij opstond om een boterham te halen. 'Wil je er ook een met makreel?'

Ze gaf geen antwoord, maar zei: 'Ik heb sterk het gevoel dat de dood van haar kind er meer mee te maken heeft dan het gezondheidsschandaal op zich. Ik denk dat we ons blindstaren op de andere overleden baby's. Bovendien heb je gelijk wat die bewaker betreft. Er klopt iets niet aan hem. Is hij in 1965 geboren?'

'Nee. Hij was veel jonger.'

'Die oude man had gelijk.'

'Hè?' vroeg Billy T. met zijn mond vol met makreel in tomatensaus.

'Die oude man in het park. Vergeet het maar. Ik denk dat ik toch ook maar een boterham neem. En een glas melk, graag.'

'Je doet maar', mompelde Billy T. en hij trok nog een blikje bier open.

'Kun je niet gaan zitten, Per?'

Zijn stem was hees van de whisky en de vele sigaretten en toen hij opstond moest hij op de armleuningen steunen. Hij had niet zoveel moeten drinken. Aan de andere kant zocht hij een uitweg voor zijn verdriet en tot nu toe had niets anders geholpen. De arts had hem twee dagen geleden valium voorgeschreven, maar dat ging hem een beetje te ver. Hij wilde geen pillen slikken. Dan was een stevige borrel toch minder gevaarlijk. Nu had hij er al zes op.

Per keek hem met een blik vol minachting aan. Hij was in zijn trainingspak, hoewel hij onmogelijk al die tijd had kunnen hardlopen. Niet zo laat nog, niet zo lang. Roy Hansen had de buitendeur zes uur geleden achter zijn zoon horen dichtvallen.

'Zit je hier te zuipen?' vroeg Per venijnig. 'Dat mankeerde er nog maar aan. Verdomme, pa!'

Nu was het genoeg. Roy Hansen sloeg met zijn vuist tegen de muur en stootte daarbij de staande lamp naast de bank om, de glazen lampenkap sprong in duizend stukken uiteen.

'Nu ga je zitten!' schreeuwde hij en hij wreef over zijn borst, alsof hij op die manier onder zijn kleren moed probeerde te vatten. Die kleren had hij al twee dagen te lang aan en ze waren ook niet gestreken. 'Nu ga je zitten en praat je met mij!'

Per Volter staarde zijn vader verbaasd aan, toen haalde hij zijn schouders op en liet hij zich tegenover hem op een stoel vallen. Roy ging op de bank zitten, plotseling ontnuchterd, hij haalde zijn hand door zijn haar en bleef op het randje zitten, alsof hij op het punt stond op te springen.

'Wanneer hou je eindelijk eens op me te straffen?' vroeg hij. 'Vind je het ondertussen niet genoeg?'

Zijn zoon antwoordde niet, hij speelde met een grote tinnen tafelaansteker, die echter geen gas meer bevatte en slechts zinloze vonkjes de kamer instuurde.

'Ik voel me klote, Per. Net als jij. Ik zie dat je het moeilijk hebt en ik zou er alles voor over hebben om iets voor je te kunnen doen. Maar jij straft mij alleen maar en stoot me van je af. We weten allebei dat dit zo niet kan doorgaan. We moeten een of andere... een of andere manier vinden om met elkaar te kunnen praten.'

'En wat zou je dan willen zeggen?' vroeg de jongen plotseling en onverwacht, hij kwakte de aansteker op de tafel.

Roy leunde achterover en legde zijn handen in zijn schoot. Met zijn gebogen hoofd, zijn kin op zijn borst, en zijn gevouwen handen, leek het of hij een hogere macht om hulp smeekte.

'Dan zou ik zeggen hoeveel het me spijt. Ik zou om vergiffenis vragen. Voor afgelopen herfst. Dat met...'

'Ruth-Dorthe Nordgarden', zei Per giftig. 'Mij hoef je niet om vergiffenis te vragen, maar mamma! Haar had je je excuses moeten aanbieden. Maar zij had vast geen idee.'

'Je vergist je.'

Roy Hansen stak een nieuwe sigaret op. Hij trok een vies gezicht, alsof hij nu pas ontdekte hoe smerig het eigenlijk was. Toch drukte hij hem niet uit.

'Je moeder wist alles. Het was de enige keer tijdens ons hele huwelijk dat ik zoiets heb gedaan. Ik weet niet waarom het gebeurde, het...' Hij blies de rook door zijn neus uit en keek zijn zoon recht aan. 'Ik vind niet dat ik jou dit hoef uit te leggen. Maar ik wil graag dat je weet dat ik het allemaal aan Birgitte heb verteld. Toen ze terugkwam van dat congres in Bergen. Ik zat hier op de bank. Tot ze thuiskwam, 's avonds laat. 's Nachts. Het was twee uur, ze was eerst nog even op kantoor geweest en toen ze thuiskwam heb ik haar alles verteld.'

Per staarde zijn vader aan met een gezichtsuitdrukking die duidelijk liet blijken dat hij twijfelde aan het waarheidsgehalte van wat hem zojuist was verteld.

'En... wat heeft ze toen gezegd?'

'Dat is een zaak tussen je moeder en mij. Maar ze heeft me vergeven. Na een tijdje. Lang voor haar dood. Dat zou jij ook moeten doen. Ik zou willen dat je mij kon vergeven, Per.'

Ze bleven een tijdje zwijgend in de schemering zitten. Buiten kletterde de regen neer. Een van de dakgoten was blijkbaar lek, het water gutste in een waterval langs de noordwesthoek van het huis. In de verte hoorden ze een grote hond blaffen. Het donkere, alarmerende geluid overstemde zelfs het regelmatige geruis van de stromende regen. Tegelijkertijd herinnerde het bulderende geblaf hen eraan, dat er daarbuiten iets was waar ze deel van uitmaakten en waarmee ze binnenkort weer geconfronteerd zouden worden.

'Als ik dit najaar weer thuis kom wonen, zou ik graag een hond willen', zei Per plotseling.

Roy voelde een ontzaglijke vermoeidheid opkomen. Hij was duizelig en kon nauwelijks zijn ogen nog openhouden.

'Natuurlijk mag je een hond nemen', zei hij. Hij probeerde te glimlachen, ook al vergde dat een bijna onoverkomelijke krachtsinspanning. 'Een jachthond, misschien?'

'Mmm. Een setter, denk ik. Is het echt waar?'

'Ja, natuurlijk kun je een hond nemen. Je bent volwassen en beslist zelf.'

'Dat bedoelde ik niet. Heb je het echt tegen mamma gezegd?'

Roy drukte zijn sigaret uit en hoestte zacht.

'Ja. Je moeder en ik… we hadden niet veel geheimen voor elkaar. Een paar, vanzelfsprekend. Maar niet veel. Niet zulke geheimen.'

Per stond op en ging naar de keuken. Roy bleef achter, nog steeds met gesloten ogen. Zijn zoon was teruggekomen. Hij zou dit najaar weer thuiskomen. Hierheen, naar het huis waarin ze sinds Pers geboorte met zijn drieën hadden geleefd en geruzied, en van elkaar hadden gehouden.

Misschien was hij in slaap gevallen. In ieder geval leek het alsof er maar een kort ogenblik was verstreken, toen er plotseling een bord boterhammen op de tafel werd neergezet.

'Mag ik er ook een nemen?' vroeg Roy.

Per gaf geen antwoord, maar schoof het bord een paar centimeter naar voren.

'Hoe was ze eigenlijk?' vroeg hij.

'Mamma? Birgitte?' vroeg hij verward.

'Nee. Liv. Mijn zusje. Hoe was ze?'

Roy Hansen legde de boterham op de tafel neer, onaangeroerd. Hij krabde op zijn buik en voelde zich plotseling klaarwakker.

'Liv was fantastisch.' Hij lachte kort en zacht. 'Dat zegt iedereen waarschijnlijk over zijn eigen kinderen. Maar zij was zo... zo klein! Zo popperig en tenger. Heel anders dan jij, jij was... jij was een echte jongen. Groot en sterk en je schreeuwde als een speenvarken als je honger had, vanaf de allereerste dag. Liv was... ze had lachkuiltjes en blond haar. Ja, ik geloof... ja, het was blond. Wit, bijna.'

'Hebben we ergens een foto van haar?'

Langzaam schudde Roy zijn hoofd.

'Er waren heel veel foto's', zei hij na een tijdje. 'De vader van Benjamin Grinde, ja, je weet wel, hij die... goed, zijn vader was fotograaf en ze woonden direct naast je grootouders en daar woonden Birgitte en ik dus ook, de eerste twee jaar, voordat we... Er waren ontzettend veel foto's. Ik geloof dat Birgitte ze allemaal verbrand heeft. Ik heb ze sindsdien tenminste nooit meer gezien. Maar...'

Hij wierp een blik op zijn zoon, die de boterhammen ook nog niet had aangeraakt, maar die hem met een vragend, bijna verlegen gezicht zat aan te kijken.

'Misschien liggen er nog een paar op zolder', ging Roy verder. 'Ik zal alles eens een keer rustig bekijken. Een beetje opruimen. Ik denk dat ik ook maar weer eens aan het werk ga. Dinsdag of woensdag misschien. Wanneer ga jij terug naar school?'

'Binnenkort.'

Zwijgend aten ze ieder vier boterhammen en dronken ze melk en koffie. Af en toe keken ze elkaar aan. Roy glimlachte iedere keer, Per keek meteen een andere kant op. Maar het was niet meer zo pijnlijk. Zijn hatelijke blik was verdwenen. Buiten werd het weer steeds slechter, de regen kletterde hard en woedend tegen het grote raam naar de tuin.

'Waar is ze begraven, pappa? Liv, bedoel ik. Is er een grafsteen?'

'Op Nesodden. We kunnen er wel een keer naartoe gaan.'

'Over niet al te lange tijd, oké? Binnenkort?'

'Goed, m'n jongen. We gaan er binnenkort een keer naartoe.'

Toen Per naar bed ging, wenste hij zijn vader geen welterusten. Maar het zou niet lang duren voor hij dat ook weer deed.

Maandag 21 april 1997

Vreemd genoeg bevielen de massale vergaderingen Billy T.
inmiddels. Gewoonlijk haatte hij dit soort bijeenkomsten,
maar het was eigenlijk zo gek nog niet dat de leiders van
de vele onderzoeksgroepen twee keer per week bij elkaar
zaten. Omdat het de beste manier was om alle draden te
verzamelen en de verdere aanpak te coördineren, maar ook
omdat het bij deze vergaderingen intussen mogelijk was om te
discussiëren. Iedereen deed mee, zelfs Tone-Marit Steen,
hoewel niemand eigenlijk wist waarom, want ze leidde geen
onderzoeksgroep, niet officieel, maar ze had op een of andere
manier een taak op zich genomen die bij haar paste. Ze was
welbespraakt, grondig en had overzicht. Niemand protesteerde tegen haar deelname.

De enige die gewoonlijk kortaangebonden was en altijd iets
leek te verzwijgen, was Hermansen, de chef van de veiligheidsdienst. Iets anders was waarschijnlijk niet te verwachten. Vandaag was de procureur-generaal aanwezig, maar Billy T. had
besloten om zijn humeur niet door de norse, onvriendelijke
houding van de naar zijn mening koppigste vrouw ter wereld te
laten verpesten. Ze was vakkundig, saai en eigenzinnig en had
het tot een deugd gemaakt om zich nooit door een andere
mening, van wie dan ook, te laten beïnvloeden. Hoe die mening ook luidde. Ze bladerde in een stapel documenten en

keek met een zuur gezicht op toen Billy T. de vergaderzaal binnenkwam, zonder hem ook maar het kleinste knikje te gunnen. Best, hij had geen zin om te provoceren en groette haar ook niet.

Hij schonk uit een thermoskan water in een wit kopje met de opdruk 'Rijkskantines'. Hij liet het theezakje precies anderhalve minuut trekken en keek op de klok voordat hij het met zijn vingers uitkneep en in de prullenbak in de hoek gooide. Het water was niet echt heet en de thee smaakte naar niets.

Eindelijk was iedereen aanwezig, behalve politie-inspecteur Håkon Sand. Niemand had iets van hem gezien of gehoord en ze waren al tien minuten te laat. De hoofdcommissaris wilde niet langer wachten.

'De vorige week heeft ons een paar verrassingen gebracht', begon hij. 'Billy T. Wil jij beginnen?'

Billy T. zette zijn theekopje neer en liep naar het hoofd van de tafel. Hij ging tegen de muur aan staan en deed zijn armen achter zijn rug.

'We denken dat we de familie verder kunnen uitsluiten', begon hij. 'Per, de zoon, heeft een alibi waar geen speld tussen te krijgen is. Als we rekening houden met een complot, hoefde hij strikt genomen niet zelf in het kantoor van de minister-president aanwezig te zijn toen het schot viel, maar daar zijn absoluut geen aanknopingspunten voor. Wat het wapen betreft… we hebben de complottheorie nog eens opgepakt toen bleek dat het wapen eigendom was van Per. Maar we zullen ervan uit moeten gaan dat het op een of andere manier gestolen is. Nee…'

Hij duwde zich met zijn handen van de muur af, wipte op zijn tenen en keek even naar de vloer.

'Per Volter is een zeer ongelukkige jongeman, wiens leven van het ene moment op het andere compleet op zijn kop is gezet. Maar een moordenaar… dat geloof ik niet. Roy Hansen kunnen we ook vergeten. Dat heb ik al eerder aangetoond…' Hij keek de hoofdcommissaris aan, die even knikte. 'Hij kan moeilijk langs de bewakers zijn geslopen, zijn vrouw hebben vermoord en vervolgens het wapen van zijn zoon naar ons toe hebben gestuurd. Bovendien weten we dat hij om 18.40 uur thuis een telefoontje van zijn moeder kreeg. Dat wordt door de uitdraai van het telefoonbedrijf bevestigd. Dat alleen sluit hem in feite al uit. Ze wonen zoals bekend in Groruddal en de moord moet ongeveer op dat tijdstip zijn gepleegd. Zelfs al…' Weer wierp hij een blik op de hoofdcommissaris, die nogmaals knikte, een beetje geërgerd nu. 'Het is niet leuk om de vuile was buiten te hangen, maar het is duidelijk geworden dat Roy Hansen afgelopen najaar een klein… slippertje had. Met de minister van Volksgezondheid Ruth-Dorthe Nordgarden.'

Er steeg een zwak gemompel op, zelfs de procureur-generaal keek geïnteresseerd op van achter haar lelijke, ouderwetse bril met stalen montuur.

'Maar het was slechts een korte affaire. En ik beschouw het als hoogst twijfelachtig dat een dergelijke verhouding een motief tot moord kan vormen. Nee…' Billy T. liep naar zijn stoel, maar bleef halverwege staan. 'Het gezin Volter-Hansen is een doodgewoon Noors gezin. Met vreugden en zorgen, en duistere geheimen. Zoals iedereen. En wat dat gezondheids- schandaal betreft…' Hij haalde zijn hand over zijn schedel, zoals altijd als hij zich schikte. 'Dat zullen anderen moeten beoordelen. Zelf kan ik slechts zeggen dat…' Zijn gesprek met Hanne Wilhelmsen van zaterdagavond, toen de kinderen op bed lagen, werd als het ware versneld voor zijn innerlijk oog afgespeeld. 'Als de moord daarmee verband houdt, dan gaat het waarschijnlijk nauwelijks om het schandaal als geheel. Birgitte was destijds een piepjong moedertje. En hoe de politici ook tekeer gaan… Nee, als – en ik zeg met nadruk áls – als de zuigelingensterfte van 1965 iets met deze moord te maken heeft, dan moeten we volgens mij naar iets zoeken dat met haar eigen dochtertje te maken heeft. Maar volgens mij is dat dus niet zo.' Hij ging zitten en mompelde: 'De bewaker. Die heeft het gedaan.'

Daarbij hield hij zijn hand voor zijn mond, het was niet de bedoeling dat iemand het zou horen. De bewaker was niet zijn pakkie-an. Tone-Marit Steen, die naast hem zat, kon het niet laten te glimlachen.

'Je geeft het ook niet op, hè?' fluisterde ze. Op een teken van de hoofdcommissaris stond ze op.

'Billy T. heeft het niet over het wapen gehad', zei ze hardop. 'De Nagant, waarmee de moord is gepleegd en waarvan we nu met zekerheid weten hij van Per Volter is. We hebben de wapenkast in het huis van de familie onderzocht. Daar hebben we vingerafdrukken van alle gezinsleden gevonden, wat natuurlijk heel vanzelfsprekend is. Ik kan daar trouwens nog aan toevoegen dat er in de rest van het huis bijna geen vingerafdrukken te vinden waren. Geen wonder, aangezien het ministerie van Buitenlandse Zaken het gepresteerd heeft om het meeste effectieve schoonmaakbedrijf van de stad op het huis af te sturen, voordat wij het hadden kunnen onderzoeken.' Tone-Marit laste een veelzeggende pauze in. 'Een foutje, kunnen we rustig zeggen. Goed, ik denk dat we voorlopig genoegen moeten nemen met de vaststelling dat het wapen op een of andere manier uit de woning is ontvreemd, ook al wijst niets op een inbraak. Helaas kunnen we niets zeggen over het tijdstip van de diefstal, aangezien Per de wapenkast sinds kerst niet meer had geopend.' Ze ging op de rand van de tafel zitten en draaide zich naar de andere aanwezigen toe. 'Billy T. heeft zich behoorlijk in die bewaker van het regeringsgebouw vastgebeten', zei ze met een glimlach naar haar collega. 'En ik ben het eigenlijk wel met hem eens. Daar ligt iets, iets waar ik nog geen vinger achter heb gekregen. Maar dat die vent loog, daar ben ik van overtuigd. Het was alsof de duvel ermee speelde dat hij ook doodging. Onverantwoord, als je het mij vraagt!'

Sommigen van de aanwezigen gniffelden even, maar de procureur-generaal zond haar een dodelijke blik. Ze zette een zogenaamd ernstig gezicht op en knipoogde naar Billy T.

'We weten immers dat hij, in tegenstelling tot de meeste betrokkenen, inderdaad op de plaats delict aanwezig was. Hetgeen niet onbelangrijk is, aangezien het ons grootste probleem is – afgezien van het ontbrekende motief – om uit te vinden hoe iemand mevrouw Volter heeft kunnen vermoorden. We proberen daarom vast te stellen of hij banden had met een bepaald milieu. Daarbij stel ik me trouwens een nauwere samenwerking… iets meer hulp van…'

Tone-Marit wierp een provocerende blik op de chef van de veiligheidsdienst, die echter als een sfinx voor zich uit bleef kijken. Billy T. was onder de indruk. Tone-Marit Steen was echt voor niets of niemand bang.

'En dan Benjamin Grinde', zei ze, terwijl haar blik verder gleed naar de hoofdcommissaris. 'Zal ik dat ook doen, of…?'

De hoofdcommissaris maakte met zijn rechterhand een ongeduldig, roterend gebaar en Tone-Marit vervolgde: 'Laat ik met het pillendoosje beginnen. Daarop zijn aan de buitenkant vingerafdrukken gevonden van Birgitte Volter, Wenche Andersen en Benjamin Grinde. Wat betekent dat Grinde het doosje waarschijnlijk relatief kortgeleden in handen heeft gekregen. En dat komt overeen met de getuigenverklaring van Wenche Andersen. Aan de binnenkant zijn geen afdrukken gevonden. Wat het doosje betekent en of het sowieso iets betekent, is nog niet te zeggen.' Ze liet haar wijsvinger langs haar voorhoofd gaan en keek de hoofdcommissaris aan. 'Ik zou heel veel voor een zelfmoordbrief van die man geven. Want er bestaat geen enkele twijfel dat Benjamin Grinde zelfmoord heeft gepleegd. Geen tekenen van inbraak in de woning, überhaupt niets dat op geweldpleging of dwang wijst. De woning was opgeruimd en schoon, uit de as in de open haard kunnen we opmaken dat hij voldoende tegenwoordigheid van geest had om zijn meest persoonlijke papieren te verbranden. Het werk dat hij mee naar huis had genomen, had hij keurig geordend neergelegd, zodat zijn opvolger het zonder problemen kon overnemen. Maar geen zelfmoordbrief. Wat op zich zeer ongewoon is.'

'Hij was misschien niemand een verklaring verschuldigd', zei de hoofdcommissaris zacht.

Tone-Marit keek op van haar aantekeningen, een klein systeemkaartje vol steekwoorden, dat ze in haar linkerhand hield.

'Dat komt wel eens voor', ging de hoofdcommissaris verder, met zijn ellebogen op de tafel steunend. 'Je kunt dan van een *nette* zelfmoord spreken. Keurig. Alles is opgehelderd en geregeld, geen losse eindjes meer. Enkel en alleen het einde van een leven. Dat in zekere zin is uitgewist. Alsof het nooit heeft bestaan. Treurig. Heel erg treurig.'

'Maar zijn moeder dan... en hij had toch ook vrienden. Heel intieme vrienden.'

'Maar was hij hen iets verschuldigd?'

De hoofdcommissaris scheen zich nogal voor dit onderwerp te interesseren en Billy T. kon zijn verbazing nauwelijks verbergen. Toen de korpschef een goed halfjaar geleden aantrad, was Billy T. net als de meeste anderen uitermate sceptisch geweest. De man had slechts weinig ervaring met opsporingswerk; hij had nauwelijks bij de politie gewerkt, alleen een paar jaar als adjunct in Bodø, in het begin van de jaren zeventig. Daarentegen was hij elf jaar rechter-commissaris geweest, wat niet echt een ideale achtergrond was om het grootste en meest turbulente politiekorps van het land te leiden. Maar hij was in zijn functie gegroeid. Tijdens de afgelopen twee weken was iedereen van hem onder de indruk geraakt. Hij hield hen bijeen, wist een team van hen te maken. Ze werkten tot ze erbij neervielen en nóg klaagde er niemand over onbetaald overwerk. Dat alleen al was een enorme prestatie.

'Zelfmoord is een zeer interessant thema', ging de hoofd-commissaris verder, hij leunde achterover in zijn stoel en wist dat iedereen aandachtig luisterde. 'Duister en zeer interessant. Je kunt grofweg zeggen dat het verschil tussen ons, die af en toe in moeilijke tijden overwegen om onszelf van het leven te beroven...'

Hij glimlachte, een tot nu toe onbekende, jongensachtige glimlach; Tone-Marit vond hem plotseling aantrekkelijk in zijn pas gestreken uniformhemd, waarvan hij geheel tegen de regels in de mouwen had opgestroopt. Hij straalde iets jongensachtig masculiens uit, iets nonchalants en tegelijkertijd iets sterks.

'Het verschil tussen ons en de anderen is dat wíj eraan denken hoe een dergelijke dood de mensen zal treffen die ons het meest na staan', zei hij zacht. 'Wij zien wat voor verschrikkelijke tragedie het voor de nabestaanden zou zijn. Dus zetten we de tanden op elkaar en een paar maanden later ziet het leven er alweer iets beter en lichter uit. Maar...'

Hij stond op en liep naar het raam. De regen werd minder, maar het wolkendek hing loodgrijs en vochtig boven het reus-achtige, grijsgroene gazon in de driehoek tussen het politiebu-reau, het huis van bewaring en Grønlandsleiret. De hoofd-commissaris leek in het patroon van de regendruppels op de ruit een geheime code te zoeken, toen hij verderging: 'Maar de échte zelfmoordkandidaat denkt anders. Hij gelooft dat het leven beter zal worden voor degenen die hem liefhebben, als hij voor de dood kiest. Hij ervaart zichzelf als een last. Niet per se omdat hij iets fout heeft gedaan, maar omdat het leed zo... zo ondraaglijk wordt, dat het overslaat op zijn geliefden en het leven voor hen ook ondraaglijk maakt. Dat gelooft hij ten-minste. En dan berooft hij zichzelf van het leven.'

'Jeminee', riep Billy T. spontaan, hij had nog nooit een van zijn superieuren het woord 'liefhebben' in de mond horen nemen.

'Neem nou die Grinde', sprak de hoofdcommissaris verder, zonder zich door Billy T.'s interruptie te laten storen. 'Een succesvolle man. Bijzonder bekwaam. Alom gerespecteerd. Hij heeft een brede belangstelling, heeft goede vrienden. Maar dan gebeurt er iets. Iets dat zo verschrikkelijk is dat hij... Hij moet zijn besluit na rijp beraad hebben genomen – hij heeft zelf voor de medicijnen gezorgd en zorgvuldig opgeruimd... Het leed was blijkbaar ondraaglijk. Maar waar kwam die pijn vandaan?'

Hij draaide zich ineens om en spreidde zijn armen, als een collectieve uitnodiging om suggesties te doen waarom een man, van wie ze eigenlijk maar weinig wisten, zelfmoord zou plegen.

'U heeft het nog niet over eer gehad', zei Billy T. zacht.

'Wat zeg je?'

De hoofdcommissaris keek hem indringend aan; er gloeide iets in zijn ogen en Billy T. had er meteen spijt van dat hij zijn mond had opengedaan.

'Eer', mompelde hij niettemin. 'Zoals in *Madame Butterfly*.'

Het hoofd recherchezaken zat met open mond en scheen geen idee te hebben waar ze het over hadden.

'In eer sterft, wie niet langer in eer kan leven. Iets in die richting', zei Billy T. Toen hij begreep dat hij door kon praten, verhief hij zijn stem. 'Als hooggeplaatste burgers met hun vingers in de suikerpot of met hun broek op hun enkels worden betrapt, dan plegen ze soms zelfmoord. Doorgaans denken wij er het onze van, nietwaar? We denken dat het misschien te pijnlijk zou worden, dat de val te diep zou zijn, enzovoorts, enzovoorts. Doorgaans zien wij zo'n zelfmoord als een schuldbekentenis. Iemand heeft een verschrikkelijke fout begaan en kan de wereld niet meer recht in de ogen kijken. Maar dat hoeft niet... het hóéft niet altijd zo te zijn! Misschien kan zo iemand eenvoudig niet met de schande leven, ook al is hij helemaal niet schuldig!'

'Het kan bijvoorbeeld ook zo zijn...' waagde Tone-Marit Steen hem te onderbreken, 'het kan toch ook dat de zelf-moordkandidaat iets heeft gedaan wat misschien... wat mis-schien moreel verwerpelijk, maar niet per se strafbaar is. Zo gezien kan dezelfde daad door verschillende mensen heel ver-schillend beoordeeld worden, sommigen reageren hooguit met een schouderophalen, terwijl het voor iemand anders, die misschien bijzonder hoge ethische normen heeft...'

'Met alle respect, hoofdcommissaris!' De chef van de veilig-heidsdienst, Ole Henrik Hermansen, die tot dusver bijna roerloos zijn nagelriemen had zitten bestuderen, sloeg met zijn vuist op de tafel. 'Ik vind het weinig zinvol om hier min of meer vage bespiegelingen omtrent het raadsel zelf-moord aan te horen, terwijl we zo veel te doen hebben. Er zijn grenzen!'

Hij trok met zijn mondhoeken en de huid van zijn gezicht had een donkerder kleur aangenomen dan anders. Hij tikte onbeheerst met zijn voet tegen de grond en keek de hoofd-commissaris uitdagend aan.

De hoofdcommissaris glimlachte. Het was zo'n neerbui-gende grijns, dat zelfs het hoofd recherchezaken er niet aan kon twijfelen dat het een terechtwijzing was, een zeer arrogante terechtwijzing. De chef van de veiligheidsdienst was nu don-kerrood aangelopen en stond op om nog meer te zeggen. Hij hield beide handen om de tafelrand geklemd, alsof hij zich, als enige van de aanwezigen die bij zijn volle verstand was, aan de concrete werkelijkheid moest vastklampen.

'Als we deze hoogdravende theorieën nu terzijde leggen,' zei hij zo hard dat zijn stem bijna oversloeg, 'dan wil ik graag het een en ander vertellen.'

De anderen blikten elkaar aan. Dit was een ander geluid. Misschien was de filosofische verhandeling over het diepere wezen van de zelfmoord nodig geweest. Nu wilde Ole Henrik Hermansen ineens práten!

'Ga je gang', zei de hoofdcommissaris, nog steeds met die glimlach op zijn gezicht.

'Dan wil ik graag eerst mijn excuses aanbieden', zei Hermansen en hij streek een paar haren glad. 'Ik ben me ervan bewust dat een aantal mensen hier het gevoel hebben gehad dat ze een beetje... ondergeïnformeerd zijn, om het maar zo te zeggen. Ik wil vragen om daar begrip voor te hebben. Wij weten allemaal dat dit bureau niet potdicht is. Er lekt voortdurend iets naar de pers uit. Daarom hebben wij deze informatie voor ons gehouden.' Hij schoof zijn stoel naar achteren en liep naar het hoofd van de tafel. 'Dat ik het nu toch noodzakelijk vind om een uitgebreide briefing te geven, is omdat het onderzoek zich naar... naar alle windstreken dreigt uit te strekken, om het maar zo te zeggen. Terwijl we naar onze mening feitelijk voor een doorbraak staan.'

'O, shit', liet Billy T. zich ontvallen.

Het zijsprongetje van de hoofdcommissaris naar de meer spirituele kant van het bestaan was heel interessant geweest, maar er ging niets boven tastbare sporen.

'Dat betekent dus', ging Hermansen verder, 'dat de informatie die jullie nu gaan horen met de grootst mogelijke voorzichtigheid behandeld moet worden. Als dit naar buiten komt, riskeren we dat het hele onderzoek als een kaartenhuis ineenstort en we weer met lege handen staan.'

'Zoals tot nu toe dus ongeveer', mompelde Billy T., maar hij hield zijn mond dicht toen Tone-Marit hem een harde schop tegen zijn scheen gaf.

'Het is interessant dat het laatste gesprek dat Birgitte Volter voor haar dood gevoerd heeft, blijkbaar ging over de kwestie die inmiddels algemeen bekend is geworden als het "gezondheidsschandaal". Wij hebben de afgelopen dagen dan ook met grote interesse de berichtgeving in de kranten gevolgd.'

Meer doen jullie ook niet, dacht Billy T., jullie doen godbetert niets anders dan kranten lezen, uitknippen, plakken en verzamelen. Maar hij hield wijselijk zijn mond, Tone-Marits blik was niet mis te verstaan.

'Hoewel we het meeste dat momenteel geschreven wordt allang weten. En we weten nog veel meer.'

Hermansen laste een kunstmatige pauze in. Hij genoot. Iedereen staarde hem aandachtig aan. Eindelijk had iemand iets concreets.

'Een aantal van de geallieerde landen onderhield in de jaren 1964 en 1965 beperkte handelsbetrekkingen met de toenmalige DDR', zei Hermansen luid, terwijl hij als een pedagogisch verantwoorde professor voor zijn gehoor heen en weer begon te lopen. 'Dat maakte onderdeel uit van een grotere, Amerikaans geregisseerde operatie die tot gevangenenuitwisseling tussen oost en west moest leiden. Oost-Duitsland stelde als voorwaarde om schaarse artikelen te mogen importeren en een aantal van hun eigen producten naar het westen te mogen uitvoeren. Op die manier kregen ze zowel goederen als valuta.'

Billy T. begreep niet waar dit naartoe moest en trommelde ongeduldig op het tafelblad, totdat een blik van de hoofdcommissaris hem acuut deed stoppen.

'Noorwegen was bereid om ijzererts te exporteren en, onder andere, farmaceutische producten te kopen. Ja, in feite kruisten destijds allerlei verschillende waren de grenzen tussen oost en west, maar daar hoeven we nu niet nader op in te gaan. Belangrijk is dat dat allemaal in samenwerking met onze belangrijkste bondgenoot, de vs gebeurde en dat het een heel goed doel moest dienen: de vrijlating van westelijke agenten en gearresteerde diplomaten. De Verenigde Staten bedreven dat soort handel natuurlijk op veel grotere schaal dan wij, ook al was dat in strijd met de Trumandoctrine en werd daar niet hardop over gesproken. Maar we moeten vooral niet vergeten…' Hermansen ging op de rugleuning van een stoel zitten, met zijn voeten op de zitting, wat er jeugdig en stoer uitzag. 'De

DDR werd door het westen destijds nog niet als zelfstandige staat erkend. Dat gebeurde pas in 1971. Oost-Duitsland zat toen potdicht en wat vanuit onze optiek het ergste was, was in feite dat ze niet konden betalen.'

Nu trok de hoofdcommissaris zijn wenkbrauwen op. 'Maar,' protesteerde hij voorzichtig, 'ze hadden toch eigen valuta?'

'Natuurlijk hadden ze dat. Maar wat was de Oost-Duitse mark helemaal waard? Nul komma niks! Voor ons was goederenruil de beste oplossing. Voor de Amerikanen lag dat moeilijker. Oost-Duitsland wilde dollars hebben en je zou kunnen zeggen dat de VS hun mensen stomweg hebben vrijgekocht. Voor grof geld en bovendien ten koste van een van de belangrijkste principes van hun buitenlandse politiek: alleen handel drijven met systemen die hun burgers politieke rechten en algemene mensenrechten verlenen.'

'Alsof ze zich daar ooit aan gehouden hebben', mompelde Billy T., maar weer werd dat door iedereen genegeerd. 'Wat heeft dit in godsnaam met de moord op Birgitte Volter te maken?'

'De veiligheidsdienst was vanzelfsprekend niet bij deze handelsbetrekkingen betrokken', ging Hermansen onverstoorbaar verder. 'Maar we werden doorlopend op de hoogte gehouden. Dat moest wel, omdat wij een aantal DDR-burgers in de gaten moesten houden. Ik hoef denk ik niet te vertellen dat wij nog ettelijke dossiers uit die tijd hebben liggen…' Hij sprong op van de stoel en begon weer heen en weer te lopen. 'Maar thans zijn we vooral geïnteresseerd in een Oost-Duitse burger over wie destijds echter geen dossier is aangelegd. Om iets preciezer te zijn: een ex-DDR-burger. Kurt Samuelsen. Geboren in januari 1942 in Grimstad. Zijn moeder was Noorse en heette Borghild Samuelsen. Zijn vader was een Wehrmachtsoldaat wiens naam we niet kennen. De jongen kwam direct na zijn geboorte in een kindertehuis terecht en werd het jaar daarop in het kader van het Lebensborn-programma naar het Derde Rijk gestuurd. Toen...'

Plotseling onderbrak Hermansen zijn rusteloze heen-en-weergeloop. Hij bleef wijdbeens staan, in een militaire rusthouding, waarbij hij tot overmaat van ramp zijn handen ook nog op zijn rug legde.

'Na de oorlog belandde Kurt Samuelsen in de Oostzone. Niemand hoorde van hem, niemand vroeg naar hem. Dat wil zeggen... zijn moeder heeft rond 1950 nog een paar pogingen gedaan, maar bijna niemand wilde een vrouw helpen die in 1945 als moffenhoer was kaalgeschoren en daarna drie maanden in de gevangenis had gezeten. Maar in 1963, tijdens een studiereis naar Parijs, gaat onze vriend Kurt Samuelsen ervandoor. Hij is eenentwintig en een veelbelovend student scheikunde als hij bij de Noorse ambassade opduikt en zegt dat hij Noors is.'

'Noors?'

Niemand keek naar de hoofdcommissaris, iedereen wilde dat Hermansen doorging.

'Ja. Hij kan bewijzen dat hij werkelijk Kurt Samuelsen is. Hij komt naar Noorwegen en wordt feestelijk met zijn moeder herenigd. Zelfs verstokte verzetsmensen konden in '63 blij zijn over een dergelijke hereniging van moeder en kind. Maar goed. Kurt Samuelsen werd aangenomen aan de universiteit van Oslo, het farmaceutisch instituut. Hij was een zeer goede student en deed doctoraalexamen toen hij nog maar vierentwintig was. Let wel: in farmacochemie, niet farmacie. Na een halfjaar al sprak hij perfect Noors, wat zijn moeder sterkte in haar geloof dat haar verloren zoon inderdaad was teruggekeerd.'

Hermansen zweeg plotseling en stak, zonder om toestemming te vragen, een sigaret op. Hij haalde een reisasbakje uit zijn zak dat hij voor zich op de tafel neerzette. Hij nam een flinke trek, glimlachte vergenoegd en vertelde verder.

'Tot zover is alles koek en ei. Maar Kurt Samuelsen ging in 1968 alweer naar Oost-Duitsland terug. Zonder van zijn moeder afscheid te nemen. En sindsdien heeft niemand meer iets van hem vernomen.'

Nu zweeg zelfs Billy T. Hij klakte slechts even met zijn tong.

'Ik vind het vervelend als u rookt', zei Tone-Marit plotseling. 'Zou u die sigaret kunnen uitmaken?'

Hermansen keek haar beledigd aan, maar deed wat ze vroeg.

'Na de dood van zijn moeder in 1972 konden zijn Noorse familieleden hem niet opsporen. Naderhand is de zaak natuurlijk onderzocht en in 1987 troffen westelijke inlichtingendiensten hem bij toeval in Bulgarije aan. Toen werd ook duidelijk dat de man niet Kurt Samuelsen was. In werkelijkheid heet hij Hans Himmelheimer. De echte Kurt Samuelsen heeft nooit een voet buiten Oost-Duitsland gezet, zelfs niet na de eenwording, hij heeft altijd in Karl-Marx-Stadt gewoond, het huidige Chemnitz. En dan zijn we nu bij het interessantste deel van de zaak aangekomen.'

Hij betrapte zich erop dat hij een nieuwe sigaret uit het pakje trok, maar hij stak hem niet aan.

'Wij werden door onze Duitse collega's op Hans Himmelheimer opmerkzaam gemaakt. Zij vonden zijn naam in de Stasi-archieven. Onze goede Himmelheimer is vandaag de dag hoofdfarmaceut bij een gigantisch farmaceutisch concern – misschien willen jullie raden hoe het heet?'

'Pharmamed', zeiden Tone-Marit, Billy T. en de hoofdcommissaris in koor.

'Precies. Pharmamed was vroeger een staatsonderneming, maar heeft, anders dan vele andere Oost-Duitse bedrijven, het privatiseringsproces overleefd. Het concern heeft onder andere het monopolie op een type injectiespuit dat na gebruik breekt, een patent dat in deze tijden van aids goud waard is. En Hans Himmelheimer is afgelopen maart nog in Noorwegen geweest...'

'Wat?' riep de hoofdcommissaris ongelovig, maar Hermansen maakte hem met een handbeweging duidelijk dat hij nog even moest zwijgen.

'Wacht. Hij was hier vier dagen vanwege een congres in Oslo Plaza. Onder zijn echte naam. Tamelijk gewaagd, als je het mij vraagt, hij liep tenslotte het risico herkend te worden. Hij heeft uiteindelijk vijf jaar in Noorwegen gewoond.'

Tot nu toe had Ole Henrik Hermansen van de situatie genoten. Dat was iedereen duidelijk. Maar het was hem ook gegund, want wat hij vertelde, was werkelijk opzienbarend. En hij vertelde het met stijl. Maar plotseling straalde zijn hele verschijning onzekerheid uit. Zijn blik zwierf onrustig door de zaal en hij frunnikte aan zijn sigaret.

'Onze analytici zijn van mening dat het voor Pharmamed buitengewoon schadelijk is dat deze kwestie met dat vaccin is uitgelekt. Niet per se omdat ze verantwoordelijk gesteld kunnen worden. Waarschijnlijk is het zuiver juridisch gezien vandaag de dag een heel ander bedrijf. Vanwege de privatisering en zo. Maar die naam...'

Niemand vroeg wat hij bedoelde, ofschoon niemand het begreep.

'De naam Pharmamed. Het bedrijf heeft na de val van de muur een gigantische groei doorgemaakt. Het is tegenwoordig ettelijke miljarden waard. En het heet Pharmamed. Ik begrijp eerlijk gezegd niet waarom ze niet gewoon een andere naam kunnen nemen als het echt te erg wordt, maar dat schijnt nogal veel te kosten en bovendien niet zo eenvoudig te zijn. Ze hebben me uitgelegd dat een gevestigde naam goud waard is. Dit schandaal kan aan het bedrijf blijven kleven en dat is in een branche als de farmaceutische industrie, die dermate afhankelijk is van het vertrouwen van hun klanten, een uitgesproken ramp. En als we bij onze oorspronkelijke theorie blijven...' Ole Henrik Hermansen, chef van de veiligheidsdienst, wreef hard over zijn gezicht, zijn wangen werden rood en hij zag er voor het eerst vandaag echt moe uit. 'Die met de shawl.'

Hij gaf het hoofd recherchezaken een seintje om het licht uit te doen en legde een sheet op de overheadprojector. De tekening van de gezichtsloze man achter Birgitte Volter, met haar hoofd onder een shawl en een revolver op haar slaap gericht, die ze op de eerste zaterdag na de moord hadden gezien, kreeg plotseling een geheel nieuwe betekenis.

'Laten we er voor de gelegenheid van uitgaan dat we gelijk hadden. Het was niet de bedoeling om Birgitte Volter te doden. Het was de bedoeling om haar te bedreigen. En wat zou dan meer effect hebben dan...'

'...dan haar te laten zien dat ze haar huis waren binnengedrongen en de Nagant hadden gestolen, zonder dat iemand daar iets van had gemerkt!' riep Billy T.

'Maar', stamelde het hoofd recherchezaken, 'als ze die doek voor haar gezicht had, kon ze de revolver helemaal niet zien!'

Hermansen keek hem met een medelijdende blik aan.

'Hij kan haar het wapen eerst hebben laten zien. Zoals ik al zei toen we de eerste keer naar deze tekening keken, kan hij haar met die shawl nog meer angst hebben aangejaagd. Vanuit deze theorie gezien is ze per ongeluk vermoord. Het was de bedoeling om haar ertoe aan te zetten het werk van de commissie Grinde stil te leggen of op zijn minst te vertragen.'

'Dat zou kunnen kloppen', zei Billy T. 'Dat zou best eens kunnen kloppen.'

Het geluidsniveau steeg toen iedereen deze opzienbarende wending van de zaak met elkaar besprak. Hermansen trok een sceptisch gezicht en scheen deze discussie niet graag te willen onderbreken.

'Helaas, moet ik bijna zeggen, is dit niet ons enige spoor. Gisteren heeft de zaak nóg een opzienbarende wending genomen.'

Het werd meteen stil.

'Wat?' riep Tone-Marit Steen. 'Heeft het hier iets mee te maken?'

'Met de moord op minister-president Volter, ja. Met Pharmamed, nee.'

Kort en bondig zette de chef van de veiligheidsdienst Brage Håkonsens intrede in de zaak uiteen. In slechts zeven minuten had hij het hele verhaal verteld: over het neergestorte vliegtuigje, waarvan men nog steeds niet wist of het om een tegen Göran Persson gerichte sabotageactie ging, over Tage Sjögren, die op een kritiek tijdstip in Noorwegen was geweest, en over Brage Håkonsens tamelijk indrukwekkende wapenvoorraad en de uitgewerkte plannen voor aanslagen op zestien met naam genoemde vooraanstaande Noorse burgers, die eigenlijk niets anders gemeen hadden dan dat ze ofwel erg hoog in de boom zaten, of de nieuwe landgenoten een warm hart toedroegen. Ten slotte zuchtte hij luid en voegde eraan toe: 'Ik zou die vent graag als een dweepzuchtige idioot afschrijven. Mijn medewerkers zeggen dat hij veel te laf is om ooit echt een moord te plegen. Bij zijn arrestatie had hij zich vrij kunnen schieten, mijn god, hij had genoeg wapens onder handbereik om er een aanzienlijke commandogroep mee uit te rusten. Maar hij durfde niet. Intussen…'

Hij stond weer op, een beetje stijf. Iedereen begon moe te worden, de vergadering duurde nu al bijna drie uur en de meeste aanwezigen begonnen naar koffie en een sigaretje te verlangen.

'Hij zegt dat hij weet wie het gedaan heeft. En hij lijkt te weten waarover hij praat.'

Hermansen vertelde dat Brage Håkonsen tot in detail kon beschrijven hoe de revolver bij de politie was terechtgekomen.

'Dan weet hij meer dan wij', zei Tone-Marit. 'Wij hebben urenlang naar de videobeelden van het hoofdpostkantoor gekeken en hebben helemaal niets interessants kunnen vinden. Als ze daar dan toch video-opnamen maken, zouden ze ervoor moeten zorgen dat de kwaliteit zo goed is dat je iets aan de beelden hebt!'

'Brage zegt het dus te weten. Maar hij stelt een ruilhandel voor.'

'Ruilhandel?' De procureur-generaal had tot dusverre niet één keer haar mond opengedaan. Nu fonkelden haar ogen achter de dikke brillenglazen. 'Wij zouden hem moeten laten gaan, in ruil voor de naam? Geen sprake van.'

'Wij hebben hem al te verstaan gegeven dat dat hier niet gebruikelijk is', zei de chef van de veiligheidsdienst droog.

'Maar het is ook niet gebruikelijk dat er een minister-president wordt vermoord', mompelde Billy T., die echter geen zin had om het met de procureur-generaal aan de stok te krijgen. Uit bittere ervaring wist hij dat dat toch niets opleverde.

'Goed, we pauzeren even', verklaarde de hoofdcommissaris. 'Een halfuur. En dan bereiden we onze vervolgaanpak voor. Ik denk dat het verstandig is om de teams van Billy T. en van Tone-Marit samen te voegen.'

'Yesss', jubelde Billy T. en hij gaf Tone-Marit een dikke zoen op haar wang.

'Een halfuur', herhaalde de hoofdcommissaris. 'Geen minuut langer.'

'Soms ben je echt ontzettend kinderachtig, Billy T.', zei Tone-Marit Steen woedend.

Toen veegde ze demonstratief haar wang af.

12.30 uur, kabinet van de minister-president

Ze kon geen rust vinden. Ze had het gevoel dat ze geklikt had en als ze íets erg vond dan was het roddel en achterklap. Ze werkte nu elf jaar als secretaresse van de minister-president en leidde een leven dat correspondeerde met haar verplichtingen. Rustig en nuchter, zonder uitspattingen en met een ongewoon

kleine vriendenkring. In de loop der jaren hadden velen geprobeerd haar uit te horen, vrienden, bekenden en een enkele
journalist, maar ze wist hoe ze moest reageren. Haar positie
bracht een erecode met zich mee. Al liet iedereen zijn ouderwetse normen varen, zij zou haar idealen trouw blijven.

De twijfel was nauwelijks te dragen geweest. Dagenlang had
ze haar hoofd erover gebroken, zonder de juiste oplossing te
vinden. Ze wist niet meer wat de doorslag had gegeven.
Misschien de oprechte vertwijfeling en radeloosheid van haar
vriendin. Maar waarschijnlijk vooral de zekerheid dat de overtreding die ze verraadde vele malen erger was dan de indis-
cretie die ze beging als ze de minister-president in vertrouwen
nam.

Tryggve Storstein had bereidwillig naar haar geluisterd en
zijn vriendelijke bedankje stond in scherp contrast met het
gelaten, bijna verdrietige gezicht dat hij had gehad toen ze de
kamer verliet, er nog steeds niet van overtuigd dat ze juist had
gehandeld.

Ze mocht de nieuwe minister-president wel. Hoewel het
natuurlijk nog te vroeg was om dat met zekerheid te kunnen
zeggen, bovendien wilde ze er helemaal niet bewust over
nadenken of ze haar chef aardig vond of niet. Maar het was
onmogelijk om je in zijn gezelschap niet op je gemak te voelen,
ook al leek hij vaak verstrooid, bijna misplaatst achter het
grote, zwierige bureau, met die eeuwige frons op zijn voorhoofd en het vreemde, verlegen trekje van zijn mondhoek als
hij zijn keel schraapte en haar om iets vroeg. Meestal pakte hij
alles zelf. Hij scheen het niet prettig te vinden zich te laten
bedienen; een keer had hij het openlijk gezegd, toen ze bijna
tegen elkaar aan waren gebotst bij het koffieapparaat in de
pantry: 'Ik voel me zo stom als iemand dat voor me doet.
Eigenlijk kan toch iedereen zelf zijn koffie halen.'

Haar vriendin had echt gehuild. Fluisterend en zacht snik-
kend, terwijl haar vuurrode nagels nerveus als grote, effen

lieveheersbeestjes voor haar gezicht dansten, had stotterend haar hart gelucht. Ze was naar Wenche Andersen toe gekomen, omdat ze volkomen in de war was en omdat Wenche Andersen niet alleen een oude vriendin was, maar ook een soort meerdere, niet formeel, maar door haar ervaring en haar bekwaamheid. De vriendin werkte nog maar vier jaar voor de minister van Volksgezondheid. Ze was op Wenche Andersens aanbeveling aangenomen en daardoor voelde die zich extra verantwoordelijk voor haar.

'Hij was heel blij dat we het tegen hem hebben gezegd', troostte ze haar vriendin door de telefoon, maar hing snel op toen een van de staatssecretarissen binnenkwam.

Minister-president Storstein had haar uitdrukkelijk gevraagd om niemand over de gebeurtenis te vertellen. Dat was op vrijdag geweest en sindsdien was er niets gebeurd. In ieder geval niet dat Wenche Andersen wist en dus was alles waarschijnlijk zoals het hoorde.

Zodra ze de hoorn neerlegde ging de telefoon weer over.

'Met de secretaresse van de minister-president.'

Het was een van de chauffeurs. Ze luisterde een paar seconden geconcentreerd.

'Stop het in een plastic zak en raak het in godsnaam niet meer aan. Breng het meteen naar het politiebureau. Vraag naar Tone-Marit Steen. Steen, ja, met twee e's. Ik zal haar opbellen om te zeggen dat jullie eraan komen.'

Het toegangspasje. Ze hadden Birgitte Volters toegangspasje gevonden. Het had in de spleet tussen de zitting en de rugleuning van een van de regeringsauto's gezeten en was nu bij het stofzuigen gevonden.

Wenche Andersen probeerde de aardige jonge agente te bereiken die haar voor haar gevoel een eeuwigheid geleden had verhoord. Toen ze het nummer draaide, viel haar blik op haar handen. Alles behalve de huid leek te zijn gekrompen; de huid lag in dunne plooien over pezen en weefsel en leek alle kracht verloren te hebben. Wenche Andersen wreef langzaam over de rug van haar hand en merkte voor het eerst sinds lange tijd op dat ze ouder werd.

Weer joeg het door haar heen; dat verlangen terug in de tijd.

13.00 uur, hoofdbureau van politie, kantoren van de veiligheidsdienst

'Als we hem nu voor de onderzoeksrechter leiden breekt de hel los, snap je dat niet?'

Severin Heger had zijn stem nooit verheven tegenover zijn chef, maar nu straalde hij pure vertwijfeling uit.

'Als dit naar buiten komt, kunnen we het verder wel vergeten! Ik heb nog nooit gehoord dat het gelukt was om iemand achter de rug van de pers om in voorlopige hechtenis te nemen. Mijn god, Hermansen, als dit hieronder bekend wordt, dan is dat toch níéts vergeleken met de toestand in de rechtbank!'

De chef van de veiligheidsdienst schoof zijn onderkaak met een klikkend geluid naar voren en naar achteren, een slechte gewoonte die zijn vrouw jaren geleden al dacht te hebben uitgeroeid. Nu dacht hij zo diep na dat het letterlijk kraakte.

'Ik snap wat je bedoelt', mompelde hij, terwijl hij aan de rand van zijn bureauonderlegger trok. 'Maar we kunnen hem niet zomaar vasthouden. Hij zit al sinds zaterdagochtend vast en vandaag is in feite onze laatste mogelijkheid.'

Severin Heger vouwde zijn handen en probeerde rustig te blijven.

'Kunnen we niet een van de vaste rechters vragen?' vroeg hij zacht. 'Eentje met wie we vaker zaken hebben gedaan? Dan regelen we het vanavond in alle rust, als er niemand meer op de rechtbank is.'

Ole Henrik Hermansen staarde naar een spin die een prachtig bouwwerk in de hoek boven de deur maakte. Het vlijtige insect schoot heen en weer en hing plotseling in de lucht, aan zo'n fijne draad dat die niet met het blote oog was te zien. Een mug worstelde met het spinrag, vergeefs, de spin had hem al in de gaten en kwam over zijn onzichtbare, zelfgemaakte klimtouw naderbij.

'Het voorjaar komt eraan', bromde hij. 'Ik zal zien wat ik kan doen. We kunnen de rechters niet uitkiezen, Severin. Maar we kunnen de documenten doornemen. Ik zal de rechtbankpresident bellen en vragen of er iets aan het tijdstip kan worden gedaan. Iets later op de middag zou ons in ieder geval beter uitkomen dan nu.'

'Het moet lukken', zei Severin Heger. Hij verliet het kantoor van zijn chef om het papierwerk voor te bereiden.

16.03 uur, kabinet van de minister-president
Tryggve Storstein had zich nog nauwelijks in zijn nieuwe kantoor kunnen settelen. De grote, rechthoekige kamer bevatte geen enkel voorwerp van persoonlijke aard. Niet eens een foto van zijn vrouw en kinderen. Of een koffiemok met de opdruk 'Lieve vader' of 'Brave jongen'. Hoewel hij beide verdiend had. Dat vonden zijn kinderen tenminste, maar de beker waarop met groene letters op een oranje achtergrond 'Beste pappa van de wereld' stond, lag achterin de la met het opschrift PRIVÉ. Hij voelde zich niet op zijn gemak, deze kamer was als het ware niet van hem. Het kantoor niet. De baan niet. En ook de mensen niet, die af en aan liepen en zijn staf moesten vormen. De kamer was te groot, het uitzicht over de bonte, rumoerige stad te weids. Hij werd er duizelig van. Maar hij had het ambt aanvaard en hij wilde ervoor gaan. Hij was de juiste man voor dit werk, ook al leken zijn kostuums iets te groot, kwam hij een beetje onbeholpen over en strikte zijn vrouw iedere zondagavond drie stropdassen voor hem. Het zou allemaal wel lukken. Als hij maar voldoende tijd kreeg. Wie weet wende hij er zelfs wel aan dat

niemand hem meer bij zijn voornaam noemde.

'Laat haar maar binnen', mompelde hij in de intercom toen Wenche Andersen op gedempte toon de minister van Volksgezondheid aankondigde.

'Tryggve!'

Met energieke stappen kwam ze op hem af en spreidde haar armen voor een omhelzing. Die kon hij vermijden door te gaan zitten en in een paar nietszeggende papieren te bladeren. Hij keek pas op toen ze was gaan zitten.

'Je weet denk ik wel waarom ik je wil spreken', zei hij toen plotseling.

Ruth-Dorthe Nordgarden had nooit zo op Tryggve Storsteins ogen gelet. Zijn blik trof haar als een onverwachte pijlenregen. Zijn ogen waren onaangenaam open; om de een of andere reden had hij niet meer de halftrieste, halfverlegen afhangende oogleden, waardoor je zijn echte blik en de diepliggende oogbollen niet zag. Hij was veranderd. Zijn ogen waren nu zijn gezicht. Een grote, groengrijze uitdrukking van iets wat ze onwillig en ongelovig, maar direct herkende – een uitdrukking van openlijke en onverholen minachting.

Het schaamrood verspreidde zich over haar lichaam, ze voelde het prikken in haar handpalmen en ongewild greep ze naar haar slechtste gewoonte bij nervositeit: ze krabde in haar nek.

'Wat bedoel je?'

Ruth-Dorthe perste een glimlach tevoorschijn, maar haar gezichtszenuwen weigerden, zodat haar mond zich tot een schuldbewuste grimas verwrong; hij begreep het.

'Laten we dit niet onnodig pijnlijk maken, Ruth-Dorthe', zei hij terwijl hij opstond.

Hij bleef voor het raam staan. Hij praatte tegen zijn spiegelbeeld op het glas, het dikke, groenige vensterglas dat hem tegen aanslagen van buitenaf moest beschermen. Hij glimlachte bitter. Het had Birgitte niet geholpen.

'Weet jij wat het betekent om politicus te zijn?' vroeg hij. 'Heb je je ooit afgevraagd waar het eigenlijk om gaat?'

Ze verroerde zich niet, hij zag haar spiegelbeeld in het raam, een verstarde verschijning, alleen haar hand wreef over haar tengere hals, op en neer, op en neer.

'Daar had je je eens in moeten verdiepen. Ik hou je al een tijdje in de gaten, Ruth-Dorthe. Langer dan jij mij. En wat ik daarbij zag, beviel mij niet. Daar heb ik ook nooit een geheim van gemaakt.'

Plotseling draaide hij zich om. Hij keek haar aan, probeerde haar blik te vangen, maar ook haar ogen lieten haar in de steek, ze staarde naar een punt naast zijn schouder.

'Jij hebt geen idealen, Ruth-Dorthe. Het is de vraag of je die ooit hebt gehad. Dat is gevaarlijk. Zonder idealen verliezen we het belangrijkste uit het oog... de grondbeginselen van de politiek. Je bent verdomme lid van de Arbeiderspartij!' Hij verhief zijn stem, zijn wangen werden rood en zijn ogen nóg groter. 'Waar staan wij eigenlijk voor? Kun jij dat vertellen?'

Hij boog zich naar voren, steunde met zijn handen op haar armleuning, zijn gezicht was nog slechts dertig centimeter van het hare verwijderd. Ze rook vaag zijn aftershave, maar wilde hem niet aankijken. Had de kracht niet.

'Het publiek daarbuiten... de kiezers, het volk... hoe je het ook maar noemen wilt. Waarom moeten ze uitgerekend op ons stemmen? Omdat wij voor een gelijke verdeling zijn, Ruth-Dorthe. Wij zijn geen revolutionairen meer. We zijn niet eens zo radicaal meer. De maatschappij die wij leiden, wordt gestuurd door de markt en we leven goed in een internationale ruimte die voornamelijk door kapitaal wordt geregeerd. Prima. Er is veel veranderd. Misschien zouden we zelfs van naam moeten veranderen. Maar...'

Ze voelde de warmte van zijn gezicht, voelde microscopische druppeltjes spuug op haar gloeiende gezicht, ze knipperde met haar ogen, maar durfde haar gezicht niet af te wenden.

'Rechtvaardigheid', fluisterde hij. 'Een redelijke, enigszins rechtvaardige verdeling van de melk en de honing die in dit land stromen. Dat kan nooit...'

Hij richtte zich in zijn volle lengte op, alsof hij plotseling pijn in zijn rug had gekregen.

Bij het raam draaide hij zich weer om. De duisternis zonk neer over de stad, samen met de regen die achter de heuvels in het oosten op de loer had gelegen en op het vallen van de avond had gewacht. In de Akersgate waren twee auto's tegen elkaar gebotst, hij zag woedende mensen met hun armen zwaaien en een nijdige bus die probeerde om er over de stoep voorbij te komen.

'We zullen nooit een volledige rechtvaardigheid kunnen bereiken', zei hij ineens. 'Nooit. Maar om er iets aan te doen, om op zijn minst te proberen meer gelijkheid te scheppen... ben jij eigenlijk wel eens in het oostelijke deel van de stad geweest?'

Hij zag haar in het raam, in het spiegelbeeld had haar huid een groenige kleur aangenomen.

'Ben je daar wel eens echt geweest? Heb je wel eens een immigrantenfamilie in Tøyen bezocht, met vijf kinderen, een wc buiten in het trappenhuis en ratten zo groot als jonge katjes in de kelder? En ben je daarna dáárheen gegaan...' hij wees naar de heuvels in het welgestelde westen, 'om te kijken hoe ze dáár leven?'

Ruth-Dorthe moest op haar wang bijten om niet in te storten. Ze knipperde vertwijfeld met haar ogen en voelde plotseling een kramp in haar linkerhand, haar knokkels waren krijtwit en ze probeerde de leuning van haar stoel los te laten.

'We hebben meestal geen tijd', zei Tryggve Storstein. Zijn stem klonk nu anders, mild, hij leek tegen een recalcitrant kind te praten dat een vaderlijke reprimande nodig had. 'We hebben veel te zelden tijd om na te denken over het waarom. Waarom we doen wat we doen. Maar af en toe moeten we daar de tijd voor nemen.' Plotseling sloeg zijn stem weer over, hij liet zich in zijn bureaustoel vallen en zijn woorden knalden als zweepslagen over de tafel. 'Jij bedrijft politiek voor jezelf, Ruth-Dorthe. Voor je eigen, persoonlijke gewin. Jij bent levensgevaarlijk. Je denkt niet aan anderen. Niet aan de partij, niet aan je medemensen. Alleen aan jezelf.'

Dit pikte ze niet. Het leven leek onder haar weg te glijden, alsof er een aardbeving plaatsvond en ze niet meer wist of de vloer onder haar voeten nog heel was of dat ze het volgende ogenblik in een afgrond kon verdwijnen. Maar dit pikte ze niet. Ze wierp zich woedend over de tafel, greep een glazen presse-papier en tilde die dreigend op.

'Nu ga je echt te ver', siste ze. 'Vergeet niet dat ik vice-voorzitter ben...'

Hij begon te lachen. Hij legde zijn hoofd in zijn nek en schaterde het uit.

'En hoe je dat geworden bent, is een raadsel.'

'Maar...'

'Hou je mond!'

Ze zakte terug in haar stoel. Ze had de presse-papier nog steeds in haar hand, ze omklemde hem, hield het lompe ding van blauw glas vast alsof het haar laatste kans was om... ja, om wat eigenlijk?

'Je bent een idioot!' zei Tryggve Storstein en de minachting droop als het ware van hem af. 'Weet je dan helemaal niets van moderne communicatiemiddelen af? Weet je niet dat een faxapparaat alle verzendingen registreert en de nummers van alle ontvangers opslaat?'

Het duizelde haar. Wat kon ze doen? Wist ze niet iets over hem? Een keer iets met een vrouw, iets met een nalatenschap... ze had eens iets gehoord, ze kon het opzoeken, terugslaan, het hem voor de voeten werpen, hij kon dit niet doen, hij mocht dit niet...

'Jij bent zó egoïstisch dat je geen andere mensen ziet, Ruth-

Dorthe. Je begrijpt ze niet. Jij neemt de tijd niet om je in anderen te verplaatsen, omdat het je niet interesseert hoe de mensen in je omgeving de wereld ervaren en wat ze voelen. Daarom zul jij nooit een echte politicus worden. Dat ben je ook nog nooit geweest. Bij jou gaat het om de macht, enkel en alleen om de macht. De macht is jouw enige stimulans. Jouw probleem is dat je alleen van jezelf houdt. Iets anders kun je niet, want je houdt niet van andere mensen. Begrijp je eigenlijk wel wat je hebt aangericht, door *De Avondkrant* dat commissierapport toe te spelen?'

'Maar ik...' Haar stem klonk vlak en metalig. 'Daar stond toch alleen maar de wáárheid in!'

Ze leek tot haar eigen verbazing plotseling een wapen te hebben gevonden, dat ze met beide handen aangreep.

'Maar jij bent bang voor de waarheid, Tryggve. Jij haat mensen als ik, die vinden dat we een vrije pers moeten hebben... die vinden dat vrijheid van meningsuiting en een open maatschappij iets anders zijn dan stempels met "niet voor publicatie"!'

Hij gnuifde. Hij draaide rondjes in zijn stoel en kon niet meer ophouden met lachen.

'De waarheid! En wie ben jij dat je, eigenmachtig en boven alle anderen verheven, de waarheid denkt te kunnen gebruiken als je eigen hielenlikker? Denk je...' Hij wierp zijn hoofd naar achteren en lachte geëxalteerd. 'Denk je dat de waarheid iets is wat je in kleine doses aan je perscontacten kunt overhandigen, opdat ze je zo nu en dan een schouderklopje geven? Weet je, ik heb me al vaak afgevraagd...' Hij lachte niet meer, zijn stem beefde en hij moest zijn best doen om niet te schreeuwen. 'Ik heb me vaak afgevraagd hoe het komt dat iemand als jij... zo'n onloyale, onbekwame, impopulaire intrigante als jij zo ongelóóflijk weinig problemen met de pers heeft. Het is me altijd een raadsel geweest waarom ze jou niet al heel lang geleden hebben afgemaakt. En ik ben niet de enige. Maar nu weet ik het. Je hebt ze betaald. Met informatie. Ha!'

Hij stak ineens zijn hand uit.

'Geef dat ding maar aan mij!'

Ze sloeg haar ogen neer, aarzelde even en zette de pressepapier toen op de rand van de tafel. Hij dreigde op de grond te vallen en Tryggve Storstein moest opstaan om hem te redden.

'Ik heb nooit gedacht... ik heb nóóit gedacht dat ik een van mijn eigen ministers de grondregels van de democratie zou moeten uitleggen. Begrijp je niet, Ruth-Dorthe, dat jij de opdracht hebt om de gezondheidszorg te leiden ten behoeve van *het Noorse volk*! In plaats daarvan heb jij je volmachten misbruikt in een persoonlijke vendetta jegens mij. Jij hebt informatie naar de pers laten uitlekken, zodat jij de eerste kon zijn om commentaar te leveren, terwijl ik, die van niets wist, met de mond vol tanden zou staan. Dat is zo'n grove schending van het vertrouwen, dat... ik heb er geen woorden voor. Schending van het vertrouwen, niet alleen tegenover mij, maar ook tegenover de mensen namens wie je je werk zou moeten doen. En met de brokstukken van de waarheid die jij hebt doorgegeven, heb je bereikt dat niet alleen het vertrouwen en de geloofwaardigheid van de regering aan het wankelen is gebracht, maar heb je bovendien ruimte geschapen voor angst en speculaties! Angst en speculaties! Dát is jouw waarheid!'

Hij sloot zijn ogen en toen hij ze weer opende had hij zijn bezorgde, enigszins verlegen uitdrukking weer terug. Dat gaf haar moed en ze wierp zich nogmaals in de strijd.

'Maar de waarheid kan nooit schade aanrichten! Alleen met...'

'Ik zal je iets over waarheid vertellen', zei hij vermoeid en met zachte stem. 'Natuurlijk moet de waarheid boven tafel komen. In zijn volle omvang. En dan zal ik me voor het parlement verantwoorden. Niet voor de pers. Ze zullen op termijn natuurlijk alle informatie krijgen, maar het parlement is de juiste geadresseerde in deze uiterst precaire zaak. Zo hoor je dat te doen… met de waardigheid die een dergelijke belangrijke zaak vereist. En ondertussen…'

Hij boog zich naar voren en drukte een toets op de intercom in.

'Zou je twee kopjes thee willen brengen, Wenche?'

Hij verbrak de verbinding en wachtte.

Beiden zwegen tot Wenche Andersen binnenkwam. Ze had kleine, roze vlekken op haar wangen, maar haar handen waren rustig toen ze de kop en schotels op tafel zette en thee inschonk.

'Suiker?' vroeg ze Ruth-Dorthe Nordgarden. 'Melk?'

De minister van Volksgezondheid gaf geen antwoord en Wenche Andersen vond het niet gepast om aan te dringen. Ze verliet snel de kamer, maar kon nog net een opbeurende blik van haar chef opvangen, voordat ze de deur achter zich dichtdeed.

'Je wordt onder curatele gesteld', zei hij zacht, terwijl hij een schep suiker door het goudbruine vocht roerde. 'Van nu af aan neem jij geen enkele belangrijke beslissing zonder mij eerst te consulteren. Begrepen?'

'Maar…'

Er gebeurde iets met Ruth-Dorthe Nordgarden. Haar gezicht kreeg een andere uitdrukking, haar gelaatstrekken leken te groeien: haar mond zwol op, haar neus groeide, haar ogen puilden uit haar eigenlijk smalle gezicht. De schaduwen van de bureaulamp accentueerden de vreemde proporties; een smal gezicht met veel te grove lijnen.

'Dat kun je niet maken! Daar heb je het recht niet toe! Stem mijn voorstellen maar weg tijdens de ministerraad, doe dat maar, maar… maar je hebt niet het recht om mij de touwtjes uit handen te nemen!'

Tryggve Storstein roerde nog steeds in zijn thee, onnodige cirkels waar hij zijn blik op kon vestigen. Plotseling hield hij op, hij likte zijn lepeltje af en blies op de hete thee.

'Het alternatief is dat je aftreedt', zei hij zacht. 'Je hebt de keus tussen twee kwaden. Of je doet wat ik zeg en dan vervang ik je enige tijd na de verkiezingen. Heel kalm en netjes en dan hoeft niemand er verder iets van te weten. Of je treedt nu af en ik breng de oorzaak van je aftreden naar buiten. Tot in detail.'

'Maar je kunt niet... de partij... Tryggve!'

'De partij!'

Hij lachte weer, hartelijker nu, alsof hij de situatie echt amusant vond.

'Jij hebt je nog nooit druk gemaakt om de partij', zei hij vermoeid. 'Nu heb je de keus. Pest of cholera.'

Er verstreken vijf minuten waarin ze geen van beiden iets zeiden. Tryggve dronk thee, strekte zijn benen voor zich uit en leek aan heel andere dingen te denken. Ruth-Dorthe zat er als versteend bij. Een eenzame traan rolde over haar roodgloeiende wang. Hij zag de traan en heel even voelde hij een soort medelijden. Een gevoel dat hij snel verdrong.

'Pest of cholera, Ruth-Dorthe. De keus is aan jou.'

Plotseling rinkelde de telefoon. Ze schrokken allebei en Tryggve Storstein nam na een korte aarzeling op.

'Voor jou', zei hij verbaasd en hij gaf haar de hoorn.

De minister van Volksgezondheid pakte hem mechanisch aan, als een etalagepop, met stijve ledematen en schokkerige bewegingen.

'Goed', zei ze even later en ze gaf de hoorn terug. 'Ik moet naar het politiebureau. Nu meteen.'

Toen verliet minister van Volksgezondheid Ruth-Dorthe Nordgarden haar regeringschef, zonder hem te hebben meegedeeld wat ze zou doen.

Het maakte ook niet uit. Hij wist dat ze nooit van haar leven voor een openbare nederlaag zou kiezen.

Hij had haar vermorzeld. Het verbaasde hem dat hij geen sprankje spijt of verdriet voelde. Als hij er goed over nadacht, wist hij dat hij medelijden met haar had. Maar dat was dan ook alles.

Ze had lang geleden al onschadelijk gemaakt moeten worden.

21.30 uur, hoofdbureau van politie

'Geen flauw benul.'

Billy T. wreef hard en vlug over zijn gezicht en brieste alsof hij uit ijskoud water kwam.

'Maar haar verklaring klinkt eigenlijk wel plausibel. Die vrouw heeft iets…'

Hij rilde en probeerde met zijn vingers een punt op zijn rug te bereiken, wat niet lukte.

'Krab me eens, Hanne! Daar! Nee, nee, hoger, meer opzij. Daar, ja.'

Hanne Wilhelmsen sloeg haar ogen ten hemel en krabde hem vijf seconden hard en ruw op dezelfde plek.

'Zo. Ga zitten.'

Ze glimlachte naar Håkon Sand, die nog steeds enkel en alleen kon denken aan het kind dat maar geen aanstalten maakte om uit de buik van de moeder te komen. Hij draaide een nummer en gebaarde naar de anderen dat ze stil moesten zijn.

'O jee, sorry', zei hij en hij trok een gezicht. 'Sliep je?'

Hij luisterde even, maakte een kusgeluidje tegen de hoorn en hing op.

'Mijn bezorgdheid begint haar geloof ik een beetje op de zenuwen te werken, als ik haar steeds maar wakker maak', grijnsde hij schaapachtig. 'Maar ik word hier ook zo ontzettend nerveus van! Ik heb vanmorgen de algemene vergadering ook al gemist, alleen omdat ik een paar stuiptrekkingen op Karens buik dacht te zien toen we opstonden. Allemachtig, wat is dit vermoeiend.'

'Geen paniek', zeiden de twee anderen tegelijk. 'Hij komt heus wel als het zover is.'

'Het is een meisje', mompelde Håkon Sand, terwijl hij naar Birgitte Volters toegangspasje staarde dat in een plastic zak zat en al op vingerafdrukken was onderzocht.

Die van Ruth-Dorthe Nordgarden waren heel duidelijk aanwezig geweest. Twee stuks. Een van haar duim en een van haar rechtermiddelvinger. Haar gezichtsuitdrukking, toen ze daarmee werd geconfronteerd, had absolute en totale ontreddering getoond. Met wat hulp en tijd en veel denkpauzes was haar stotterend te binnen geschoten dat het pasje een maand geleden in de ministerskamer in het parlementsgebouw uit Birgittes tas was gevallen. Ruth-Dorthe had het opgepakt, was achter haar aan gerend en had het teruggegeven. Ze had geen andere mogelijkheid kunnen bedenken hoe haar vingerafdrukken anders op Birgitte Volters toegangspasje konden zijn terechtgekomen.

'Als ze dat pasje echt gebruikt had, zou ze er wel voor hebben gezorgd dat de afdrukken eraf waren geveegd, voordat ze het in de auto legde', zei Hanne vermoeid. 'Als ik het goed heb begrepen hebben de ministers geen eigen dienstauto en Tone-Marit heeft verteld dat zowel Volter als Nordgarden in de weken voor de moord dikwijls dezelfde auto heeft gebruikt.'

'Ik geloof haar', stemde Billy T. in. 'Dat mens heeft, zoals gezegd, iets weerzinwekkends, maar haar buren hebben haar op de avond van de moord om halfzeven haar vuilnis buiten zien zetten. Ik moet eerlijk gezegd toegeven dat ik een beetje nieuwsgierig werd, toen bleek dat ze de hele avond niet te bereiken was geweest, maar ze zegt dat ze gewoon een rustig avondje had willen hebben en daarom de stekkers eruit had getrokken.'

'Ruth-Dorthe Nordgarden is slechts een slang in het paradijs', zei Hanne zacht. 'Zo iemand die ieder onderzoek verstiert, doordat ze zoveel geheimen heeft en ons daardoor dwingt een hekel aan haar te hebben. Wat heeft die Roy Hansen in godsnaam in die trut gezien?'

'Slip of the dick', grinnikte Billy T.

'Ja, daar weet jij alles van', sneerde Hanne. 'Maar nu serieus, wat zou dat zijn geweest?'

'Met het gevaar dat jij me een seksfascist noemt, Hanne, maar ik denk dat dat gewoon weer een kleine intrige van onze vriendin Ruth-Dorthe Nordgarden was. Die vrouw verzamelt geheimen en pressiemiddelen, zoals anderen postzegels. Ze heeft er de hersens en het uiterlijk voor. In ieder geval gaat het ons geen bal aan met wie zij het doet. Zolang het niet in het belang van het onderzoek is. En dat is het niet, daar ben ik van overtuigd.'

Håkon gaapte en keek op zijn horloge.

'Ik moet naar huis. Als dat kind zich nu niet binnen vierentwintig uur naar buiten perst, ga ik om een keizersnede vragen.'

Er stond een man in de deuropening van Håkons kantoor, hij was zo stil gekomen dat niemand hem had opgemerkt.

'Severin Soeverein', groette Billy T. enthousiast. 'Ook nog zo laat aan het werk?'

'Ik werk tegenwoordig vierentwintig uur per dag', zei hij. Hij knikte naar Hanne. 'Bruin ben je! Even thuis met vakantie?'

'Zoiets', antwoordde ze. 'En hoe gaat het met jou?'

'Best. Ik zou je graag even spreken, Billy T.'

Hij knikte naar achteren.

'Natuurlijk', zei Billy T. 'We kunnen wel even naar mijn kamer gaan.'

Met veel bombarie verliet hij het krappe kantoortje, waarbij hij over Hanne heen moest stappen en een pennenbakje omgooide.

'Dan zie ik je over tien minuten in de foyer', zei hij tegen Hanne en hij gaf Severin Heger een mep op zijn rug.

Toen draaide hij zich om en stak nog even zijn hoofd naar binnen. Daarbij fluisterde hij zo luid dat iedereen het kon horen: 'Ze slaapt in mijn bed, Håkon. Samen met mij!'

'Kiss and tell', mompelde Hanne Wilhelmsen, die meteen besloot bij een vriendin te overnachten.

Maar bij nader inzien was het te laat om nog te bellen.

Dinsdag 22 april 1997

De Jens Bjelkesgate nummer 13 hoorde als het ware nergens bij. Te ver naar het oosten om Grünerløkka genoemd te worden, te ver naar het westen om bij Tøyen te horen. Het was een huurkazerne die zowel door God als door de stadssanering was vergeten. Moderne technologie had het grauwe gebouw met afschilferend stucwerk nooit bereikt; er was geen intercominstallatie en Hanne Wilhelmsen en Billy T. moesten een donkere poort door om binnen te komen.

'Dit is toch waanzin', zei Hanne zacht. 'Ik begrijp niet hoe je dit denkt aan te pakken. Waarom kon de veiligheidsdienst dit niet zelf opknappen?'

'Ach, die zijn momenteel allemaal paranoia', zei Billy T., terwijl hij bleef staan. 'Zoals die de afgelopen jaren door de mangel zijn gehaald, is het een wonder dat ze überhaupt nog leven.'

'Goh', zei Hanne. 'Ben je opeens op hun hand?'

'Onzin. Maar we vinden toch allemaal dat we wel een veiligheidsdienst moeten hebben.'

'Echt waar?' mompelde Hanne en ze wilde doorlopen.

'Wacht', zei Billy T. 'Severin weet iets wat hij officieel niet mag weten. Ik heb geen idee waarom niet, misschien dat het iets met onrechtmatig verkregen informatie heeft te maken, weet ik veel. In ieder geval…'

Hij dempte zijn stem, sloeg zijn arm om Hanne heen en duwde zijn gezicht bijna helemaal tegen het hare aan.

'Die Brage, over wie ik je heb verteld, is officieel in bewaring gesteld. Gistermiddag. Voorlopig wordt hem alleen §104a voor de voeten geworpen, maar ze hopen op een doorbraak met betrekking tot de moord op Volter. Het probleem is dat die vent een alibi heeft voor de avond van de moord. Hij zat samen met een Zweedse neonazi in de Scotchman, daar zijn ongeveer twintig man getuige van.'

'Wat niet uitsluit dat het een complot kan zijn', zei Hanne peinzend.

'Precies! En wat Severin officieel niet mag weten, is dat deze Brage Håkonsen in verband gebracht kan worden met de bewaker!'

'Wat??'

'Vraag me niet hoe. Ik gok dat er op de bovenste verdiepingen nog steeds allerlei illegale dossiers liggen. Maar ik heb immers de hele tijd al gezegd dat er iets niet klopte aan die bewaker. De hele tijd al!'

Plotseling kwam er een meisje aangeslenterd. Ze was mager en slungelig en staarde hen nieuwsgierig aan. In het voorbijgaan blies ze een enorme roze kauwgumbel, die echter knapte en zich als een natte, gescheurde handdoek over haar gezicht legde.

'Hallo', zei Hanne met een glimlach.

'Hoi', mompelde het meisje, terwijl ze de resten kauwgum van haar gezicht plukte.

'Wacht eens', zei Billy T. zo vriendelijk mogelijk. Dat hielp echter niet, het meisje keek hem verschrikt aan en liep verder in de richting van de straat.

'Wacht even', zei Hanne, ze liep snel achter haar aan en pakte haar bij haar arm. 'We willen je graag even wat vragen. Woon je hier?'

'Wat moeten jullie, verdomme?' vroeg het meisje boos. 'Laat me los!'

Hanne liet haar onmiddellijk los, ze zag nog steeds een glimpje belangstelling in haar ogen en wist dat ze er niet vandoor zou gaan.

'Kende je die man op de eerste verdieping? Die magere met dat bruine haar?'

Ze staarde hen aan en zowel Hanne als Billy T. had nog nooit iemand zo snel van kleur zien veranderen.

'Nee', zei ze nors en ze wilde doorlopen.

Billy T. was om haar heen gelopen en versperde haar de weg. 'Had hij vaak bezoek?' vroeg hij.

'Weet ik niet.'

Ze was een wonderlijke mengeling van kind en vrouw. Haar lichaam was mager, maar haar borsten werden al rond, waren niet slechts spitse aankondigingen van iets wat nog moest komen. Haar heupen waren jongensachtig smal, maar ze had al geleerd zich op een uitdagende, clichématige manier te bewegen. Haar haren waren onregelmatig geverfd en vertoonden alle tinten tussen oranjerood en mokka en in haar linkerneusvleugel droeg ze een zilveren knopje. De ogen onder de bijgetekende wenkbrauwen waren die van een kind, groot en blauw en tamelijk angstig.

'Hoe oud ben je?' vroeg Hanne. Ze probeerde opnieuw vriendelijk over te komen, ze spreidde haar armen en opende haar handpalmen op een uitnodigende, ongevaarlijk manier.

'Vijftien', fluisterde het meisje.

'Hoe heet je?'

Plotseling was het meisje weer volwassen.

'Wie zíjn jullie, verdomme?' vroeg ze en ze probeerde Billy T. weer te passeren.

'We zijn van de politie', zei hij, terwijl hij zijdelings met haar meeliep.

Plotseling begon haar onderlip te trillen. Ze sloeg haar handen voor haar gezicht.

'Laat me d'r langs', snikte ze. 'Laat me er door!'

Hanne sloeg een arm om de schouders van het meisje en probeerde haar handen voor haar gezicht weg te trekken. Haar vingernagels waren volkomen afgekloven.

'Hij had niks gedaan', fluisterde het meisje. 'Echt waar niet!'

11.00 uur, hoofdbureau van politie

Billy T. had al snel door dat hij geen woord dichter bij de waarheid zou komen. Niet zolang Kaja's vader erbij zat. De man moest een jaar of vijftig zijn, maar alcohol, sigaretten en slechte voeding hadden zijn huid poreus en slap gemaakt. Naar zijn uiterlijk te oordelen had hij net zo goed dik in de zestig kunnen zijn. Als hij hoestte leek hij met één voet in een open graf te staan en Billy T. betrapte zich erop dat hij een hand voor zijn mond hield, in een vergeefse poging om de vermoedelijk levensgevaarlijke bacteriën op afstand te houden.

'Ik heb godverdomme recht op een advocaat,' kuchte de conciërge, 'als je dat maar weet!'

'Luister', zei Billy T., met een blik op Kaja, die er uitzag als een te vroeg verwelkte bloem en blijkbaar niet kon besluiten voor wie van de twee mannen ze het bangst was. 'Of u blijft hier rustig zitten terwijl ik met Kaja praat, of ik vraag de Kinderbescherming om een tijdelijke voogd te sturen. Aan u de keus.'

'Kinderbescherming? De Kinderbescherming heeft niks met ons te maken. Ik blijf hier.'

De man vouwde zijn handen voor zijn buik. Hij had een grote, rode vlek op zijn hemd en het leek net of hij zijn handen over een landkaart legde. Hij rochelde hard en Billy T. dacht even dat hij op de vloer zou spugen. Maar hij slikte slechts moeizaam.

'Maar ik heb toevallig wel recht op een advocaat.'

'Nee. Dat heeft u niet. Ik wil alleen maar met Kaja práten, ze wordt nergens van beschuldigd.'

'Nee, dat is je geraden ook. Kaja heeft niks gedaan. In ieder geval niets waar de politie zich mee hoeft te bemoeien.'

Billy T. verplaatste zijn blik naar Kaja's vader.

'Heeft Kaja geen moeder?' vroeg hij optimistisch. 'Misschien kan die u komen aflossen, als het lastig is met de tijd en zo?'

'Haar moeder is dood. Ik blijf hier. Ik kan m'n dochter toch niet in de klauwen van de politie achterlaten, man.'

Het zag ernaar uit dat de man het wel naar zijn zin begon te krijgen, op het bureau. Zijn grauwbleke, bezwete gezicht vertoonde een tevreden uitdrukking en hij viste een pakje shag onder de band van zijn broek vandaan.

'U mag hier helaas niet roken', mompelde Billy T. 'Luister…'

Hij pakte een blocnote van zijn bureau, vulde een formulier in en zei: 'Ik schrijf een bon voor u uit om iets te eten. De kantine is op de zesde verdieping. Daar is ook een aparte rookafdeling. Dan praat ik ondertussen wat met Kaja, maar ik schrijf pas iets op als u weer terug bent. Goed?'

Hij zette zijn vriendelijkste glimlach op. De conciërge aarzelde, zijn blik ging van de bon naar Kaja en weer terug.

'Wat kan ik dan eten?' mompelde hij.

'Wat u maar wilt. Neem maar gewoon waar u zin in heeft.'

De conciërge nam een besluit en stond hijgend op.

'Maar geen woord op papier voordat ik terug ben! Begrepen? Geen woord!'

'Natuurlijk niet. Neem maar rustig de tijd. Hier…' Billy T. reikte de man, samen met de bon, een mannenblad aan.

'Neem rustig de tijd.'

Kaja's vader liet een tastbare leegte achter. Het Spartaanse kantoortje leek te groeien, er was nu plaats voor het tengere meisje dat eindelijk ophield met op haar nagels te bijten. Nu staarde ze met turende ogen uit het raam en leek vergeten te zijn waar ze was.

'Het spijt me van je moeder', zei Billy T. zacht.

'Mmm', zei het meisje, ogenschijnlijk onaangedaan.

'Was je bang voor hem?'

Ze draaide zich ineens om. 'Voor mijn vader?'

'Nee. Voor hem.'

Ze schudde kort haar hoofd.

'Hield je dan misschien van hem?'

Billy T. betrapte zichzelf erop te denken dat de bewaker, die twee weken geleden in dezelfde stoel had gezeten als waar Kaja nu zat, chagrijnig, week en zo dwars als het maar kon, iemand was geweest die eigenlijk alleen maar afschuw opriep. Maar er was iets in de blik van het meisje. In haar handbewegingen, ze vlocht haar vingers ineen en plukte aan een simpel, metalen ringetje. Ze zweeg nog steeds.

'Ik begrijp dat je verdrietig bent', zei Billy T. zacht. 'Maar waar ben je zo bang voor?'

Er gebeurde iets, iets wat Billy T. later maar moeilijk kon beschrijven, het ging snel en gebeurde volkomen onverwacht. Kaja maakte een totale metamorfose door, ze spreidde haar armen, keek hem recht aan, stond half op uit haar stoel en riep bijna: 'Jullie denken dat hij het heeft gedaan, maar jullie vergissen je, jullie denken altijd het slechtste van de mensen, geen wonder dat hij niet met jullie durfde te praten, jullie denken toch alleen maar dat hij het had gedaan, maar... het was Richard niet! Richard heeft het niet gedaan! En nu is hij dood en jullie denken dat...'

Ze wierp zich als het ware op het tafelblad, begroef haar hoofd in haar armen en begon te huilen.

'Het was Richard niet, hij heeft alleen maar... het ligt thuis in mijn kast, maar hij heeft het echt niet gedaan, hij wilde alleen maar... het ligt in mijn kast en ik weet niet... Richard...'

Billy T. sloot zijn ogen. Hij voelde hoe moe hij was. Hoe zat hij alles was. Om de een of andere reden dacht hij aan Truls. Het beeld van het kleine jongetje, dat dapper probeerde niet te huilen toen de dokter zijn arm weer rechtzette voordat het gips er omheen ging, had zich in zijn hoofd vastgezet en hij haalde een hand over zijn gezicht om het weg te krijgen. Hij opende zijn ogen en blikte Kaja zwijgend aan.

Hoeveel jonge mensen zouden nog hun min of meer moedige tranen vergieten, hier in deze lelijke, eenvoudige kamer op de tweede verdieping van het politiebureau, voordat deze zaak was opgelost?

Billy T. dacht aan zijn jongste zoon en aan het feit dat het leven nooit meer zoals vroeger zou zijn. Noorwegen werd nooit meer zoals het was. Hier zat dit meisje, een klein, verwaarloosd mensenkind, dat vermoedelijk de sleutel tot alles bezat. Zij kon hem vertellen wat er eigenlijk was gebeurd, op de avond van 4 april 1997, op de vijftiende verdieping van het regeringsgebouw, zij wist het antwoord en als hij voorzichtig een beetje duwde en trok, dan zou ze haar kennis met hem delen. Maar Billy T. wist niet of hij de kracht nog wel had.

Hij dacht eraan dat Hanne Wilhelmsen binnenkort weer naar de vs zou vertrekken. Dat had ze vanmorgen, met haar mond vol cornflakes, tussen neus en lippen door verteld, ze miste Cecilie. Ze ging binnenkort weer terug.

In een flits, die hij nadrukkelijk probeerde te verdringen, zag hij Truls' woedende moeder, bij het zien van het krijtwitte gips met de zwarte handtekeningen van zijn drie oudere broertjes; hulpeloze letters die het jongetje trots aan zijn moeder liet zien, die vrouw met haar zwarte, verwijtende blik.

'Wat ligt er in de kast, Kaja?' vroeg hij.

'De shawl', mompelde ze, terwijl ze opstond. 'De shawl die ze om had toen ze vermoord werd!'

Billy T. stond zo abrupt op dat zijn stoel naar achteren rolde, tegen de muur. Hij was meteen vergeten hoe moe hij was en dat hij het allemaal zat was.

'De shawl! Heb jíj die shawl? Dus de bewaker heeft Volter vermoord? *Luister naar me, Kaja! Heeft Richard de minister-president vermoord?*'

'Luister je niet naar wat ik zeg?' snikte ze. 'Richard heeft het niet gedaan. Hij wilde alleen maar… het alarm ging af en hij ging naar boven, in zijn eentje, want die ander sliep, geloof ik…' Ze veegde met de rug van haar hand over haar ogen, maar de tranenstroom liet zich niet stoppen. 'Hij heeft de revolver gepakt. Hij is gek op wapens, maar… die vrouw was al dood toen hij kwam. Hij gaat heel vaak schieten en hij heeft er allerlei tijdschriften en boeken over… Richard is helemaal gek van wapens en zo. Hij… daar lag die revolver, zeg maar, en die vrouw was dood, en dat ding lag bovenop die shawl en toen heeft hij die ook maar meegenomen en… hij was verdomme hartstikke bang… ik vond dat hij een beetje vreemd deed, toen ik op een avond…' Ze bloosde en haar blauwe blik zag er jonger uit dan ooit. 'Je moet het niet tegen pappa zeggen', zei ze kleintjes. 'Hij vind het niet goed dat ik met Richard omga. Zeg je alsjeblieft niets tegen pappa?'

'De pot op met je vader', blafte Billy T. 'Dus jij zegt dat Richard gewoon het wapen heeft opgepakt dat naast een vermoorde minister-president lag? Was hij niet goed bij zijn hoofd of zo?'

'Het was mijn idee om het met de post te sturen. Ik dacht dat als jullie die revolver kregen, dan zouden jullie misschien uit kunnen vinden wie het gedaan had, zeg maar. We hebben hem heel goed afgeveegd en toen ben ik ermee naar het postkantoor gegaan en toen ben ik de… postzegels vergeten. Maar ik had wanten aan.'

'Maar de shawl', riep Billy T. 'Waarom hebben jullie die niet opgestuurd?'

Kaja schoof verlegen op haar stoel heen en weer, ze keek verlangend naar het pakje sigaretten dat ze uit haar rugzakje had gevist. De rugzak had de vorm van een naïeve pandabeer die zich aan haar rug vastklampte.

'Steek maar op', zei Billy T. en hij zette met een dreun een grote oranje asbak van geglazuurd lava voor haar neer. 'Waarom hebben jullie die shawl niet opgestuurd?'

'Richard zei... een shawl is niet zo makkelijk schoon te krijgen. Hij was bang dat er sporen en zo op zaten die we niet weg konden krijgen, zeg maar. Hij zei dat ze tegenwoordig ook vingerafdrukken op huid kunnen vinden en we wisten niet of het dan ook mogelijk is om vingerafdrukken op stof en zo te vinden. En we konden hem niet bij het vuilnis gooien, want... op de film en zo kijkt de politie altijd bij het vuilnis, zeg maar, en dan was het veiliger om hem een poosje te bewaren. Richard wilde naar Duitsland gaan en na een tijdje zou hij mij dan komen halen, als... Pappa haatte Richard.'

Bij de gedachte aan haar vader kwamen de tranen weer tevoorschijn.

'Stil maar', zei Billy T. nu iets rustiger. 'Ik regel wel wat met je vader. Ik beloof je dat hij je met rust laat.'

Hij wist niet of de glimlach waarmee hij haar probeerde te kalmeren effect had, maar hij had geen tijd om daar acht op te slaan. Nu wilde hij dat huiszoekingsbevel hebben waar hij om had gezeurd. En nu zou hij het krijgen ook. Hij pakte de telefoon om politie-inspecteur Håkon Sand te bellen.

'Het spijt me', zei de telefoniste opgewekt. 'Hij is naar het ziekenhuis. De bevalling is begonnen!'

Billy T. vloekte binnensmonds en wierp snel een verontschuldigende blik op het meisje. Ze had het niet gehoord en was vermoedelijk wel aan grover taalgebruik gewend.

'Tone-Marit', blafte hij in de hoorn. 'Neem de dienstdoende officier mee en kom onmiddellijk hierheen. Nu! Meteen!'

Kaja had haar tweede sigaret opgestoken.

'Zal ik meegaan?' vroeg ze zacht, terwijl ze de rook uit haar mondhoek blies. 'Zal ik meegaan en jullie laten zien waar die shawl ligt?'

18.05 uur, in een arrestantencel op het hoofdbureau van politie

De advocaat was niet dom. Hij begreep het allemaal. En die truc met twee dagen hechtenis was slim. Brage had zich bereid verklaard om tot woensdag in voorlopige hechtenis te blijven, om de politie tijd te geven om na te denken. Tot nu toe hadden ze de pers buiten de deur weten te houden. De advocaat had met een schadeclaim gedreigd, als ze de korte hechtenis niet geheim wisten te houden. Ze hadden twee dagen om na te denken. Of ze een deal wilden sluiten. Maar dat wilden ze heus wel. Hij had iets wat zij wilden hebben. Twee namen: Richard en zijn vriendin. Het was stom van Richard geweest om dat meisje erbij te betrekken! Brage had haar gezien, was haar naar het postkantoor gevolgd. Hij begreep niet waarom Richard het wapen niet gewoon had gehouden. Misschien was het meisje in paniek geraakt. Een kind nog, vast niet ouder dan veertien of vijftien jaar.

De politie was gebrand op de namen. Die Heger was stomverbaasd geweest toen hij allerlei details kon noemen die klopten. Daarom wisten ze dat hij twee belangrijke namen had.

Brage Håkonsen liep naar het midden van de warme, benauwde cel en ging op de betonnen vloer liggen. Zonder pauze en in een strak tempo deed hij zijn sit-ups. Achtennegentig, negenennegentig.

Honderd.

Hij ging rechtop zitten, met zijn armen om zijn benen geslagen. Hij was niet eens erg bezweet.

Zolang hij de namen had, zou de politie overal op ingaan. En zouden ze hem vrijlaten.

22.30 uur, Motzfeldtsgate 14

Liten Lettvik zat met een stevige Jack Daniel's in een oude leunstoel en miste de smaak van succes. Zo ging het altijd. Een kort, intens gevoel van triomf zolang het erom spande, daarna leegte. Daarna moest je verder. Niets was zo dood en zinloos als de krant van gisteren. Over een paar maanden wist bijna niemand meer dat zíj alles had onthuld. Een paar uur lang was het fantastisch geweest. Vooral tijdens de persconferentie. Ruth-Dorthe en plein public neersabelen, was het beste dat ze ooit had gedaan. De half lovende, half afgunstige blikken van haar collega's hadden haar goedgedaan. Een paar van de jongeren, die nog niets te verliezen hadden, hadden haar enthousiast een schouderklopje gegeven en gevraagd hoe ze die Pharmamed-zaak zo bliksemsnel op het spoor was gekomen.

Ze moesten eens weten!

Als ze daaraan dacht, voelde ze een steek onder haar borstbeen. Een gevoel van onbehagen. Ze staarde verwijtend naar haar glas en drukte haar linkerhand tegen haar maag.

Misschien had ze het niet moeten doen. Ze had iets uitgebuit dat oud was en in zekere zin... waardevol. Ze hoestte en zette het glas hard neer.

Natuurlijk had ze het moeten doen. Niemand zou erachter komen, want dat was nog nooit gebeurd. Nooit. Geen enkele keer, in al die jaren... drieëndertig jaar.

Er werd aangebeld.

De steek onder haar borst werd erger, ze kromp ineen van de pijn.

Weer klingelde de bel driftig. Ze probeerde zich op te richten, maar moest half voorovergebogen naar de deur lopen. Het zweet parelde op haar voorhoofd.

'Liten Lettvik?'

Ze hoefde niet te vragen wie de twee mannen waren. Ze herkende een van hen, hij werkte bij de veiligheidsdienst.

'Ja', kreunde ze.

'We zouden u graag spreken, op het bureau.'

'Nu? Om halfelf 's avonds?'

De lange man glimlachte, ze dacht een zweem van minachting in zijn ogen te zien en keek snel naar de ander. Hij was jonger, kleiner, maar sloeg zijn blik niet neer.

'Ja. U weet vast wel waarom het zo'n haast heeft.'

Ze ging bijna van haar stokje. Op de tast greep ze de deurpost, ze sloot haar ogen in de hoop dat de kamer dan zou ophouden rond te draaien.

Ze wisten het. Verdomme, verdomme, ze wisten het.

Toen ze haar grote tas had gepakt en haar mantel had aangetrokken, kwam er een gedachte bij haar op die ze zo snel mogelijk weer van zich afzette.

Ze dacht eraan hoe het Benjamin Grinde was vergaan.

Woensdag 23 april 1997

17.30 uur, Aker Ziekenhuis, vrouwenkliniek
Hanne Wilhelmsen keek in een piepklein, rimpelig gezichtje.
Het pasgeboren meisje kneep haar oogjes dicht tot twee strepen. Het leek net een pasgeboren muisje, maar het mauwde,
een zacht kattengejammer. Haar lipjes verwrongen zich tan-
deloos en trilden ontevreden. Haar huid zat onder de rode
vlekken, haar gezicht was asymmetrisch, met donzige, rood-
achtige plukjes haar bij de oren. De fontanel – die veel te open
leek – klopte snel en ritmisch, het was net alsof er geen dekseltje
op zat en het was ronduit eng.
'Is ze niet prachtig', fluisterde Karen Borg. 'Is het niet het
mooiste kind dat je ooit hebt gezien?'
'Zeker', loog Hanne Wilhelmsen. 'Ze is schattig. Alle kinderen zijn schattig.'
'Helemaal niet', protesteerde Karen, nog steeds fluisterend.
'Heb je dat jongetje daar gezien? Dat is net... een klein aapje!'
Ze gniffelde, maar moest de tranen wegvegen die uit haar
linkeroog stroomden.
'Sorry dat ik alleen ben', zei Hanne. 'Håkon moest naar de
rechtbank en het is zo ontzettend belangrijk dat we dat bevel
tot bewaring erdoor krijgen. Zodra hij klaar is komt hij hierheen. Hij heeft beloofd...'
'Hier', viel Karen haar in de rede en ze hield de inspecteur
het katoenen pakketje met de vierentwintig uur oude baby erin

366

voor. 'Voel eens hoe heerlijk ze is!'

'Nee, nee', zei Hanne Wilhelmsen, maar ze moest het kind wel aanpakken, Karen zag er niet sterk genoeg uit om het nog langer met uitgestrekte armen te kunnen vasthouden.

Het meisje was echt niet mooi. Hanne legde voorzichtig en eigenlijk zonder erbij na te denken haar gezicht tegen dat van de baby. Ze rook heerlijk. Een lekkere, zoetige geur die Hanne kippenvel bezorgde. De baby opende plotseling haar oogjes, diepe, kleurloze bronnen zonder een duidelijke iris.

'Ze ziet er slim uit', fluisterde Hanne. 'Ze heeft net zulke ogen als mijn oma had. Hoe gaat ze heten?'

'Dat weten we nog niet precies. We kunnen het niet eens worden. Håkon wil een dubbele naam, omdat Hans Wilhelm dat ook heeft, maar ik vind dubbele namen voor meisjes niet leuk. We zien wel.'

'Dyveke', zei Hanne zacht en ze kuste het kind vederlicht op het voorhoofd, de babyhuid kietelde tegen haar lippen. 'Ze ziet eruit als een Dyveke.'

'We zullen zien', lachte Karen. 'Ga toch zitten.'

Hanne klom voorzichtig op de rand van het bed en gaf het kind weer aan haar moeder terug.

'Was het zwaar?'

'Zou jij haar alsjeblieft even in haar bedje willen leggen?' vroeg Karen, terwijl ze even een pijnlijk gezicht trok. 'Het is uiteindelijk toch op een keizersnede uitgelopen en het bukken doet zo'n verschrikkelijke pijn.'

Hanne legde het bultje voorzichtig in een plastic kuip op hoge poten met wieltjes.

'Ziet er niet erg stabiel uit', zei ze sceptisch. 'Een keizersnede?'

'Ja, de harttoon verdween.'

Ze huilde. Karen Borg huilde tranen met tuiten. Tussendoor lachte ze verontschuldigend en probeerde ze haar tranen weg te vegen. Maar die stroomden maar door, ze kon ze eenvoudigweg niet binnenhouden.

'Ik begrijp niet waarom ik me zo aanstel, ik lig al de hele dag te janken. Gelukkig kon ik me een beetje inhouden toen mamma en Hans Wilhelm er waren. Hij was zo lief, hij...'

Hanne stond op en trok een verrijdbaar kamerscherm voor het bed. Toen ging ze weer zitten en pakte Karens hand.

'Huil maar.'

'Ik ben zo blij dat je er bent', snufte Karen. 'Maar eigenlijk had Håkon hier moeten zijn. We waren haar bijna kwijt geweest. Ze is gezond en mooi en ik zou niet moeten huilen, maar...'

Dat klotebureau, dacht Hanne. Hadden ze geen andere jurist kunnen sturen? Ze stond weer op en liep naar een kleine wastafel naast de deur. Ze pakte een van de doekjes die onder de wastafel lagen en hield dat onder het koude water, wrong het uit en legde het op Karens voorhoofd.

'Ze had wel dood kunnen gaan', fluisterde Karen. 'Nu gaat het goed met haar, maar ze had... als ze dood was gegaan, was het mijn schuld geweest. Håkon wilde de bevalling aldoor al laten inleiden, maar ik... het zou mijn schuld zijn geweest. Dat zou ik niet...'

De rest van de zin verdronk in een heftig gesnik, ze legde haar handen op het koude doekje en verborg haar gezicht.

De gedachte kwam zo snel op, dat Hanne even een andere kant moest opkijken. Ze liet haar ogen rusten op het kleine meisje in het roze dekentje. Ze sliep en naast haar hoofd hield een geel konijntje met opengesperde ogen de wacht. Maar dat stelde de moeder niet gerust.

Zo moest het Birgitte Volter ook zijn vergaan. Op 24 juni 1965. Precies zo. Met het wezenlijke verschil dat haar kind niet overleefde. Het stierf. Slechts drie maanden oud.

'Liv Volter Hansen', mompelde Hanne tegen het gele konijn, dat onwaarschijnlijk grote badstoffen voortanden had, waarvan de punten vrolijk en onnatuurlijk naar binnen bogen.

'Wat zei je', snikte Karen, iets rustiger nu. 'Liv wat?'

Hanne glimlachte en schudde haar hoofd. 'Ik moest aan het kind van Birgitte Volter denken. Het kindje dat stierf. Birgitte Volter moet heel verschrikkelijk hebben...'

'...geleden', vulde Karen aan en ze ging met veel moeite rechtop zitten. 'Ik kan me niets ergers voorstellen.' Ze glimlachte bleekjes en wist zich ogenschijnlijk in te houden. 'Ik begrijp dat de hel is losgebarsten', zei ze. 'Ik hoorde het daarstraks op het nieuws.'

'Ja. Voordat ik hierheen ging, ben ik nog even langs de rechtbank gegaan. Er is zoveel pers op afgekomen, dat heb ik nog nooit meegemaakt. De eerste aanhouding in deze moordzaak... ze gaan helemaal uit hun dak. Je moet het maar als een compliment opvatten dat Håkon erbij moet zijn. Laten we hopen dat er bij de volgende bevalling niet weer toevallig een minister-president wordt vermoord.'

'Er komt geen volgende keer', steunde Karen, die nu echt glimlachte. 'Geen sprake van! Maar wil dat zeggen dat dit... dat deze zaak nu is opgelost?'

'Dat is iets te veel gezegd. Maar het is wel een doorbraak. Dat wel.'

Hanne keek even om zich heen. De vrouw in het bed naast Karen zat samen met de vader van het kind zacht te fluisteren, met hun hoofden dicht bij elkaar boven een lichtblauw bultje; het aapje, vermoedelijk. De vrouw in het volgende bed had een donkere huidskleur, haar bezoek bestond uit vijf volwassenen en twee kinderen die over het bed klauterden en een leven van jewelste maakten. Hanne stond op, liep naar de andere kant van het bed, zodat ze met haar rug naar de anderen toe zat, en deed half fluisterend verslag van de gebeurtenissen van de dag ervoor.

'Billy T. was diep teleurgesteld na die huiszoeking. Ze hebben een stapel boeken over wapens gevonden, een stel dubieuze tijdschriften en vier geregistreerde wapens. Verder niets. Afgezien van een kleinigheidje dat Billy T. niet voldoende vond, maar waar Håkon erg blij om was. Een adresboekje. Het kleine rode adresboekje van de bewaker en onder de H van Håkonsen stond Brages naam, mét adres, maar zonder telefoonnummer. Daarmee hebben we...' Ze boog zich naar haar vriendin toe en kon ondanks de vermoeidheid in Karens ogen zien hoe boeiend ze het allemaal vond. Hanne telde op haar vingers af: 'In de eerste plaats hebben we Brages moordplannen en zijn extreem grote wapenverzameling. Ten tweede, hoewel hij blijft ontkennen dat hij de bewaker kende, heeft hij tijdens het verhoor beweerd dingen te weten die hij onmogelijk kon weten als hij niet op de een of andere manier met die man in verbinding stond. Hij dacht slim te zijn, maar heeft op die manier toch flink zijn mond voorbij gepraat. Ha!' Ze giechelde, streek haar haren achter haar oor en tikte met de derde vinger tegen het dekbed. 'Ten derde bewijst het adresboekje dat er een verband bestaat tussen die twee. En de bewaker is...' Ze stopte en rechtte haar rug. 'De bewaker is de hele tijd eigenlijk het beste spoor geweest. Als hij Birgitte Volter inderdaad heeft vermoord, dan kunnen we de vraag die ons zoveel hoofdbrekens heeft bezorgd vergeten: hoe kon iemand een kamer binnenkomen die zo goed als verzegeld was? Hij is er geweest. En hij had een wapen.'

'Maar hoe kwam hij dan aan die revolver van Volters zoon?'

'Jeetje', zei Hanne. 'Daar zeg je wat! Daar zit wat in. Ik heb geen idee. In ieder geval is de bewaker het beste spoor en nu...' ze keek op haar horloge en glimlachte, '...en nu zit Brage Håkonsen te bibberen in de rechtbank, terwijl jouw briljante echtgenoot... nee, dat is hij natuurlijk niet, jouw briljante vriend... terwijl Håkon de rechter ervan overtuigt dat er een gegronde reden tot verdenking is.'

'Maar jullie hebben toch nog wel meer?' vroeg Karen en ze pakte het doekje van haar voorhoofd.

'Zal ik het nog eens uitspoelen?'

'Nee, dat hoeft niet. Dus nu gaat het zo langzamerhand op een veroordeling af? Als die bewaring tenminste doorgaat en jullie het onderzoek kunnen voortzetten terwijl Brage Håkonsen achter slot en grendel zit?'

'Nee', zei Hanne. 'Van een veroordeling is voorlopig nog geen sprake. Dat zou jij moeten weten! Jij bent tenslotte...'

'Kaja zou gelijk kunnen hebben', zei Karen zacht. 'Het kan best zijn dat zij de waarheid spreekt.'

Hanne strekte haar hand uit naar het babymandje en pakte het bewakerskonijntje. Ze aaide hem langzaam over zijn oren en knikte, snoof de geur van baby en ontsmettingsmiddel op en zei voor zich uit: 'Precies. Kaja kan de waarheid hebben gesproken.'

Donderdag 24 april 1997

6.50 uur, Stolmakergate 15
'Hanne! Wakker worden!'

Billy T. schudde voorzichtig aan Hannes arm; ze lag diagonaal in het bed en genoot van het alleenzijn. De twee dekbedden lagen over haar heupen en benen, ze lag op haar rug en met haar armen boven haar hoofd uitgestrekt.

'Waar ben je geweest?' mompelde ze, terwijl ze op haar buik draaide. 'Doe het licht eens uit.'

'Er moest nog achterlijk veel gedaan worden. Papierwerk en dat soort dingen.'

Hij rukte de dekbedden weg en rolde ze snel op tot twee enorme kussens die hij tegen het hoofdeinde van het bed legde. Daarna trok hij Hanne, onder zacht gemompeld protest, op in zithouding.

'Koffie en ontbijt', zei hij gemaakt opgewekt en hij knikte naar het nachtkastje. 'En kranten. Ze gaan verdomme allemaal over de aanhouding van Brage.'

Hanne gaapte uitgebreid en rekte zich uit. Daarna bracht ze de koffiekop naar haar mond en trok een pijnlijk gezicht toen ze haar bovenlip brandde.

Bovenop lag *Dagbladet*. De hele voorpagina was gevuld met een foto van Brage Håkonsen op weg van de rechtbank naar een politieauto. Zoals vaak op dergelijke foto's had hij zijn jack over zijn hoofd getrokken.

'Kijk,' zei Billy T., die naast haar was gekropen, 'dat ben ik!'
Hij wees op de foto.

'Mijn hemel, die Brage moet een soort reus zijn', zei Hanne.
'Hij is bijna net zo lang als jij en Severin!'

Ze bladerde snel verder naar pagina vier.

Volter vermoord door neonazi's

Rechts-extremist zes weken in hechtenis

Gistermiddag is een 22-jarige man voor zes weken in voorlopige hechtenis genomen op verdenking van medeplichtigheid aan de moord op minister-president Volter. Korpschef Hans Christian Mykland heeft tegenover *Dagbladet* bevestigd dat de politie de arrestatie van de man, die al geruime tijd nauwe banden onderhoudt met neonazistische groeperingen, als een doorbraak in het onderzoek beschouwt. Hoofdverdachte is echter een man die op zaterdag 12 april bij een lawine in Tromsdalen bij Tromsø is omgekomen.

DOOR STEINAR GRUNDE, VEBJØRN KLAAS EN SIGRID SLETTE

'We moeten echter benadrukken dat er nog veel onduidelijkheden zijn en dat de politie nog andere sporen natrekt', zegt hoofdcommissaris Mykland.

Omgekomen

Tijdens een persconferentie gisteravond laat bleek dat de politie al sinds de avond van de moord een 28-jarige man verdenkt, die als bewaker in het regeringsgebouw werkzaam was. De man werd meermalen verhoord, maar de politie had niet voldoende bewijzen in handen om tot aanhouding over te gaan. Eerder deze maand is de man in de buurt van Tromsø omgekomen tijdens een lawine die twee mensenlevens eiste. De politie

373

vermoedt dat deze man in contact stond met de nu aangehouden verdachte, die als leider van een militante neonazistische groep geldt.

Beraamde aanslagen

Bij het doorzoeken van het vakantiehuisje van de verdachte in Nordmarka vond de politie een wapendepot en tot in detail uitgewerkte plannen voor aanslagen op prominente staatsburgers. De politie wil niet zeggen in hoeverre Birgitte Volter in deze plannen werd genoemd, maar *Dagbladet* heeft kunnen achterhalen dat haar naam bovenaan een lijst van in totaal zestien met naam genoemde personen stond.

Complot

De 22-jarige man wordt onder andere verdacht van illegaal wapenbezit en pogingen tot verstoring van de openbare orde. De politie ontkent dat hier tactische redenen aan ten grondslag liggen en wist de rechter-commissaris ervan te overtuigen dat er gegronde redenen tot verdenking zijn ten aanzien van de moord op Birgitte Volter. Hoewel de verdachte een solide alibi heeft voor de avond van de moord, vermoedt de politie dat hij mogelijk een van de mensen achter de schermen is. 'Wij hebben reden om te vermoeden dat er sprake is van een complot', zegt Hans Christian Mykland, die niet uitsluit dat er meer arrestaties zullen volgen.

'Die arme jongen', zei Hanne, terwijl ze haar neusrug krabde. 'Die zit nog wel even. Hoe dan ook.'

'Wat bedoel je met hoe dan ook?' zei Billy T. boos. 'Die vent is zo schuldig als wat!'

Hanne gaf geen antwoord en bladerde verder.

Parlement in shock

Buitengewone veiligheidsmaatregelen getroffen

Afgevaardigden van de meeste politieke partijen in het parlement geven uitdrukking aan verslagenheid, verdriet en shock, naar aanleiding van de laatste ontwikkelingen in de zaak-Volter. 'Dit moest een keer gebeuren. Wij waarschuwen al geruime tijd tegen rechts-extremisme, maar de veiligheidsdienst is zoals bekend drukker met het in kaart brengen van onwettige, politieke activiteiten', zegt Kaare Sverdrup, woordvoerder van Centrum-Links en hij wordt daarin volledig gesteund door de vertegenwoordiger van ultralinks in het parlement.

De parlementaire leiders van de Arbeiderspartij, de Conservatieven, Centrum-Rechts, Centrum-Links en de Christelijke Volkspartij tonen zich allemaal tevreden met het feit dat de politie in betrekkelijk korte tijd na de choquerende moord op Birgitte Volter al zo dicht bij een opheldering lijkt te zijn.

DOOR KJELLAUG STEENSNES

De veiligheidsmaatregelen rond onze volksvertegenwoordigers zijn nu belangrijk aangescherpt. De ambtelijke leiding van het parlement wil niet in detail treden over de maatregelen die getroffen zijn en wil noch bevestigen noch ontkennen in hoeverre deze maatregelen al direct na de moord op Birgitte Volter van kracht werden. *Dagbladet* heeft inmiddels reden om te geloven dat alle partijleiders en de meest op de voorgrond tredende representanten nu vierentwintig uur per dag worden bewaakt, sommigen door de politie, anderen door particuliere bewakingsdiensten.

Weigert bewaking

Frederik Ivanov (Conservatieven) zegt tegen *Dagbladet* dat hij geweigerd heeft om zich aan de buitengewone maatregelen te onderwerpen. 'Als wij ons naar antidemocratische elementen in onze samenleving schikken, hebben we de strijd tegen alle vormen van extremisme verloren', zegt hij, maar voegt eraan toe dat hij het toch beter vond om zijn vrouw en kinderen naar een bestemming elders in het land te sturen. Ivanov is vooral bekend als de spraakmakende woordvoerder van de Conservatieven die zich ruimhartig uitlaat met betrekking tot onze nieuwe landgenoten.

'Voor mij onderstrepen de tragische gebeurtenissen van de afgelopen weken de eeuwige noodzaak om op menselijkheid, ruimdenkendheid en tolerantie te hameren', zegt hij.

Samenwerking

Annema Brøttum (Arbeiderspartij) voelt zich onzeker, onveilig en verdrietig. 'Er is ons iets waardevols afgenomen', zei ze in een commentaar. 'Noorwegen kan zich niet langer beroepen op een soort perifere onschuld; wij zijn niet langer een beschermde plek aan de rand van de wereld. Dit bewijst hoe belangrijk het is om samenwerking te zoeken over de landsgrenzen heen; alleen door nauwe verplichtingen en openheid tussen de landen kunnen dergelijke vormen van politiek geweld bestreden worden.'

Satan

Cora Veldin (Christelijke Volkspartij) wijst erop dat rechts-extremisme het resultaat is van een samenleving in verval. 'Zolang wij politici niet bereid zijn om morele standpunten in te nemen, zal de samenleving afglijden' zegt zij. 'Het evangelie van de liefde is verdwenen, wat rest zijn materiële waarden die een voedingsbodem bieden aan dergelijke satanische handelingen', besluit Veldin.

Onschuldig

'Er is nog geen veroordeling in de zaak. De man is onschuldig tot het tegendeel is bewezen.' Verder commentaar wordt geweigerd door Vidar Fangen Storli van de ultrarechtse Vooruitgangspartij.

'Voor deze keer ben ik het met de Vooruitgangspartij eens', zei Hanne, waarna ze de rest van haar boterham in haar mond propte. 'Waarom snijd je toch altijd van die dikke boterhammen?'

'Niet met volle mond praten', zei Billy T. nors, hij ploeterde met een in de jam hangende *Aftenposten*.

'Is jou niets opgevallen?' vroeg Hanne, terwijl ze *De Avondkrant* pakte, die net zo uitvoerig over Brage Håkonsen berichtte als de andere kranten.

'Ja', zei Billy T., met zijn hand over het laken vegend. 'Je zit verschrikkelijk te kruimelen! Nog even en ik moet de stofzuiger over het bed halen.'

'Nou moet je eens goed naar me luisteren, Billy T. Of je accepteert de gevolgen van een ontbijt op bed, óf we eten gewoon in de keuken.'

Hanne gaf hem een harde stomp tegen zijn arm.

'Au! Laat dat! Wat moet me zijn opgevallen?'

'Een paar dagen geleden waren de kranten er nog van overtuigd dat er een verband bestond tussen het gezondheidsschandaal en de moord op Volter. Ze stonden er bol van en haalden overal commentaren vandaan, schreven hoofdartikelen over belangenverstrengeling en wat dies meer zij. En dan ineens, hop!'

Ze probeerde met haar vingers te knippen, maar doordat er boter op haar duim zat, gleden ze langs elkaar heen.

'Eén arrestatietje en ze draaien meteen 180 graden om. Nu zijn er... een, twee, drie, vier, vijf...' ze bladerde snel de krant door, '...negen bladzijden aan dit onderwerp gewijd. Waarin ze het als een voldongen feit aannemen dat de bewaker en Brage Håkonsen het hebben gedaan! Negen bladzijden! Die vent is nog mijlenver van een veroordeling verwijderd. Lijden ze aan geheugenverlies of zo?'

'Wie?'

'Die journalisten, natuurlijk. Weten ze niet meer wat ze een week geleden geschreven hebben?'

'Jawel, maar…'

Billy T. krabde uitvoerig in zijn kruis en keek haar gepikeerd aan.

'Sta jij ineens aan de kant van de journalisten?' vroeg Hanne meesmuilend. 'Jij bent verdorie net zo wispelturig zij. En hou op met krabben, ja? Ga in bad, als je luizen hebt.'

Ze gaf hem nog een klap, nu hard op zijn hand.

'Nou moet je ophouden. Verdomme, dat deed pijn!' Hij wreef over zijn hand en schoof een beetje naar links. 'Ik begin ernaar uit te kijken dat je binnenkort weggaat.'

'Dat meen je niet!'

Ze kroop achter hem aan, pakte zijn arm en legde die om haar eigen schouders.

'Eigenlijk heb ik helemaal geen zin om terug te gaan. Hier hoor ik thuis. Maar ik mis Cecilie echt verschrikkelijk en zij… Ik vertrek zaterdag.'

Hij drukte haar tegen zich aan.

'Ik weet het. Als deze zaak achter de rug is, kom ik snel op bezoek', zei hij.

'Mooi. Kun je dan de kinderen niet meenemen?'

Billy T. wierp zijn hoofd in zijn nek, stootte daarbij tegen de muur en lachte luid.

'Lijkt me slim! Denk je dat Cecilie nog ergens aan toe komt, als jullie het huis vol krijgen met mijn kroost?'

Hanne ging enthousiast rechtop zitten en keek hem aan.

'Cecilie is de hele dag naar haar werk! Denk je eens in hoe leuk dat zou zijn! Zon en zomer en zwemmen… we zouden naar Disneyland kunnen gaan!'

Hij schudde zijn hoofd. 'Geen geld.'

'Dan neem je alleen Truls mee!'

Hij wimpelde haar af.

'We zullen zien. Trouwens…'

Hij stond op en verdween naar de keuken. Hanne hoorde gerammel, gevolgd door een luid geloei.

'Håkon geeft morgen een afscheidsfeestje voor je', riep hij boven het lawaai van de handstofzuiger uit.

'Zet dat ding eens uit', zei Hanne, die net op tijd uit bed rolde. 'Wie komen er?'

'Jij en ik en Håkon. En Tone-Marit, denk ik. En als je er niets op tegen hebt nodig ik Severin ook uit.'

'Wat zeg je?'

Ze probeerde het stofzuigertje te pakken, maar Billy T. hield het boven zijn hoofd en sprong opzij.

'Doe uit dat ding!'

'Oké, oké', pruilde Billy T. en hij drukte de knop in. 'Vind je het goed als Severin en Tone-Marit ook komen?'

Hanne stond voor hem en schudde kort haar hoofd. Toen begon ze met haar ene voet de andere te krabben.

'Je weet dat ik in mijn vrije tijd niet met collega's omga', zei ze zacht. 'Waarom vraag je het dan?'

Billy T. gooide de stofzuiger op het bed en hief gelaten zijn handen op.

'Maar Cecilie is er nu niet en bovendien...'

Hij kroop naar Hanne toe en probeerde haar hand te pakken. Bliksemsnel trok ze zich terug, buiten zijn bereik; ze keek hem niet aan.

'Hoelang wil je hier nog mee doorgaan?' fluisterde hij. 'Hoelang ga je nog door met verstoppertje spelen?'

'Ik verstop me niet', siste ze. 'Maar ik mag toch wel mijn eigen vrienden uitkiezen?'

Ze sloeg de slaapkamerdeur hard achter zich dicht en even later hoorde Billy T. de douche ruisen. Zelfs het stromende water leek woedend. Hij sloop achter haar aan en zette de badkamerdeur op een kiertje.

'Is het goed als ze komen?' riep hij met zijn mond tegen de spleet. 'Mogen Severin en Tone-Marit op je feestje komen?'

Hij had zijn stem verdraaid, als van een klein kind, en hij zat op zijn hurken. 'Alsjeblieft?'

Hij hoorde haar zacht, tegen haar wil lachen. Toen deed hij de deur dicht en belde Håkon Sand op.

23.45 uur, Motzfeldtsgate 15

Liten Lettvik had het moeilijk. Dat was een nieuwe en ongewone ervaring. Het voelde als een onrust in haar lichaam, een onverklaarbare angst. Iets had zich boven in haar rug vastgezet, ergens achter haar schouderbladen, het joeg pijlen door haar lichaam en vervulde haar met een pijn waar niets tegen hielp. Ze had al van alles geprobeerd, godbetert, maar er waren grenzen aan wat ze te pakken kon krijgen als ze geen arts wilde opzoeken. Alcohol hielp niet, ze werd niet eens dronken. Ze had zelfs geprobeerd het van zich af te zwemmen.

Het was zeker twintig jaar geleden dat ze voor het laatst in het Tøyenbad was geweest. Het was niet eens zo heel erg veranderd. Ze had tweehonderd meter kunnen zwemmen voordat haar zware, ongetrainde lichaam stop zei, en toen ze ineengedoken met gesloten ogen en een handdoek om haar buik in de sauna zat, kwam de pijn terug.

De vernedering. Dat was het. De pijn van de vernedering. Ze hadden naar haar gekeken, door haar heen gekeken, en stukje bij beetje hadden ze losgelaten wat ze wisten. Hadden ze soms camera's gebruikt? Door sommige dingen die ze vertelden leek het erop dat ze precies wisten wát ze hadden gedaan en hoe ze het hadden gedaan. De gedachte alleen al deed de pijn toenemen en haar gezicht rood opvlammen. Het allerergste was nog dat ze er al jarenlang van op de hoogte waren.

Ze was naïef geweest. Ontzettend naïef. Liten Lettvik, de scherpzinnige journalist, onderscheiden en gerespecteerd, bekend om haar diepgaande onderzoeken naar het doen en laten van de macht. En toch had ze niet gemerkt dat ze het doorhadden.

Misschien had ze haar ogen ervoor gesloten, omdat het in feite al zolang geleden was. Een enkele keer de afgelopen jaren, weliswaar, en toen in maart...

De pijn was nu ondraaglijk en de tranen stonden in haar ogen. Liten Lettvik boog zich naar voren en pakte een brief op die die dag gekomen was, met een sierlijk, zwierig handschrift, de postzegel was netjes in de rechterbovenhoek geplakt, met alle tandjes nog intact. In eerste instantie kon ze zich de naam niet herinneren. Elsa Haugen. Pas toen ze haar ogen een paar keer over het papier had laten lopen, was het haar weer te binnen geschoten. De moeder van Marietje. De vrouw in Elverum. Of was het Eidsvoll? De brief ging over verdriet en pijn, en over wonden die weer waren opengereten. Over slapeloze nachten en kwetsend gedrag.

Liten Lettvik slaakte een diepe zucht en scheurde de brief in stukjes.

Ze had genoeg aan haar eigen pijn.

Vrijdag 25 april 1997

Øyvind Olve zat aan het hoofdeinde van de grote vurenhouten eettafel een baby te wiegen. Het kind maakte onbegrijpelijk bewegingen met haar handjes. Øyvind staarde gefascineerd naar de minuscule vingertjes. Karen Borg boog zich naar hem toe en nam het bultje van hem over, hij merkte dat hij het eigenlijk helemaal niet wilde afgeven.

'Een prachtig kindje', glimlachte hij verlegen. 'Hoe gaat ze heten?'

'Dat weten we nog niet', antwoordde Karen. 'Mensen!'

Ze drukte het kind tegen haar schouder en zag er vermoeid en uitgeput uit. Die aanblik deed Hanne Wilhelmsen pijn, ze had er niet aan gedacht dat het op zijn zachtst gezegd onprettig voor Karen moest zijn, om een huis vol bezoek te hebben op de dag dat ze met een baby en een vers litteken op haar buik uit het ziekenhuis kwam.

'Ik ga naar bed. Ik hoor boven niets, dus maak er maar een gezellige avond van. Probeer alleen een beetje stil te zijn als jullie weggaan, goed?'

Håkon Sand sprong op.

'Ik zal je even helpen!'

'Nee, nee, blijf maar zitten. Veel plezier. Maar denk eraan dat jij morgenochtend Hans Wilhelm moet doen.'

'Ik doe hem wel', brulde Billy T. 'Laat dat jong maar aan mij over, Karen.'

382

Karen gaf geen antwoord, bij wijze van afscheid tilde ze het kindje even omhoog en verdween toen naar de bovenverdieping van de grote, gezellige houten villa. Billy T. pakte de zesde fles rode wijn en trok die als een man van de wereld open.

'Ik hoop dat je er nog meer hebt, Håkon', grinnikte hij en hij ging rond om de glazen vol te schenken.

'Nee dank je, ik heb genoeg gehad', zei Øyvind Olve, die zijn hand op zijn glas legde.

'Wat heb je nou voor mietje meegenomen, Hanne? Hij drinkt helemaal niet!'

Øyvind Olve voelde zich nog steeds een beetje een buitenstaander. Hij snapte niet waarom Hanne hem er zo nodig bij had willen hebben. Billy T. had hij al eens eerder ontmoet, thuis bij Hanne en Cecilie, maar de luidruchtige reus was hem blijkbaar vergeten. De anderen had hij nooit eerder gezien.

'Ik moet morgenochtend autorijden', mompelde hij, zonder zijn glas los te laten.

'Rijden! Hij moet autorijden! Wat is dat voor onzin?'

'Hou op, Billy T.', zei Hanne. Ze klopte hem geruststellend op zijn rug, in de hoop dat hij zou gaan zitten. 'Niet iedereen kan jouw tempo bijhouden, weet je.'

'Ga door, Tone-Marit', zei Billy T. toen hij ging zitten. 'Wat zei hij toen?'

De tranen van het lachen rolden nog over Tone-Marits wangen. Ze dempte haar stem en zei met een hakkelend Kristiansand-accent: '"Misschien was hij niemand iets verschuldigd." En toen begon Billy T. over *Madame Butterfly* en eer! Jullie hadden het hoofd recherchezaken eens moeten zien! Net een mongool.'

De anderen brulden van het lachen, zelfs Øyvind Olve glimlachte, hoewel hij absoluut niet wist wat er zo grappig was aan Billy T.'s en Tone-Marits weergave van de laatste algemene vergadering.

'En toen', brulde Billy T. Hij zwaaide met zijn glas en gooide bijna de fles om toen hij opsprong en met zijn vuisten op het tafelblad hamerde. 'Toen gingen deze spirituele bespiegelingen de chef van de veiligheidsdienst te ver. Hij…'

Billy T. schraapte zijn keel en toen hij weer begon te praten, wás hij plotseling Ole Henrik Hermansen: 'Met alle respect, meneer de hoofdcommissaris! Aan deze onzin wil ik mijn kostbare werktijd niet verknoeien.'

Hanne maande de anderen een beetje tot stilte, ze lachten zo luid dat Karen onmogelijk kon slapen. Tone-Marit stikte bijna in een hap aardappelsalade en liep donkerrood aan. Billy T. beukte haar op haar rug.

'Toch is het grappig dat de hoofdcommissaris zich voor dergelijke dingen interesseert', zei Hanne.

'Zijn zoon heeft twee jaar geleden zelfmoord gepleegd', zei Tone-Marit, het stukje aardappel was weg en ze droogde haar tranen. 'Dus eigenlijk zouden we niet zo moeten lachen.'

'Dat wist ik niet', zei Hanne, met haar glas tegen haar wang. 'Hoe weet jij dat?'

'Ik weet alles, Hanne. Absoluut alles!' fluisterde Tone-Marit luid en dramatisch. Ze hield Hannes blik zo lang vast dat die ineens beslist nog een portie gegrild vlees moest opscheppen.

'Maar waarom hadden jullie het eigenlijk over eer?' vroeg Øyvind Olve, het was ongeveer de derde keer die avond dat hij zijn mond opendeed.

Billy T. staarde hem even aan, toen legde hij zijn handen in zijn nek.

'Eerlijk gezegd weet ik zelf niet helemaal waarom ik daarover begon. Als we het over integriteit hebben, dan weten we allemaal wat dat inhoudt. Dat houdt ons voortdurend bezig. Eer daarentegen… bij dat woord staren we uit verlegenheid naar het tafelblad. Terwijl het eigenlijk twee kanten van één medaille zijn. Maar denk je eens in…' Hij schoof het bord met etensresten en barbecuesaus opzij en legde zijn armen op tafel.

'Denk nou eens aan Benjamin Grinde. Zijn leven lang een slimme vent. Echt een ontzéttend slimme vent. Alles lukt hem. Hij wordt rechter en arts en god weet wat nog meer. Dan wordt hij door de kranten door het slijk gehaald. Een week later pleegt hij zelfmoord. Dan mag je toch wel aan eer denken?'

Hanne Wilhelmsen staarde in haar wijnglas. De rode vloeistof leek te gloeien en fonkelde wanneer ze het glas langzaam ronddraaide.

'Misschien is het bij Benjamin Grinde echt zo eenvoudig', zei ze, van haar wijn nippend. 'Maar laten we voor de hypothese de volgorde van de gebeurtenissen eens doornemen. Als Benjamin Grinde in een ánder verband zelfmoord had gepleegd, zou behalve zijn naaste vrienden en familie niemand een wenkbrauw hebben opgetrokken. De politie zou even hebben rondgekeken, een zelfmoord hebben geconstateerd en de zaak terzijde gelegd. Maar Grindes plotselinge en naar alle waarschijnlijkheid zelfgekozen dood vond plaats op…' Ze vouwde een grote papieren servet uit en leunde over de tafel om een pen uit Øyvind Olves borstzakje te pakken. 'Birgitte Volter is op 4 april vermoord.' Ze tekende een punt en schreef er een vier boven. 'We weten dat ze door haar hoofd is geschoten, met een wapen waarvan je absoluut niet zeker kan zijn dat het iemand om het leven kan brengen, zelfs niet als het van dichtbij wordt afgevuurd. De dader heeft geen sporen achtergelaten. Op het tijdstip van de moord zijn in totaal drie personen op of in de directe nabijheid van de plaats delict geweest: de secretaresse, de bewaker en Grinde. Twee van hen sterven binnen acht dagen, hoewel ze in de bloei van hun leven zijn. Vreemd, nietwaar?' Ze benadrukte haar overdenking door twee kleine kruisjes op het papier te tekenen. 'En dan is er nog…'

'Maar Hanne', viel Tone-Marit haar in de rede.

Håkon merkte dat hij verstrakte. Hanne Wilhelmsen in haar overwegingen onderbreken, werd gewoonlijk afgestraft met een ijskoude blik die de meesten voor lange tijd de mond snoerde. Hij wierp zich op een schaal eten, in de hoop geen getuige te hoeven zijn van de vernedering. Tot zijn grote verbazing leunde Hanne echter achterover en keek ze Tone-Marit welwillend en vol verwachting aan.

'Af en toe hebben we de neiging om de dingen te over-interpreteren', zei Tone-Marit gedreven. 'Vind je ook niet? Ik bedoel, die bewaker is bij een natuurramp omgekomen en zoiets kan toch alleen Onze Lieve Heer…' Ze bloosde lichtjes over deze kleine religieuze bekentenis, maar ging snel verder: 'En eerlijk gezegd vind ik het vreemd dat Benjamin Grinde zichzelf van het leven berooft, omdat hij spijt heeft dat hij de minister-president heeft vermoord, die bovendien een oude vriendin van hem was. Misschien heeft zijn zelfmoord er hele-maal niets mee te maken! Misschien was hij al langer depres-sief? Bovendien weten we nu zeker dat de bewaker het wapen thuis had en daarmee kunnen we Benjamin Grinde immers uitsluiten. Of niet soms?'

'Jawel, in zekere zin wel. In ieder geval kunnen we rustig aannemen dat hij haar niet heeft vermoord. Maar zijn zelf-moord kan er toch iets mee te maken hebben. Op een andere manier!'

Niemand zei iets, iedereen was gestopt met eten.

'Het gaat mij erom', zei Hanne, terwijl ze meer plaats maak-te op de tafel, 'dat de volgorde van de dingen ons soms in de war brengt. We zoeken naar een patroon of een logica, terwijl die er helemaal niet is!'

Ze trommelde met de pen op de tafel en hield haar hoofd scheef, waardoor haar haren voor haar gezicht vielen. Billy T. boog zich naar haar toe en streek ze weer achter haar oor.

'Je bent zo lief als je je zo druk maakt', fluisterde hij en hij gaf haar een zoen op haar wang.

'Idioot. Luister liever. Als je tenminste nog een beetje nuch-ter bent. Behalve twee dode mensen en een paar verdwenen voorwerpen die ondertussen weer boven water zijn, hadden we bijna een kabinetscrisis. Niet waar, Øyvind?'

Øyvind Olve kneep achter zijn kleine bril zijn ogen toe. Hij had het gesprek geïnteresseerd aangehoord, maar was verrast dat hij zelf iets moest zeggen.

'Tja', zei hij aarzelend, met zijn vork spelend. 'Eigenlijk waren het er zelfs twee. De eerste bij de vorming van de nieuwe regering. Maar dat is uiteindelijk goed gekomen. Politiek gezien hebben we nogal wat munitie voor de verkiezingen gekregen. De centrumpartijen stonden immers niet echt te popelen om de macht over te nemen.'

Hij stopte even en Severin greep zijn kans. Hij had te veel gedronken, hoewel hij wist dat dat niet zo slim was. Hij was niet aan alcohol gewend en nam daarom een grote slok mineraalwater.

'Maar je had het over twee crises', drong hij aan. 'Wat was de andere?'

'Het gezondheidsschandaal, natuurlijk. Niet echt een kabinetscrisis, maar moeilijk was het wel. Maar die storm is ondertussen gaan liggen. Tryggves voorlopige uitleg in het parlement is tamelijk goed ontvangen. Bovendien werkt het als zuiver valium op de geachte oppositie dat we in '64 en '65 zowel een conservatieve als een sociaal-democratische regering hadden. Wij gaven de Oost-Duitsers prima ijzererts en kregen daar slechte vaccins voor in de plaats. Naar mijn mening is dat hele vaccinschandaal een voorbeeld van het cynisme dat tijdens de koude oorlog heerste. Niemand kon eraan ontkomen. Zelfs een paar honderd zuigelingen niet.'

Het werd doodstil rond de tafel. Ze hoorden voorzichtige voetjes op de trap.

'In zekere zin zijn die kinderen oorlogsslachtoffers', zuchtte Øyvind, die plotseling toch weer wijn wilde hebben. 'Het zijn gewoon oorlogsslachtoffers.'

In de deuropening naast de grote, prachtige speksteen haard stond een tweejarig jongetje. Hij droeg een blauwe, met voetballen bedrukte pyjama en wreef in zijn ogen.

'Pappa! Hassillem kannie slapen.'

'Hassillem krijgt een mooi welterustenverhaal', zei Billy T. en hij stond op.

'Billiet', straalde het jongetje met uitgestrekte armen.

'Vijf minuten, hooguit', zei Billy T. voor hij verdween. 'Niets belangrijks vertellen in de tussentijd!'

'Hanne', zei Håkon snel; het stak hem een beetje dat zijn zoontje zich zo snel door Billy T. liet inpakken. 'Als jij tussen twee theorieën moest kiezen... tussen het Brage-bewaker-spoor en het Pharmamed-spoor, wat zou jij dan kiezen? Want het ene spoor sluit het andere uit, toch? En om eerlijk te zijn heb ik...' Hij begon de borden op te stapelen. 'Anyone for dessert?'

'Jezus, is het besmettelijk?' mompelde Tone-Marit. 'Moet ik ook Engels gaan praten om erbij te horen?'

'Yesss', zei Hanne, die Håkon hielp afruimen. 'Wat heb je?'

'Spaanse aardbeien en ijs.'

'Allebei graag', zei Severin. 'Wat wilde je zeggen, Håkon?'

'Hanne zei dat de oorspronkelijke theorie van de veilig-heidschef haar te ver gaat', zei Håkon, die midden in de kamer stond met in elke hand drie borden. 'Wat dat betreft zijn we het in feite eens. Het is te veel een indianenverhaal... dat een grote firma in een democratisch land de minister-president van een bevriende en naaste bondgenoot een moordpatrouille zou sturen!'

'Wat je daar zegt is natuurlijk waar', zei Hanne, toen ze de aardbeien en het ijs op tafel had gezet en dessertbordjes had rondgedeeld. 'Maar je moet je nooit door je fantasie laten beperken. Ik moet zeggen dat ik het er ook moeilijk mee had, toen de zaak-Mannesmann destijds zijn hoogtepunt be-reikte.'

Ze was Tone-Marits vraag voor.

'Statoil koopt voor miljarden aan diensten en goederen. De

contracten zijn goud waard en de leiding van het concern steekt er veel tijd en energie in om corruptie binnen het eigen bedrijf tegen te gaan. Toch was er iemand die zich door een Duits gigaconcern liet omkopen. Die werknemer van Statoil ontving steekpenningen, Mannesmann kreeg het contract voor de levering van pijpleidingen voor de boorplatforms. Dat had ik niet voor mogelijk gehouden. Niet in Noorwegen. Niet in Duitsland ook, trouwens. De moraal is: er is geen moraal – behalve veel geld verdienen. En neem nou bijvoorbeeld de Thalidomide-affaire...'

Ze had haar tong wel kunnen afbijten. Op het moment dat ze het zei, herinnerde ze zich iets wat Billy T. haar jaren geleden had verteld. Severin Hegers zus had geen benen en armen. En maar één oor.

'Geeft niks', zei Severin en hij nam nog een slok. 'Het is in orde, Hanne.'

Ze roerde beschaamd in haar inmiddels smeltende ijs.

'Hoor je me niet, Hanne? Ik zeg toch dat het in orde is!'

'Goed. Thalidomide, ook wel bekend als Softenon, was een middel tegen zwangerschapsmisselijkheid. Onder andere. Ik meen me te herinneren dat het ook een zeker kalmerend effect zou hebben. Het werd in de jaren vijftig in West-Duitsland gemaakt en pas nadat er meer dan tienduizend zwaar gehandicapte kinderen waren geboren kon een Duits geneticus aantonen dat er een verband was tussen die handicaps en het medicijn dat de moeders hadden gebruikt.'

'Hoe weet je dat in godsnaam?' mompelde Tone-Marit.

'Ik weet alles', fluisterde Hanne, terwijl ze haar recht in de ogen keek. 'Absoluut alles!'

Øyvind lachte luid, maar Hanne liet zich niet van de wijs brengen.

'Voor de producent was dat natuurlijk een catastrofe. Enorme schadeclaims, gevolgd door faillissement. Hoewel het bedrijf ook nog een heleboel andere, absoluut uitstekende medicijnen produceerde. Niemand wilde na die tijd nog met het bedrijf te maken hebben. En denken jullie ook niet, lieve vrienden...' Haar gebaar omvatte hen allemaal, inclusief een enorme gele alligator in de stoel bij het raam. 'Ik denk dat ze het bij Pharmamed nu in hun broek doen! Al is het nog zo lang geleden. Ook al is er nu een nieuwe eigenaar. De naam is bezoedeld. De naam Pharmamed zal nog heel lang in verband worden gebracht met deze tragische zuigelingensterfte...'

Enige tijd was alleen het geschraap van de lepels tegen de dure glazen bordjes te horen.

'Maar,' zei Severin plotseling, 'hoewel ik in principe...' Hij sliste onderhand een beetje en 'principe' was een lastig woord. 'Hoewel ik het eigenlijk met je eens ben dat je nooit iets moet uitsluiten en dat geld voor veel mensen een drijfveer is...'

Billy T. stormde de kamer binnen.

'Heb ik iets gemist?'

'Slaapt hij?' vroeg Håkon.

'Als een roos. Ik heb hem twee griezelverhalen verteld. Hij stond stijf van angst, maar nu ligt hij lief te slapen. Waar zijn jullie?'

'Ik ben bang dat we dat Pharmamed-spoor moeten vergeten', zei Severin. 'Er was in ieder geval niets verdachts aan het feit dat Himmelheimer dit voorjaar in Oslo was. Hij heeft zich met heel andere dingen beziggehouden, om het maar zo te zeggen...'

'Zeg, Severin', zei Billy T. rustig, maar met een waarschuwende blik. 'Er zijn hier niet alleen mensen van de politie, weet je...'

'Hij daar', zei Severin, naar Øyvind Olve wijzend. 'Hij is wel gewend aan grote geheimen. Hij heeft voor de minister-president gewerkt! Maar luister...' Hij nam een grote slok van zijn rode wijn. 'Toen wij de gangen van die Hans Himmelheimer moesten nagaan, hebben we eerst bij het sas-hotel navraag gedaan. Bediening, roomservice, telefoongesprekken... alles.

Hij heeft geen verdachte gesprekken gevoerd. Twee met moeder de vrouw in Duitsland, vier met Pharmamed. Maar zijn vrouw wist waarschijnlijk niet dat Herr Himmelheimers hotelkamer door twee mensen werd bewoond. Behalve Hansje zelf was er namelijk ook nog een Frau ingeschreven!'

'Een maîtresse', mompelde Billy T.

'Precies! En nu mogen jullie raden. Ik kan vast verklappen dat ze Noors was. Maar jullie zullen waarschijnlijk een miljoen andere namen noemen, voordat jullie op de juiste persoon komen.'

Niemand voelde zich geroepen om raadseltjes op te lossen en er verscheen een ongeduldige frons op Billy T.'s voorhoofd.

'Die Frau was Liten Lettvik!'

'Je liegt het!' zei Billy T.

'Dat mens van *De Avondkrant*?' vroeg Øyvind.

'Onmogelijk', mompelde Hanne.

'Liten Lettvik', herhaalde Håkon.

Tone-Marit lachte luid en lang, waarbij haar ogen veranderden in twee smalle spleetjes boven haar jukbeenderen.

'Sssjjt', zei Severin, terwijl hij hen probeerde te sussen door zijn handen op en neer te bewegen. 'Ik moet om de grootssste dissscretie vragen. Ze kennen elkaar al jaren. Hebben elkaar in 1964 op de universiteit leren kennen, destijds paste haar naam vermoedelijk beter bij haar. Sindsdien hebben ze elkaar regelmatig ontmoet wanneer Hans in het buitenland congressen bezocht. Thuis in Leipzig heeft hij een vrouw en drie kinderen in de puberleeftijd, maar op zijn buitenlandse reisjes zag hij Liten Lettvik altijd. Schattig, eigenlijk.'

Hij dronk zijn glas leeg en hield het Billy T. voor, die het gewillig nog eens volschonk.

'We hebben haar opgehaald voor een verhoor. Ze had het over bescherming van haar bronnen en dat soort onzin, dus erg veel hebben we niet uit haar gekregen. Maar het kan niet anders dan dat ze de informatie op de een of ander manier van hem heeft losgekregen. Ze heeft hem vermoedelijk volkomen om de tuin geleid. Tijdens een herdersuurtje misschien?'

'Dus daardoor kon *De Avondkrant* die zaak zo snel kraken', zei Hanne peinzend. 'Dat vroeg ik me al af. Om eerlijk te zijn was ik wel een beetje onder de indruk.'

'In ieder geval', zei Severin met een diepe zucht, 'heeft Hans Himmelheimer in Oslo maar twee bijeenkomsten bezocht en heeft hij de rest van de tijd met Liten in bed gelegen. Dat hebben we tenminste kunnen vaststellen. Maar we kunnen verder niet bewijzen dat Pharmamed ook maar iets met de moord op Volter te maken heeft.'

Het was begonnen te regenen. Håkon stond op en legde een houtblok in de haard. De bliksem die de ramen naar de donkere, voorjaarsnatte tuin plotseling blauw kleurde en onmiddellijk werd gevolgd door een donderslag, deed hen allemaal van schrik ineenkrimpen. Ze schoven dichter naar elkaar toe en leunden over de tafel; door de vertrouwelijke, intieme stemming dachten ze betere vrienden van elkaar te zijn dan ze eigenlijk waren. Zelfs Tone-Marit glimlachte toen Billy T. vriendelijk over haar rug aaide toen ze schrok van het oorverdovende lawaai.

'Ik haat onweer', zei ze, half verontschuldigend.

'Maar waarom in een hotel? Liten Lettvik woont toch alleen?' Håkon Sand krabde op zijn hoofd.

'Lettvik vertelde dat ze in principe nooit mannen binnenlaat', verklaarde Severin. 'Nadat ik haar heb ontmoet, lijkt me dat standpunt heel overtuigend.'

'Maar als Pharmamed geen actueel spoor meer is', begon Hanne.

'Daar komen we voorlopig in ieder geval niet verder mee', onderbrak Severin haar. 'Wat natuurlijk niet betekent dat we dat spoor niet verder volgen. Maar ik...' Hij had even een oprisping en slikte. 'Ik geloof niet dat er iets te halen is. Vooral niet omdat het wapen, zoals we weten, bij de bewaker was, en hoe zou de bewaker ooit met Pharmamed in contact moeten zijn gekomen... Als Pharmamed werkelijk achter de moord zou zitten, dan zou het allemaal wat professioneler zijn aangepakt. Met een ander wapen en in ieder geval met heel andere handlangers dan die stumper. Nee, Pharmamed kunnen we vergeten.'

'De bewaker ook', zei Billy T. plotseling. 'Hij heeft me drie weken lang nachtmerries bezorgd, maar wees nou eerlijk... het is een droplul. Hij laat zich door zijn meisje, van vijftien, overhalen om het wapen naar ons op te sturen. Dan gaat hij op vakantie naar Tromsø... uitgerekend naar Tromsø! Als hij Volter echt had vermoord, dan was hij wel naar Bolivia of zo gegaan. Volgens mij heeft hij Kaja de waarheid verteld over wat er is gebeurd. Waarom zou hij tegen haar liegen? Hij vertrouwde haar blijkbaar voldoende om haar zowel over de shawl als over het wapen te vertellen... Als hij Volter inderdaad had vermoord zou hij de revolver nooit naar ons toe hebben gestuurd. Het klinkt niet erg geloofwaardig dat hij dat ding van een dode regeringschef zou hebben gejat, maar aan de andere kant... Hij is zo ongeveer de meest weerzinwekkende figuur die ik ooit ben tegengekomen. Als iémand zoiets zou kunnen doen, dan is hij het. Maar hij was zo laf als wat. Net als die adonis Brage. Nee. De bewaker kunnen we vergeten. Ik vind het vreselijk om te moeten zeggen, maar hij heeft het niet gedaan.'

'Maar luister nou eens, mensen.' Hanne was op mineraalwater overgestapt, ze hield haar glas tegen haar gezicht en voelde het koolzuur tegen haar huid kietelen.

'Als we Benjamin Grinde moeten vergeten... en die tang van een Ruth-Dorthe Nordgarden, die alleen maar problemen heeft gemaakt, maar verder dus duidelijk niets... en Pharmamed en de bewaker... en daarmee ook die armzalige nazi Brage die bij ons in het cachot zit te verzuren... dan... dan blijft er helemaal niemand over!'

'Misschien een of andere persoonlijke vijand, van wie wij domweg nog niet op de hoogte zijn', zei Billy T. 'Dat betekent nog een heleboel hectische dagen, misschien wel maanden, en misschien komen we wel helemaal nooit achter de waarheid. We zijn gewoon niet goed genoeg. En nu wil ik muziek. Echte muziek.' Hij stond op en sloeg Håkon op zijn rug. 'Opera, Håkon, heb je dat? Puccini?'

'Tja, ik geloof dat we *Tosca* hebben. Kijk zelf maar even.'

'Tosca is geweldig. Zij moordde uit liefde. De meeste moorden worden uit liefde gepleegd, kan ik jullie zeggen, mijne dames en heren.'

'Hou je daarom zoveel van opera?' vroeg Tone-Marit. 'Omdat ze elkaar allemaal vermoorden? Krijg je daar op je werk niet genoeg van?'

Billy T. liet zijn vingers langs het cd-rekje lopen en vond uiteindelijk wat hij zocht. Toen hij de cd in het apparaat stopte, kreeg hij even heel veel zin om Håkon te vertellen wat hij van zijn armetierige stereo-installatie vond, maar die opmerking slikte hij in. Toen de ouverture van *Tosca* weerklonk, stond hij met een tevreden zucht op.

'Ik zal je één ding zeggen, Tone-Marit.' Hij sloot zijn ogen en begon een onzichtbaar orkest te dirigeren. 'Opera', riep hij. 'Opera is eigenlijk grote onzin! Maar Puccini, weet je, Puccini creëerde vrouwen zoals vrouwen horen te zijn. Tosca, Lulu, madame Butterfly, de hele zwik... als ze getroffen worden door de ultieme tragedie, plegen ze zelfmoord. Ze stellen zulke hoge eisen aan het leven en aan zichzelf, dat ze niet verder willen leven wanneer het echt mis gaat.' Zijn armbewegingen werden steeds heftiger en de anderen sloegen het wonderlijke tafereel gefascineerd gade. 'Ze zijn compromisloos', brulde Billy T. 'Volstrekt compromisloos!'

Hij stopte ineens, halverwege een enorme zwaai van de vloer naar het plafond. Zijn armen zakten langs zijn lichaam omlaag, hij opende zijn ogen en liep rustig naar de muziekinstallatie om het volume lager te zetten.

'Net als jij, Hanne', zei hij toen hij naast haar ging zitten en haar een klapzoen op haar wang gaf. 'Volstrekt compromisloos. Maar...'

Hij staarde haar aan en ook de anderen was het opgevallen. Inspecteur Hanne Wilhelmsen zag eruit alsof ze in trance was. Haar mond stond een beetje open en ze leek niet meer adem te halen. Haar ogen waren groot en helder en schenen naar iets te kijken dat zich buiten de kamer bevond, misschien zelfs in een andere tijd. Op haar hals klopte een ader, duidelijk zichtbaar en ritmisch.

'Wat is er met je?' vroeg Billy T. 'Hanne, ben je ziek?'

'Ik denk aan de moord op Volter', fluisterde ze. 'We hebben alle mogelijke moordenaars geëlimineerd. En daarmee hebben we...'

De cd bleef hangen, de installatie spuugde drie afgehakte tonen uit, steeds weer. Maar zelfs Billy T. stond niet op om er iets aan te doen.

'De moord op minister-president Birgitte Volter kan niet zijn begaan', zei Hanne Wilhelmsen stilletjes. 'Niemand kan het gedaan hebben.'

Op onverklaarbare wijze ging de cd uit eigen beweging weer gewoon verder. De muziek stroomde weer uit de luidsprekers, zuiver en vloeiend, en vulde het huis waarin een pasgeboren meisje bij haar moeder lag te slapen. Tone-Marit Steen keek naar haar blote arm, ze had kippenvel. Het was alsof er zojuist een engel door de kamer was gevlogen.

Zondag 27 april 1997

16.00 uur, Ole Brummsvei 212

De streep licht die als een kegel door het dakraampje op de stoffige houten vloer viel, deed hem aan een zeehond denken. De grijze duisternis rond de felle, witte straal werd bijna zwart. De lucht was verzadigd van stof en oude herinneringen, hij struikelde over Pers eerste, blauwgeverfde ski's toen hij dichterbij de lichtkegel kwam. Hij dacht aan een vakantie lang geleden – voordat Per werd geboren. Birgitte en hij waren naar Bergen gereisd. De zeehonden in het Aquarium op Nordnes, zoals hij ze beneden in een soort kelder door een raam van het bassin had gezien – de zeehonden tuimelden door het water, alsmaar rond, tot ze plotseling vaart maakten en omhoogschoten, naar het licht dat in een waaier door het water stroomde; de zeehonden schoten naar boven, naar het licht, naar lucht.

Roy Hansen stond op zolder. Hij was hier zeker drie jaar niet geweest en hij dacht aan een zeehond. Hoogste tijd om adem te halen.

Een paar dagen had hij met de gedachte gespeeld te verhuizen. Na de begrafenis, toen alles een beetje op afstand was gekomen en de weg vooruit hem onmogelijk toescheen, wilde hij hier niet meer wonen. Niet tussen Birgittes spullen, al haar lievelingsdingen; een koelkastmagneet van gips die ze een keer voor kerst had gemaakt, de bank die hij niet had willen hebben, maar die zij toch had doorgedrukt. Die paste zo mooi bij de wanden, vond ze, en hij had zich geschikt. Haar kleren had Per op een avond in stilte opgeruimd, toen Roy een keer naar zijn moeder was – ze was zo verschrikkelijk oud geworden. Toen hij thuiskwam had Per niets gezegd, enkel een beetje geglimlacht, en Roy had geprobeerd hem te bedanken, maar hij was er niet in geslaagd. Haar kleren waren weg, en daarmee iets van haar geur. Het beddengoed waar ze de laatste nacht van haar leven tussen had gelegen, had hij weggegooid.

Maar de laatste dagen hadden de voorwerpen een nieuwe betekenis gekregen. Ze vormden niet langer een schrijnende, dodelijke herinnering aan iets wat hij nooit meer terug zou krijgen. Birgitte zat in de wanden, in de voorwerpen, in de schilderijen die zij had uitgekozen en in de boeken die ze had gelezen. En dat was goed zo. Zo wilde hij het. Maar hij wilde weten wat hier boven was.

Daarom was hij naar de zolder gegaan. Birgitte was hier ook niet zo dikwijls geweest. Maar veel vaker dan hij. Als ze dan weer beneden kwam, was ze melancholiek en afwezig geweest. Nooit lang, misschien een dag of zo. Een afstandelijkheid in haar blik, iets wat hij niet eens probeerde te doorbreken. Daarvoor had hij te lang van haar gehouden. Er moest hier boven iets zijn, maar tot nu toe had hij niet de kracht gehad om ernaar te zoeken.

Hij had er moeite mee al die dingen te verschuiven. Een oud weefgetouw met kapotte schuitjes, hij glimlachte. Dat was eens zo'n periode geweest. Birgitte was hoogzwanger van Per, ze droeg wijde, handgeweven gewaden en wilde met alle geweld leren weven, maar door tijdgebrek was ze nooit verder gekomen dan een basiscursus. Hij raakte de wol aan, die zo stoffig was dat hij in het spaarzame licht onmogelijk kon zien welke kleur het was. Het patroon in het pas begonnen wand-tapijt was bijna onzichtbaar. Hij tekende in het stof met zijn wijsvinger een hartje met een B erin. Het weefgetouw mocht blijven staan. Hij zou het nooit wegdoen.

Aan de rand van de lichtkegel stond een reusachtige hut-koffer. Steunend trok hij hem naar voren om hem beter te kunnen bekijken. De sleutel stak er niet in. Hij richtte zich op en keek om zich heen. De verstopplaats lag voor de hand, hij wist het meteen. Misschien wil Birgitte dit zo, dacht hij, en hij ging met zijn vingers over de draagbalk die de zolder in tweeën deelde. De sleutel – groot, zwaar en zwart – lag waar hij moest liggen.

Het deksel was zwaar, maar knarste niet toen hij het optilde. De koffer was leeg, er stond alleen een kleine ronde doos in. Een hoedendoos, dacht hij, zijn moeder had van zulke dozen gehad. Deze was oudroze, met een grote strik eromheen. Deze strik heeft Birgitte geknoopt, dacht hij, terwijl hij de dikke zijde tussen zijn vingers door liet glijden.

Hij aarzelde voordat hij de doos openmaakte. Hij proefde een wonderlijke smaak in zijn mond, ijzer of bloed. Het knielen deed pijn. Voorzichtig pakte hij de doos op, deed de hutkoffer dicht en ging er bovenop zitten. Toen maakte hij de hoedendoos open.

Bovenin lagen een paar babysokjes die vroeger waarschijn-lijk krijtwit waren geweest. Ze waren piepklein, voor een pasgeboren baby, met kleine ruches langs de boord. Hij legde de sokjes op zijn knie en streelde ze met zijn duim. Toen pakte hij de foto uit de doos. De allereerste foto van Liv, naakt, met opgetrokken knietjes en gebalde vuistjes, ze huilde. Onder de foto lag een roze boekje. Hij sloeg het open en bladerde voorzichtig. Hij was bang dat de bladzijden onder zijn handen zouden verkruimelen. Birgitte had zoveel opgeschreven. Ge-boortegewicht, lengte; het kleine linnen armbandje uit het ziekenhuis, met Birgittes naam en Livs geboortedatum erop, dat ze op de eerste bladzijde had ingeplakt, viel eruit toen hij het aanraakte. Hij legde het verderop tussen de bladzijden. De laatste aantekeningen waren van 22 juni 1965: 'Vandaag is Liv ingeënt. Ze huilde hard, het was vervelend voor groot en klein, maar het was snel voorbij.' Meer stond er niet in het boekje.

Roy kreeg geen lucht meer. Hij zette de doos weg en toen hij opstond vielen de babysokjes van zijn knie op de vuile grond. Het dakraam klemde en er was moeilijk beweging in te krijgen, maar uiteindelijk was het open. Een tijd lang hield hij zijn gezicht in de frisse wind en het verblindende licht.

Birgitte had geen foto's willen neerzetten. Toen hij een jaar na Livs dood een foto van haar op het nachtkastje had gezet, in een zilveren lijstje dat hij er speciaal voor had gekocht, had ze hem woedend verzocht het meteen weg te halen. Ze wilde nooit over Liv praten. Ze wilde geen aandenken bewaren. Na de komst van Per had hij een paar keer geprobeerd het onderwerp aan te roeren. Per moest het toch ook weten. Het gevaar bestond dat hij van anderen over zijn zus zou horen en dat zou veel erger zijn. Weer was Birgitte razend geworden. Het thema Liv was onbespreekbaar en toen Per groter werd, had Roy het steeds moeilijker gevonden om er tegen Per over te beginnen. Uiteindelijk was het kind gewoon, langzaam maar zeker, verdwenen. Een enkele keer had hij nog wel eens aan haar gedacht, de herinneringen konden hem erg aangrijpen, vooral eind juni, als de zon hoog aan de hemel stond en alles fris naar nieuw, zomers leven rook. Liv. Birgitte wilde niet over haar horen, niet over haar praten, niets van haar weten. Dat had hij altijd gedacht.

Er bestond maar één kind in Birgittes leven: Per. Die indruk had ze hem tenminste gegeven. Dat had iedereen gedacht. Toen Per geboren werd, had ze hem ernstig en met verantwoordelijkheid ontvangen. De speelse, jeugdige vreugde die ze bij Livs geboorte hadden gevoeld, was verdwenen. Geweken voor een altijd angstige bezorgdheid die haar niet meer had losgelaten, tot ze uiteindelijk moest inzien dat Per was opgegroeid tot een robuuste, gezonde tiener.

Roy ging voorzichtig weer op de koffer zitten en zette de

hoedendoos op zijn schoot. Daarin lag de zilveren lepel die ze ter gelegenheid van de doop hadden gekocht. En de speen, hij glimlachte toen hij zag hoe ouderwets die was, simpel en babyroze, het rubber was ondertussen hard geworden. Helemaal onder in de eenvoudige doos herinneringen lag een brief. Een dikke brief in een envelop waarop zijn naam was geschreven, in Birgittes zwierige en elegante handschrift.

Toen hij de brief openmaakte, trilden zijn handen zo erg dat de envelop op de grond viel. Hij richtte zich op, keek weer naar het licht en haalde diep adem. Toen vouwde hij de brief open en streek er een paar keer met de zijkant van zijn hand overheen.

De brief was tweeëndertig jaar geleden geschreven.

Nesodden, 2 augustus 1965

Liefste Roy,

Ik denk er al een hele tijd over deze brief te schrijven, maar ik geloof dat ik het nu pas kan. Als ik het nu niet kan, dan ben ik bang dat het me nooit zal lukken. Deze brief zal jou alleen in handen komen als ik je verlaat. Maar ik geloof niet dat dat zal gebeuren. Jij hebt al genoeg verloren en ik hou van je, maar de afgelopen weken weet ik nauwelijks hoe ik verder moet leven. Het lijkt onmogelijk. Ik sleep me van de ene dag naar de volgende en wil eigenlijk alleen maar slapen. Wat ik gedaan heb, kan nooit vergeven worden. Niet door jou en zeker niet door mijzelf.

Ik zie dat jouw verdriet net zo groot is als het mijne, maar jij draagt tenminste geen schuld. Niets is jouw schuld, terwijl ik tekortgeschoten ben en die schaamte is ondraaglijk. Elke keer als jij met me probeert te praten over Liv en over wat er is gebeurd, klap ik weer dicht en voel ik me schuldig. De pijn in je ogen als je denkt dat ik boos ben, is niet te harden, en ik probeer het, ik probeer het echt, maar het is onmogelijk. Misschien kan ik je maar

*beter gewoon de waarheid vertellen. Dan kun je me haten en me
verlaten, dan krijg ik de straf die ik verdien. Maar ik kan het niet.
Ik durf het niet. Ik ben te laf. Te laf om te sterven en te laf om op een
eerlijke manier verder te leven.*

Daarom schrijf ik dit vannacht.

*De afgelopen weken heb ik me voortdurend afgevraagd: hoe
heeft dit kunnen gebeuren?*

*Ik hield zoveel van haar! Ook al kwam ze ongelegen. Ik
herinner me nog goed hoe je reageerde toen ik je vertelde dat ik
zwanger was. Twee weken lang had ik er als een berg tegenop
gezien. Jij zou net aan de lerarenopleiding beginnen en op dat
moment kwam niets slechter uit dan een kind. Maar je lachte! Je
zwaaide me door de lucht en zei dat het allemaal wel goed zou
komen, en de volgende dag heb je al je plannen omgegooid en
vertelde je iedereen dat je vader werd. Dat zal ik nooit, nooit
vergeten.*

*Ik was zo bang dat er iets met haar zou gebeuren. Mamma
plaagde me ermee en zei dat er wel eerder kinderen ter wereld
waren gekomen en dat die het ook hadden gered. Nu, vannacht,
zie ik dat mijn liefde voor Liv niets waard was. Ik dacht dat ik een
goede, liefhebbende moeder was, die goed voor haar kind zorgde,
maar ik was onverantwoordelijk. Verantwoordelijkheidsgevoel is
belangrijker dan alle liefde op de wereld; als ik verantwoordelijkheid had getoond, zou Liv nog bij ons zijn.*

*Op 24 juni, Sint-Jan, zouden we vrij zijn. Ik keek er zo naar
uit! Eindelijk zouden we weer met zijn tweetjes zijn, zoals in de
tijd voordat Liv er was, zoals vorig jaar, die heerlijke zomer. Ik
weet natuurlijk dat we zo'n kleine baby nooit aan een babysitter
mochten overlaten, maar we wilden alleen maar naar het dans-
feest aan de haven en Benjamin kon zo goed met Liv overweg. Ik
had nooit mogen weggaan, maar de gedachte even vrij te zijn was
zo verleidelijk. Pappa en mamma waren in Oslo en ik denk dat
het kwaad nooit was geschied als zij thuis waren geweest. Mamma
zou mij niet hebben laten gaan. Of ze zou zelf op Liv hebben
gepast.*

Jij was zo geweldig, toen ik rond elf uur naar huis ging om Liv
te voeden. Je lachte naar me toen ik zwaaide en gebaarde dat ik
snel terug zou komen. Je was een beetje dronken, maar je zag er zo
goed uit en je was zo grappig, en ik voelde me gelukkig toen ik naar
huis strompelde, ik had ook een beetje te veel gedronken. De drank
viel die avond verkeerd. Je weet hoe zelden ik drink en ik was een
beetje licht in mijn hoofd. Dat is mijn enige verklaring voor wat er
gebeurde: ik was een beetje licht in mijn hoofd.

Ik zei tegen jou en alle anderen dat ik moe was en in slaap was
gevallen toen ik thuiskwam. Dat ik daarom niet terug was ge-
komen.

Dat was een leugen.

Roy haalde een hand over zijn ogen en voelde de nattigheid
met zijn vingertoppen. De volgende regels in de brief waren
doorgekrast, hard, met zwarte inkt, waarbij op twee plaatsen
gaten in het papier waren ontstaan. Hij nam de volgende
bladzijde voor zich.

Alles is één grote, zwarte leugen. Alleen het opschrijven van de
waarheid al valt me moeilijk. Het lijkt wel alsof die niet wil
worden vastgelegd.

Benjamin stond in de deur toen ik thuiskwam. Hij was een
beetje in paniek en stond op het punt om naar de haven gaan om
mij te halen. Liv was onrustig en huilerig, zei hij, en ze had bijna
veertig graden koorts. Ik had niet door dat dat gevaarlijk kon zijn,
Roy. Ze had wel eens eerder koorts gehad, die altijd weer even snel
verdween als ze opkwam. Op dat moment was ik het kind gewoon
een beetje zat. We wilden gewoon een leuke avond hebben. Ik zou
vrij hebben! Dus zei ik dat het vast niet zo'n vaart zou lopen, dat
ze alleen even aan de borst moest en dat ze daarna wel weer in
slaap zou vallen.

En ze werd inderdaad rustiger toen ik haar aan de borst legde,
echt waar, ik weet zeker dat het geen inbeelding was! Ze kan

weliswaar niet veel gedronken hebben, maar ze was niet bijzonder
onrustig toen ik haar weer in haar bedje legde. Ze had nog steeds
koorts, dat zag ik aan haar ogen en voelde ik aan haar huid, maar
kinderen hebben soms koorts, nietwaar?

Plotseling vond ik Benjamin zo lief. Het is zo verschrikkelijk om
daar nu weer aan te denken. Toen ik jou even tevoren bij de haven
had achtergelaten, had ik immers nog gedacht dat jij de leukste
man van allemaal was. Ik zweer het, ik had Benjamin nooit zo
gezien, hij zit immers nog op school en hij is altijd zo serieus. Maar
er gebeurde iets, misschien was het dom van me om Liv te voeden
waar Benjamin bij zat.

Het spijt me zo! Het gebeurde gewoon. Hij was onervaren en
onzeker, en we dronken wijn, hoewel ik wist dat het je zou
opvallen als de fles weg was. Het was de eerste fles wijn die we
ons sinds een halfjaar hadden kunnen veroorloven. Waarom heb je
er nooit naar gevraagd?

Na het bier werd de wijn me te veel en toen ik om vijf uur
's morgens op de bank wakker werd, was Benjamin vertrokken. Jij
was nog niet thuis. Ik had een ontzettende hoofdpijn en schaamde
me verschrikkelijk. Ik zocht naar pijnstillers, maar kon niets
vinden. En toen ging ik even bij Liv kijken. Haar oogjes waren
gesloten en ze voelde helemaal koud aan. Ik tilde haar op en het
duurde zeker een minuut voordat ik begreep dat ze dood was.

Daarna kan ik me niet veel meer herinneren. Alleen dat ik de
wijnglazen omspoelde en weer in de kast zette. En dat jij direct
daarna thuiskwam, vrolijk en ladderzat.

Benjamin heb ik sindsdien nauwelijks gesproken, maar als ik
hem tegenkom op straat kan ik zien dat hij het moeilijk heeft. Eind
deze maand verhuist hij naar de stad, mevrouw Grinde heeft me
verteld dat hij is ingeloot voor medicijnen. Ze leek bezorgd. Hij is
afgevallen en nog zwijgzamer dan vroeger, vertelde ze. Ik hoop dat
ik hem nooit meer hoef te zien. Hij zal mij altijd, altijd aan mijn
verraad herinneren, aan mijn grote verraad aan jou en mijn
onvergeeflijke verraad aan onze dochter.

*Ik moet de hele tijd aan haar denken. Iedere seconde van de dag.
En 's nachts droom ik van haar huid, van haar honingkleurige
haar, de kleine vingernageltjes, niet veel groter dan een spelden-
knop. Af en toe vergeet ik heel even dat ze dood is.
Maar ze is wel dood.*

*Ik was onverantwoordelijk en heb haar verraden. Ik heb be-
sloten om verder te leven, maar dan zal ik Liv uit mijn leven
moeten bannen, uit ons leven. De rest van mijn leven zal ik echt
nooit vergeten hoe belangrijk het is – het allerbelangrijkste – om je
verantwoordelijkheid te tonen. Ik zal mijn verantwoordelijkheid
nemen en die zal ik nooit meer loslaten.*

*Nu kan ik niet meer verder schrijven. Als jij deze brief ooit leest,
Roy, dan ben ik er niet meer.*

En dan weet je dat ik jouw verdriet niet waard ben.

Je Birgitte

Het stof danste in de lichtkegel. De luchtstroom van het dakraam liet de minieme stofdeeltjes in onvoorspelbare bewegingen rondwarrelen, ze fonkelden als microscopische schijnwer-
pers, alle kanten op, zinloos en doelloos. Roy vouwde de brief
dicht, een beetje onbeholpen. Als hij naar zijn handen keek was
het net alsof ze van iemand anders waren, iemand die hij niet
kende. Hij legde de brief in de hoedendoos die naast zijn
voeten stond met de deksel scheef erop. Langzaam strekte
hij zijn handen uit naar het licht en draaide zijn handpalmen
naar boven.

Het was alsof er goudstof overheen werd gestrooid. Hij
verbeeldde zich dat hij de stofdeeltjes op zijn huid kon voelen;
hij had behoefte iets te voelen, pijn, en gaf zichzelf plotseling
een harde klap.

De laatste uren met Birgitte stonden hem glashelder voor
ogen. De laatste nacht. Hij had slecht geslapen. Elke keer dat
hij wakker werd zag hij het: ze staarde met wijdopen ogen in

het donker voor zich uit, ze knipperde niet eens. De muur tussen hen was te hoog; hij wist niet waar ze over lag te piekeren, maar hij kende haar goed genoeg om niet naar haar toe te kruipen of te proberen door de muur heen te breken. Hij had toen niets gezegd en later ook niet. De vragen van de politie – over Birgitte, over het pillendoosje, over Liv – waren zo afschuwelijk geweest. Plotseling wist hij waarom. In hem was iets dat al zo lang verborgen en vergeten was geweest, dat het niet tevoorschijn wilde komen. Hij wilde het niet laten gaan. Het moest blijven waar het was, mocht niet naar buiten komen. Hij was immers alles vergeten.

Maar eigenlijk was hij helemaal niets vergeten.

De waarheid overviel hem, bijna als een openbaring. De zon stond nu recht boven het dak en het felle licht verlichtte de hele zolder. Roy moest weer aan de zeehond denken. Het beeld stond hem wonderlijk helder voor ogen, als een goedbewaarde foto, of een filmfragment dat nooit verouderd was; de gladde zeehond die in 1970 in Bergen in een turkooizen bassin door het water tuimelde en die hem met een gekwelde blik aankeek, tot hij omhoogschoot, naar het licht, naar het leven boven het wateroppervlak, naar de lucht.

Niemand had Birgitte vermoord. Birgitte had zelf een einde aan haar leven gemaakt.

Fuga

Vrijdag 4 april 1997

18.30 uur, kabinet van de minister-president
Toen Benjamin de deur achter zich dichtdeed, was het alsof het leven zelf eindigde.

Hij was nog net zo knap als vroeger, en nog even serieus. Maar hij was niet meer jonger dan zij. Het jaar verschil dat bijna onoverbrugbaar had geleken toen ze jong waren was verdwenen, hij was nu gelijkwaardig. Ze hadden zachtjes met elkaar zitten praten. Het was in zekere zin net alsof er de afgelopen tweeëndertig jaar niets was gebeurd; als ze naar zijn gezicht keek, rook ze de geur van seringen en moedermelk. Ze zag zichzelf in haar prinsessenjurk, getailleerd en met een nauw lijfje, maar met een wijde, gewaagd korte plooirok. Ze had hem zelf gemaakt, dolgelukkig dat haar lichaam zo snel na de geboorte weer zijn oude vorm en gewicht had teruggekregen. Zijn ogen, bruine ogen met meisjeswimpers, waren midzomerogen, jeugdogen; Liv was in zijn blik en Birgitte Volter wist dat haar besluit onherroepelijk vaststond.

'Ik moet me uit de commissie terugtrekken', had hij gezegd,

terwijl hij met het pillendoosje speelde dat Roy en zij bij hun huwelijk van zijn ouders hadden gekregen, het doosje dat niemand mocht aanraken, maar dat ze niet van hem kon afnemen. Ze kon niet tegenhouden dat hij het onderzocht, misschien zou hij het openmaken, en zij zou het niet kunnen verhinderen. 'Het heeft me zoveel jaren gekost om het te vergeten, en ik wás het vergeten. Het is onvoorstelbaar dat ik het kon vergeten. Dat kwam misschien omdat ik nog zo jong was. Daar troost ik me mee, Birgitte. Ik was nog zo verschrikkelijk jong. Maar ik kan nu niet weer mijn mond houden, Birgitte. Als het me gevraagd wordt, moet ik de waarheid zeggen. Ook als wij daar allebei de dupe van zullen zijn.'

Ze had niet geprobeerd hem te overreden. Mechanisch krabbelde ze een paar woorden op de computerlijsten die hij haar had gegeven. De lijst met Livs naam erop. De letters schreeuwden Birgitte toe en ze begreep dat Livs dood niet langer in de vergetelheid kon blijven, verborgen in een lang verleden jaar dat ze de rest van haar leven zo bewust had getracht uit te wissen.

Benjamin was aardig geweest. Zijn stem had gezongen en iedere keer als ze dat wilde had zijn blik de hare ontmoet. Ze hadden een tijdje met elkaar gesproken en nog langer gezwegen. Ten slotte stond hij op. Hij probeerde niet eens voor haar te verbergen dat hij het pillendoosje meenam. Hij hield het omhoog, keek ernaar en stak het toen zonder iets te zeggen in zijn zak.

'Het is zo lang geleden, Birgitte. We zullen ermee moeten leren leven. We moeten het niet langer proberen te beschouwen als iets wat nooit gebeurd is. We hebben allebei een verschrikkelijke fout begaan. Maar het is zo lang geleden.'

Daarna was hij weggegaan en toen de deur zich achter hem sloot, sloot het leven zich voor Birgitte Volter.

Ze was niet bang voor de vernedering. Niet voor het verlies van haar reputatie. De val die haar misschien te wachten stond,

408

kon ze wel aan. Ze was niet bang voor het oordeel van anderen. Misschien zouden ze het haar niet eens verwijten. Ze had Roy. En Per. Ze verdiende het om al het andere te verliezen, alleen hen beiden niet, en ze zou hen ook niet verliezen.

Sinds afgelopen nacht wist ze het zeker. Eigenlijk had ze haar besluit jaren geleden al genomen.

Tweeëndertig jaar was niet genoeg. De tijd had de wonden niet genezen; had haar slechts rijp gemaakt om de omvang van haar verraad in te zien. Haar kleine meisje was alleen gestorven, hoewel haar moeder bij haar had kunnen zijn. De schaamte over haar verraad vermengde zich met een verlangen om bij Liv te zijn.

Het leven was voorbij, omdat Liv terug was. Liv was in de kamer. Birgitte rook de geur van haar nekje, ze voelde de fijne donshaartjes tegen haar neus. Ze merkte dat haar borsten opzwollen toen het kleine mondje hongerig openging. Ze voelde het onbekende, beangstigende gevoel van verantwoordelijkheid dat haar overweldigde toen ze slechts achttien jaar oud, bijna negentien, haar eerste kind in de armen hield; ze had urenlang gehuild. Ze hoorde zichzelf weer huilen, het geluid kwam overal vandaan, het vulde deze hooggelegen kamer, bijna zo hoog als je maar kon komen in Oslo, de stad waarin ze zich voor Liv had verstopt, waarin ze zich door hard werken en zwoegen van de grootste ramp in haar jeugd had afgesloten. Sinds die tijd had ze een grote verantwoordelijkheid op zich genomen en ook grote verantwoordelijkheid gevoeld, maar van haar immense verraad had ze nooit echt kunnen weglopen. Nu had het verraad haar ingehaald, het stond als een grijnzende, kwijlende leeuw voor haar, en op deze plaats zou alles eindigen. Livs dood had haar hierheen gevoerd, helemaal naar de top, en hier moest haar leven eindigen.

Langzaam wikkelde ze de revolver in haar shawl. Ze kon de aanblik van het wapen niet verdragen. De revolver was op zichzelf al een aanklacht. Ze had juist haar moeders Nagant

gekozen, omdat haar moeder haar destijds zou hebben tegen-
gehouden, er een stokje voor zou hebben gestoken, haar moeder zou Liv nooit hebben laten doodgaan.

Terwijl ze het ingepakte wapen op haar slaap richtte, hoorde
ze iemand in de zitkamer achter haar kantoor.

Het verhinderde haar niet de trekker over te halen.